KB132079

*Celine*

# 셀린

**CELINE**
by Peter Heller



이 도서의 국립중앙도서관 출판예정도서목록(CIP)은
서지정보유통지원시스템 홈페이지(http://seoji.nl.go.kr)와
국가자료공동목록시스템(http://www.nl.go.kr/kolisnet)에서 이용하실 수 있습니다.
(CIP제어번호: CIP2019006569)

Celine

# 셀린

×

피터 헬러 장편소설
김선형 옮김

문학동네

일러두기

1. 주석은 모두 옮긴이주다.

2. 본문 중 고딕체는 원서에서 이탤릭체나 대문자로 강조한 부분이다.

사랑을 다해

예술가이자 영적 전사이자 사립탐정인
나의 어머니
캐럴라인 왓킨스 헬러와

조용한 미국인
로웰 '피트' 베버리지에게 바친다.

## 차례

# 프롤로그

맑고 바람이 많은 날이었고, 오렌지빛 찬란한 양귀비가 비탈진 절벽을 따라 굽이치는 사이사이로 파란 루핀꽃이 뒤섞여 만발했다. 태평양은 검은색에 가까웠고, 빅서*를 따라 이어지는 해식애에 부딪히는 파도만이 크림색으로 부서졌다. 사내는 그 광경이 정말 좋았다. 그는 배낭을 훌쩍 어깨에 올려 멨다. 젠스가 전쟁에서 죽고 난 후 사내가 진심으로 사랑하는 건 이것뿐이었다. 오늘도 수확이 좋았다. 저 아래 만에서 옥돌을 넉넉히 한줌 주웠다. 잠깐 발길을 멈추고 숨을 골랐다. 바위를 계단 삼아 올라야 하는 길은 가팔랐고, 바짓자락은 허벅지까지 젖어 무거웠다. 여기서 잠깐만 쉬자, 오늘 오후에는 서두를 일이 없으니.

* 미국 캘리포니아주 몬터레이의 해안지대로 160킬로미터에 이르는 해식애(海蝕崖)와 바위 해안으로 유명하다.

덜걱거리는 바위 소리와 말소리에 앞길을 올려다보니 한 가족이 보였다. 어린 여자아이가 뛰다시피 내려오고 있었다. 꽃이 만발한 절벽처럼 노랑과 파랑이 섞인 여름 원피스를 입은 아이는 큰 소리로 뭐라 외치고 있었다. 바로 뒤에 내려오는 사람은 아이의 어머니가 분명했다. 가죽 샌들을 신은 그녀는 미끄러지지 않으려고 조심하면서도 아이를 따라잡으려 애쓰며 날개처럼 팔을 쭉 뻗어 아슬아슬하게 균형을 잡았다. 여자가 소리쳤다. "가브리엘라! 가브리엘라! 쿠이다도! 케리다!*" 아주 예쁜 여인이었다. 딸과 똑같은 원피스를 입고 있었다. 가까이서 보니 둘이 크기만 다른 쌍둥이 같았다. 올리브색 피부와 초록색 눈, 포니테일로 묶은 길고 검은 머리. 오늘은 아름다움과 자주 마주하게 되는 날인 모양이었다. 아이 아버지가 뒤따라왔다. 남자는 서두르지 않았다. 걱정하는 기색도 없었다. 검은 티셔츠 차림에 제임스 딘처럼 잘생긴 얼굴이었다—젠스보다는 나이가 들어 보였다. 열 살은 더 들어 보였는데, 나이가 많아 징집을 피한 모양이었다. 어린 가브리엘라는 "안녕하세요! 안녕!" 하고 외치면서 산들바람처럼 살랑거리며 지나쳐 갔고, 어머니는 사내를 보자 반듯하게 서서 수줍은 미소를 지었다. 사내는 아이 아버지를 향해 손을 들고 말을 걸었다.

"아주 좋은 날이죠. 바다가 거칠어서 돌멩이가 많이 밀려왔습니다. 하지만 물살은 조심하세요."

* '조심해! 얘야!'라는 뜻의 포르투갈어, 스페인어.

"감사합니다. 그럴게요." 아이 아버지가 사내의 팔을 툭 치고 계속 내려가 시야에서 사라졌다.

사내는 배낭끈에 양손 엄지를 걸고 계속 올라갔다. 절벽 꼭대기에 다다른 그는 바윗돌 두 개에 널판을 고여 만든 벤치에 앉았다. 햇살을 받으며 눈을 감고 훈훈한 서양톱풀 향기와 소금기를 맡았다. 그 가족과 만나서 좋았다. 젠스가 어렸을 때 그도 이곳에 함께 왔었고, 집에 돌아가면 주운 옥돌을 식탁에 펼쳐두곤 했다. 요즘도 그런다. 사내는 집에 가면 십오 개월 전 베트남에서 폭발로 갈가리 찢겨 죽은 아들 생각은 치우고, 옥돌을 직소 퍼즐처럼, 점점 커지는 녹색 섬처럼 한데 펼쳐놓았다. 식탁 위에는 이제 밥 먹을 자리가 없었다. 그는 포치에 나가 밥을 먹었다.

고함소리를 들은 것 같다는 생각을 했다. 고함과 비명 소리. 강풍과 높은 파도가 철썩이는 소리에 묻혀 제대로 들리지는 않았다. 옥돌을 보면 다들 정신없이 흥분하기 마련이니까. 뭐.

▲

가브리엘라가 환호성을 질렀다. 바다 거품이 맨발가락 위로 차갑게 밀려왔다 미끄러지듯 물러나며 백만 개의 미세한 방울이 되어 사라졌다. 믿을 수 없이 근사한 오후였다. 바위에 앉아 있던 하얀 갈매기떼가 일제히 날아오르고 제비갈매기는 자맥질을 했다.

파도가 부서지며 반짝이는 검은 해초로 뒤덮인 바깥쪽 바위들 너머로 거품이 일었다. 물살이 바윗돌 틈으로 하얗게 밀려들어, 작고 오목한 해변의 자갈 깔린 곳까지 단번에 가닿으며 몽돌을 까맣게 적셨다. 빛을 받아 반들거리는 몽돌 사이로 녹색 조각들이 보였다.

"가브리엘라," 아마나가 소녀에게 말했다. "케리다. 이건…… 네 눈 색깔이랑 똑같구나! 보이니? 하지만 새 모양이야! 여기 작은 물고기가 있어, 봐. 엄마가 네 눈처럼 생긴 돌을 찾아줄게."

"엄마 눈!" 소녀가 기쁨에 차서 새된 비명을 질렀다. "엄마 눈처럼 생긴 돌! 내가 엄마한테 하나 찾아줄 거야."

모녀는 무릎을 꿇고 머리를 맞대고 앉아 돌을 골랐다. 둘의 까만 머리칼이 바람에 나부꼈다. 둘이서 달리기를 했다. 폴은 가브리엘라를 조금 도와주기도 했지만 대체로 바위에 앉아 눈을 감고 있었다. 바람이 조금 차게 느껴졌다. 폴은 소시지와 치즈를 가져올 걸 그랬다는 생각을 했다. 그랬다면 해가 질 때까지 여기 머물 수 있을 텐데. 바로 그때 여자들의 비명소리가 들렸다. 감았던 눈을 떴다. 아까보다 더 큰 파도가 몽돌이 깔린 해변 너머까지 밀려와 하얗게 부서지는 물거품을 일으키며 해변을 안온하게 둘러싼 장벽 같은 절벽까지 닿았다. 아내와 딸은 흠뻑 젖은 채 서서 깔깔 웃고 있었다.

"어이! 어이!" 폴이 외쳤다. "더 위로 올라와!" 그는 웃으면서도 불길한 예감이 들었다. 아마나와 가브리엘라 뒤로 바깥쪽 바위 주변에 시커멓게 차오르는 물마루가 보였다. 다음 파도는 두 물마루가 한 세트로 밀어닥쳤다. 폴은 마치 슬로모션으로 움직이는 듯한 파도를 바라보았다. 점점 차오르며 초록색으로 환해지는 파도의 장벽이 터무니없이 높이 치솟자 만 외곽에서 방파제 역할을 하던 바위들이 난쟁이처럼 작아 보였다. 파르르 떨리는 파도 꼭대기가 바람에 흐트러져 한쪽이 말리더니 우르르 붕괴되며 장벽이 허물어졌다. 가슴께까지 오는 하얀 급류가 울부짖으며 만 안쪽의 까맣고 느른한 물을 덮쳤고, 폴은 심한 타격을 받고 쓰러지며 어깨와 목을 바위에 부딪혔다. 얼음장 같은 거품 사이로 머리를 쑥 내밀어보니 격류가 쓸려나가고 있었다.

그때 딸이 보였다. 소리가 들렸다. 가브리엘라가 비명을 지르고 있었다. 쓸려나가는 급류 속에 딸이 있었다. 급류가 딸을 실어가고 있었다. 물의 장벽이, 더 큰 장벽이 저기에서 가파르게, 초록빛으로 솟구쳐올랐다. "아마나! 어디에 있……" 폴은 두 발을 내딛고 곧장 물에 뛰어들었다. 그의 가슴이 세게 물에 부딪혔고, 그는 허우적거리며 딸을 향해, 딸의 머리를 향해 다가갔다. 그때 훨씬 더 먼 곳에 아내가 보였다. 아내는 헤엄을 치고 있었다. 수영에 매우 능한 아내는 정말로 헤엄을 치고 있었다! 다음 파도가 닥쳤다 쓸려나가는 순간 리듬에 맞춰 물을 치는 아내의 팔이 보였다. 물결은 잠시 멈췄다가 한꺼번에 쏟아져내려 폴을 완전히 뒤집어놓았다. 등이 날카로운 바위에 찔리는 바람에 숨이 막히며 비명이 새어나왔다. 그 순간, 어떻게 된 것인지는 몰라도 아이가 밀려와 그의 몸에 부딪혔다. 가브리엘라! 어린 딸이 그에게 부딪히자 잠시 딸의 무게가 느껴지는가 싶더니, 딸은 다시 물살에 끌려가기 시작했다. 폴은 끌어낼 수 있는 모든 힘을 끌어내 허우적거리며 손을 뻗어 어떻게든 딸의 팔을 붙잡고 매달렸다. 꽉 매달렸다. 새의 발톱처럼 움켜쥐었다. 급류가 쓸려나가면서 그는 뒹굴었다, 딸과 함께 굴렀다. 어찌어찌하다보니 발밑의 바닥이, 흔들리는 몽돌들이 느껴졌다. 발을 딛고 일어설 만한 데를 찾아 간신히 기어갔더니 물이 무릎까지밖에 차지 않았다. 그는 휘청거리며 일어섰다. 아이는 품안에 있었다. 폴은 딸아이를 꽉 안았다, 어딘지 모르지만 피를 흘리고 있었다. 숨은 쉬고 있을까? 안색이 파랬다. 그때 다음 파도와 함께 시커먼 공포가 폴을 덮쳤다. 아내가 보이지 않았다. 그는 정신없이 뒤로 물러났다. 물거품이 무릎을 끌어당기자 절벽을 향해 돌아서서 달렸다. 딸을 안은 채 넘어질 듯 휘청거리며 튀어나온 바위들 사이로 내달렸다. 돌출한 바윗돌에 정강이와 무릎과 팔꿈치를 부딪히면서 길이 시작되는 곳까지 갔다. 그는 계속 비탈을 올랐고, 패닉에 빠져 멍한 상태로 딱 한 번 뒤를 돌아보았다. 그때 아내의 검은 머리일지도 모를, 팔일지도 모를 무언가가 보였다—순식간에 곶 쪽으로 휩쓸려 사라지는 무언가가.

# 1

그 전화가 왔을 때 셀린은 작업대에 앉아 가죽을 벗긴 흰담비의 박제를 까마귀 해골 옆자리의 바위에 철사로 고정하고 있었다. 가죽을 벗긴 담비가 바위에 못박힌 제 가죽을 내려다보게 만들 계획이었다. 셀린의 조각 작품은 어두운 경향이 뚜렷했다. 해결할 사건이 없으면 아무거나 손에 닿는 대로 집어서 이것저것 만들었는데 보통은 해골을 많이 썼다. 지난해에는 유리창 닦던 사람이 오픈 스튜디오에 늘어놓은 그녀의 작품에 반해서 다음날 인간의 두개골을 양동이에 담아 갖다준 적이 있었다. "어디서 났는지 묻지는 마세요." 그 사람은 말했다. 그래서 셀린은 묻지 않았다. 그녀는 즉시 그 해골을 황금빛 잎사귀로 뒤덮었다. 작품은 현재 우아한 모습으로 현관 옆 단상에 놓여 있었다.

지금 셀린의 기분이 딱 이 담비 같았다. 털가죽이 다 벗겨진 채

무방비로 길을 잃은 느낌이었다.

셀린의 털가죽은 가족이었다. 물론 행크가 있었지만 아들이란 나이가 몇이든 피보호자지 보호자가 아니었다. 울리는 전화를 받지 않을까 했지만, 하이츠에 간 피트가 장을 보는 데 도움이 필요해서 걸었을지도 모른다는 생각이 들었다.

"여보세요, 셀린 왓킨스 선생님이신가요?"

"그런데요?"

"저는 가브리엘라라고 해요. 가브리엘라 암브로시오 러몬트예요."

"가브리엘라라." 셀린은 어디서 들어본 이름인지 생각하며 속삭였다.

"아마 저를 모르실 거예요. 세라로런스대학 후배예요. 82년도에 졸업했고요. 동문 잡지에서 선생님 기사를 봤어요. '프라다 PI*'라는." 가브리엘라는 웃었다. 낭랑한 종소리처럼. 셀린은 긴장을 풀었다.

"멍청했죠." 셀린이 말했다. "기사 제목 말이에요. 난 평생 프라

* 'private investigator(사립탐정)'의 줄임말.

다는 입어본 적도 없는데."

"샤넬은 첫 글자가 맞지 않잖아요."

"그렇죠." 셀린은 눈을 감았다. 특이한 이름인데 어쩐지 익숙했다. 이 사람도 동문 잡지에 작은 기사가 실리지 않았던가? 샌프란시스코의 어느 갤러리에서 열린 정물 사진 전시회였던 것 같은데. 셀린은 작가 사진과 이력이 기억날 듯했다—예뻤고 스페인 혈통이 섞인 것 같았다. 아버지도 사진작가였던 것 같은데, 아닌가? 유명하고 카리스마가 대단한 사진작가. 셀린은 그 기사를 흥미롭게 읽었다.

"기사에서 당신 얘기를 읽은 기억이 있어요."

"하! 우리는 동문 잡지 인물 코너의 회원제 클럽 멤버로군요." 가브리엘라가 말했다.

"그러네요."

잠시 침묵. "이렇게 불쑥 전화드려도 괜찮은지 모르겠어요."

"괜찮고말고요." 셀린은 이 일을 한 지 오래되었다. 뜬금없이 전화를 하는 사람은 아무도 없다. 누구나 한참 동안 어떤 궤도를 돌며 깊이 생각하고 또 생각한 다음에야 비로소 전화기를 든다. 공항에 다다라 마침내 관제탑에 착륙 지시를 내려달라고 요청하는 경비행기 조종사처럼.

다만 셀린은 과연 자신에게 사건을 맡을 기운이 있는지 확신이 서지 않았다. 쌍둥이빌딩이 무너지고 일 년하고도 하루가 지났다. 아직도 코끝에 타는 냄새가 어른거리고 거친 재들이 떠다니던 대기가 눈앞에 선했다. 바람이 불 때마다 그을린 금융 서류와 포스트잇 메모가 강 건너로 날아와 길 잃은 색종이 조각처럼 부두 위에서 파닥거리던 광경이 잊히지 않았다. 암울한 한 해의 마무리로, 그보다 더 슬픈 피날레는 상상할 수도 없었다.

그해 5월에 여동생이 죽었다. 미미가 떠나던 날 아침, 아이다호 케첨의 빅우드강을 따라 늘어선 미루나무가 참으로 환하고 보드라워 보이던 기억이 났다. 셀린은 동생의 죽음을 도왔다—한줌의 알약, 뺨에 대고 한참을 떼지 못한 입술. 진입로를 걸어 내려오던 기억, 바람에 휘날리던 낙엽, 현을 타며 우울한 음을 연주하는 하프 주자의 손길처럼 한줄기 돌풍이 휩쓸고 가자 진초록으로 바뀌던 고목나무들. 7월에는 언니 보비에게 뇌종양이 생겼다는 소식을 들었다. 오 년 전의 암이 재발한 것이었다. 셀린은 펜실베이니아로 병문안을 가서 언니를 도와주려고 했지만 별로 할일이 없었다. 보비가 삼 주도 지나지 않아 세상을 떴기 때문이다. 막내가 죽자 언니도 이제는 오래 갈망해온 깊은 휴식을 취해도 되겠다고 생각한 모양이었다.

그리고 첫번째 비행기가 충돌했을 때, 셀린은 창가로 가서 청명한 하늘로 깃털처럼 피어오르는 검은 연기를 보았다. 몸이 얼어붙었다. 셀린은 리버 카페와 대각선상에 있는 낡은 벽돌 건물에 살았다. 부두에서 겨우 50피트 거리였다. 브루클린브리지 바로 아래나 마찬가지인 브루클린 지역이었고, 이스트강에서도 30야드밖에 떨어지지 않아 창문을 열어두면 부두 말뚝에 부딪혀 철썩거리며 보글거리는 물소리가 들렸다. 셀린은 입술을 오므리고 최대한 숨을 들이쉬려 애썼다. 꼼짝도 하지 않았다. 피트는 그녀를 혼자 남겨둔 채 어디론가 가고 없었다. 두번째 비행기가 두번째 빌딩을 뚫고 들어갈 때 셀린은 자기 몸이 충돌로 찢어지기라도 하는 듯 몸을 떨었다. 피트는 그날 밤 침대에 누워 옆자리에서 소리 없이 흐느끼는 셀린을 보면서, 언니 보비가 북쪽 빌딩이고 동생 미미가 남쪽 빌딩이었다는 걸 알았다. 물론 허물어진 빌딩에는 그 이상의 의미가 있었다. 한 세계가 지나갔다는 불타는 전언이었다. 셀린의 언니와 동생은 그녀의 마지막 남은 가족이었다. 셀린의 내면과 외면의 세계는 거울처럼 서로를 투영했다.

셀린은 당시 예순여덟이었다. 삼십 년간 하루에 네 갑씩 피워댄 담배 때문에 능동적이고 의지력 강한 여자답지 않게 몸이 쇠약했다. 결국 버티다가 십 년 전에 끊기는 했지만 흡연으로 폐가 엉망이었다. 보통 때는 산소마스크를 쓰지 않으려 했다. 지나치게 우아한, 아니 허영심이 많은 탓이었다.

그래서 셀린은 창가에 서서 숨을 쉬려고 애썼다. 빌딩 두 개가 황망히 사라져버린 스카이라인을 응시하고 있자니 가슴이 죄어들었다. 비현실적으로 우뚝 치솟은 거대한 상실이 그 순간 모든 상실의 총합으로 느껴졌다. 그녀는 위층 총기 금고 속에 있는 절반 남은 모르핀 약병을 떠올렸다. 미미의 이름이 적힌 오렌지색 플라스틱 약병 라벨에는 이렇게 쓰여 있었다. "메리 왓킨스, 진통제, 네 시간에 한 알, 하루에 여섯 알 이상 복용하지 말 것." 그러나 셀린은 끝내 약을 찾지 않을 것이었다. 그 금고에 같이 든 네 정의 권총을 자기 자신에게 겨누는 일도 없을 것이었다. 일단 그녀는 호기심이 너무 강했다. 세상 모든 일이 어떻게 전개될지, 그리고 어떻게 봉합될지 궁금했다. 하지만 천생의 소명이라 여겼던 일을 계속할 의지가 남았는지는 알 수 없었다. 그것은 어찌 보면 이제 삶의 의지가 소진되었다는 뜻이기도 했다.

▲

셀린 왓킨스는 사립탐정이었다. 성장기 일부는 파리에서, 일부는 뉴욕에서 보내고 '사교계 명부'에 이름이 오른 사람치고는 좀 이상한 직업이었다. 전시에 프랑스에서 모건은행의 파트너로 일했던 부친을 둔 사립탐정은 다른 어디에도 없으리라. 일곱 살 때 뉴욕에 와서 어퍼이스트사이드의 브리얼리 여학교를 졸업하고 세라로런스대학에 진학한 사립탐정도 셀린뿐이다. 세라로런스대학에서 미술을 전공한 그녀는 스물한 살에 파리로 돌아가 표현주의 화가 밑에서 일 년간 도제로 일하다가 어느 공작의 청혼을 받기도 했다.

셀린에게는 미미의 표현대로 '낙오자 기질'이 있었다. 언제나 약자, 박탈당한 자, 아이들, 돈도 권력도 없는 사람들 편을 들었다. 길을 잃고 헤매는 집 없는 사람들, 운 없고 중독에 찌든 사람들, 쓸쓸한 사람들, 회한에 찬 사람들, 망가진 사람들. 그래서 셀린 아들의 사랑을 받게 된 말라깽이 유기견의 수는 헤아릴 수도 없었고, 며칠씩 그녀의 집에 묵은 혼란한 일가족도 한둘이 아니었다. 셀린은 대다수 사립탐정과는 전혀 달랐다. 보통 사람들은 사립탐정을 흥신소 직원이라고 생각한다—닳아빠지고 피눈물도 없고 터프한. 셀린은 터프했다. 그러나 부자를 위한 일은 맡지 않았고 바람난 배우자들을 염탐하지도 않았으며 작은 오피스텔에 잠복하거나 사라진 가보를 찾아주지도 않았다. 셀린의 집에도 가보로 내려오는 보석이 있어 적당한 모임에는 살짝 부끄러워하며 꺼내 걸고 갔다—까르띠에 다이아몬드와 브레게 시계였다. 1700년대에 제작된, 이니셜이 새겨진 은식기 세트도 있었다. 셀린은 귀족의 얄팍한 특혜를 알았고 이에 따르는 책임과 의무도 잘 알았다. 셀린은 첫 배를 타고 와서 열심히 일해 자수성가한 가문의 망토를 둘러쓰고 살았지만, 가끔 피부에 쓸리는 그 망토를 미련 없이 벗어 베레모와 함께 옷걸이에 걸어두고 나갈 때 가장 행복했다.

셀린이 맡는 사건은 명분은 좋지만 실패할 확률이 높은, 수임료를 감당할 수 없는 사람들의 사건이었다. 돈이나 응징이나 심지어 정의를 위한 일도 아니었고, 보통은 자선사업 차원이었다. 대체로 혈육을 재회하게 해주는 일이 많았다. 그녀는 실종자, 행방이 묘연한 사람들을 찾았는데—어머니에게 잃어버린 아들을 찾아주고,

딸에게 잃어버린 아버지를 찾아주었다—무려 96퍼센트라는 압도적인 숫자에 달하는 성공률은, 예를 들어 FBI를 훌쩍 상회했다. FBI 일을 해본 적도 있지만, 한번 해본 후로 다시는 맡지 않았다.

가브리엘라가 말했다. "하이츠에 옛날 대학 친구와 함께 묵고 있어요. 가든 플레이스에요."

셀린은 여전히 오른손에 작은 와이어 커터를 들고 있었다. 커터를 내려놓았다. 눈을 감았다. 가든 플레이스에 가본 지도 수년이 넘었다. 아들 행크가 같이 놀던 친구들이 그 거리에 살 때는 자주 갔었다. 그 시절. 신혼이고 어린애의 어머니였던 시절. 동네 남쪽 거리의 냄새가 코끝에 닿을 듯 떠올랐다. 풍화된 브라운스톤, 단풍나무 잎, 로커스트나무의 바삭바삭한 갈색 꼬투리. 셀린의 첫 남편 윌슨은 지금 서른 살 연하인 여자와 함께 샌타페이에 살고 있었다.

"그렇군요. 그 동네는 잘 알아요."

"저, 저…… 제가 전화드린 이유는…… 들려드릴 이야기가 있어서예요. 지금 시간 괜찮으세요?"

"그럼요. 방금 작업 하나를 마친 참이에요."

한 박자, 가브리엘라가 어떻게 말머리를 꺼내야 할까 고민하는 소리가 들렸다.

"제가 세라로런스에 다니던 시절에 일어났던 어떤 일에 관해서 먼저 말씀을 드리려고 해요. 하지만 잠깐 더 거슬러올라갈게요. 그 전 얘기부터 시작해야 선생님께서 이해하실 것 같아요. 제 어머니 성함은 아마나 펜테아도 암브로시오예요……"

# 2

“아마나는 투피-과라니어로 비雨라는 뜻이에요. 밤에 아파트에서 눈을 뜨고 누워 엄마를 떠올리면 그 생각이 나요…… 잠시만요.”

부스럭거리는 소리, 아마도 원목 마루 위로 의자를 끄는 소리.

“좋아요, 됐어요. 저…… 방해가 되고 싶지는 않은데.”

셀린은 고개를 저었다. 몇 주 만에 처음으로 정신이 번쩍 났다. “방해요? 한참 흥미가 동하던 참인데요. 방금 떠오른 생각인데, 하이츠에 있다고 했죠?”

“네.”

"여기서 아주 가까운 곳이네요. 우리집에 와서 저녁이나 같이 할래요? 마침 남편 피트가 그쪽에 장을 보러 갔어요."

"저는……"

"내 생각에는 그이가 소문난 장기인 '뿅가는 맥 앤드 치즈'를 만들 것 같은데."

"어머!"

"메인주 출신이거든요." 셀린은 그걸로 설명이 된다는 듯 말했다.

"제가 방금 조깅을 하고 온 참이라서요. 이 초 만에 샤워하고…… 부둣가에 사시죠?" 가브리엘라는 숙제를 성실히 한 모양이었다.

"올드풀턴 8번지예요. 빨간 문이니까, 아마 못 보고 지나칠 일은 없을 거예요."

▲

문 앞에 나타난 젊은 여자는 달려온 게 틀림없었다. 십오 분도 채 지나지 않은 것 같았다. 그녀는 작은 코끼리 무늬를 밀랍 염색한 헐렁한 면 소재의 짧지 않은 여름 원피스 차림에 러닝화를 신고 있었다. 젖은 머리를 포니테일로 묶고 잔뜩 상기된 얼굴로, 오다가 단철 울타리 너머 화단에 넘치도록 피어 있는 꽃을 꺾어 만든 것이 분명한 꽃다발을 들고 있었다. 셀린은 마음에 들었다. 길가의 꽃을 훔치는 건 가문의 전통이었다. 피셔스섬*에 살던 시절, 셀린의 어머니 바부 역시 오후가 되면 작업용 장갑과 원예 가위를 챙겨서 딸들에게 '하이웨이 바이웨이'를 하러 가자고 했다. 시골길에 무성한 울타리와 덤불에서 꽃을 꺾어 꽃다발을 만들자는 뜻이었다. 셀린은 가브리엘라가 끈으로 묶은 두꺼운 마닐라 파일도 들고 왔다는 걸 놓치지 않았다.

셀린이 한줌의 들장미와 키 큰 풀들을 받아들자 젊은 여자는 허리를 굽혀 셀린의 양쪽 뺨에 키스했다. 가브리엘라는 셀린보다 훨씬 컸다. 사실 젊은 여자라고는 할 수 없었다. 82년 졸업생이라면 마흔 초반일 테니 아들 행크와 같은 나이였다. 그러나 셀린은 젊다는 생각을 지울 수 없었다. 갈색으로 그을린 달걀형 얼굴, 총기 가득한 초록색 눈, 활처럼 휘어진 입. 왼쪽 관자놀이에 흉터가 있었다. 잎사귀 테두리처럼 거친 궁형의 흉터. 가브리엘라는 정력적이라서 설명하기 어려운 아름다움을 지닌 여자들 중 하나였다—그런 아름다움은 처음 핀 사과꽃 향기처럼 덮쳐온다.

"고마워요." 셀린은 꽃을 개수대로 가져가 다 쓴 올리브오일 병에 꽂은 다음, 어머니에게 물려받은 재빠른 눈길로 살피며 쓱쓱 매만졌다. 그리고 돌아섰다. 가브리엘라는 집을 둘러보며, 셀린의 집

* 뉴욕주에 속한 섬으로 여름 휴양지로 유명하다.

을 처음 방문한 친구들이 자주 보이는 익숙한 표정을 지었다. 젊은 여자의 눈은 황금빛 잎사귀로 뒤덮인 해골에 머물렀다가 푹 팬 바윗돌에서 얼굴을 드러내고 있는, 철조망 가시관을 쓴 다른 해골로 옮겨갔고, 나이프, 병, 인형, 십자가 등이 잔뜩 쌓인 검은 제단으로 향했다. 부리에 인형을 물고 있는 박제된 까마귀, 인간과 동물의 뼈로 만든 토템폴.

"저 제단이요." 가브리엘라가 중얼거렸다.

"사메디 남작한테 바치는 제단이에요. 지하 세계를 다스리는 아이티 부두교의 신이죠. 저기 구석에 중절모를 쓴 해골이 그 사람이에요. 우리집에 왔던 아이티 친구 두 명이 여기 들어왔다가 귀신에 들렸어요. 맘보*를 불러야 하나 생각했다니까요."

"맙소사."

"맙소사, 그 말이 딱 맞죠. 자, 이리 와서 앉아요. 여기." 셀린은 가브리엘라를 단철로 만든 커피 테이블로 이끌었다. "전화로 크래커를 먹는 소리가 들리기에 그거 참 좋은 생각이다 싶었어요." 사실 셀린은 뭘 먹지 않고 오래 버틸 수가 없었다. HALT. 셀린의 금주 훈련 원칙이었다. 배고프고Hungry, 화나고Angry, 외롭고Lonely, 지치고Tired—그런 상태는 가능하면 피한다. 제일 좋아하는 간식

* 부두교의 여성 주술사.

은 땅콩버터 한 스푼에 콕 박은 린트 초콜릿 한 조각이었다. 그것만 먹고 살 수도 있을 만큼 좋아했다.

두 사람은 자리에 앉았다. 가브리엘라가 말했다. "선생님에 대한 기사가 정말 좋았어요. 옛날에 알던 분한테 전화를 걸었죠. 은퇴한 학장님이신데 선생님을 아시더라고요. 그분 말씀이 미결 사건을 해결하는 데는 선생님이 우리 나라에서 최고라고 하셨어요. 아주 오래된 미결 사건도요."

"레나토를 말하는 건가요? 좋게 봐주셔서 그렇죠. 헤어진 혈육을 찾는 일이라는 게 애초에 허우적거리며 미결 사건을 파헤치는 거니까요."

"선생님이 어디서든 사람들 눈에 띄지 않고 다니실 수 있다는 얘기도 하셨어요. 한번은 외교관 파티에 남장을 하고 가신 적도 있다고요. 사격 실력도 경이롭고, 무기고를 가득 채울 정도로 권총이 많다는 말씀도 하셨어요."

"글쎄요. 그보다 이제 용건으로 들어가야죠. 나한테 해주려던 얘기가 있잖아요." 셀린이 말했다.

▲

가브리엘라는 테이블에 파일을 놓고는 탄산수 한 컵을 마시고 다시 채웠다. 흉터가 벌겋게 타올랐다. "고양이를 키우셨나봐요. 액자에서 두 마리 봤어요."

"내 평생을 바쳐 사랑한 녀석들이죠."

가브리엘라는 머뭇거렸다. "샌프란시스코에서, 브랜트 교장 선생님이 계시던 해였으니까…… 2학년 때였어요. 저는 일곱 살이었어요. 우리집에 잭슨이라는 새끼 고양이가 있었죠. 젖소처럼 반점이 있는 흑백 얼룩 고양이였는데 털이 복슬복슬했어요. 엄마 손바닥 안에 들어갈 정도로 작았죠."

셀린은 고개를 끄덕였다. 새끼 고양이 얘기에 장단을 맞추지 못하는 사람은 없다.

"아마나는 그 고양이를 모토라고 불렀어요. 푸르르 몸을 떠는 게 모터사이클 같다고요. 제가 우리 고양이는 모터사이클하고 비슷한 데가 하나도 없다고 했더니, 엄마는 '그럼 잭슨처럼 뭔가 굉장히 미국적인 이름을 지어주고 싶은가보구나'라고 하셨죠. 그래서 우리는 고양이를 잭슨이라고 불렀어요."

셀린은 미소를 지었다.

"잭슨은 나하고 같이 잤어요. 젖은 코를 내 귀 안에다 어찌나 세게 들이미는지 꼭 귓속에 들어가서 살고 싶어하는 것 같다고 생각했던 기억이 나요. 그랬으면 좋았을 텐데." 가브리엘라가 눈가를 문지르자 셀린은 그녀가 놀랄 만큼 사랑스럽다고 생각했다.

"왜요?"

"잃어버렸거든요."

"아."

"우리는 고양이를 뒤뜰에 나가 놀게 해줬는데, 바보 같은 짓이었죠. 어느 날 집에 돌아오지 않았어요. 너무 작아서 울타리 밖으로 기어나가 이웃집 개한테 붙잡혔을지도 몰라요. 그래도 그냥 누가 길고양이라고 생각해 입양했을 거라고 생각하려고 해요. 그후로 몇 년 동안 그렇게 되었길 기도했고요. 창문도 늘 열어두었죠. 저만의 아파트가 생겼을 때는 정원 쪽 방을 침실로 쓰면서 겨울이건 여름이건 창문을 열어뒀어요. 내 냄새를 맡으면 혹시라도 창턱으로 뛰어올라 집에 올지 모른다는 생각을 했거든요."

셀린의 얼굴에도 열기가 확 치미는 느낌이 들었다.

"그리고 엄마도요. 비. 엄마가 돌아가시고 나서는 창문을 더 활짝 열었고, 비가 내리면 벽돌 창턱에 튀긴 빗방울이 얼굴을 적시도록 그냥 뒀어요. 어둠 속에서 그 빗방울이 나를 어루만져주러 온 엄마라고 상상했죠. 어쩌면 빗속에 엄마가 있었을지도 몰라요. 예전에는 밤이 오면 낮에는 허락되지 않는 일들이 일어날 수 있다고 생각했거든요."

가브리엘라는 물병을 들고 물을 따르더니 단숨에 또 한 컵을 마셨다. 그리고 창밖의 브루클린브리지를 내다보았다.

"엄마의 결혼 전 성은 암브로시오예요. 굉장히 브라질인다운 성이죠. 그것도 참 좋았어요. 그래서 드디어 고등학교를 졸업하고 대학도 마치고 잠깐 쉴 때, 그걸 제 미들네임으로 삼았어요." 가브리엘라는 셀린 쪽으로 고개를 돌렸다. "어릴 때 밤마다 울거나 하지는 않았어요. 그런 애였다고 생각하시지는 않았으면 좋겠어요. 꽤 강했거든요."

▲

"잠깐," 셀린이 말했다. "잠깐만요. 어머니가 브라질계였고 돌아가셨을 때 당신이…… 몇 살이었다고요?"

"2학년이었던 그해였어요. 2월요."

"알았어요. 그러니까……"

"일곱 살이었어요. 음, 여덟 살요. 엄마가 제 생일에 돌아가셨거든요."

"어떻게요? 내가 좀 잘……"

"익사하셨어요. 빅서에서요. 제이드코브라는 작은 만에 함께 갔었거든요. 우리 눈 색깔 같은 초록색 돌멩이를 주우러."

셀린은 고개를 끄덕였다.

"가족이 몰살당할 뻔했어요. 아버지는 엄마를 구하려 애썼죠. 어떤 분이 저를 병원에 데려다주셨고요. 몬터레이의 통조림 공장에서 일하는 분이라고 했어요. 아직도 그분한테서 가끔 편지가 와요. 조카와 샌타크루즈에 살고 계세요."

셀린은 자기도 모르게 몸을 앞으로 기울였다. 경험에 따르면 이야기는 두 가지 속屬으로 나뉜다. 언덕을 따라 뚜렷하게 난 통행로처럼 예측 가능한 궤적을 따라가는 이야기, 그리고 처음부터 좀 이상하고 험난한 야생의 길에서 시작해 툭하면 갑작스럽게 들판을 가로지르는 이야기. 이상한 이야기에는 특유의 향기가 있다. 셀린은 가브리엘라에게 블루치즈를 바른 크래커를 건네주었다.

"고맙습니다. 당시에 우리는 샌프란시스코의 헤이트에 살고 있었고, 그날은 제 여덟 살 생일이었어요. 2월의 토요일이라 양귀비가 한창이었죠. 그래서 빅서로 드라이브를 가기로 했어요. 우리가 제일 좋아하는 곳이었거든요. 가는 길 내내 엄마 무릎에 앉아 있던 기억이 나요. 그냥 그러고 싶어서요. 엄마는 날 꽉 안고서 귓가에 브라질 노래를 불러주셨어요. 논에서 쌀을 먹고 싶지만 수영을 못하는 토끼에 관한 노래였어요. 브라질에서는 쌀농사를 굉장히 많이 짓거든요." 가브리엘라의 표정이 종작없이 흐려졌다. "쓸데없는 말이 너무 많죠."

"전혀 그렇지 않아요."

"아무튼요." 가브리엘라는 손목에 찬 운동용 시계의 줄을 꼬았다. "절벽에 가보니 양귀비가 불이 난 듯 만발해 있었어요. 너무 신나서 비탈길을 뛰어내려갔던 기억이 나요. 아주 작은 만이라 야생 그대로이면서도 아늑했어요. 그래서 거기가 우리만을 위한, 우리 가족만의 해변이라고 생각했어요. 바닷물이 몽돌을 휩쓸며 철썩였고 옥돌이 반짝였어요. 아마나와 저는 초록색 눈을 닮은 돌을 누가 먼저 찾는지 시합을 했죠. 엄마가 자꾸 나를 간질여서 도저히 이길 수가 없었어요. 그때 거대한 파도가 닥쳐와 해변 전체를 휩쓸었고 우리는 쓰러져 물살에 끌려갔어요. 차가운 물의 선득한 감각과 엄마를 부르며 비명을 질렀던 기억은 나는데, 그다음은 잘 기억나지 않아요. 우리 모두 물살에 휩쓸렸던 것 같아요. 몰랐는데 폭풍이 다가오고 있었대요."

"저런."

"그러게요. 아버지가 어찌어찌 나를 잡고 끌어내셨던 모양이에요. 피범벅에 의식도 없는 나를. 아버지는 만에서 간신히 헤엄치는 엄마와 계속 몰려오는 파도를 보았고, 또 피투성이에 숨도 잘 못 쉬는 저를 보았어요. 그리고 평생 짊어지고 갈 찰나의 선택을 하셨죠. 저를 안고 비탈길을 달려올라갔는데 거기 그 나이든 남자분이 계셨어요. 아버지는 그분 팔에 다짜고짜 저를 안기고 병원으로 데려다달라고 소리를 치셨대요. 그리고 곧장 내려가 바다로 뛰어들어 정말 아마나 쪽으로 헤엄을 치셨대요. 미친 짓이었죠. 북쪽으로 휩쓸려가는 어머니를 보고 그쪽을 향해 헤엄쳐 가셨어요. 아버지까지 빠져 죽을 뻔했던 거예요. 2마일이나 떨어진 다른 해변까지 떠밀려가셨어요."

"맙소사."

젊은 여자는 고개를 끄덕였다. 그녀의 시선은 방 너머 어딘가에 못박혀 있었다.

"저는 몬터레이 커뮤니티 종합병원에서 정신이 들었어요. 그 많은 피가 다 머리의 찢어진 상처에서 흐른 거였더라고요. 거기서 출혈이 그렇게 많을 수도 있나봐요."

셀린이 고개를 끄덕였다.

"그 마음씨 좋은 분이 제 침대 곁을 지키고 계셨어요. 아버지는 밤새 오지 않았고 그분은 가셔야 했죠. 나중에 알고 보니 캐너리로[*]에 얼마 남지 않은 부두 중 하나에서 감독관으로 일하는 분이었고, 일요일에도 출근하셔야 했어요. 일이 끝나면 돌아오겠다고 약속하고 가셨죠."

셀린은 눈을 감고 병실을 그려보았다.

"아버지는 그날 아침에도 오지 않으셨어요. 그게 사고 자체보다 더 무서웠던 기억이 나요. 아빠는 어디 계실까? 그때의 혼란은 어떤 냄새를 떠올릴 때와 비슷한 방식으로 기억이 나요, 혼란스러움과 간호사들 얼굴에 떠오른 두려움이 뒤섞인 채로. 엄마는 어디 있어요, 엄마가 보고 싶어요! 나는 울고불고 통곡하기 시작했어요. 간호사들은 계속 이름이 뭐냐고, 이름하고 성이 뭐냐고 물었는데, 나는 계속 아마나아마나아마나 그 말만 했어요. 아마 내가 마마[**]라고 말한다고 생각했을 거예요, 잘 모르겠지만."

셀린은 눈을 떴다. 가브리엘라는 이제 높은 창문을 바라보며 말하고 있었다. 부두 위로 지는 어스름, 이스트강, 더 넓은 세상. 그녀의 손가락은 피아노곡을 연주하다 쉼표 박자를 세듯, 단철 테이블 끄트머리에 가볍게 놓여 있었다.

"아버지는 오후쯤에 나타나셨어요. 저는 아버지를 보자마자 이

* 캘리포니아주 몬터레이에 있는 해변 길로, 과거에 정어리 통조림 공장(cannery)이 많던 곳이라 붙은 이름이다.

** '엄마'라는 뜻.

성을 잃고 난리를 부렸죠. 병원에서는 아버지에게, 저는 기본적으로 별 이상이 없고 괜찮아질 거라고, 아버지야말로 당장 머리를 꿰매야 한다고 했어요. 아마 다른 데도 다치셨을 거예요. 병원에서 무슨 서류에 서명하라며 아버지 소맷자락을 마구 잡아당겼는데, 아버지는 다 물리치고 나를 안고 병원에서 나오셨어요. 그후로 완전히 사람이 변했어요. 그때는 몰랐는데 이제 알겠어요. 거친 바다를 헤엄치고 또 헤엄치면서 두 번이나 눈앞에 보이는 어머니를 구하려다 놓치셨대요. 그래서 정신을 놓으셨던 것 같아요."

가브리엘라는 셀린을 보고 몸을 떨었다. "얘기가 길죠, 알아요. 남은 이야기는 다음번에 해도 돼요."

이런 경우가 잦다. 제일 말하기 싫은 부분에 다가갈 때, 한 번도 말한 적 없는 부분으로 가고 있을 때. 셀린이 말했다. "나는 괜찮아요. 차라도 한잔할래요?"

가브리엘라는 고개를 저었다. 젊은 여자는 마치 처음 보는 것처럼 널찍하고 바람이 잘 통하는 작업실을 둘러보았다. "선생님의 예술은 뭐랄까, 무서운 데가 있어요. 제가 그 말씀을 드렸던가요?"

"그랬던 것 같기도 해요. 잠깐 쉴까요?"

"저는 괜찮아요." 가브리엘라는 검은 머리칼 한 가닥을 귀 뒤로 쓸어넘기고 셀린에게 불안한 미소를 지어 보였다. "음. 아버지는 할 수 있는 한 최선을 다하셨어요. 하지만 정신적으로 불안정했죠. 우리 둘 다……"

현관문의 황동 초인종이 딸랑거렸고 셀린은 가브리엘라가 분명 안도감을 느끼며 긴 숨을 토하는 걸 보았다. 1라운드 끝. 종이 울려 간신히 살았다.

피트는 천 재질의 장바구니 두 개를 들고 있었다. 셀린은 한쪽 장바구니에 케일 다발 같은 게 비쭉 튀어나와 있는 걸 보고 눈을 굴렸다. 이십 년 동안 피트는 셀린에게 야채를 먹이려고 애썼지만 별 성공을 거두지 못했다. 하지만 그의 끈질김은 초인적이었다. 피트는 턱을 치켜들며 아내를 향해 세상의 다른 누구도 미소라고 생각지 못할 미소를 보냈다. 그리고 장바구니를 부엌 조리대에 올려놓고 트위드 뉴스보이 캡을 벗었다. 그는 젊은 여자를 보고 고개를 비스듬히 기울이더니 다정하게 손을 흔들었다. 그는 한마디도 하지 않았다. 피트, 다른 가족들은 다 '파'라고 부르는 피트는 과묵함이 마스코트인 메인주의 섬에서 자랐다. 다른 가족들은 그를 '조용한 미국인'*이라고 부르기도 했다. 셀린은 남편을 향해 크래커를 흔들며 말했다. "휴. 배고파 죽겠어. 피트, 이분은 가브리엘라 암브로시오 러몬트라고 해. 대학 동문인데 정말 굉장한 이야기를 하고 있었어. 오늘 저녁식사를 함께할 거야. 당신 특기인 '블루 플레이트 스페셜'** 메뉴 중에 하나 해줄 수 있지?"

---

* The Quiet American. 유명한 미국 영화의 제목이기도 하다.

"그럴 수 있지."

요리는 피트의 수많은 재주 중 하나였다. 소년 시절 노스헤이븐에서 피트는 갈퀴로 건초를 모으고 소젖을 짜고 작은 나룻배를 짓는 법을 배웠다. 뿐만 아니라 어머니가 다른 일로 바쁠 때 아홉 식구가 먹을 음식을 준비하는 일도 배웠다. 이제 브루클린에서 그는 자신의 재능을 아내가 반쯤 먹다 남기는 건강한 저녁식사를 만들고, 청소 도우미가 먼지를 떨어줄 수 없다고 거부하는, 뻔뻔스럽게 에로틱한 조각을 깎는 데 쓰고 있었다.

피트는 아버지와 숙부들처럼 하버드를 나왔다. 운동에 소질이 있어 일 년 동안 미식축구를 했고, 케임브리지에서는 플래카드를 들고 다니는 공산주의자가 되었다. 그 당시에 플래카드를 들고 다니는 공산주의자가 된다는 건 장래를 심각하게 망치는 짓이었다. 대학을 졸업한 뒤 육군에 입대하자마자 '티'라는 이름의 흑인 인권 운동가와 결혼했고, 제대하면서 그녀와 함께 브루클린으로 이사해 〈리버레이터〉라는 혁명적인 인권 운동 잡지의 편집자로 일했다. 피트의 부모님이 그에게 쓴 편지는 셀린이 읽은 가장 가슴 미어지는 편지 중 하나였다. 그들은 여름에 흑인 아내와 함께 노스헤이븐에 오지 말아달라고 부탁하면서, 자신들이 인종차별주의자라서 그런 건 아니라는 점을 설명하려고 무척이나 애를 썼다. 편지는 달변

** 식당이나 카페에서 저렴한 값에 판매하는 한 그릇 음식.

과 눌변을 오갔고 사랑과 수치심으로 뜨겁게 달아오르다못해 편지지에서 시커먼 연기가 피어오르는 느낌이었다. 이건 다 피트가 월스트리트의 건축가이자 아마추어 역사가이자 장기 배낭여행가이자 전설적인 술고래가 되기 전의 일이었다. 결국 피트는 알코올중독자 재활 모임에서 셀린을 만났다. 그는 정말이지 이상한 고양이였다.

피트는 '뽕가는 맥 앤드 치즈'를 요리했고, 셀린이 먹어주리라는 희망을 품고 볶은 청경채와 작은 샐러드를 곁들였으며, 세 사람은 대체로 편안한 침묵 속에서 식사를 했다. 가브리엘라는 이야기를 잠시 쉴 수 있어 다행이라고 여기는 눈치였다. 피트는 아무 말 없이 긴 대화를 이어가면서 함께 있는 사람들을 편안하게 해주는 재주도 가지고 있었다. 식사를 마친 그들은 신선한 커피 한 주전자를 끓이고 상을 치웠다. 셀린과 가브리엘라는 천천히 길 건너 부두의 거친 나무판자가 놓인 길로 걸어가 난간에 기대섰다. 이미 밤이 짙었다. 밀물의 파도가 말뚝을 거세게 때리며 부서졌고, 맨해튼과 거대한 현수교의 불빛은 셀린에게 어느 별자리만큼이나 장엄하고 익숙했다.

가브리엘라가 말했다. "아직도 그 냄새가 나는 것 같아요. 꼭 타다 남은 불씨처럼."

셀린은 기다렸다. 쌍둥이빌딩, 그 부재에 그녀도 영향을 받았을 것이다. 모두가 그랬듯…… 그녀는 어둠을 느낀다 / 그 오랜 재앙의 잠식 / 평정이 물-빛 사이로 어두워질 때.* 스티븐스의 그 아름다운 시구가 팝송의 후렴구처럼 계속 떠올랐다.

가브리엘라가 말했다. "마음이 오락가락해요. 선생님과 함께한 시간이 그냥 쏜살같이 흘러가버렸어요. 누군가와 이렇게 즐거운 시간을 보낸 게 언제였는지 기억도 나지 않아요."

셀린도 같은 마음이었다. 그리고 불가항력적으로 마음을 끄는 이야기의 힘도 알았다. "너무 할 얘기가 많은데." 가브리엘라는 시계를 슬쩍 보았다. "캘리하고 여덟시에 스크래블 게임을 하기로 약속했어요." 그리고 셀린 쪽을 돌아보았다. "세라로런스에서 기말시험 전날 밤마다 의례처럼 하던 거였거든요." 가브리엘라는 미소를 지었다. "다른 학생들은 벼락치기를 하는 와중에 우리는 머리를 맞대고 이 멋진 게임을 했어요. 우리 나름대로 평정심을 유지하는 방법이었던 것 같아요."

"꼭 지켜야 하는 약속인가요?"

"나머지 얘기를 어떻게 해야 할지 감을 좀 잡고 싶어요. 될 수 있으면……"

될 수 있으면 세상에서 가장 사랑하는 사람들의 속내까지 비참

---

* 월리스 스티븐스의 시 「일요일 아침*Sunday Morning*」의 구절.

하게 파헤치지 않는 방식으로. 셀린은 생각했다. 그런 일에 대해서는 좀 아는 바가 있었다.

“하루이틀 시간을 주시겠어요?”

“물론이죠.” 셀린은 웬만해선 놀라지 않았다. 벼랑 끝까지 갔던 고객이 워낙 많았으니까. “이제 굉장히 궁금해졌어요, 알겠지만.”

가브리엘라의 미소가 밝아졌다. 셀린은 자기도 이 젊은 여자만큼 우아하게 슬픔을 품고 다니는지 궁금해졌다. 가브리엘라가 말했다. “조리대에 제 파일을 놓고 왔어요. 가지러 가는 김에 피트에게 감사 인사도 해야겠어요.”

# 3

행크는 덴버 서편 호숫가에 살았다. 잡지 기자였고, 혼자 시를 썼으며, 얼마 전까지 아내 킴과 한집에서 살았다. 또 야외 활동을 즐겼는데, 그는 그런 성향이 코즈모폴리턴인 어머니 덕분이라고 생각했다. 전설적인 스포츠맨이었던 셀린의 부친 해리의 이름을 물려받은 사람치고는 좀 이상한 얘기였다. 하지만 수많은 여름철을 거치며 낚시와 수영은 물론 메추라기며 쏙독새며 원숭이와 올빼미 울음을 흉내내는 법을 가르쳐준 것은 어머니였다. 아버지는 럭비공을 던지고 소네트 쓰는 법을 가르쳐주고 아주 어렸을 때 잭 런던과 포크너를 큰 소리로 읽어주었지만, 변화무쌍한 대자연을 있는 그대로 만끽하는 법을 가르쳐준 사람은 어머니 셀린이었다. 그래서 그는 도시에 살면서도 포치에 앉아 풀밭과 숲과 호수와 산맥만 보이는 전망을 감상하는 데서 큰 위안을 받았다. 하루 중 그가 제일 좋아하는 시간은 동틀녘 포치에서 커피를 마시며 로키산맥 분수계의 만년설이 첫 여명에 붉게 물드는 광경을 바라볼 때였다. 바로 그때 집안에서 전화가 울렸다.

"맘보다."

"어머니한테는 너무 이른 시각인데요. 뉴욕 시간을 생각해도 말이에요."

"잠을 못 자겠어."

행크는 마음의 준비를 했다. 이 서곡은 수많은 이야기로 이어질 수 있었다. 그나마 제일 나은 경우는 죽어도 안 풀리는 사건 얘기였다. 다른 방향으로 가면 행크의 결혼생활이나 그의 일거리에 대한 걱정이 흘러나올 수 있었다. 아니면 그저 상심을 주체하지 못하시는 건지도 몰랐다. 어머니는 벌써 몇 달째 제정신이 아니었다. 어머니에게 매력을 느끼는 청년은 흔치 않지만 행크는 그랬다. 어머니의 삶은 종종 그 자신의 삶보다 훨씬 흥미로워 보였고, 그것은 자연의 질서를 역행하는 일이라고 그는 생각했다. 아마 어느 정도는 그런 까닭에 그가 모험소설을 쓰는지도 모른다. 뭘 하지 않고는 못 배기는 어머니의 천성도 물려받았으니까. 행크는 머그잔에 커피를 더 따르고 수화기를 든 채 포치의 목재 안락의자로 돌아왔다.

"그런데요?" 그가 장단을 맞췄다.

"어떻게 지내나 궁금해서."

"야채는 잘 먹고 있냐, 뭐 그런 말씀이세요?"

"그것도 그렇고."

"어머니도 한번 드셔보세요, 나름 재미있어요. 비타민도 가득하고."

"행크……"

"킴이 돌아올 거 같아요, 맘보. 제 생각에는요."

침묵. 어머니는 목을 가다듬었다. "너 혹시……"

"술 마시냐고요? 아직은 아니에요."

"제발 그런 말 하지 마라."

"죄송해요."

"아무튼, 방금 딱 네 나이 또래 젊은 여자하고 굉장히 흥미로운 이야기를 나눴단다. 아주 예쁘더라."

"우와! 지금 저한테 여자 소개해주시려는 거예요? 그 지경까지 간 거예요?" 행크는 하마터면 웃음을 터뜨릴 뻔했다.

"아니, 아니. 그냥……"

행크는 잔을 의자 팔걸이에 내려놓았다. 머그잔에는 '송어 플라이 낚시'라는 글자와 함께 얼룩무늬 무지개송어가 하루살이를 쫓아 허공으로 날아오르는 수채화가 그려져 있었다. 촌스러워도 행크는 좋았다. 특히 반쪽이 휑한 침대로 갈 때 어쩐지 위로가 되었다.

"그 여자가 어머니께 먼저 전화를 걸었어요?"

"그래."

"이야기를 들려주고 싶다고요?"

"그래."

"어머니를 고용하고 싶대요?"

"잘 모르겠어. 그래, 그런 거 같더라. 얘기를 끝까지 듣지는 못했지만, 틀림없이 뭔가 있었어."

"그러면—어머니를 고용하고 싶다고 하면—사건 맡으실 거예요?"

"그걸 확실히 모르겠단 말이야. 일 년 동안 기운이 다 빠져서. 끼니는 제때 챙겨 먹고 있니?" 그녀가 말했다.

"맘보, 어제는 그린칠리를 만들어 먹었어요. 그리고 〈비즈니스위크〉의 브래드에게서 다음 일도 받았고요. 서핑 산업에 대한 글이에요, 맙소사."

"아, 잘됐구나. 시는 어떻게 되어가니?"

행크는 그 질문을 슬쩍 피했다. "어제 스타디움 아래에서 12파운드짜리 잉어를 잡았어요."

"플랫강에서? 와우. 뭘로? 네가 거기에 날 데려갔을 때 우리가 시체를 발견했던 거 기억나니?" 어머니는 그가 낚싯대도 제대로 못 잡던 시절부터 오세이블강에 가서 대형 스트리머*를 던지는 법을 가르쳤고, 몇 년 전에는 덴버에서 아침부터 정말로 젊은 남자의 시체를 건졌다. 어머니가 건졌다. 그건 따로 해야 할 얘기다.

"어떻게 그걸 잊어버려요? 나는 가재 모양 플라이를 달아서 잉어를 잡았잖아요. 8번 낚싯줄로요. 맘보?"

* 플라이 낚시에 사용하는 바늘로, 작은 물고기를 닮은 깃털들이 달려 있다.

"응?"

"걱정 마세요."

"내가 대체 왜 네 걱정을 하겠니?" 셀린은 전화기에 키스를 하고 끊었다.

▲

가브리엘라가 찾아온 뒤 이틀째 되는 아침, 셀린은 일어나 침대에서 아침식사를 했다. 꿈에서 텅 빈 회색 해변에 있는 큰 병원을 보았다. 병원에는 의사가 하나도 없는 듯했고 텅 빈 병실이 수백 개였다. 차트 대신 악보가 초록색 문에 테이프로 붙어 있었다.

셀린은 일어나 앉아서 커다란 뿔테 돋보기안경을 더듬더듬 찾았다.

"아, 피트." 셀린은 몸을 뻗어 키스를 받았다. 은쟁반 위에는 받침에 담긴 반숙달걀, 작은 스푼, 토스트, 마멀레이드, 커피와 편지봉투 하나가 놓여 있었다. 봉투에는 셀린의 이름이 물 흐르듯 자유로운 필체로, 파란 잉크로 적혀 있었다. 셀린은 달걀을 먹고 커피를 반쯤 마시고는 침대 옆 테이블에 늘 놓아두는 펜나이프로 봉투를 뜯었다. 연하늘색 고급 편지지 대여섯 장에 손으로 쓴 글씨가 빼곡했다. 끝까지 훑어보지 않아도 누가 보냈는지 알 수 있었다.

"문 밑에 있었어." 피트가 말했다. "아주 이른 시각에 왔다 갔나 봐." 셀린은 그의 말투에서 희미하게 배어나는 존경심을 느꼈다. 무슨 까닭인지 피트는 자기보다 일찍 일어나는 사람에게 늘 감탄하곤 했다. 셀린은 편지를 읽었다.

"친애하는 셀린, 감사합니다. 근사한 저녁식사도, 친절하게 경청해주신 것도, 기꺼이 이야기를 들어주신 것도요. 제게는 엄청나게 뜻깊은 일이에요.

제 어머니가 돌아가신 얘기를 하다 말았지요. 다음에 무슨 일이 일어났는지. 글로 쓰는 게 아무래도 더 쉬울 것 같아요. 사고가 있은 후 아버지는 노력을 많이 하셨어요. 정말로요. 장례식 이후 두 달 동안은 기억이 흐릿해요. 동부로 날아가 몇 주 동안 어느 친지가 빌려준 애디론댁산맥의 통나무집에서 지냈어요. 킨밸리 근처였어요. 우리는 폭포 아래 얼음처럼 차가운 물에서 헤엄치며 많은 시간을 보냈고 말은 별로 하지 않았어요. 바위가 침식되어 생긴 시커먼 심연 같은 웅덩이에서 보글보글 올라오던 미세한 물방울들이 기억나요." 셀린은 밀려오는 따뜻한 기억에 몸을 맡겼다. 어쩌면 그녀도 같은 웅덩이에서 수영을 했을지 모른다. 아마 첫번째 임시 대피소 옆, 존스브룩에 있는 물웅덩이일 것이다. 셀린도 그 지역의 자연을 사랑했다. 초등학교에 들어가지도 않은 행크에게 낚시와 불 피우는 법을 가르쳤던 곳이다. 셀린은 편지를 계속 읽었다. "아버지는 저를 데리고 새러낙호湖에 카누를 타러 가셨고 우리는 낚시를 했어요. 학기가 시작되고, 아버지가 밤이면 술에 취하신다는 걸 알게 되었죠. 깜박 잊고 저를 깨우지 않으셨거든요.

가끔은 제가 아버지를 침대에서 질질 끌어 일으켜야 했어요. 그러면 아버지는 싫다고 발버둥치며 끙끙 앓다가 겨우 일어나 흐릿한 눈에 초점을 맞추셨죠. 잠이 깨어 나를 보셨다는 걸 알 수 있었어요. 아버지는 한참을 물끄러미 바라보셨죠. 저를, 딸 가브리엘라를 보는 게 아니었어요. 먼길을 돌아 저를 찾고 제 얼굴을 찾으셨어요. 처음에는 필사적으로, 그러다 조금 마음이 놓인다는 표정으로, 다음에는 점점 커져가는 괴로움으로. 그러면 아버지가 제 얼굴이 아니라 어머니를 보고 계신다는 걸 알았죠.

아버지의 그런 행동이 제게 미친 영향을 설명할 방법이 없네요. 절박하게 위로를 받고 싶은 동시에 유령이 된 기분이었어요. 아버지한테 배고프다고 말해도 냉장고나 팬트리에 아무것도 없는 경우가 많았어요. 그러면 아버지는 전날 입은 옷을 그대로 입은 채 내 손을 잡고 클레이턴의 언덕을 내려가곤 했죠. 헤이트의 빵집으로 데려가 블루베리데니시와 우유를 사주고 프랑스계 미국 학교에 데려다주었어요. 저야 당연히 몰랐지만 그때가 '사랑의 여름'*이었어요. 색색의 옷가지와 대마초와 파촐리와 땀 냄새가 기억나요. 기타

* Summer of Love. 1967년 샌프란시스코에서 일어난 히피 문화 운동으로 약 십만 명의 젊은이가 모여 노래와 공연을 하며 축제를 벌였다.

와 온갖 종류의 타악기를 치고 음식을 나눠주던 사람들도요. 아름다운 금발을 허리께까지 기른 남자애가 있었는데 사과를 나눠줬어요. 그게 그애가 하는 일이었죠. 그애는 거의 날마다 내게 사과를 주었어요. 가끔은 아버지와 재미로 디비사데로에서 전차를 타고 몇 블록씩 가기도 했어요. 아버지가 면도도 하지 않고 옷차림이 엉망이어도 전 상관없었어요. 아버지 손을 꼭 붙잡고 매달렸죠. 아버지는 아주 미남이었어요. 사흘 동안 수염을 깎지 않아도, 나를 데려다주는 아버지를 젊은 엄마들이 쳐다보며 말을 거는 이유를 짐작할 수 있었죠. 모성애가 섞인 연민과 애욕이었던 거예요. 당시에는 이렇게 딱 꼬집어 말할 수 없었지만 그냥 느껴졌어요. 아, 우리 아버지가 매력적이구나. 여자들이, 심지어 선생님들까지도 얼굴이 환해졌거든요. 아버지한테 말을 걸 때는 다들 뭔가 달라졌어요.

뭐, 아버지는 〈내셔널 지오그래픽〉의 사진작가였고 모험가였고 노골적인 미남인데다 아름다운 아내를 잃었으니까요."

셀린은 눈을 감았다. 1967년은 행크가 개교한 지 얼마 되지 않은 세인트앤에 입학한 해였다. 브루클린하이츠에는 '사랑의 여름'이 없었지만, 근사하고 신나는 시절이었다. 당시에는 그레이스코트에 살고 있었고 결혼생활도 아직 견실했다. 잘생긴 사진기자의 매력에 끌리지도 않았을 테고. 윌슨과의 문제는 전부 행크가 기숙학교에 가고 나서 불거졌다. 그때 술을 마시기 시작했다. 차라리 잊고 싶은 몇 년이었다.

"오후에도 똑같았어요." 가브리엘라의 편지는 계속되었다. "아버지는 가끔 저를 데리러 오는 걸 잊으셨죠. 저녁식사를 거르는 일도 잦았어요. 몽상에서 깨어나 내가 아버지처럼 보드카만 먹고 살 수 없는 여덟 살짜리 아이라는 걸 깨달으면, 아버지는 억지로 몸을 일으켜서 헤이트의 지중해 식당이나 지금은 없어진 콜의 일식당에 갔고, 그러면 나는 다른 건 입에도 안 대고 튀김만 먹었어요. 맙소사, 아마 내가 거른 끼니를 다 먹었으면 지금쯤 통통해져서 굴러다녔을 거예요."

셀린은 잠깐 다시 읽는 걸 멈췄다. 그녀의 눈에도 보였다. 이 젊은 여자의 미모에는 어딘가 금욕적인 데가 있었다. 이제 그 원인을 알았다. 박탈감이었다.

셀린은 계속 읽었다. "내가 엄마에 대한 질문을 했느냐고요? 한 번도 물어본 기억이 없어요. 그게 비정상적인 행동이었을까요? 아마 아닐 거예요. 뻥 뚫린 구멍이 있었는데, 그 구멍이 모든 말을 대신했어요. 다른 설명은 바라지도 않았어요. 그 '부재'가 더 크게 울려퍼지는 건 정말 싫었거든요. 부재는 끔찍한 아픔이었고, 가슴 한가운데에 고요하게 자리잡은 시커먼 공이었어요. 공이 지나치게 많이 움직이면, 그래서 질문과 어설픈 대답들이 공명하면, 내 세포 하나하나가 찢어발겨지고 말 거라는 걸 알았어요. 본능적으로 알았어요.

그게 3학년 때였어요. 로크 선생님이 담임이셨죠. 그로브에 새로 들어선 교사校舍 2층이 저희 교실이었던 걸로 기억해요." 셀린은 그 프랑스계 미국 국제 학교에 대해 들어 알고 있었다. 아주 진보적인 사립학교로 세인트앤과 비슷한 시기에 문을 열었고, 행크가 다니던 학교와 마찬가지로 처음에는 학생이 몇 명 되지 않았다. "로크 선생님은 제게 몹시 상냥하게 대해주셨어요. 가끔 아버지가 깜박 잊고 저를 데리러 오지 않으면 밖에서 같이 기다려주셨고, 시계를 보면서 너무 슬픈 표정을 짓지 않으려 애쓰셨어요. 아주 친절하셨죠. 결국 휘파람 같은 한숨을 내쉬며 제 손을 잡고 말하셨어요. '우리 무슨 노래를 부르면서 걸어갈까?' 다행히 헤이트에 선생님 남자친구가 살고 있었거든요. 저는 다 대범하게 받아들였어요. 그렇게 어릴 때는 달리 어떻게 해야 할지 잘 모르잖아요. 심지어 제가 불행했다고 생각하지도 않아요. 그해를 특별히 나쁜 해로 기억하지 않거든요. 아마나가 끔찍하게 보고 싶었어요. 잭슨도요. 하지만 일곱 살이나 여덟 살쯤에는 사는 게 원래 그냥 다 그런 줄 알았죠. 엄마가 집에 오지 않을 수도 있는 거예요, 영원히. 아버지가 이것저것 잊어버릴 수도 있는 거예요, 가끔은 배가 고플 수도 있는 거고요.

그러다 어느 날 저녁, 로크 선생님이 담임을 맡은 학기가 끝나갈 무렵 아버지가 다넷이라는 아주 시끌벅적하고 풍만한 골초 간호사를 집에 데려오더니 시청에서 결혼을 했고, 그 여자가 아버지를 깔끔하게 꾸며주고 찬장에 음식을 채웠어요. 그리고 얼마 지나지 않아 저녁식사를 하다 나를 쳐다보는 아버지를 목격한 다넷은 곧 장식용 테이블에 놓인 아마나의 사진을 덥석 집어들었죠. 아마나가 페리 갑판 위에서, 바람에 머리칼을 온통 얼굴 위로 휘날리며 미소 짓는 사진이었어요. 내가 정말 사랑하는 사진이었죠. 다넷은 쿵쾅거리며 돌아와서 사진을 내 얼굴 바로 옆에 대고 아버지에게 말 그대로 내뱉듯 말했어요. '당신 이 아이를 볼 때마다 그 여자를 보는 거지.' 그리고 손가락으로 엄마를 쿡쿡 찔렀어요. 꼭 그 여자가 제 가슴을 찌르는 것 같아 저는 움찔하며 울기 시작했어요.

'이제 지긋지긋해!' 그 여자가 말했어요. '이렇게 살 수는 없어. 당신'—다넷은 손가락으로 아버지를 가리키며 가슴을 들썩거렸는데, 노브라에 깊게 팬 브이넥을 입고 있어서 가슴이 굉장히 커 보였죠—'우리 관계를 유지하려면 무슨 해결책이든 내놔!' 그러고는 현관문을 쾅 닫고 나가버렸어요.

그다음주에 두 사람은 아래층에 아파트를 마련해 저를 따로 살게 했어요. 저만의 열쇠와 저만의 음식이 있는 곳에서. 여덟 살 때였어요."

▲

셀린은 편지를 내려놓았다. "3학년 때 혼자 아파트에 살았다고?" 들을 사람이 아무도 없는데도 셀린은 중얼거렸다. 커피를 쭉 들이켜고 피트가 쟁반에 함께 갖다준 유리 주전자에서 좀더 따랐다. "말도 안 돼."

어째서 선생들이 몰랐을까? 그녀는 생각했다. 당연히 알았어야 할 일인데. 음, 가브리엘라의 말은 선생이나 가족에 대한 비난처럼 느껴지지 않았지만 셀린은 그런 식으로 받아들였다. 가브리엘라도 결국 깨달았던 게 틀림없다. 다음 줄에 이렇게 쓰여 있었다. "아마 저는 그게 얼마나 비정상적인 상황인지 몰랐나봐요. 아버지는 그 건물이 커다란 집 한 채라고 하시면서, 저는 보통 더 나이를 먹어야 누릴 수 있는 특혜를 누리는 거라고, 저만의 넓은 방과 심지어 저만의 부엌까지 갖게 되는 거라고 하셨어요. 그런데요, 전 아버지가 거짓말을 하실 때면 항상 알아챘어요. 특히 스스로에게 거짓말을 하실 때 그랬죠. 가끔 아버지가 여행에 대해 말씀하실 때 그런 느낌을 받았거든요."

셀린은 지난밤에 만난 젊은 여자를 생각했다. 초연하고 독립적인 느낌 때문에 범접하기 어려워 보였다. 그리고 슬픔도 있었다. 이제야 깨달았다. 그 모든 것 아래에 아주 조용히 자리한 슬픔을.

셀린은 다시 읽기 시작했다. "아버지는 스미스소니언 일로 에콰도르에 자주 가셨고, 〈내셔널 지오그래픽〉 일로 과테말라에도 가셨어요. 안데스산맥에서 스키를 즐기셨죠. 다른 학부모들은 아버지를 무슨 영웅 보듯 했어요. 아버지는 남아메리카에서 오랜 시간을 보냈는데, 나중에 누가 그러더군요. 아버지가 CIA 일을 하신다는 소문이 있다고. 하. 조금만 흥미롭거나 이국적인 삶을 사는 사람을 보면 다들 한다는 생각이 참 우습죠. 그리고 아버지를 보면—슬픔에 젖어 정신을 못 차리던 처음 몇 달이 지난 후에 말이에요—딱

붙는 검은 티셔츠에 탄탄한 팔뚝과 반듯한 턱선, 제임스 딘처럼 앞머리를 뒤로 넘긴 곱슬머리, 서글서글한 웃음에 더해, 특히 어딘가 위험하고 이국적인 곳에서 막 돌아온 듯한 분위기를 풍겼는데—그 분위기는 마치 아버지에게서 불어오는 산들바람 같았고, 특유의 향기를 내뿜었죠—덕분에 모두가 아버지에게 매료되었어요."

그랬겠지, 셀린은 생각했다. 그녀는 늘 가장 매력적인 사람이—속을 들여다보면—가장 슬픈 사람인 경우가 많다는 사실이 흥미롭다고 생각했다. 셀린은 식은 커피를 데우려고 컵에 따뜻한 커피를 좀더 따르고 편지지 맨 아래를 읽었다.

"자, 여기까지가 말할 자신이 없었던 부분이에요. 쓰고 보니 그렇게 나쁘지도 않네요. 편지를 쓰다보니, 일단 속을 들여다보면 엉망진창이 아닌 가족이 있기나 할까 싶어요. 아무튼 사악한 계모 밑에서 자란 여자애들이 내 앞에 얼마나 많이 있었겠어요?"

뭐 그렇게 볼 수도 있겠지.

"다넷과는 끝까지 편해지지 않았어요. 엄마라고 생각하려 노력했지만 너무 고통스러웠어요. 그렇게 어린 나이에도 어떤 관계는 계절처럼 불가피하고 해답이 없다는 걸 알았나봐요. 그래서 포기했어요. 시간이 될 때마다 아버지와 시간을 보냈고, 마음속에 아버지를 위한, 우리를 위한 공간을 남겨놓고 지켰죠. 하지만 몹시 은밀하게 품어야 했어요. 전 아래층에 살았고, 학교에 갔고, 성장했어요. 그러다 어떤 사건이 일어났어요.

읽어주셔서 감사해요. 나머지 이야기는 직접 뵙고 말씀드리고 싶어요. 어째서 선생님을 찾았는지, 그 본론 말이에요. 저는 내일 오후까지 여기 있을 거예요. 선생님께서 기운이 나시면—남은 얘기는 그리 많지 않아요—제가 뵈러 달려갈게요.

감사와 애정의 마음을 담아, 가브리엘라 드림."

그리고 휴대폰 번호. 셀린은 편지를 내려놓고 침대 옆 테이블의 전화기를 들어 전화를 걸었다.

▲

가브리엘라는 말 그대로 뛰어왔다. 이틀 전 밤에 함께한 부두의 그 자리에서 셀린과 만났는데, 지금은 연녹색 러닝용 반바지에 운동화, 로스코*의 그림처럼 사각형이 그려진, 몸에 딱 맞는 알래스카 연어색 티셔츠 차림이었다. 미세한 땀방울이 뺨에 안개처럼 맺혀 있었다.

따뜻한 9월 중순의 늦은 아침, 부두는 관광객들로 붐볐다. 셀린이 말했다. "파일을 안 가지고 왔군요." 그리고 팔을 뻗어 가브리

* 러시아 출신의 미국 화가로, 색면추상주의의 선구자다.

엘라의 양볼에 키스했다.

"그걸 들고 다니는 게 지긋지긋해서요. 보고 싶으신 게 있으면 뭐든 복사해서 보내드릴게요. 원본은 어쨌든 제가 보관하고 싶어요. 어디까지 얘기했죠?"

"따로 아파트를 마련해서 살았다고요. 여덟 살에."

"좋아요. 휴." 가브리엘라는 얼굴에 흘러내린 머리카락 한 가닥을 훅 불었다. 난간에 몸을 기대고 눈처럼 하얀 갈매기들이 브루클린브리지 아래에서 선회하는 광경을 응시했다. "아마나가 미치도록 보고 싶었어요. 그렇지만 내쳐졌다거나, 그런 느낌을 받지는 않았어요. 모르겠어요. 말씀드렸듯이 어릴 때는 상황을 그냥 받아들이게 되는 것 같아요. 어린 여자애들에게 그런 일이 일어나기도 한다고 생각했던 것 같아요. 자기만의 아파트를 갖게 되고. 혼자 식사를 해 먹고. 어떤 날은 심지어 학교에 혼자 가기도 했죠. 지금 생각해보니 정신 나간……"

"잠깐만. 같이 저녁을 먹지 않았다고요? 아침을 먹으러 올라가지도 않았어요?"

"열쇠는 갖고 있었어요. 커다란 하늘색 빅토리아식 건물에 있는 아파트였는데, 그렇다고 건물이 어마어마하게 크거나 그렇진 않았거든요. 가끔은 올라가서 먹었죠. 저녁만요, 아침은 한 번도 같이 먹지 않았어요. 보통 아침에는 두 분 다 숙취에 시달렸고 기분이 안 좋았거든요. 다넷은 그랬고, 아버지는 정신이 몽롱해서 저를 보호해줄 힘이 없었어요. 그래서 아침에는 차가운 시리얼을 먹었어요. 냉장고도 따로 있었으니까요. 다넷은 제 아파트에 대용량 콘플레이크와 라면과 싸구려 햄버거가 떨어지지 않도록 신경썼어요. 굶어죽어가는 몰골로 학교에 가서 사회복지사가 쳐들어오는 일은 원치 않았던 거죠. 다넷이 면허를 가진 정식 간호사였다는 거 기억하시죠. 직업적인 평판도 있고 자부심도 있었을 테니까요. 자기가 괴물이라고 생각하는 괴물이 어디 있어요. 불쌍한 그렌델*을 생각해보세요."

"그렇죠. 불쌍한 그렌델."

"발판용 의자가 있었어요. 어린애들이 이를 닦거나 할 때 쓰는 거 말이에요. 그걸 레인지 옆에 두고 올라서서 누들이나 통조림 수프를 휘저었어요. 달걀프라이를 하는 법도 배웠고요. 아홉 살 생일에 다넷이 오믈렛 팬을 선물로 줬죠."

"아버지는 무슨 선물을 줬어요?"

"아이스쇼에 데려가줬어요."

---

* 중세 유럽의 영웅 서사시 「베어울프」에 나오는 괴물.

"다넷도 같이 갔어요?"

"네, 당연하죠. 아이스쇼처럼 신나는 이벤트에 우리 단둘이 가게 내버려둘 여자가 아니었거든요. 아버지가 아마나의 유령과 데이트를 하게 두는 거나 마찬가지였으니까요. 알아요, 완전히 엉망이죠. 아버지는 당연히 예매하는 걸 잊어버리고 있다가 마지막 순간에 기억하고 표를 사는 바람에 세 자리 연석을 구하지 못했어요. 그래서 난 두 사람 앞자리에 앉았어요. 아버지가 솜사탕 세 개하고 팝콘 한 통을 사주셨는데, 아무래도 죄책감 때문이었겠죠. 그걸 먹고 배탈이 났어요. 길에 토하는 바람에 다넷이 노발대발했었죠."

"세상에."

"알아요. 하지만 탈이 나기 전에 아버지가 기자증을 써서 무대 뒤에서 훌라후프 레이디를 만나게 해줬어요."

"그게 누군데요?"

"루마니아 사람으로 금발에 키가 크고 반짝이 옷을 입고 있었어요. 말도 못하게 화려하고, 완벽한 올림픽 피겨스케이팅 선수 같았는데, 쇼를 할 때 훌라후프를 썼어요! 스케이트를 타면서 팔다리며 전신을 써서 열몇 번씩 빙글빙글 돌았죠. 그렇게 여왕 같은 사람은 평생 처음 본다고 생각했어요. 그날 플라스틱 왕관을 쓰고 공주 같은 분홍색 드레스를 입은 제가 180센티미터의 아이스 퀸한테 반해

넋 놓고 바라보는 모습을 아버지가 찍어주신 사진이 있어요."

"이건 뭐 처음부터 끝까지 이상한 악몽 같군요. 나까지 어질어질해요."

"알아요. 제발 우리 아버지를 미워하진 마세요. 이제는 이해하게 됐거든요. 아버지가 최선을 다하셨다는 걸. 아버지는 지상에 있는 그 어떤 것보다 어머니를 사랑했어요. 아니, 그 이상이었죠. 우주에 존재할 수 있는 사랑보다 더 큰 사랑으로 사랑했던 거예요. 그러니까 감당할 수 없었던 거죠. 어머니를 잃은 걸. 그래서 나를 안고 비탈길을 뛰어올라가셨던 건 상상을 초월하는 영웅적인 행동이었던 거예요." 가브리엘라의 말투가 바뀌었다. 바람이 잦아들고 나무 사이로 똑바로 떨어지기 시작하는 비처럼 더 깊고 더 슬퍼졌다. "아버지는 죽지 않기 위해 하루하루 살려고 노력했던 것 같아요."

죽지 않기 위해 하루하루 살려고 노력했던 것 같다.

셀린은 나중에도 그 문장을 도저히 뇌리에서 떨칠 수 없었다. 무슨 노래 후렴구처럼 박혀버렸다. 그렇게 표현할 수도 있을 것이다. 누군가에게는 또 한 발을 내디딘다는 것이 어떤 의미인지. 셀린도 인생에서 이미 지겹게 겪어본 일이었다. 아버지를 사실상 잃었을 때 셀린의 나이도 이 이야기 속 소녀보다 그렇게 많지 않았다. 그리고 불과 몇 년 후, 훨씬 더 참혹한 재앙이 닥쳤다.

지금, 세상에서 가장 사랑하는 남자가 해준 아침식사를 먹고 따뜻하게 데워진 몸으로 브루클린브리지 아래의 부두에서 가브리엘라의 이야기를 들으면서, 셀린은 여덟 살 나이에 혼자 발판에 올라서서 냄비 가득한 라면이나 미네스트로네 수프를 휘젓는 어린아이의 모습을 도저히 마주하기가 힘들었다. 음식을 테이블로 가져와 그릇에 옮겨 담고 혼자서 먹는 모습을. 혼자서 혼자서 혼자서.

"좋아요," 셀린이 드디어 말했다. "나머지 얘기를 들려줘요."

"뭐 그렇게 드릴 말씀이 많지도 않아요. 그냥 그렇게 됐어요. 다넷은 페리에서 찍은 엄마의 사진을 서랍 속에 넣어버렸는데, 내가 다시 꺼내 내 침대 위에 걸었어요. 보통 사람들이 십자가를 거는 자리에요. 아버지는 여행을 아주 많이 다니셨고 마녀와 저는 불신으로 가득찬 데탕트*를 유지했죠. 그 여자는 나를 먹이고 입히고 아버지가 집에 계셔도 숙취에서 못 깨어나면 학교에 데려다줬어요. 내가 갑자기 훅 자라서 상상을 초월하는 보복이라도 할까 두려웠나봐요. 모르겠어요. 나를 무슨 위험한 파충류 보듯 했거든요. 관심과 경계심을 섞어서. 학교에서는 젖가슴과 엉덩이를 마구 흔들어대면서 밖에 나와 있는 젊은 아빠들한테 추파를 던졌어요. 정확히는 모르겠지만 몇 사람하고는 바람도 피운 거 같아요. 아무튼, 그 남자들이 반응하는 꼴을 볼 때면 정말 그 여자를 죽이고 싶었죠."

* 국제관계에서 긴장이 완화된 상태.

"그렇군요."

"세월이 흘렀어요. 아버지는 여행을 다녔고 나는 아버지가 정부의 기밀 임무를 수행한다는 소문을 들었지만, 아버지는 항상 그런 말을 웃어넘겼어요. 아직도 잘 모르겠지만 한 가지는……" 가브리엘라는 말을 멈추고 고개를 흔들었다.

셀린은 눈썹을 치켜세웠다. "한 가지는?"

가브리엘라가 몸을 부르르 떨었다. "아무것도 아니에요. 가끔 제 상상력이 너무 앞서가는 거 같아요."

셀린은 더이상 묻지 않았다. 셀린은 채근해야 할 때와 아닐 때를 구분할 줄 알았다.

가브리엘라는 말했다. "아버지와 저는 다넷의 분노를 피해 소통하는 방법을 찾았어요. 예를 들어 아버지는 새로 찍은 사진 중 마음에 드는 사진을 액자에 끼워 저한테 주면서—말이나 칠레 카우보이나 보트 경기를 찍은 사진이었죠—항상 뒤에 다른 사진을 슬쩍 끼워넣으셨어요. 액자 뒤판에 숨겨서요. 아마나 사진, 그리고 우리 셋이 캠핑을 하거나 카누를 타는 사진들이었어요. 아버지가 이런 사진들을 어디다 숨겨뒀었는지는 잘 모르겠지만, 아버지 나름대로는 '우리는 아직 가족이야. 잊지 마'라고 말하고 싶으셨던 것 같아요.

아니면 아버지 마음속 어딘가에 예전의 아버지가 아직 살아 있다고, 언젠가 돌아올 거라고 말해주고 싶으셨는지도 모르죠. 아무튼 저는 아주 잘 보이는 곳에 그 액자들을 걸어두었어요. 아마나가, 우리 진짜 가족이 그 뒤에 있다는 생각을 하면 힘이 났거든요.

아시다시피 저는 세인트조지스 기숙학교에 진학했어요. 마약을 해서 쫓겨났는데, 구구절절하게 반성문을 쓰고 제 상황을 설명했더니 다시 받아줬어요. 지금 생각하면 부르르 떨려요, 그 거짓말들이라니. 반성하는 마음은 전혀 없었지만 다넷한테 돌아가기가 너무 싫었거든요. 그후에도 마약은 더 했는데 들키지 않게 조심했죠. 나 참. 그리고 세라로런스에 진학했어요. 집을 떠나 학교에서 지내는 건 제게 오성급 호텔에서 사는 것과 진배없었어요. 이미 혼자 사는 법을 잘 알고 있었으니까요. 어려웠던 점이라면 열린 창가를, 제 방 침대 옆 정원 쪽으로 난 창문을 지키지 못한다는 것이었죠. 혹시라도 내가 없는 사이에 새끼 고양이 잭슨이 돌아오면 어떻게 하지? 창턱에 뛰어올랐는데 문이 닫혀 있고 나도 멀리 있어서 야옹소리를 못 들으면? 그런 생각이 들었어요. 처음 일 년 반 동안은 몇 번이나 도망칠 뻔했어요. 물론 지금은 잭슨을 그리워했던 게…… 뭔가 다른 상실감을 대체하는 감정이었다는 걸 알지만요.

어느 날 대학에서 사진학과 수석을 했다는 소식을 전하려 아버지 집으로 전화를 걸었어요. 다넷 말이 아버지가 회색곰을 기록하는 일을 맡아서 옐로스톤에 갔는데, 모텔로 전화를 해도 안 받고

라마밸리의 생물학 센터에서도 답이 없다는 거예요. 다넷이 전화를 다 해봤대요. 그래서 나도 두 곳에 다 계속해서 전화를 걸어봤어요. 아버지는 그 여행에서 영영 돌아오지 않으셨어요."

"뭐라고요?"

"끝내 돌아오지 않으셨다고요."

셀린은 난간에 기대서서 이스트강 건너편 시포트에 정박한 커다란 배 두 척을 바라보았다. 가로돛 범선이었다. 이제는 조류가 빨라지면서 다리 아래로 흐르는 물결을 차올리는 듯 보였다. 가브리엘라의 이야기를 듣다가 셀린은 잠시 눈을 감고 그녀가 삶의 방향을 찾고 싶을 때면 늘 가는 강과 항만 쪽으로 코를 치켜들었다. 탁 트인 바다로부터 불어오는 거세진 바람에서 소금냄새가 났다.

"어디로 가신 거죠?"

"몰라요."

"무슨 말이에요, 모른다니? 그러니까 다시는 못 봤단 말이에요?"

"네, 다시는 못 봤어요."

셀린은 가브리엘라의 이야기가 더 이상하거나 더 슬퍼질 리는 없을 거라 생각하던 차였다.

"돌아가신 거예요?"

"몰라요."

"무슨 말이에요, 모른다는 게? 생물학자나 공원 관리인이나 그런 사람들하고 얘기 안 해봤어요?"

"당연히 해봤죠."

"그런데요?"

"어느 날 밤 아버지가 차를 몰고 쿡시티로 가셨대요. 국립공원의 북쪽 경계 바로 외곽에 있는 도시죠. 배터리와 버번을 더 사와야겠다고 하면서. 아버지다운 말이에요. 10월 초의 밤이었는데 내리던 비가 눈으로 바뀌었어요. 공원 경계와 인접한 소다뷰트강 다리에서 아버지의 트럭이 발견됐어요."

"설마 농담은 아닐 테고. 내 말은……"

"농담 아니에요."

"잠깐만요." 셀린은 난간을 등지고 기대섰다. 숨쉬기가 힘들었다. 급작스러운 열감이 치솟았다. 식은땀이 나고 머리가 쿵쿵 울렸다. 만에서 불어오는 산들바람에 팔뚝에 소름이 오소소 돋았다. 이제 좀 낫다. 그 이야기의 어떤 부분이 문제일까? 러몬트가 겪은 일이 셀린 내면의 어떤 원초적 두려움을 자극한 걸까? 그건 아닐 것이다. 가브리엘라가 엄마를, 고양이를, 그리고 아버지를 잃었기 때문이었다. 매번의 상실로 인해 점점 더 멀리 추방된 것이다. 셀린은 바로 그때 '집'이라는 말이 가브리엘라에게 어떤 의미를 갖는지 궁금해졌다. 아마도 상대적으로 안전한 공간인 자신의 내면을 의미할 테지.

"이제 되셨어요?" 가브리엘라는 몇 분쯤 기다렸다가 물었다.

"그게, 그러니까, 한 이십몇 년 전의 일인 거죠?"

"오래됐죠."

"그런데 아무것도 밝혀진 게 없어요? 수사도 안 하고, 발견한 사실도 없고?"

"당연히 수사가 이루어졌죠. 뉴스에도 나오고 난리였어요. 모든 증거가 곰을 가리켰어요."

"곰. 회색곰?"

"네. 아버지에게는 '불패의 유전자' 같은 게 있었거든요. 사람이 찍어서는 안 될 야생의 사진을 찍곤 했어요. 줌렌즈도 없이. 제정신이 아니었죠. 28밀리미터 렌즈로 야생 하마를 찍는 짓은 아무도 하면 안 되잖아요. 아버지는 악어한테 노래도 불러줄 수 있다고 하셨어요. 아버지가 정말로 저를 사랑하셨을까 자문해볼 때, 그 위험한 야생동물 사진들을 보면 그렇지 않았을지도 모른다는 쪽으로 마음이 기울어요. 그 정도로 당신 목숨을 함부로 다루셨어요."

"허."

"바로 그 주에 커다란 수컷 회색곰 한 마리가 쿡시티 시내를 돌아다녔대요. 동네 사람들이 관광객들에게 밤에 시내를 돌아다닐 때는—중심가가 하나뿐이었는데요—두 명이 같이 다니면서 방어 수단을 소지하라고 했대요. 최소한 44구경 매그넘쯤은 가지고 다니라는 의미였죠. 그 동네 사람들은 그걸 베어 미니멈Bear Minimum*이라고 불렀대요. 관광객들은 후추 스프레이나 그냥 휴대폰에 대고 비명을 지르는 정도면 될 거라고 생각했겠지만."

"아들 행크가 44구경 매그넘을 갖고 있던 적이 있었죠. 베어 미니멈이라고, 바로 그 얘기를 하더라고요. 거기 직접 가보셨나보군요."

"세 번요. 거기서는 아무도 제 성을 몰라요. '그 시절에 아빠가

* '최소한의 것'을 의미하는 'bare minimum'을 이용한 말장난.

실종된 가브리엘라'라고들 알고 있지요."

"그 시절에? 실종된 사람이 한 명이 아니었단 말이에요?"

"그런 식으로 실종된 사람이 두세 명 되는 모양이에요."

"정말요?"

"네. 그러니까 대략 십오 년에 걸쳐서요. 곰 한 마리가 한 짓이면 정말 더럽게 지독한 놈이었겠죠."

"허. 그럼 무슨 흔적이라도, 그러니까……"

"몸싸움요? 강도? 쪽지? 자살? 아무것도 없었어요. 자동차 열쇠는 차에 꽂혀 있었어요. 지갑은 글러브 박스에 있었죠. 언제나 몸에 지니고 다니던 수제 사냥칼과 함께요. 아버지는 다운 스웨터와 칼하트 재킷을 입고 가셨어요. 야외생활에 익숙한 분이었으니, 눈이 오는데 밖에서 시간을 보낼 작정이었다면 고어텍스 재킷 같은 걸 걸치고 나가셨겠죠. 캔버스 천으로 된 외투 말고요. 아무래도 소변을 보러 잠깐 정차했거나 동물을 살펴보려고 내리셨던 것 같아요."

"곰의 흔적은요? 그쪽에는 그리즐리 애덤스* 같은 곰 사냥꾼이 많을 텐데."

"엘비 칙소라는 사람이 있었어요. 반은 블랙풋 인디언이고 반은 퓨마고 반은 소나무 껍질이고 반은 석영 같은 인간이었죠. 키가 157센티미터쯤 됐는데 명함에 '곰 추적, 사냥, 영혼의 여행'이라고 쓰여 있었어요. 농담 아니고 정말로. 하지만 정신이 좀 이상한 사람이었죠. 영혼의 동물인지 토템인지 뭔지가 거피**였어요. 티넥의 수족관에 자기 거피가 한 마리 있다고 했어요."

"그 사냥꾼은 뉴저지에서 자랐어요?"

"네. 어머니가 블랙풋 인디언으로, 왕진 간호사였어요. 다넷처럼요. 하지만 성격은 훨씬 좋았겠죠."

"그러니까 추적은 했다는 말이군요."

가브리엘라는 고개를 끄덕였다. "아버지는 동틀녘에 드루이드 피크 바로 아래 길가에서 곰 생물학자들과 만나기로 하셨대요. 아버지가 나타나지 않자, 다들 전날 술이 과했나보다 생각했죠. 그런 쪽으로 유명하셨거든요. 한낮이 되어도 아버지가 안 오니까 좀 걱정이 되었나봐요. 에드 펜스라는 분이 오후에 우편 배달차를 타고 쿡시티로 달려갔고, 길을 벗어나 주차되어 있는 아버지의 트럭을

* 존 '그리즐리' 애덤스(1812~1860). 캘리포니아의 유명한 산사람으로, 회색곰인 그리즐리 베어를 비롯한 야생동물을 훈련시켰다.

** 송사릿과의 관상용 열대어.

보고 지역 경찰에 무전을 쳤어요. 지역 경찰이 주 경찰을 불렀죠. 주 경찰은 하루 기다렸다가 수색을 시작했고요. 날씨가 도와주지 않았어요. 계속 비가 왔고, 아버지가 실종된 당일은 기온이 떨어지면서 눈이 내렸거든요. 칙소가 현장에 도착했을 때는 발톱 자국이나 부러진 가지 정도밖에 찾지 못했어요. 곰의 흔적이나 사람을 끌고 간 자국이나 혈흔은 있었는데, 아빠는 찾을 수 없었죠."

"굉장히 이상한 얘기죠?" 가브리엘라가 말했다.

"모르겠어요. 얘기를 마저 다 듣고 나니까 더 그렇게 느껴지네요."

"제가 어렸을 때 어떻게 컸는지, 그런 얘기 말씀이세요?"

"그래요."

"알아요. 인생이 진짜 이렇게 희한하기도 힘들죠." 가브리엘라는 양손을 뒤로 뻗어 포니테일로 묶은 머리에서 고무줄을 풀었다. 그리고 숱 많은 머리칼이 어깨로 자연스럽게 흘러내리도록 고개를 흔들었다. 그 모습에 셀린은 어떤 기억이 떠올랐는데 뭔지 정확히 짚어 말할 수는 없었다. "그래서 선생님께 전화를 드린 거예요."

"그런가요?"

"아버지의 실종이 전혀 납득이 되지 않았어요. 트래버스라는 보안관이 있었는데, 제게 굉장히 친절하게 대해주셨어요. 현장을 살펴볼 때 그 보안관의 표정을 잊을 수가 없어요. 그분도 도저히 납득이 되지 않았던 거예요. 프라다 사립탐정 기사를 동문 잡지에서 봤을 때 선생님께 전화를 드려야겠다고 생각했어요. 그 기사에 선생님이 레나토 학장님과 절친한 친구라는 얘기도 나와서, 먼저 그분께 전화를 드렸죠. 학장님과는 전부터 알고 지냈거든요. 미해결 사건에는 이 세상을 다 뒤져도 선생님만한 분이 없다는 말씀을 듣고 브루클린으로 온 거예요." 가브리엘라는 말을 멈췄다. 다리 아래, 아득한 북쪽을 보고 있었다. "아들이 하나 있어요. 여덟 살이에요. 제 아들이 할아버지를 만나면 정말 좋겠어요." 가브리엘라는 고개를 돌리지 않았고, 셀린은 생각했다. 시간이 모든 상처를 치유해주는 건 아니야. 그럼, 천만의 말씀이지.

# 4

회색곰이 한 명 이상의 인명을 앗아가는 일은 거의 일어나지 않는다. 만일 그런 일이 있더라도 사상자는 한꺼번에 발생한다. 어미곰이 새끼를 보호하려고 폭주한다거나, 헤어초크의 영화 〈그리즐리 맨〉에 나오듯 연어 철이 끝나 굶주림에 정신이 나간 야위고 절박한 수컷 곰이 야영장의 커플을 습격한다거나. 역사책을 뒤져봐도 연쇄적으로 사람을 잡아먹은 회색곰에 대한 기록은 별로 없다. 피트는 셀린에게 가브리엘라의 이야기를 상세히 듣고 기록들을 확인했다. 악독하기로 유명했던 '올드 투토즈'는 몬태나주에서 적어도 세 사람을 죽이고 그들의 일부를 먹었으며 최소한 두 명 이상을 더 살해한 혐의를 받았으나, 그건 1912년의 일이었다. 알래스카에서는 1995년에 화가 난 수컷 회색곰이 등산객 한 명을 공격해 죽이고 그의 친구까지 죽였지만, 그 사건은 무스 사체를 먹다가 놀라서 보인 반응이었다—말하자면 격정에 의해 우발적으로 저지른 범행인 것이다. 계획적, 상습적, 연쇄적 습격은 몹시 드물었다. 그렇다. 인간은 여전히, 비교도 할 수 없이, 행성에서 가장 사악한 동물이라는 위상을 굳건히 지키고 있었다.

예전에 피트는 몬태나 북서부, 글레이셔국립공원 근처에서 데이브 호너라는 전설적인 오지 비행사와 함께 밥 마셜 자연보호구역으로 들어가 삼 주 동안 배낭여행을 한 적이 있었다. 호너는 플랫헤드의 미들포크에서 야영장을 엉망으로 뒤집어놓은 아주 거대한 수컷 회색곰을 마취총으로 잡은 얘기를 들려주었다. 셰이퍼메도스라는 산악지대의 간이 비행장에서 곰을 수송하는 게 호너가 맡은 일이었다. 호너는 단발 엔진 경비행기 세스나 185를 몰았는데, 마취제를 맞은 곰이 어찌나 거대한지 삼림 관리원들이 비행기 뒤쪽에 밀어넣자 기체에 꽉 차서 거대한 곰의 머리가 조종석 옆, 데이브의 오른쪽 골반에 닿다시피 놓였다. 데이브는 무릎에 44구경 매그넘을 놓아두었다. 순풍을 타고 활주로 출발 지점까지 후진해 이동한 후 이륙을 위해 체크리스트를 확인하던 중이었다. 내려다보니 괴물 회색곰의 입이 씰룩거렸다. 이런, 빌어먹을. 그는 엔진을 공회전으로 놓고 브레이크를 건 다음, 비행기 뒤로 뛰어가 화물칸 문을 열고 전력을 다해 곰의 다리와 발을 잡아당겼다. 곰이 쿵 소리를 내며 풀밭에 떨어졌고, 자리에서 일어나 비틀거렸다. 그때쯤 호너는 다시 조종석에 앉아 속력을 높이며 전진했고, 마지막으로 뒤돌아보니 짐승은 그를 무섭게 노려보며 숲속으로 성큼성큼 뛰어가고 있었다. 제기랄. 그 모든 일이 오 분 후에 2000피트 상공에서 벌어졌다고 상상해보라. 대참변이 따로 없다.

피트는 그 얘기를 그렇게 좋아할 수가 없었다. 그러나 회색곰은 다른 맹수와 마찬가지로 영리해서, 인간과 엮여 좋을 게 하나도 없다는 걸 잘 알았다. 곰 한 마리가 십오 년에 걸쳐 세 사람을 죽이고 흔적도 없이 사라지게 만들었다는 것은 도저히 믿기 어려웠다. 그러나 불가능하지는 않다. 피트가 오랜 세월 가족사 연구자로서 각양각색의 문화를 겪으며 배운 게 한 가지 있다면, 상상할 수 있는 일 중에 불가능한 건 거의 없으며, 사실 대체로 그런 일들은 어떤 형태로든 일어난 적이 있다는 것이다. 정말로 무서운 일이다.

피트와 셀린은 며칠 밤에 걸쳐 가브리엘라의 사건을 의논했고, 셀린은 자신이 사건을 맡을 힘이 있을까 걱정했다. 작년에 겪은 일들의 후유증이 가시지 않았다. 피트는 셀린보다 더 걱정이었다. 화가 나거나 흥분해서 숨쉬기 힘들어하는 셀린을 볼 때마다 피트는 불안함을 숨기려 애썼다. 어느 날 밤 '더럽게 맛있는 그린칠리'를 먹다가—피트가 아니라 셀린이 붙인 이름이었다—피트는 커피테이블 너머로 손을 뻗어 셀린의 팔을 잡았다. "이건 손대지 말아야 할 사건인지도 몰라." 피트가 말했다. "여행을 해야 할 거야, 아마 며칠 이상 돌아다녀야 할 테지." 셀린은 입술을 앙다물었다. 신경에 거슬렸다. 스튜에서 브로콜리를 건져냈다. 칠리 스튜 속에서 브로콜리가 뭐하고 있는 거지? 피트는 늘 하나라도 슬쩍 숨겨넣으려고 애썼다.

셀린은 눈을 가늘게 뜨고 남편을 바라보았다. "합리적인 일은 보통 옳은 일이 아니지. 어째서 그럴까?"

피트는 셀린 왓킨스가 소심해서 사랑에 빠진 게 아니었다. 피트는 버려진 브로콜리를 충직하게 집어 입속으로 넣었다.

▲

이 사건에는 셀린이 도저히 단념할 수 없는 무언가가 있었고, 깊이 고민하면 할수록, 가브리엘라의 그늘진 삶을 생각하면 할수록 점점 더 오기가 생겼다.

9월 19일, 셀린은 샌프란시스코에 있는 가브리엘라에게 전화를 걸어 부친을 찾아보겠다고 말했다. 혹은 사망 사실을 확인해보겠다고. 가브리엘라도 미리 마음의 준비를 해두어야 했다. 셀린의 예상대로 가브리엘라는 한시름 놓았다는 듯 대답했다. 돈은 있으니 모든 비용을 부담할 뿐 아니라 뉴욕의 사립탐정 수가에 맞춰 수임료를 지불하겠다고 주장했다. 셀린은 설득해서 될 일이 아니라는 걸 알았기에 굳이 반대하지 않았다.

다음에 셀린은 덴버에 있는 행크에게 전화해 트럭과 캠핑카를 삼 주쯤 빌릴 수 있는지 물었다. 며칠 후에 그들이 덴버로 가서 직접 가지고 가도 되겠는지?

"그리고 행크, 내가 너한테 생일선물로 준 소형 글록 26 있지?

그것도 빌릴 수 있을까? 내 총을 휴대하고 비행기를 타고 싶지는 않아서. 신고하면 다들 볼 거 아니야. 게다가 수하물 일꾼들이 훔쳐갈까봐 항상 겁이 나거든. 브루스 윌리스가 그 난리를 쳤던 그 때처럼 말이야."

셀린의 말에 행크는 소리 내어 웃었다. 그때란 가족의 전설을 의미했다. 셀린이 라과디아공항에서 짐과 씨름하고 있는데, 손 하나가 나타나 기내용 가방 손잡이를 거들어 잡더니 말했다. "제가 도와드리겠습니다." 그게 바로 그 유명한 영화배우였던 것이다. 그는 셀린의 다른 여행가방도 가져가 끌어주었다.

거기까지만 해도 썩 괜찮은 얘기였다. 그런데 체크인 카운터에 함께 도착해 셀린이 짐을 맡기면서 자물쇠가 달린 작은 상자를 꺼내 글록 권총을 신고하자 윌리스 씨가 트레이드마크인 미소—머리통을 날려버리기 전에 짓는 미소 말고 따뜻한 미소—를 짓더니 행크의 엄마한테 완전히 반해버렸다. 그때는 뉴욕시 경찰이 리볼버에서 글록으로 기종을 변경하기 몇 주 전이었고, 그래서 호기심이 동한 공항 경찰 몇 명이 구경을 하러 왔다가 윌리스에게 사인을 받았다. 윌리스는 행크의 엄마가 사립탐정이라는 말을 듣고는 비서의 전화번호가 적힌 명함을 주었다. 그러면서 "당신이 제 어머니면 좋겠습니다"라고 말했는데, 행크는 언제나 그 생각을 하면 약간 샘이 났다. 윌리스는 셀린에게 남편과 혹시라도 LA에 올 일이 생기면 꼭 자기한테 연락하라고 말했다. 아마 셀린의 이야기로 괜찮은 영화를 만들 수도 있을 거라 생각한 모양이었다.

아무튼 페놉스콧족인 폴의 사건을 해결하기 위해 메인주에 도착해서 보니—이것도 가족들이 즐겨 하는 이야기였다—셀린이 보물처럼 애지중지하는 글록이 짐에서 사라지고 없었다. 셀린은 늘 이게 다 그 난리법석 때문이라면서 유명한 사람이 지나간 자리에는 늘 성가신 일이 생긴다고 했다. 그녀는 명성을 끔찍하고 불가항력적인 덫이라 여겼다. 언젠가 셀린은 행크에게 이런 말을 했다. "행크, 네가 어떤 일을 하고자 하면—뭐, 글을 쓴다든가—무조건 최선을 다해야 해. 그런데 어쩌다가 세계 최고가 된다면, 그건 멋진 일이지만, 되도록 그 사실을 너무 많은 사람한테 알리지 말아야 한다."

하지만 행크가 셀린의 전화를 받고 더욱 기뻤던 건 어머니의 목소리에서 새로운 어조를 들었기 때문이었다. 한동안 듣지 못했던 활기와 억누른 흥분감이 느껴졌다. 행크는 어머니가 자신의 천직에 다시 투신하게 되어 기운이 난 것임을 알았다. 행크는 트럭과 권총 둘 다 빌려드리겠다고 말했다.

▲

셀린은 굳이 권총을 소지하고 다닐 필요를 느끼지 못했다. 그녀가 하는 수사에 위험한 범죄자가 연루된 경우는 거의 없었다. 그런 일도 해봤는데 별로 좋지 않았다. 주로 가정 문제—우웩—를 다루는 사립탐정 사무소에서 일을 배우고 사립탐정 자격증을 따고

나자 즉시 FBI에서 연락이 왔다. 보아하니 FBI에는 투자은행가들처럼 피셔스섬에 모이는 계층의 사람들 사이에서 편안함을 느끼는 요원이 많지 않은 모양이었다. 뭐, 셀린은 살면서 대부분의 여름을 피셔스섬에서 보내긴 했다. FBI는 '코네티컷 주요 인명부'에 실린 사람들에게 전화해 민감한 질문을 던질 수 있는 믿을 만한 인맥이 필요했다. 심지어 서로 아는 가문이라든가, 육촌이나 팔촌인 집안도 있을 테니까. FBI는 뉴욕은행에서 대규모 사기 행각을 벌인 남자를 추적하는 중이었는데, 올드그리니치나 대리엔의 가문에서 그를 보호하고 있을 거라 추정했다.

아무도 미국 귀족계급의 권력과 그 권력이 미치는 범위를 실감하지 못한다. 미국의 귀족계급은 테크놀로지로 무장하고 스니커즈를 신은 '뉴 머니'의 잠식에도 불구하고 여전히 건재하며 어마어마한 패권을 휘두르고 있다. 셀린은 그런 계급에서 태어났다. 플리머스 식민지의 주지사 중 열네 명이 셀린의 선조였고, 그 가문들은 삼백 년 이상 굳건히 연대하며 권력을 확장해왔다. 그들은 낸터킷과 피셔스와 메인주의 아일스버러에서 여름을 보냈다. 아들딸들은 아이비리그의 대학을 다녔고 대형 은행과 대형 정유 회사와 IMF와 연방준비제도이사회에 취직해 경력을 쌓았다. 개중 대담무쌍하고 파격적인 자식들은 예술가나 영화감독이 되거나 국제자연보호협회에서 일했는데, 이들은 모두에게 사랑받는 사촌이고 조카였으며 어쩐지 신비한 매력으로 존경을 받았다—가문의 천덕꾸러기가 아니라, 다른 문화권에 존재한다는 뒤로만 걷는 샤먼들처럼 특별한 아이들로 취급받았다. 셀린도 그중 하나였다. 아마 대부분의 특이한 자식들보다 훨씬 더 멀리 나갔을 것이다. 그녀는 추방당한 건 아니었지만 의도적으로 무리를 떠났고, 그래서 명징한 외부인의 시선으로 볼 수 있었다.

단초는 셀린의 어머니 바버라가 제공했다. 그녀는 전쟁중에 그들 사회에서는 들어본 적도 없는 일을 했다. 파리 점령 직전에 뉴욕으로 돌아와 세 딸의 아버지인 남편 해리에게 이혼소송을 냈던 것이다. 그리고 일본이 항복하자마자 해군 제독 윌리엄 F. '황소' 홀시 주니어와 사귀기 시작했다. 그는 5성 제독으로 태평양 제3함대를 총지휘했는데, 그를 미국 역사상 가장 위대한 전투 해군 제독이라고 평가하는 사람들도 있다. 두 사람은 그가 아직 유부남일 때 사귀기 시작했고—망측해라!—홀시는 아내가 당시 소위 정신병원이라 불리는 곳에 평생 갇혀 있어야 하는 상태였음에도 불구하고 끝까지 이혼을 하지 않았다. 그는 죽을 때까지 한 달에 한 번씩 아내에게 병문안을 갔다.

복잡한 상황이었다. 자식들은 바버라를 '엄마'라고 불렀지만 행크와 다른 사람들은 모두 바부라고 불렀다. 와스프WASP*들은 원래 다 이런 별명이 있다. 해마다 바부는 세 딸을 피셔스섬에 데리고 가서 긴 여름을 함께 보냈다. 빌** 제독도 함께였다. 명목상으로 그는 그 섬에 집이 있는 딸을 방문하는 거였고 언제나 컨트리클럽에

* White Anglo-Saxon Protestant. 앵글로색슨계 백인 신교도.

** 윌리엄의 애칭.

서 묵으며 체통을 지켰지만 아는 사람은 다 알았다. 6월 초에서 9월 중순까지 석 달 반. 그들은 십사 년간 매번 그곳에서 여름을 보냈다. 빌이 세상을 떠나기 전까지. 대부분의 사람들이 누리지 못하는 기나긴 여름이었다. 피셔스섬은 뉴욕이라는 좀더 규율 잡힌 사회와 동떨어진 일종의 성역이었기 때문이기도 했다. 여름에 섬에 있으면 웬만한 집에서는 다 차양 너머로 파도 소리가 들렸다. 대서양에서 불어오는 바람은 모래언덕의 풀과 백묘국을 납작하게 쓰러뜨렸고 베이베리나무를 마구 뒤흔들고 비바람을 일으켜 삼나무 지붕널을 세차게 두드렸다. 여기서는 인간과 바다의 변덕스러움이 어느 정도 허용되는 분위기였고, 그래서 사람들은 대체로 좀더 너그럽고 느긋했다. 바부가 어디를 가나 누구에게나 사랑받는 여자였다는 사실도 나쁠 건 없었다. 정열이 넘치는 자매고 천사 같은 무용수였으며 전설적인 왈츠의 대가에 짓궂은 농담도 잘했다. 여자의 몸으로 시먼스포인트에서 타이 휘트니의 집에 딸린 부두까지 레이스 암초를 에둘러 헤엄쳐 간 적도 있었다. 아버지 찰스 체니가 피셔스섬 컨트리클럽의 창립자였으니 뭐 말 다 한 셈이다. 그러나 바부가 새로이 정립한 가정생활은 교양 있는 집안의 열혈 여성이 저지른 일탈로 치부하기에는 도를 넘어선 것이었다(바부의 어머니 메리 벨은 어쨌든 캘리포니아 샌타바버라 출신으로, 완고하기로 유명한 스코틀랜드 혈통에 스페인 계보가 섞여 있었다). 바부의 결정은 가벼운 오점이 아니었다. 사회의 뼈대를 뒤흔드는 탈선이었다. 바부가 이혼을 청구했을 때 남편은 진군하는 나치로부터 모건은행의 자산을 보호하느라 파리에 남아 있었다. 바부는 그로부터 불과 오 년 후에 직업 군인과 사귀기 시작했다. 뭐, 해군의 5성 제독이고 태평양 함대의 거물급 사령관으로, 일본 항복 당시 USS 미주리호에서 맥아더 장군의 옆자리를 지키긴 했지만, 어쨌든 군인은 군인이었다. 셀린은 니미츠 제독과 기타 장군들의 친필 서명이 있는 그 유명한 사진을 갖고 있었다. 그러나 홀시는 좀 덜 세련된 사람이었고, NOCD, 즉 '안타깝게도 우리 계층은 아니잖니Not Our Class, Dear'라는 쓰라린 낙인이 언제나 아무렇지 않게, 온화한 말투로 툭툭 던져지곤 했다. 그것은 대다수 사람들이 살면서 한 번 들어보기도 힘든, 세상에서 가장 악의적이고 애끊는 저주였다. 엄청난 성공이나 재능이나 심지어 돈으로도 절대 씻어낼 수 없는 상대적 열등성의 최종 선고였기 때문이다. 참으로 웃기지 않은가. 홀시는 위대한 사령관에게 기대하는 바를 충족시키는 선천적 능력과 품위를 지닌, 살아 있는 그 누구보다 용기 있고 타고난 지성으로 빛나는 인물이었는데.

바부는 여전히 파티며 클램 베이크*에 초대를 받았고, 여전히 맛있기로 유명한 수제 프라이드치킨과 데블드에그를 싸들고 해변의 피크닉에 갔으며, 여전히 선망의 눈길을 받았다. 애초에 컨트리클럽을 창립한 가문의 총아였고 할리우드 영화로 만들어도 모자랄 만큼 외국에서 눈부시고 화려한 삶을 살았으니까. 사람들은 여전히 바부를 동경했지만, 어느 정도 거리를 두고 유리 어항 속 원색의 물고기를 바라보듯 했다. 바부는 결코 그녀를 저버리지 않을 소수의 헌신적인 친구들을 거느리고 있었다—지니 애커먼, 타이 휘

* 조개 등을 구워 먹는 해산물 파티.

트니, 페니 윌리엄스. 그럼에도 미묘한 냉대는 위압적이었다. 그녀는 자기가 태어나서 자라난 공동체의 중심부에서 차가운 변두리로 감지하기 힘들 만큼 슬그머니 밀려났다. 동부 해안 지역의 와스프 귀족계급은 수천 번의 냉대로 사람을 말려 죽이는 데 세계 최고의 선수들이다. 혹은 아주 서서히 발현되는 저체온증으로 죽이든가. 냉대는 아주 은은한 뉘앙스의 변화만으로도 전달할 수 있다. 예를 들면, 다른 집 가족이 골머리를 썩이는 문제 같은 개인사를 말할 때 목소리를 살짝 한 옥타브 올리는 것이다—듣는 사람도 대부분 알아채지 못할 것이다. 그러나 이는 가장 자연스럽고 친밀한 낮은 음역대의, 가장 믿음직한 지인을 위해 아껴두는 음역대의 상실을 의미한다. 혹은 델라웨어에서 열리는 딸의 결혼식 초대 목록에서 누락시키는 방법도 있다—어머, 세상에, 내가 어떻게 자기를 깜박 잊었을까? 이것은 실제로도 그렇지만 체감상으로도 위상을 추락시키는 치명적인 전략이었다. 조금만 마음이 여린 여자였다면 소리 없이 자살했을 테고, 아니면 한 맺힌 복수심에 비뚤어져 초라한 몰골이 되었으리라. 바부는 달라진 위상에 우아하고 기품 있게 대처했고 덕분에 오히려 자식들의 눈에, 또 훗날 손주들의 눈에 더욱 위풍당당해 보였다. 그녀는 미국 역사상 가장 위대한 해군 제독이 평생을 바쳐 사랑한 연인이었다. 그녀는 하넨캄산의 스트레이프*를 단번에 활강해 내려오는 여자였다. 그녀는 프랑스어를 아름답게 구사하고 가끔 굉장한 위트와 음탕한 유머를 섞어 시를 지을 줄 아는 사람이었다. 그녀의 선조들이 이 나라를 세웠다. 하지만 바

* 하넨캄산에서 열리는 스키대회의 최고난도 활강 코스.

부에게서는 아주 설핏한 슬픔이 풍겼다. 희미한 인동덩굴 향기라든가 어스름에 파닥이며 날아가는 새의 그림자 같은 슬픔. 어린 시절 행크에게 그 슬픔은, 추방당한 여왕의 설움처럼 고귀하고 믿음직하게 느껴졌다. 물론 어렸을 때 행크는 슬픔의 근원을 몰랐지만, 그 슬픔 덕분에 바부의 웃음소리는 더 풍성하게 울렸고 기뻐하는 모습이 더 절실하게 와닿았다. 그리고 진정한 그녀의 세 친구에게 그 슬픔은, 무자비하고 가차없는 그 사회에서는 결코 찾지 못했을 참된 우정과 의리를 알려주었다.

셀린을 포함한 세 자매가 치른 대가는 가늠하기 어렵다. 세 자매 모두 어퍼이스트사이드의 굉장히 고급스러운 사립 여학교 브리얼리를 다녔고 친구가 없어 아쉬운 적도 없었다. 바버라 체니와 해리 왓킨스의 자식들은 조건부 사면을 받은 느낌이었다—사실 해리는 아무 잘못도 없고 모건은행의 역사상 최연소 파트너인데다 최후까지 파리를 사수하다 마지막 순간에 대피한 사람이잖아, 게다가 차를 타고 도망치기에는 이미 도로가 꽉 막혀버렸다는 걸 깨닫고는, 호사스러운 이스파노 수이자*와 바꾼 자전거를 타고 도망쳐 나왔다니까—말해봤자 입이 아플 정도로 잘생긴 남자인데다 천부적인 운동선수잖아—그래, 그 집 애들한테는 무기한 집행유예를 내려야 해. 집행유예가 풀리는 시점은…… 뭐…… 때가 되면 풀어줘야지. 윌리엄스에서 신흥 강자로 떠오르는 은행가와 결혼을 한다

* Hispano Suiza. '스페인-스위스'라는 뜻의 자동차 브랜드. 2차대전 이전 최고급 자동차로 이름을 떨쳤다.

든지 하면.

셀린은 사면의 메시지를 받지 못했다.

셀린은 그래서 사랑하는 사촌 로드니가 2학년에 재학중인 버몬트의 기숙학교에 보내달라고 애걸했고, 바부는 반대 끝에 승낙하고 깡마른 열네 살짜리 여자아이를 퍼트니로 보냈다. 퍼트니의 설립자는 중국식 교육 실험에 열렬히 공감했고, 뉴잉글랜드 기숙학교 중 최초로 남학생과 여학생을 동수로 받았다. 그러나 학생을 많이 받지는 않았다. 학생 이백 명이 모여 사는 낙농장은 남부 버몬트에서 가장 풍광이 좋은 언덕마루에 자리잡고 있었다. 내려다보면 과수원, 논밭, 사탕단풍나무 숲이 퀼트 이불처럼 굽이굽이 펼쳐졌다. 대체로 뉴욕과 보스턴의 엘리트 출신인 학생들은 헛간의 잡일을 하고 장작을 패야 했는데, 다들 신이 나서 새로운 일을 배웠다.

셀린이 새벽 다섯시쯤 겨울의 암흑 속에서 올려다보면 얼음가루 같은 별들이 하늘에 깊이 박혀 있었다. 무늬처럼 새겨진 별자리들의 이름은 몰랐지만 벌써 셀린에게는 친구처럼 느껴졌다. 수백만 개의 별이 눈 덮인 언덕에 은은한 빛을 불어넣었다. 그녀는 뽀드득거리는 차가운 눈을 밟고 이미 불이 활활 타오르고 있는 커다란 헛간으로 걸어갔다. 외양간 칸막이가 삐걱거리는 소리, 서걱거리는 삽질소리, 고함소리가 이미 들판 너머에서 바람을 타고 실려왔다. 헛간에 들어가면, 암소와 비료와 석회 냄새, 썩어가는 달콤한 저장풀과 먼지 덮인 건초와 톱밥이 뒤섞인 냄새가 훅 끼쳐오며 이내 포근하게 온몸을 감쌌다. 셀린은 새로운 삶으로 개종했다. 퍼트니 학교는 굳이 새로운 중국 집단농장체제—공산주의—의 규율을 모방하지 않아도 얼마든지 전복적일 수 있었다. 어퍼이스트사이드에 사는 여자애를 데려다가 저장풀용 갈퀴와 손수레를 주고 북적거리는 헛간에서 친구들과 함께 땀을 흘리도록 하면 되었다. 암소들은 김을 내뿜었고 영하로 떨어진 노스컨트리의 새벽은 별빛에 흠뻑 물들었다가 숲이 우거진 언덕 비탈을 따라 파도처럼 밀려오는 청회색으로, 그리고 불타는 장밋빛으로 변했다. 그거면 충분했다.

그리고 2교시가 끝나고 오전 열시가 되면 오크나무와 소나무로 지은 삐걱거리는 강당의 나무 벤치에 앉아 노래를 불렀다. 바흐와 헨델, 찬송가와 4부 돌림노래. 하느님의 영광뿐 아니라 삶을 위하여. 살아 있다는 기쁨을 위하여. 다 함께 음악을 창조하고 있다는 사실 그 자체를 위하여.

세상 어떤 교회보다 강력했다. 귀족 사회의 가치관을 끈질기게 조명하는 팸플릿이나 가두연설보다 훨씬 나았다. 불쌍한 셀린. 바버라 체니 왓킨스의 자식이라는 사실만으로도 경계심을 일으켰던 셀린은 추수감사절 휴가 때 가방에 도끼를 넣고 맨해튼으로 돌아가는 바람에 두 배로 요주의 인물이 되고 말았다.

그리고 셀린은 상상도 할 수 없는 일을 저질렀다. 생리를 걸렀다.

그리고 두번째 생리도 걸렀다.

그녀는 막 열다섯 살이 되었다. 그리고 임신을 했다.

▲

행크는 9월 22일 아침 덴버국제공항으로 피트와 어머니를 마중 나갔다. 시내로 들어오는 길에 셸린은 행크에게 결혼생활, 쓰고 있는 시, 식단에 대해 물었다. 셸린은 결국 다 제자리로 돌아올 문제라고 생각했다. 피트는 뒷자리에 앉아서 과묵하고 믿음직한 태도로 두 사람 모두를 든든하게 감싸주었다. 행크는 수수께끼 같은 새아버지에게 큰 애정을 가지고 있었다. 행크가 대학에 입학할 무렵 뉴멕시코로 떠나버린 친아버지는 피트와 극과 극으로 달랐다. 행크의 친아버지는 수다스러운 이야기꾼으로 재치가 넘쳤으며 여러 억양을 자유자재로 구사했다. 이디스 워턴*과 세계대전 이전의 고풍스럽고 화려한 스타일을 사랑했고 보트 제작 따위는 하나도 몰랐다. 행크는 그런 친아버지를 맹렬하게 사랑했다. 전혀 다른 종족 출신의 두 아버지를 둔 느낌이었다. 그런 다양성이 좋았다.

그는 고속도로를 빠져나와 호숫가를 따라서 동네로 들어섰다. 셸린이 말했다. "그 젊은 여자, 가브리엘라 말이야, 우리가 사건을 맡은 그 여자. 글쎄, 여덟 살 때 새어머니가 그애 혼자 따로 아파트에서 살게 했다는 거야. 그리고 대학에 다닐 때 아버지가 옐로스톤

* 여성 최초로 퓰리처상을 수상한 미국 작가.

에서 실종됐고. 사망한 걸로 추정되는 상태야."

행크는 살아 있는 닭이 든 궤짝을 잔뜩 실은 트럭을 지나쳤다. "그래서요?" 그는 물었다. 흥미가 일었다.

"잘 자라서 거의 혼자 힘으로 아들을 키웠고 아주 훌륭한 순수예술 사진작가가 되었어. 싱글맘이지."

행크는 웃음을 터뜨렸다. 어쩔 수 없었다. 어머니는 정말로 꾀 많은 수사관이었지만, 아들한테 은근히 위장한 메시지를 전하고 싶어할 때는 참으로 어설펐다. 행크는 셀린이 이 세상 그 무엇보다 손자를 보고 싶어한다는 걸 잘 알았다.

"와우." 행크는 꾸밈없이 대답했다. "예술에 인생을 바치면서도 용감하게 아이를 가지다니 대단하네요."

"그러게 말이야." 셀린은 말했다. 그러면서 아들의 무릎을 토닥거렸다.

▲

캠핑카를 살펴보는 건 그저 형식적인 절차였다. 행크는 타코마 롱베드 픽업트럭을 끌고 집 앞으로 돌아 나왔다. 셀린은 언제나 호수와 산맥의 서편이 한눈에 다 들어오고, 시내의 유니언역과 태터

드커버 서점까지 오 분밖에 걸리지 않는 이곳이 기가 막힌 명당이라고 생각했다. 그해 봄까지 행크는 아내 킴과 그 집에 함께 살았지만, 킴이 시험적으로 별거를 해보자며 집을 떠났다—일 때문에 일 년에 절반 이상 떨어져 살아야 하는 남자와 계속 결혼생활을 유지하는 게 지긋지긋하다는 것이 한 가지 이유였다. 뭐, 아무튼 그랬다.

캠핑카는 트럭 화물칸에 고정하고 일부가 운전석 위를 덮는 형태였다. 행크는 작은 뒷문을 열고 어머니와 아버지에게 몸을 구부리고 들어오라고 했다. 그리고 빗장을 풀고 캠핑카 지붕을 높이는 법을 가르쳐주었다. 버팀대가 유압식이라 살짝만 밀어도 3피트 정도 지붕이 높아졌다. 이제 셋 다 일어설 수 있었고 빛이 레몬색 캔버스를 통해 쏟아져들어왔다. 셀린이 행복에 찬 환호성을 질렀다. "어머, 이것 봐. 난 또 우리가 신발 속에 살 때처럼 쭈그리고 있어야 되는 줄 알았는데."

"우리가 언제 신발 속에 살았지?" 피트가 말했다. 행크는 놀라서 피트를 바라보았다. 세상에, 말을 하시네!

"영구차 뒤에서 잤을 때 말이야. 엘비스 흉내내던 제리를 찾을 때."

"아아." 피트가 말했다.

피트는 트위드 뉴스보이 캡을 쓰고 있었다. 웨일스 산악지대 사람들이나 1940년대 뉴욕을 배경으로 한 영화에서 이동 정육점 트럭을 몰고 다니는 사람들이 쓰던 모자였다. 풍성한 백발이 모자 밑으로 빙 둘러 삐져나와 모자가 마치 물마루가 하얗게 부서지는 포슬포슬한 털의 바다를 둥둥 떠다니는 구명보트처럼 보이기도 했다. 그는 또한 벌목꾼과 덫 사냥꾼이 즐겨 입던 굵은 짜임의 회색 울 조끼를 입고 있었다. 행크는 시간이 아무리 지나도 새아버지라고 부르기 어색한 이 남자에게 끝없는 매혹을 느꼈다. 피트가 그 모자를 쓰는 이유는, 이제 존재하지 않는 프롤레타리아와의 연대감 때문이라는 생각이 들었다. 아니면 그냥 방수가 잘되고 따뜻하고 눈부시지 않게 햇빛을 가려주기 때문일 수도 있었다. 피트는 속기사용 공책을 들고 한 발 물러서서 캠핑카 조작법을 메모했다. 그는 출중한 목공이었고 노스헤이븐에서 성장기에 작은 보트를 직접 제작하기도 했다. 행크는 피트가 딱 맞게 조립되는 캠핑카의 수납부와 다용도 보관함에 감탄하고 있다는 걸 알았다. 이 캐빈은 작은 요트 같았다.

셀린은 2구 버너와 작은 벽난로와 냉장고에 들어가는 프로판가스 차단기며 온수보일러, 야외용 샤워기 작동법을 설명하는 행크의 말을 정중하게 경청했다. "거기는 벌써 추워지고 있어요." 행크가 말했다. "샤워기를 쓰실 거 같지는 않지만요. 그래도 어쨌든 여기 있어요." 셀린은 피트를 슬쩍 바라보았고, 행크는 두 사람 사이에 살짝 오가는 미소를 보았다. 쟤가 뭘 알겠어? 우리는 북쪽 출신이라고, 마치 그렇게 말하는 듯했다. 두 사람은 여전히 서로를 사랑했다, 그 점은 늘 분명하게 알 수 있었다. 행크는 아내를 생각하며 가슴에 찌릿한 통증을 느꼈다. 하지만 재빨리 아내의 잔상을 뇌리에서 털어버리고, 몬태나주의 숲속을 벌거벗은 채로 뛰어다니는 어머니와 피트의 환각도 털어버렸다.

"행크, 그 위쪽은 지금 계절이 어떻게 되니?" 셀린이 머리 위의 캡오버* 침상에 깔린 퀼트 이불을 손으로 쓸어보며 물었다. 행크는 두 분이 분위기를 잡으시도록 무스와 곰이 그려진 퀼트 이불을 깔아놓았다.

행크는 어리둥절한 눈으로 어머니를 보았다. "어…… 초가을이죠, 엄마. 여기랑 똑같아요."

"아니, 사슴과 엘크 사냥철인가? 아니면 뭐지?"

"아, 그건 한 달은 더 있어야 될 거예요. 아마 지금은 활쏘기 철에 산새 사냥철일 거예요. 뇌조, 칠면조, 자고새 같은."

셀린은 아랫입술을 깨물었다. "활은 너무 번거로워. 그래, 네 12구경 산탄총 좀 빌려도 될까?"

행크는 어머니를 빤히 바라보았다.

* 캠핑카에서 트럭의 운전석 위쪽으로 튀어나온 부분에 자리한 침대.

"그리고 주황색 사냥 조끼도. 또 모자도. 귀덮개가 달린 그 웃기는 형광 오렌지색 모자 있니?"

행크는 어머니를 물끄러미 쳐다보았다.

"다시 생각해보니까, 한 달 후까지 우리가 안 내려올 수도 있을 거 같아. 네 308구경 소총도 가져가는 게 좋겠다. 성능 좋은 소총이 있으면 훨씬 마음이 편하더라."

그는 물끄러미 어머니를 쳐다보기만 했다. 셀린이 아들의 머리칼을 마구 헝클어뜨렸다.

"사냥꾼은 어디든 갈 수 있어. 길을 잃기도 하고. 남의 영토를 침범하거나 태연하게 남의 집 유리창을 넘어 들어가고는 사과는 나중에 하지. 어디를 가더라도 훌륭한 핑계가 되어준단 말이야. 완벽한 위장이지." 어머니 눈가에 주름이 졌다. "게다가 사냥꾼은 중무장을 하잖니. 내 경험상 그건 늘 플러스가 되는 요소야."

그날 오후 피트와 셀린이 차를 몰고 떠난 뒤 행크가 보니 더플백 하나를 꽉 채울 만큼의 사냥복과 터키 콜* 두 개가 사라지고 무기고의 절반이 텅 비어 있었다.

* 칠면조를 사냥할 때 울음소리를 흉내내 유인하는 도구.

# 5

열다섯 살에 임신한 사실을 깨달은 셀린은 앞날이 그저 캄캄하기만 했기에 기도를 올렸다. 셀린은 기도할 때면 사랑하는 프랑스어로 돌아갔다. 프랑스어는 셀린의 제1언어이자 언니와 동생, 또 하느님과 통하는 은밀한 방언이었다. 셀린과 보비와 미미는 유모들이 가르쳐준 격의 없는 프랑스어로 아주 빨리 말했고, 파티장 한가운데에서도 손이 닿을 만큼 가까이에 있는 주변 사람들을 품평할 수 있었다. 소리 내어 웃는 대신 살짝 미소를 짓고 은근히 눈을 굴리고 입을 앙다물고 혀를 깨물면서 품평 대상이 결코 알아채지 못하게. 물론 그들이 어울리는 아이들은 거의 다 프랑스어를 배웠고 그 부모들도 대부분 프랑스어를 할 줄 알았지만, 자매들이 쓰는 프랑스어는 워낙 말이 빠르고 억양도 특이하고 표현도 희한해서 해독은 꿈도 꿀 수 없었다. 셀린은 이제 작은 종탑이 있는 판잣집인 퍼트니 학교 기숙사 침대 옆에 무릎을 꿇고 미래의 아기를 위해

기도했다.

몽 디외, 르 루아 뒤 시엘, 아퀴예 쉬르 타 퓌상스 앵피니 에 쉬르 테 프로메스*……

셀린은 빠른 말로 열심히 기도했고, 무릎을 꿇은 채 온몸이 흔들릴 정도로 흐느껴 울면서도 빠르게 읊조리는 기도는 느려지지 않았다. 하지만 앞길을 안내해달라는 기도는 하지 않았다. 그녀는 이미 결정을 내렸다.

그날 아침 셀린은 머리가 쪼개질 듯 아프다는 핑계로 학교의 주치의를 만나러 갔다. 오래된 학교의 친절한 할아버지 시골 의사였다. 은퇴하고 학교 주치의라는 한직을 맡은 건 도움이 필요한 사람들을 돕지 못하는 삶을 상상할 수 없기 때문이었다. 셀린은 가벼운 발걸음으로 들어가서 진찰대 끝에 걸터앉아 당당하게 턱을 치켜들고 차분한 회색 눈으로 나이 지긋한 의사를 똑바로 바라보며 말했다. "아무래도 저 임신한 것 같아요"—이런 경우에 그는 길 잃은 어린 양에게 최고의 목자가 되어주실 분이었다.

늙은 의사 선생은 히포크라테스 선서의 해석을 제외하면 세상 어떤 일도 근본주의적인 관점으로 바라보지 않고 대체로 '긴 안목'

* '천국의 왕이신 나의 하느님, 하느님의 무한한 권능과 약속을 믿사옵니다'라는 뜻의 프랑스어.

으로 내다보았다. 한 인간이 다른 인간에게 어떤 짓을 할 수 있는지 볼꼴 못 볼꼴을 다 보고 살았다. 와트 선생님은 강당 위층에 있는 병상 두 개짜리 양호실에서 셀린을 진찰하고 임신 육 주쯤 된 것이 확실하다고 말했다. 셀린은 열다섯 살짜리치고 너무 야위었고 다른 생명은커녕 제 몸도 가누기 힘들어 보였다. 호리호리한 망아지처럼 겅중대는 걸음걸이에 높은 광대뼈, 두드러진 코, 커다란 눈을 지닌 소녀로, 아름답지 않을 뿐 아니라 예쁘다 하기도 애매한 얼굴이었다. 날카로운 심미안을 지닌 어른들은 언젠가 그녀가 눈부시게 아름다운 여자로, 심지어 깜짝 놀랄 미녀로 성장할 잠재성을 보았지만, 지금은 침대 밑 작은 바구니에 미리엄이라는 이름의 생쥐 봉제인형을 넣어두고, 헛간 아래에 있는 웅덩이에서 수영을 하며 검은 수면에 붙들린 나방을 구출하는 데 시간의 절반을 쏟는 말괄량이에 불과했다. 집은 아주 멀리 있었고, 그녀가 계획했던 비밀요원이자 레지스탕스 투사로서의 미래는, 금요일 밤 학교에서 프로젝터로 틀어준 영화의 끊어진 필름처럼 명멸하며 퍼덕거리다 눈앞에서 하얗게 사라져버렸다.

아무 판단도 하지 않는 늙은 의사의 돌봄을 받으며 셀린의 방어막에 마침내 금이 갔다. 헐렁한 울 소재 바지의 단추를 채우고 레이스업 가죽장화를 신는데, 입술이 파르르 떨렸다. 셀린은 고개를 푹 숙이고 머리칼을 늘어뜨려 얼굴을 가렸지만, 친절한 와트 선생은 리놀륨 바닥에 톡 떨어지는 눈물 한 방울을 보았다. 선생은 방금 손을 닦은 수건을 등나무 바구니에 툭 던지고는 덜덜 떨고 있는 깡마른 셀린의 어깨에 손—나무 헛간을 짓고 나무에서 설탕 수

액을 채취하느라 류머티즘을 앓게 된 손이었다—을 얹고 말했다. "몇 가지 선택을 해야 할 거다. 오늘 부모님한테 말씀드리고 의논을 하는 게 좋을 거야."

"우리 어머니요." 셀린의 목소리가 머리카락 밑에서 희미하게 흘러나왔다.

"어머니라, 그래, 알겠다. 누구와 의논할지는 네가 결정하렴. 힌턴 선생님께는 말씀드리지 않으마." 힌턴 선생님은 퍼트니의 교장이었다. "그건 네게 맡겨둘 테니, 준비가 되면 말씀드리렴. 그래도 빨리 말씀드리는 게 나을 것 같구나. 음, 네 증후가 점점 눈에 띌 거고, 이런저런 조치를 취해야 할 테니까. 내 말은…… 만약……"

"무슨 말씀이신지 알겠어요."

의사의 말이 무슨 뜻인지 셀린이 어떻게 알아들었는지는 알 수 없었다. 셀린은 고개를 들고 꼿꼿이 허리를 펴고 양손의 손가락으로 뺨을 한 번 쓱 쓸었다. 남아 있는 유약함을 모두 쓸어내버리겠다는 듯이. 그리고 앙다물고 있던 입술 사이로 긴 한숨을 토했다. "감사합니다, 선생님. 절대로 선생님께서 베풀어주신 친절을 잊지 않겠어요."

의사 선생은 슬프게 웃으며 어떤 결정을 하든 도와주겠다고 말했고, 셀린은 짧은 울 재킷을 입고 곧장 도서관 건물로 가서 교장이자 학교의 창립자인 카멀리타 힌턴의 집무실로 들어갔다.

힌턴 교장 선생은 필요한 상황에서는 완벽한 프랑스어를 구사하고, 정말로 희귀한 감수성으로 그림을 그리고 색을 칠하는 이 가냘프고 수줍은 소녀를 좋아했다. 가을 학기 말 재학생 갤러리에서 열린 전시회에서 그녀는 셀린의 작품을 보고 충격을 받았다. 기이한 각도와 변덕스러운 순간을 포착하는 심미안이 돋보였을 뿐 아니라, 몇몇 작품은 아주 교묘한 재치가 아니라면 결코 자아낼 수 없는 희귀한 아름다움을 드러냈다. 셀린은 마치 자기가 가진 진정한 재능과 약점을 가리려고 최선을 다하는 것 같았고, 힌턴 선생은 그 본능적인 겸허함이 얼마나 값진 것인지 한눈에 알아보았다. 그러나 교장은 또한 개인의 재능을 키워주는 일보다 공동체의 건강과 활력이 언제나 우선이며 가끔은 끔찍한 희생을 치러야 한다는 것도 잘 알았다. 아이가 문을 열고 들어오자마자 힌턴 선생은 이 소녀가 기대하던 삶이 이제 박살날 위험에 처했다는 걸 알아보았다. "자, 앉으렴." 교장은 묵직한 의자를 손짓으로 가리키고는 일어나서 책상을 돌아 나와 옆에 있는 또다른 의자에 앉았다. 그녀는 소녀를 향해 몸을 돌렸다.

"일이 생겼어요."

셀린은 강철처럼 단단히 각오하고 왔다. 결코 단언도 홍정도 하지 않겠노라고. 셀린은 교장 선생님을 우러러보았고 불경하게 굴고 싶지 않았다. 잠시 셀린은 자궁이 있을 만한 부위를 전반적으로 살펴보았다. 제 몸안에 품은 신비스러운 생명의 위치를 짚어보며, 거기에 힘입어 필연적으로 닥칠 비난에 맞설 균형감각을 찾고 싶었다. 셀린은 혼자 고개를 끄덕이고, 둘 다를 위해 심호흡을 한 후 힌턴 선생님의 눈을 마주보았다.

"학교를 그만둬야 할 것 같아요, 죄송합니다."

교장 선생은 한쪽 눈썹을 치켜세웠다. 이런 건 처음이었으리라. 심문도 재판도 거치지 않고 묵묵히 처벌부터 받겠다니. 힌턴 선생은 어쩐지 슬퍼졌다. 이제는 이 학생이 더 마음에 들었고, 심지어 존경스러웠기 때문이다. 교장은 셀린이 학교에서 행복하게 지낸다는 걸 알고 있었다. 처음부터 그렇진 않았지만 시간이 지나면서 점점 그렇게 되었다. 셀린이 제자리를 찾으며 학업에서도 재능을 꽃피우고 두세 명의 반 친구들과 잘 어울려 다닌다는 것도 알았다. 역시나 예술가 기질이 있고 예민한 친구들이었다. 한 친구는 무용수였고 다른 친구는 뛰어난 바이올리니스트였다. 하지만 어떤 남자애가 셀린에게 관심을 보인다거나 하는 건 눈치채지 못했다. 학생들 사이의 성교는 엄격히 금지되어 있었고 처벌은 즉시 퇴학이었다. 남녀 학생이 동수인데다, 수업뿐 아니라 공부와 운동과 수학여행까지 함께 하는 남녀공학 기숙학교란, 당시에는 새롭고 용감한 시도였고 따라서 엄격한 규율이 반드시 필요했다. 카멀리타 힌턴은 흔히 보기 힘든 지휘관이었다. 공정하고 흔들림 없는 원칙주의자일 뿐 아니라 친절하고 너그러운 인도주의자였다.

"그렇구나. 이유를 말해줄 수 있겠니?"

"죄송합니다."

힌턴 선생은 연필 하나를 집어들고 손톱으로 심을 깎았다.

"임신을 한 거지." 결국 교장이 말했다. 소녀의 눈이 놀라 휘둥그레졌다가 순식간에 분노로 타올랐다.

"와트 선생님께서 전화하셨군요."

힌턴 선생은 고개를 저었다. "아니, 그러지 않으셨다. 원래 그러셔야 하는데. 난 아주 오랫동안 이 일을 해왔단다. 네가 문을 열고 들어오는 순간 알았어." 그러더니 셸린에게 손을 내밀었고 셸린은 잠시 망설이다가 그 손을 잡았다. 자비롭게도 힌턴 선생은 딱 한 번 위로하듯 손에 힘을 꼭 주고는 놓아주었다. 경기를 시작하기 전 개인적인 악감정은 없다는 의미로 상대팀 주장과 나누는 악수 같다고 셸린은 생각했다.

"너를 잃게 되면 정말, 정말로 마음이 아플 것 같구나. 어머니한테 전화드리고 싶니? 로린한테 우편물을 가져오라고 심부름을 시킬 테니까, 로린 사무실에서 전화를 쓰면 돼. 일단 어머니와 얘기를 끝내고 나서 내가 오늘 오후에 전화드릴 거라고 전하렴."

셀린은 면담하는 동안 단 한 번도 떨지 않았고 울지도 않았다. 전화로 얘기를 하자 바부는 놀랄 만큼 씩씩하고 현실적인 태도로 소식을 받아들였다. 한때 집안에서 일곱 명의 하인을 부리고 나치 침공의 그늘 아래 세 딸을 키웠으며 유부남 해군 제독의 애인으로 살아가는 어머니다운 태도였다. 셀린은 어머니의 반응에 큰 힘을 얻어 무거운 마음의 짐을 덜었다. 짧은 생애에서 처음으로 어머니란 무엇을 위한 존재인지 깨달았다. 셀린이 어머니에게 힌턴 선생이 퇴학 조치를 할 수밖에 없어 정말 유감이라고 했다는 소식을 전하자 바부는 딱 잘라 말했다.

"아니, 우리 꼬마 아가씨는 아무데도 안 갈 거야. 남자애하고 여자애를 다 같이 섞어놓고 우리한테 '투 아 페 비앵'*이라고 말한 사람은 교장이잖아. 이 문제엔 너보다 그 선생 책임이 더 커. 그러니까 뒤처리도 자기가 해야 할 거야. 자, 교장 선생한테 어서 와서 전화를 받으라고 전해주렴. 오늘 오후에는 엄마가 바빠서 전화받을 시간이 없을 것 같으니까." 셀린은 울고 싶기도 하고 웃고 싶기도 했다. 어머니의 도덕적 권위는 경이로웠다. 어쨌든 어머니가 여왕처럼 당당한 평정심을 보여준 이상, 이제 셀린은 교장 선생님 앞에서 눈물 한 방울 흘릴 필요가 없었다. 셀린은 이제까지 본 중에서 가장 강한 또다른 여성에게 수화기를 넘겨주고 폭죽이 터지기를 기다렸다.

* '다 괜찮다' 혹은 '다 잘될 것이다'라는 뜻의 프랑스어.

폭죽은 터지지 않았다. 셀린은 힌턴 선생님이 이렇게 말하는 것을 들었다. "알겠습니다. 그렇게 느끼실 수 있지요, 이해합니다. 진심으로 이해합니다. 하지만 우리 학교 교칙상…… 네, 네, 알겠습니다…… 아니요. 아닙니다, 저…… 기꺼이 말씀을 나눌 의향이 있습니다만…… 아닙니다. 내일 오후요? 글쎄…… 저는…… 글쎄요. 알겠습니다. 왓킨스 부인? 네…… 좋습니다, 기다리겠습니다."

전화를 끊을 때 원래 뺨에 붉은 혈색이 도는 카멀리타 힌턴의 얼굴에 핏기가 가셨던가? 셀린은 그랬다고 생각했다. 교장은 수화기를 내려놓고 말했다. "어머님께서 내일 우리를 만나러 오신다는구나."

▲

1948년 4월 19일 바바라 체니 왓킨스는 윌리엄 F. 홀시의 운전기사가 모는 차를 타고 이스트 68번가에서 버몬트주 퍼트니로 왔다, 제독을 동반하고서. 빌 해군 제독은 곧 장대한 최종 결전을 목도하게 될 거라고 생각했을지도 모른다. 제독은 바부에게 몇 번이나 말했다. 살면서 가장 큰 슬픔을 겪은 때는 침몰하는 배들을 뒤로하고 떠나왔을 때, 부하들이 불타는 기름 속에서 익사하고 해상구명조끼를 입은 채로 버려져 주위를 맴도는 상어 사이에서 겁에 질려 표류하도록 내버려두었을 때였다고. 그 끔찍한 광경은 악몽이 되어 그를 끝까지 쫓아다녔다. 그래서 어머니가 힌턴 교장과 담판을 짓는 동안, 제독은 양해를 구하고 빠져나와 셀린의 손을 잡고 정장 차림으로 천천히, 녹은 눈으로 질척거리는 흙길을 따라 걸으며 아득한 생각에 잠길 수 있었다.

셀린은 힌턴 교장의 집무실에서 무슨 이야기가 오갔는지 끝까지 알지 못했지만, 바부는 반드르르 윤이 나는 치렁치렁한 검은담비 모피코트를 싸늘한 4월의 바람에 휘날리며 교장실에서 나왔고, 셀린은 어머니의 태도로 보아 자신이 마음만 먹으면 언제든 퍼트니 학교로 돌아갈 수 있다는 걸 알았다.

▲

셀린을 제외하면 지금 살아 있는 사람 중에서 이 사연을 아는 사람은 행크뿐이었지만 그나마 조각조각 주워들은 얘기였다. 셀린은 행크에게 단편적으로 이야기를 들려주었다. 남자애와 어울렸다는 이유로 퍼트니 학교에서 하루아침에 퇴학당한 사연. 행크의 마음속에서—아마도 행크가 아들인 탓이 클 것이다. 아들은 원래 어머니에 관해 상상할 때 어느 선을 넘기를 꺼리는 경향이 있으니까—'어울린다'는 말은 늘 어머니가 친구와 함께 나무에 오른다거나 하는 행동을 상기시켰다. 자작나무라든가, 뭐 그런. 행크는 두 사람이 지붕처럼 우거진 녹음 아래서 담배 한 대를 나눠 피우고 키스를 하는 장면을 눈에 선하게 그릴 수 있었다. 옛날이니까 그 정도면 얼마든지 퇴학 사유가 되지 않았을까.

셀린은 바부가 기사 딸린 차를 타고 학교로 찾아와 힌턴 교장에게 한마디 따끔하게 쏘아붙이자마자 퇴학 선고의 효력은 끝났다는 얘기도 해주었다. 행크는 그 부분이 몹시 마음에 들었다. 행크에게 바부는 언제나 위풍당당해 보였기에 교장실에서 바부가 뭐라고 말했을지 상상하는 것이 즐거웠다. "친애하는 힌턴 교장 선생님, 호르몬 때문에 날뛰는 사춘기 남자애 백 명을 샤프롱*도 없는 어린 여자애들과 한 공간에 집어넣으면서 대체 무슨 일이 일어나리라 생각하셨던 거죠? 그것도 농장에서? 이런 경우는 듣도 보도 못했어요……" 바부는 만사가 어떠해야 하는지에 대한 원칙을 엄격하고 흔들림 없이 지키는, 개인적 신념이 확고한 사람 특유의 권위가 있었다. 많은 손자들도 바부를 열렬히 숭배했다. 아무리 어린 아이의 눈에도 바부는 오랜 생애를 살아오며 별별 일을 다 보고 사람이 얼마나 복잡하고 다층적인 존재인지 깊이 이해하는 사람이었다. 그리고 무엇보다도 손자들에게 크나큰 사랑을, 가늠조차 되지 않는 가없는 사랑을 베풀었다. 가끔 아이들이 바보 같은 짓을 해도 살짝 눈감아주고 모른 척해주었던 건 할머니 당신 역시 바보짓을 해보았기 때문이었다.

바부는 행크에게 본의 아니게 셀린의 이야기를 조금 들려주었다. 둘은 칵테일을 몇 잔 마시고 해변 위쪽으로 소택지가 보이는 포치에 앉아 있었다. 행크가 고등학교를 막 졸업했을 때였다. 나방이 포치 등불에 부딪히고 왜가리가 부들 수풀에서 꾸룩거리고 개

---

* 사교 행사에 젊은 여성과 동반하는 보호자.

구리가 우렁차게 울어대고, 이따금 아주 작은 반딧불이가 깜박였다. 바부는 행크가 퍼트니에서 신나고 즐거운 학창시절을 보냈다니 기쁘다면서, 셀린이 2학년을 거의 쉬다시피 해서 졸업도 못할까봐 정말 걱정했었다고 말했다.

행크가 말했다. "어머니가 한 학년을 거의 쉬었다고요? 그런 얘기는 안 하셨는데. 왜요?"

바부가 보드카토닉의 얼음을 달가닥거리며 흔들었다. 그녀는 재빨리 행크의 표정을 살피고는 입을 꾹 다물었다. "글쎄다, 퇴학당할 뻔했거든."

"알아요. 그런데 할머니께서 안나 카레니나처럼 검은담비 모피코트를 휘날리며 거기로 쳐들어오셨다면서요. 엄마가 말해주셨어요."

바부는 소리 내어 웃었다. "안나 카레니나한테 검은담비 모피코트가 있었을지는 잘 모르겠구나. 그 빈혈증 걸린 끔찍한 남편은 돈 쓰는 데 몹시 인색했을 것 같은데, 안 그러니? 카레닌인가? 그 남자의 파리한 손에 도드라진 파란 핏줄에 대한 묘사는 도저히 잊을 수가 없단 말이야." 바부는 과장되게 부르르 떠는 시늉을 했다. 바부는 볼수록 놀라운 사람이었다. 성향은 천주교에 가까웠지만 세상에 안 읽은 책이 없는 것 같았다. 바부가 아버지 찰스 체니의 반대에도 불구하고 바사대학에 일 년 다녔다는 건 알고 있었다. 찰스 체니는 좋은 가문의 딸들은 대학에 다니면 안 된다고 생각했다. 바부는 대학을 다니다가 해리 왓킨스와 결혼하면서 중퇴했다. 바부는 술을 홀짝였다. "아니야, 네 어머니는 몇 가지 결단을 앞두고 있었는데 워낙 낙타처럼 고집이 셌지."

그 표현. 할머니가 '노새'라고 했다면 그냥 진부한 표현이기에 별 생각 없이 넘어갔을 것이다. 하지만 등에 혹이 달린 낙타가 나오자 특정한 이미지가 연상되면서 행크는 하마터면 놀라서 의자에서 벌떡 일어날 뻔했다. 왠지 모르지만, 이상하게 부풀어오른 낙타 등짝의 혹을 생각하자, 둥글게 부푼 배를 안은 젊은 셀린이 결단을 앞두고 낙타 옆에 서 있는 모습이 눈앞에 그려졌던 것이다. 그 순간 행크는 처음으로 어머니가 임신을 했던 것이라고 확신했고, 그 깨달음에 이어 휴학을 했던 것도 고집스럽게 아기를 낳겠다고 우겼기 때문이라는 걸 알았다.

그 말은 행크에게 형이나 누나가 있었다는 의미였다.

바부는 행크가 받은 충격을 눈치챈 모양이었다. "자, 저녁식사를 할 때가 됐네. 할머니는 배가 고파 죽겠는데 넌 안 그러니? 조앤이 또 양갈비를 엄청나게 구워놓은 모양이구나. 유황냄새가 나는 걸 보니." 그녀는 등나무 의자를 뒤로 젖혔다.

"바부?"

"그래 아가?"

"엄마가 임신했었다는 얘기를 해주지 않으시려는 거예요? 그게 '어울렸다'의 진짜 의미인가요?"

"어울린 건 그냥 어울린 거야. 자, 이제 술잔을 가지고 식탁으로 가자꾸나. 늙은 할미를 자꾸 속상하게 하지 말고." 대화는 끝났고, 사건은 종료되었다.

이듬해 봄 셀린은 다트머스대학으로 행크를 보러 왔다. 빨간 폭스바겐 버스를 몰고. 행크는 그 짐승 같은 차를 몰고 다니는 어머니를 사랑했다. 히피 버스를 모는 우아한 사립탐정이라니. 셀린이 기숙사 앞에 차를 세우자 엔진이 80퍼센트는 우짖는 소리에 가까운 특유의 화려한 소음을 내며 행복하게 포효했다. 그리고 셀린이 카키색 재킷과 청바지 차림으로 버스에서 내린 순간, 행크는 어머니가 세트장 밖에서 휴가를 즐기는 영화배우 같다고 생각했다. 그 첫날 오후 두 사람은 강을 건너고 언덕을 넘어 버몬트주 노리치로 가서 강둑에 통나무를 기대놓고 그 위에 깡통을 나란히 배치한 다음, 행크가 여름에 통조림 공장에서 일해 번 돈으로 산 매그넘 44구경을 쐈다. 곰을 만날 때를 대비해 호신용으로 산 총이었다. 셀린은 집중에 도움이 된다는 주시프루트 껌을 씹으며 먼저 총을 쏘았는데 목표물을 놓치지 않았다. 그녀는 솜씨 좋게 탄창을 열고 오래된 낙엽이 깔린 바닥에 탄피를 쏟았다. "쓰레기는 나중에 한꺼번에 처리하자. 총의 밸런스가 아주 좋은데. 귀 보호 장구는 꼭 필요하겠다."

지금 아니면 기회가 없으리라. "엄마, 왜 헤어진 혈육을 다시 찾는 일을 하세요? 수사 능력도 엄청 대단하신데. 어째서 범죄자를 쫓지 않으시는 거죠?"

셀린은 손을 재빠르게 움직여 탄창을 제자리에 끼운 후 총신 쪽을 멀리 해서 행크에게 총을 건네주었다. "이걸 '베어 미니멈'이라고 한다지만 회색곰을 만나면 이마에 명중을 시켜야 살겠다." 셀린은 공터를 가로질러 걸어가서 깡통을 일렬로 놓았다.

"범죄자는 왜 안 다루세요?" 행크가 물었다. "훨씬 짜릿할 거 같은데."

"안 그래. 한 번 해봤는데 슬프다는 생각이 들었어."

"슬프다고요?"

"그 사건 기억 안 나니? 일을 처음 시작했을 때 FBI하고 했던 일."

"기억이 흐릿해요. 다시 한번 쏘실래요?"

"네가 쏴. 엄마가 코치해줄게. 잠깐만." 셀린은 버스로 돌아가서 스티로폼으로 된 귀마개 두 봉지를 가지고 돌아왔다. "여기. 네 애의 첫 옹알이는 들어야 하지 않겠니." 셀린은 귀마개 하나를 자신의 오른쪽 귀에 쑤셔넣었다. "이렇게, 좋아"—목소리를 높이며—"이제 귀마개 빼봐! 너한테 해주고 싶은 얘기가 있다."

행크는 귀마개를 뺐고 두 사람은 이끼로 뒤덮인 바위에 앉았다. 셀린은 껌을 뱉어 나중에 씹으려고 귀 뒤에 붙여두었다. 그런 비밥 재즈 스타일의 제스처는 1950년대에 유행했던 〈기젯〉 같은 청춘 로맨스 영화에서나 본 것 같다고 행크는 생각했다.

"은행 사기 사건이었어." 셀린이 말했다. "거액의 돈이었지, 정말로 엄청난 거액이었어. 그 남자는 하트퍼드의 훌륭한 가문 출신이었고—브레이너드 집안 너도 기억할 거야—FBI는 그 사회에 자연스럽게 어울리며 전화를 돌릴 수 있는 사람이 필요했지. 뭐, 한 이십 분쯤 걸렸을걸. 그 사람 고모가 우드스톡의 톤티스 바로 옆에 집을 한 채 갖고 있었고 다들 함께 테니스를 쳤거든. 내가 연락하니까 그 고모님이 아주 기뻐하셨어. '아니, 왜 이렇게 오랜만에 프랭클린하고 연락을 하려는 거니?' 그러시더라, 약간 수상쩍어하셨지. 그래서 여쭤보기가 창피했다고, 프랭클린은 내가 옛날에 좋아하던 남자라고, 잊지 못하고 평생 마음에 간직하게 되는 그런 남자 중 하나라고 말했어. 그러니까 그 고모님이 신이 나서 이러시더라, '나도 그런 남자가 한둘 있단다, 얘야.' 나는 뉴포트로 이사를 가려고 책상 정리를 하다가 제10산악사단 시절 프랭클린의 인식표를 발견했는데 돌려주고 싶다고 말씀드렸어. 그녀는 정말로 주소를 가지고 있었어. 내 몫의 조사는 다 한 거야. 프랭클린은 네 삼촌

조지하고 같이 제10산악사단에서 복무했거든. '아, 개가 정말 좋아하겠구나.' 고모님이 말씀하셨어. '그애 인생 최고의 시절이었을 거야. 솔직히 요즘 애가 좀 위축돼서 힘든 시기를 보내고 있거든. 그걸 받으면 힘이 좀 날 거 같구나.' 그리고 올드그리니치의 주소를 주셨지. 그래서 난 시작부터 인간쓰레기가 된 기분이었어."

셀린은 행크에게 당시에는 잠복할 때 쓸 장비도 아직 갖추지 못한 상태여서 오페라글라스를 써야 했다는 얘기도 해주었다. 셀린은 낡은 볼보를 몰고 코네티컷으로 가서 언덕에서 몰래 그곳을 감시했고—마구간과 하얀 가로장 울타리가 쳐진 승마장이 딸린 고급스러운 저택이었다—노래하는 새 한 마리가 어깨에 앉았을 때 아주 뿌듯했다는 얘기도 했다. 마침내 프랭클린이 나왔다. 중범죄를 저지르고 도망자 생활을 하는 범인이 확실했다. 서류의 사진과 일치했다. 닳아빠진 범죄자처럼 보이지는 않았고, 가벼운 군청색 라코스테 면 스웨터를 걸친 모습이 그저 중년으로 들어서는 좀 딱한 남자처럼 보였다. 그는 메르세데스 벤츠에 올라탔고 셀린은 그리니치의 점잖은 이면도로를 타고 뒤를 밟았다. 어느 시점에 그가 미행당하고 있다는 걸 알아차리고 속력을 높이기 시작한 바람에 잘 정돈된 시골길을 따라 '초고속' 추격전이 벌어졌다. 셀린은 죽어라고 미등에 따라붙었다—"그 고물차가 서너 번은 전복할 뻔했다니까"—그리고 결국 남자는 불타는 호기심에 무릎을 꿇었다. 도대체 운전대 위가 잘 보이지도 않으면서 볼보를 모는 저 잘 차려입은 숙녀는 누구지?

"프랭클린은 차를 갓길에 세우고 넋이 빠지고 어리둥절하고 약간 겁먹은 표정으로 차에서 내렸어. 나는 그에게 다가가 말했지, 메리벨 햄프슨의 조카인데 FBI에게 그를 검거하라는 요청을 받았다고, 그가 한 행동은 한마디로 잘못된 짓이라고. '당신이 한 행동은 한마디로 잘못된 짓이에요, 프랭클린. 사태를 바로잡아야 해요. 그게 모두에게 최선이에요. 점잖은 분이니까 점잖게 행동해야죠." 행크는 아담한 셀린이 눈에 선했다. 행크의 확실한 윤리의식은 어머니에게서 물려받은 것이었다. 그 불쌍한 남자는 상대도 되지 않았으리라. 셀린은 그를 검거했다. "그쪽 차는 집에 갖다 두고 나하고 같이 시내로 가요. 가는 길에 얘기는 충분히 할 수 있을 테니까."

프랭클린은 강아지처럼 셀린을 따라갔다. 셀린은 그를 은행까지 데려다주었고, 거기서 지점장과 요원 몇 명을 만났다. "수갑을 채울 때 나를 보던 그 남자 표정이 말이야, 꼭 흠씬 두들겨맞은 개 같았어, 행크. 다시는 그런 표정을 보고 싶지 않아." 셀린은 긴 한숨을 토했다. "다시 생각해봤는데, 그 총 좀 줘볼래?" 셀린은 행크가 들고 있던 탄환 여섯 개와 권총을 가져가 딴 데 정신이 팔린 채로, 아무 생각 없이 엄지로 쓱쓱 장전했다. 그리고 행크가 본 것 중 가장 빠른 연사로 깡통 여섯 개를 단번에 날려버렸다.

어머니를 우러러보는 건 멋진 일이지만, 정신이 팔려 실마리를 놓칠 행크는 아니었다. 추억에 주의가 산만해진 어머니가 방심한 틈을 타서 행크가 물었다. "우와. 멋져요. 그래서 범죄자 잡는 일을 안 하시는 건 알겠는데, 혈육을 찾아주는 일은 왜 하세요? 그냥 제 생각인데 혹시 옛날에 아기를……"

셀린이 홱 돌아보았다. 숨결이 거칠었다. 경증의 폐기종 때문일 수도 있고, 감정이 복받쳐서일 수도 있었다.

"다시는 그런 소리 입 밖에도 꺼내지 마, 알겠니?"

"하지만 저한테 형이나 누나가 있다면……"

셀린은 입을 앙다물고 밭은 숨을 몰아쉬었다. 커다랗게 치뜬 눈에 물기가 어려 반짝였고, 행크는 셀린의 고통에 움찔했다. 그리고 고개를 끄덕였다. "알았어요, 다시는 안 그럴게요."

하지만 정말로 납득하지는 않았다. 며칠, 몇 주, 몇 년이 지나도 행크는 자기한테 형이나 누나가 있다는 확신을 떨칠 수가 없었다. 행크는 훗날 이모 보비가 죽기 직전 그 얘기를 좀더 듣게 되겠지만, 그때까지는 아직 이십이 년의 세월이 남아 있었다.

# 6

자동차 여행은 마음을 자유롭게 해주고 영혼의 활력을 되찾아주고 닥터페퍼와 데리야끼 육포로 몸을 충전해준다. 셀린은 매번 그것을 실감하며 이보다 더 좋은 게 어디 있겠냐고 생각했다. 셀린과 피트는 괴물처럼 거대한 덴버 스타디움을 한 바퀴 돌아서 25번 주간州間고속도로에 진입해 북쪽으로 달리기 시작했다. 운전은 셀린이 했다. 셀린은 운전을 아주 잘했다. 피트는 청년 시절 뉴욕으로 오면서 운전을 접었다. 면허증 유효기간도 오래전에 지났지만 끝내 갱신하지 않았다. 피트는 마음을 거대한 저택의 내부로 보고 끝없이 리모델링하는 상상을 하기를 좋아했는데, 운전을 안 하게 되면서 꽤 넉넉한 정신적 여유 공간을 확보하게 되었다. 두 사람은 와이오밍과 몬태나의 도로 전도와 자세한 지형지물을 기록한 지도, 지명목록집을 고루 갖추고 있었다. 능선과 협곡과 벌목꾼들이 쓰던 옛 이면도로를 자세히 담은, 피처럼 붉은 색깔의 이 지도들은 멋진 필수품이었다. 다운타운 아쿠아리움을 지나치다가 셀린이 간판을 가리키며 말했다. "해산물 레스토랑 체인이 저 아쿠아리움을 샀다는 얘기 들었어?"

"왜 하나도 놀랍지가 않을까." 피트가 말했다.

"사실이래." 셀린이 말했다. "상상해봐! 물고기를 구경하면서 걔네 사촌을 먹을 수 있다니. 거기 사는 물고기들한테는 소름 끼치는 일 아닐까? 여기." 셀린은 앞좌석의 두 사람 사이에 놓인 가방에 한 손을 꼬물꼬물 넣더니 소고기 육포가 가득 든 플라스틱 통을 꺼냈다. "하나만 꺼내줄래, 피트?"

육포는 셀린이 자동차 여행을 할 때 제일 좋아하는 간식이었다. 아니, 제일 좋아하는 주식이 맞겠다, 땅땅. 육포와 마지팬*만 먹고 살 수 있으면 셀린의 행복은 완전해지리라.

피트가 트럭 대시보드에 달린 내비게이션 화면을 확인해줄까 묻자 셀린은 질색하며 손사래를 쳤다. "그러면 불안해져." 셀린이 말했다.

"정말?"

* 아몬드 가루와 설탕을 버무려 만든 과자.

셀린은 육포 한 점을 물어뜯었다. "내비게이션은 끔찍한 발명품이라고 생각해. 이제 지도를 읽을 줄 아는 사람이 아무도 없잖아. 파란 선을 따라가기에만 급급할 뿐 이 세상에서 내 위치가 어디인지는 전혀 모르지. 미로를 헤매는 생쥐와 뭐가 달라. 파이크스피크나 사우스플랫강을 기준으로, 아니면 신을 기준으로 내가 어디 있는지 어떻게 아느냐고?"

피트는 메인주 페놉스콧베이의 어느 섬에서 성장했고, 거기서는 모든 사람이 거의 언제나 신을 기준으로 자기가 어느 자리에 있는지 아주 잘 알았다. 그래서 셀린의 요지를 이해했다.

"넓은 맥락 얘기가 나왔으니 말인데," 피트가 말했다. "우리가 뭘 어떻게 할 건지 얘기해봐야 하지 않아?"

셀린은 잠시 도로에서 눈을 떼고 여유롭게 한 박자를 들여 남편을 뜯어보았다. 비유를 이어가자면, 남편은 벌써 이십 년째 셀린의 테이블에 이 지도들을 펴주고, 언제나 더 넓은 땅이 있다는 걸 상기시켜주었다. 셀린이 길을 잃으면 찾을 수 있게 도와주고, 전진할 수 있는 길은 아주 여러 갈래라는 점을 다정하게 상기시켜주곤 했다. 피트는 아주 희귀한 품종의 새였다.

"좋아." 셀린이 말했다. 이 대목을 셀린은 아주 좋아했다. 피트는 사건과 관련된 사실들을 조목조목 늘어놓을 것이다. 피트는 남달리 잘 훈련된 정신의 소유자였기에, 셀린은 지하 작업실에서 쓰는 끝과 대패부터 사건의 실마리나 어지러운 단서들에 이르기까지, 피트가 모든 걸 선택하고 정리하는 방식을 좋아했다.

피트는 기자용 공책을 꺼내들고 할아버지 것 같은 돋보기안경을 귀에 걸었다. "자, 우리한테 단서가 별로 없는데. 그래도……" 그러더니 피트는 얼굴을 찌푸렸다.

하지만 언제나 그랬다. 단서는 늘 없었다. 셀린은 확보된 단서가 영零에 수렴할 때 제일 즐거웠다. 그들에게 친부모를 찾아달라고 오는 청년이 가진 단서라고는 입양 기관의 이름이나 자신이 버려진 마을 이름, 잘못된 정보 한 조각—예컨대 어머니가 라운지음악 가수였다거나 뭐 그런 풍문—밖에 없는 경우가 허다했지만, 두 사람은 그런 사건을 수십 건 해결했다. 봉인된 기록과 수많은 의문의 먹구름에 휩싸인 유년기 외에는 아무것도 없는 사건.

피트는 목을 가다듬었다. "가브리엘라의 아버지는 폴 장클로드 러몬트고 1931년 소살리토에서 태어났어……" 피트는 사실관계를 읊으면서 자기 의견을 말하는 경우가 거의 없었지만 이번에는 토를 달았다. "그게 몇 가지 설명을 해줄 것도 같은데."

"무슨 뜻이야?"

피트는 안경을 벗고 늘 조끼 주머니에 넣고 다니는 하얀 손수건으로 알을 닦았다. "그냥 감이야. 당시에 소살리토는 밀수업자와

주류 밀매업자의 온상이었어. 만 건너편으로 샌프란시스코를 마주보고 있었지만 고립된 지역이었지. 금문교는 1937년에야 완공되었거든. 술을 잔뜩 실은 어선들이 밤에 금문해협을 통과해 들어와서 '어획물'을 내리면 모터보트들이 그날 밤이나 다음날 밤 일찍 만을 가로질러가곤 했어. 어두운데다 안개까지 끼면 위험한 작업이었지. 만을 횡단하는 건 굉장히 힘들고 조류도 위험 요소거든. 사망자가 많았지. 술 말고 다른 물건들도 그런 식으로 반입되었어. 총기, 아편, 심지어 방탕한 여자들까지."

"슬프고 절박하고 착취당하는 성매매 여성들이겠지."

"내 말이 그 말이야."

"그래서?"

"잘은 모르겠어. 모험가와 아드레날린으로 충만한 마을이었다는 거지. 굉장히 터프하고. 사람과 차와 상품이 정신없이 오가고. 거대한 페리가 만 건너편으로 자동차를 실어 옮겨주면 그대로 101번 구舊도로를 타고 북쪽이나 남쪽으로 직행하기도 했대. 가브리엘라에게 아버지 쪽 조부모에 대해 아는 게 있느냐고 물어봐야 할 것 같아. 어쩌면 학교 선생이었을지도 몰라."

"그런데 그게 무슨 상관이야? 사건하고?"

"뭐, 그냥 이 나라에서 정말로 '틀에 박히지 않은' 도시가 있었다면 바로 여기였다는 얘기야. 끝없는 이동, 위험. 험한 바다와 문명세계 가운데 자리잡은 장소, 어떤 관문. 1920년대부터 이미 이곳에는 수상주택에서 사는 사람들이 있었어. 아무도 정해진 규칙을 따르지 않았지. 내가 받는 느낌은 그런 거야. 바로 만 건너편에 세계 최고의 도시 중 하나를 두고 살았단 말이야. 엄청난 부와 매력으로 유혹하는 도시를. 보통의 경우라면 쉽게 보트를 타고 건너갔을 테지만, 여기서는 자기네를 건드릴 수 있는 건 아무것도 없다는 인식이 팽배했어. 자기네가 정한 규칙대로 살면 된다는 느낌. 그곳의 분위기를 체화하며 자란 아이가 있다면, 아마 무슨 일을 하든 남이 하는 방식은 따르려 하지 않을 거야. 자기만의 북소리에 맞춰 행진할 테지. 러몬트의 사진 본 적 있어?"

"당신은 있어?"

"글쎄." 피트는 어부나 농부처럼 시간을 지키며 살았다. 보통 새벽 다섯시가 되기 전 어두울 때 일어났다. 고향에서는 젖소의 젖을 짜거나 창고에서 땔감 조각을 주워 부엌문 밖에 쌓아두었지만, 이제 피트는 브루클린의 조용하고 천장 높은 스튜디오에 살고 있었다. 브루클린브리지의 늘어진 케이블 불빛이 창가에 줄지어 비치고, 그 아래로 견인선이 바지선을 끌며 미끄러져가는 풍경이 보이는—때로는 배터리공원 근처에서 무적霧笛이 울리는—바로 그때, 셀린이 위층에서 잠들어 있는 그때를 피트는 하루의 심장부라 여겼고, 이 시간에 커다란 창문 아래 컴퓨터 앞에 앉아 파란 액정 불빛만 밝힌 채 현재 조사중인 사건을 열어 인터넷을 참조하며 실마리를 따라 황당한 논리적 비약을 거듭했다. 그럴 때면 피트는 상상력이 제멋대로 날개를 펴도록 확 풀어놓았다. 이런 과정에서 우연히 발견한 단서가 사건을 해결할 때도 있었다. 간밤에 피트는 폴러몬트의 인상적인 작품 카탈로그를 세심하게 살펴보았다. 야생의 자연, 피사체가 된 줄 모르는 동물, 극한 상황에 처한 원정단, 지진 생존자, 전쟁 사진도 있었다. 예민한 감수성과 함께 흔치 않은 다정함, 탁월한 아름다움을 자아내는 색감이 담긴 사진들이었다.

셀린은 한 손을 피트의 다리에 얹었다. 남편의 사적인 세계—셀린이 결코 볼 수 없는 동트기 이전의 세계—는 셀린이 이 남자를 사랑하고 한없이 귀히 여기는 이유 중 하나였다. 셀린에게 사랑은, 배우자에 대한 사랑은 미스터리 없이는 불가능했다. "괜찮아." 셀린은 말했다. "당신이 이른아침에 나 몰래 커닝하는 거 다 알아."

"생각해봐." 피트가 말했다. "러몬트는 무섭게 똑똑한 사람이야. 공립학교를 나와서 케임브리지에 있는 우리 학교*를 일 년 반 동안 다니다 중퇴한 것만 봐도 알 수 있지. 피바디미술관에서 일하는 당신 사촌한테 전화했는데……"

셀린은 흥분해서 손을 치켜들어 휘저었다. "로드니!" 로드니는 셀린이 제일 좋아하는 사촌이었다. 그녀의 집안에서 '틀에서 벗어

* 하버드대학교를 가리킨다.

난 삶을 사는' 또 한 사람이기도 했다. 하버드 호턴도서관의 문서 큐레이터 겸 피바디미술관 자문—큐레이터로서는 세계 최고의 일자리다—을 맡고 있는 로드니는 맨해튼 음악학교에서 학사학위를 받고 대학원 과정은 밟지 않았다. 그의 직위에서는 전대미문의 경력이었다. 그는 또한 열정적인 비올라 연주자에 아마추어 작곡가였으며 훌륭한 위트의 소유자였다. 셀린은 로드니를 정말 좋아했다. 어린 시절 로드니도 여름마다 피셔스섬에 와서 몇 주씩 머물렀고, 셀린의 대리 오빠 역할을 훌륭하게 해주었다. 로드니는 마술 같은 일을 수월하게 해내는 사람이었다. 셀린이 퍼트니를 졸업한 직후 비열하기로 유명한 놈과 얽혀 여름 한철 동안 그 연애로 괴로워할 때, 로드니가 8월의 밤중에 차를 몰고 섬으로 와서 그 양아치를 상대로 협상해 셀린이 스테이션왜건을 받게 해준 적도 있었다. 명의까지 인계하고 확실히 매듭짓게 했다. 셀린은 기쁜 나머지 울음을 터뜨리며 사촌오빠의 목을 덥석 껴안고 남자보다 차가 천배는 더 좋다고 선언했다. 로드니는 셀린을 위해서라면 뭐든 다 해줄 사람이었고, 언제든 의지할 수 있는 최고 수준의 연구 사서가 있다는 건 셀린의 일에서 값을 매길 수 없는 귀중한 자산이었다.

"로드니." 피트가 겉으로 질투심을 전혀 드러내지 않으며 되풀이해 말했다. "로드니가 러몬트 씨의 하버드 성적증명서를 손에 넣었대."

"그런데?"

"올 A를 받고 세 과목에서 수석을 했어."

"무슨 과목인데?"

"동양 종교학, 당신 옛날 친구 래티모어하고 같이 들은 고대 중국문학 개론, 그리고 예술사. 히로시게*에 대해서 우등 논문을 썼더라고."

"그게 무슨 상관인데?" 사건과의 연관성을 묻는 것이었다. 셀린은 끈질겼다.

"뭐, 그 남자의 사고방식을 생각해봐. 단순히 사고방식이 아니라 심리적 경향, 나아가 영적 방향성을. 요란하게 반항적인 반문화적 도시 출신이야. 다들 괴상한 모래성에 살고 있는 닥터 수스**의 마을 비슷한 곳이지. 무슨 일이든 가능할 것처럼 느껴지는 바닷가 마을. 그런데 하버드에 진학해. 아마 모교 최초일 거야. 하지만 의학이나 공학이나 심지어 정치학처럼 실용적인 분야에는 전혀 집중이 안 되는 거야. 그래서 동양학과 이국적 인문학을 폭넓게 공부하지. 하지만 그것마저 너무 지루해. 중퇴를 하지. 삼 년 후에 브라질 여자와 결혼해. 귀족 가문 출신에 마토그로소 유지의 딸로, 아버지 가문의 족보는 레콩키스타***까지 거슬러올라가. 자칭 인류학자

---

* 19세기 일본 화가.

** 미국의 유명 동화 작가.

*** 8세기에서 15세기에 걸쳐 기독교도가 이베리아반도를 점령한 이슬람교도에 대항

에 아마나라는 시적인 과라니어 이름, 게다가 크레올과 아시아인의 혈통이 수세기에 걸쳐 섞인 피를 지녔지. 대단한 미녀에 지극히 조용하면서 내성적이고 올리브빛 피부를 지녔어. 그에 따른 사회적 시선을 생각해봐. 최소한 원치 않는 이목과 호기심을 끌었겠지. 그 결혼은 말하자면 '다 꺼져, 내 맘대로 할 거야' 같은 태도의 표출이었던 거야." 피트는 짧게 콧노래를 흥얼거렸다. 그의 버릇 중 하나로, 웃음보다는 조금 가벼운 감정의 표현이었다. "러몬트가 사랑에 빠진 건 확실해, 그건 의심의 여지가 없어. 그냥 단순한 정치적 선언이 아니었어. 그 인물 사진들은, 역시나, 어마어마하더라고."

"인물 사진?" 셀린이 산악자전거를 싣고 미네소타 번호판을 단 폭스바겐을 추월하자 젊은 커플이 미소를 지으며 손을 흔들었다—캠핑카끼리의 인사였다. 셀린도 손을 흔들어 답했다. 중서부 사람들은 정말 붙임성이 좋았다.

"아마나를 찍은 누드 사진이 무려 이백 장 가까이 아카이브에 있더라고. 인물 사진도 수십 장 있고. 그냥 아마나의 얼굴, 손, 귀, 뒤통수 사진 같은 거. 아까 말했지만 대단한 미인이었어. 아마나가 꽃꽂이를 하는 사진만 해도 수십 장이 더 있었고. 꽃꽂이의 달인이었대. 상파울루에서 공부하던 시절 일본계 친구한테 배웠다고 하더군."

---

해 벌인 국토회복운동.

"흐으음." 셀린이 이제 여행길에 올랐다는 걸 피트는 알아챘다. 그녀는 어떤 얘기에 몰입하면 피트가 이른새벽에 하듯 자유롭게 상상력을 펼쳤다. 두 사람의 정신세계는 문제에 접근하는 방식이 아주—정말로 아주—달랐다. 피트는 분석적이었다. 셀린 역시 분석적인 사고가 가능했지만 무엇보다 본능적인 육감, 후각을 믿었고 별로 틀리는 법이 없었다. 셀린은 특이점, 아무도 보지 못하는 동기, 오묘한 풍취를 보았다. 피트는 특정 행위의 추세선, 또다른 원인으로 이어지는 결과의 개연성을 좇았다. 그러나 두 사람 모두 창의적으로 사고했고 상상력이 마음껏 배회하도록 고삐를 풀어주었다.

"그 여자에 대해서는 나도 좀 아는 게 있어." 셀린이 말했다.

피트는 숱 많은 한쪽 눈썹을 치켜세웠다.

"자기가 자료를 미리 커닝하는 사이에 나는 시시한테 전화를 걸었거든. 기억나? 리치먼드 디스트릭트에 살고 그 프랑스계 미국 학교에 아들을 보냈잖아. 세인트앤이 워낙 문을 연 지 얼마 안 된 학교라 초창기에는 우리끼리 얘기를 많이 했거든. 시시 말이 아마나가 학부모 회의에 왔었대. 틀림없다고 했어. 눈동자가 초록색인 눈부신 브라질 미녀였는데, 몹시 내성적이고 딸이 2학년이었다고. 다들 이런 실험적 교육을 한다는 사실에 들떠 있었지. 아이들에게 전례 없는 수준의 믿음을 주는 동시에 온전히 다문화적 교육을 시켜준다는 그런 느낌이었어. 아이들이 자기표현을 하도록 허락하면서 프랑스어와 문화를 몰입 교육으로 가르치고, 수학, 과학, 역사, 영어 같은 예상 범위 내의 학제에는 조심스럽게 접근하는 방식이라 설레고 흥분된다고 의견 일치를 봤지."

"그런데 시시가 기억이 난대?" 피트가 몸을 앞으로 기울였다. 그 역시 호기심이 동했다.

"아주 똑바로 앉아 있었대."

"그리고?"

"검은 머릿결이 생생하게 눈앞에 떠오른대. 굉장히 값비싼 원목의 곡선처럼 한 덩어리로 흘러내렸다는 거야. 조각 같은 모습이었대. 아주 세련되고. 그런데 아마나가 마음 한구석에 숨긴 회의를 자기가 슬쩍 본 것 같았다고 시시가 그러더라. 아마나가 받은 교육은 당시 찬양하던 방식과는 정반대였으니까."

"다른 건 더 없고?"

셀린은 고개를 저었다. "별건 없어. 아까 말했지만 눈이 초록색이었고 몹시 조용했대. 두 마디 이상 말하는 걸 못 들어봤다는 거야. 미소가 기억난대. 수줍지만 진지한 미소. 어쩐지 순수한 면이 느껴지는 미소였다나. 자기가 본 사람 중에서 가장 아름다운 여자였다고 하더라. 외모뿐 아니라 몸가짐, 미소에서 은근히 엿보이는 내면까지. 학부모 회의가 열리고 몇 달 뒤에 죽었을 거야."

일이 분가량 두 사람은 말없이 차를 달렸다. 운명이 남기는 깊은 여운에 관해 사색에 잠겼을 것이다. 차는 덴버 북부의 탁 트인 전원으로 나와 좌측에 있는 산맥과 나란히 달렸다. 광막한 로키산맥 국립공원의 울퉁불퉁한 산봉우리에 갓 내린 9월의 눈이 먼지처럼 흩뿌려져 있었다. 갈변한 목초지는 마지막 낫질을 한 뒤로 시간이 지나 삐죽삐죽 자라 있고 목장 연못들은 어둡고 한기 도는 푸른색이었다. 산울타리와 늙은 미루나무 방풍림은 보드라운 연녹색 빛깔이 살짝 변하려는 참이었다. 한 달만 더 있으면 불꽃처럼 화려하게 단풍이 번지리라. 셀린은 트럭을 제한속도인 시속 75마일 이상으로 몰았다. 차량 통행이 한산했다.

"그래서 무슨 생각을 하는 거야, 피트?" 마침내 셀린이 말했다.

"뭐, 상상해보라는 거지. 러몬트는 관습적인 건 무조건 거부하는 남자야. 그는 타인의 이목을 끄는 세련되고 내향적인 남아메리카 미녀지만 자기 친구들보다 훨씬 훌륭한 영어를 구사하는 여자와 결혼했지. 오로지 예술가만 할 수 있는 사랑, 치열한 심미안을 지닌 연인만 할 수 있는 사랑을 한 거야. 프리랜서 사진가로 돈을 벌고—놀라울 건 없지만—머나먼 이국땅을 여행하면서 극한 상황에 자신을 몰아넣어—역시나 놀라운 일은 아니지—온갖 상을 휩쓰는 사진을 찍어 돌아오는 거야. 둘 사이에는 아이가 하나 있어. 아내만큼이나 아름다운 딸아이지. 눈부신 아내를 찍은 사진 못

지않게 아마나와 가브리엘라가 함께 찍은 사진, 또는 가브리엘라 혼자 찍은 사진도 많더라고. 아이가 학령에 다다르자 이제 막 문을 연 실험적 학교에 입학시키지. 우리가 아는 그런 남자라면 어떻게 안 그럴 수 있겠어? 그런데 아마나가 죽어. 갑자기, 생각조차 못한 죽음을 맞는 거야. 무조건적으로 거리낌없이 사랑했던 존재라고는 어린 딸을 제외하면 그녀뿐인데."

피트는 잠시 말이 없었다. 방금 자신이 내뱉은 말의 의미에 새삼 충격을 받아 생각의 사슬을 잠시 놓친 눈치였다. 그는 잠시 뜸을 들이며 목청을 가다듬더니 평정심을 되찾았다. 셀린은 그를 힐끔 쳐다보았다. 메인주 토박이다운 과묵한 표면 아래 여린 심성을 간직한 사람이었다.

"그러니까." 피트가 다시 목을 가다듬었다. "어떻게 하겠어? 말 그대로 상실감에 어찌할 바를 모르지. 아무것도 못하고 술만 마셔, 아무튼 술 마시는 데는 자신이 있었으니까. 상실과 비탄에 사로잡힌 나머지 자기가 사랑하는 또다른 존재를 놓쳐버리고 마는 거지. 그 공포를 상상해봐. 그는 가브리엘라를 사랑해, 아이도 아버지를 사랑하고. 하지만 우리가 매일 생존하기 위해서 발휘하는 그 능력이 고장난 거야. 내가 로크 선생님을 찾아냈거든, 가브리엘라의 3학년 때 담임 말이야……" 이제 셀린은 정말 놀라서 고개를 홱 돌렸다. 입술이 굳어졌다.

"말하려고 했는데, 여행 준비할 때는 당신이 늘 좀, 뭐랄까 경황이 없잖아, 그래서 제대로 얘기를 들을 수 있을 때까지 기다리기로 한 거야."

셀린의 얼굴이 풀어졌다. 용서해주기로 했다. 휴.

"선생님 얘기로는, 러몬트가 가브리엘라를 데리러 오는 걸 깜박하는 경우가 허다했대. 그래서 집으로 전화를 걸면 술에 취해서 말도 똑바로 못했고, 실제로 데리러 오면 또 구명환에 매달리듯 애를 꼭 부여잡았다는 거야. 선생님 말을 그대로 옮기자면, '익사하는 사람한테 던져주는 구명환이나 되는 것처럼 아이를 으스러져라 안곤 했어요. 가끔 울기도 한다는 걸 알았죠. 숨기려고 애쓰긴 했지만요.' 그 악몽을 생각해봐. 견딜 수 없는 상실감에 무능력한 아버지라는 혼란과 자괴감. 로크 선생님은, 지금은 키드리스카야 부인이지만 아무튼 가브리엘라가 배를 곯고 등교하는 일이 잦아서 교실에 먹을 걸 가져다두었다고 하더군. 러몬트는 퍼뜩 제정신이 들면 자신이 세상에서 유일하게 사랑하는 존재에게 끔찍한 짓을 하고 있다는 걸 확실히 알았겠지. 자살을 막아준 유일한 존재가 가브리엘라였을 수도 있어. 그러면 절박하게 구명환을 붙잡고 꾸역꾸역 사는 남자가 달리 어떤 선택을 할까? 처음 보는 구명보트에 허겁지겁 올라타지. 다넷 로저스. 중환자실 간호사. 죽음의 벼랑 끝에서 사람을 살려내는 일 전문. 성적 매력으로 이름난 여자. 샌프란시스코 종합병원에서 로저스의 상사였던 수간호사하고도 연락을 해봤는데"—피트가 한 손을 치켜들더니(미안!) 킬킬 웃었다—"바로 엊그제였어. 마리 생쥐스트 말로는 로저스 간호사가 권력 있는 의사들을 쉽게 빠져나오기 어려운 곤경에 몰아넣는 걸로 유명했대. '남자를 잡아먹는 여자예요!' 마리가 도저히 이해할 수 없다는 투의 아이티 억양으로 말하더군. '당한 의사의 수를 셀 수도 없어요, 맙소사!' 그 대화는 녹음해뒀는데 아주 근사해. 나중에 들어봐."

셀린은 가방을 뒤져 육포 한 조각을 더 꺼내는 수밖에 없었다. 이거 너무 신나잖아.

"다넷은 어느 오후 헤이트 스트리트의 바에서 〈내셔널 지오그래픽〉 사진작가를 만났다고 자랑했어. 그녀가 사는 곳은 미션 디스트릭트였지만 헌팅을 하러 헤이트까지 왔던 모양이야. 의사한테 지쳐서 덩치 크고 강인하고 자유를 사랑하는 히피를 찾으러 온 거지." 피트는 왠지 모르겠다는 표정을 간신히 지어 보이는 데 성공했다. "그녀는 러몬트가 이제까지 만난 남자 중에서 가장 카리스마 넘치고, 가장 잘생기고, 또 가장 슬픈 남자라고 했대. 게다가 술주정뱅이고. 바 뒤쪽의 전화부스에서 그 남자와 섹스를 했다고 떠벌리기도 했고. 하지만 그 남자가 계속 떠올라서 잊을 수가 없다고 했대. 마리 생쥐스트는 다넷이 정말로 그 남자 때문에 심란해했다고 말했어. '그 여자는 어떤 남자라도 싹 잊을 수 있다고요!' 마리는 자신 있게 선언했어. '휴짓조각처럼 획 버릴 수 있다고요, 예? 하지만 이 남자는 정말로 마음에 걸려 하더라고요. 허구한 날 그 사진작가 타령을 어찌나 했는지. 하루는 우리한테 아무래도 결혼해야겠다고 말하는 거예요! 아이고, 상상을 해보세요! 그쪽도 우리 표정을 봤어야 하는데!'" 피트는 내심으로 미소를 지었다. 그는 늘

지상의 순수한 영혼이 빛을 발하면, 그곳이 어디든 즐거워했다.

"두 사람은 시청에서 결혼을 했어……"

"결혼증명서를 찾으셨겠지." 셀린이 토라져서 대꾸했다.

"뭐." 피트는 마른침을 삼켰다. 파트너 수사관은 지난 며칠 동안 말을 걸 만한 상태가 아니었다. 여행을 떠나기 전에는 언제나 그랬다.

"하시던 얘기 계속하세요."

"뭐, 가브리엘라가 당신하고 얘기하면서 자기 아파트에서 따로 살았다고 했잖아. 다넷은 거의 처음부터 가브리엘라를 꼴도 보기 싫어해 그녀와 함께 사진도 다 내쫓았다고."

"가브리엘라하고 얘기했구나!"

"어젯밤에 당신한테 말하려 했는데, 당신이 계속 레코딩 와이어가 어디 있냐고 물으면서 위층 난간 너머로 신발을 던져댔잖아."

"하, 와우. 내가 왜 안 그랬겠어. 가브리엘라는 나한테 페리에서 찍은 어머니 사진 얘기만 했어."

"다넷은 가브리엘라한테 상자를 아예 들려서 보냈대. 어머니 유골 단지를 받은 거나 마찬가지였겠지. 누드 사진이랑 전부. 성인이 된 가브리엘라가 온라인에 그렇게 세심하게 카탈로그로 정리한 사진들이 그거야. 샌프란시스코와 뉴욕 전시회에서 선보인 사진도 많지만 공개되지 않은 것도 많아."

"좋아, 그런데 그게 무슨 상관이지? 러몬트의 실종하고."

"확실히는 모르겠어."

"하지만 무슨 생각이 있기는 하잖아. 이제 와서 조개처럼 입을 꽉 닫아버리기만 해봐."

"흐음." 피트가 말했다. "잠깐만 시간을 줘. 아직 생각을 정리하는 중이란 말이야."

예전에 설계하곤 했던 사무실 인테리어처럼 마음속에서 생각을 배치하고 있겠지. 셀린은 육포를 쭉 찢어 뜯으며 남편을 좀 봐주기로 했다.

# 7

와이오밍 남부의 분지와 평야지대에는 아는 사람만 아는 매력이 있다. 셀린은 여전히 그 매력을 몰랐다. 며칠 후 행크에게 보낸 편지에 셀린은 이렇게 썼다. "수마일에 걸쳐서 일렁이며 파도치는 세이지와 래빗브러시, 빨간색과 하얀색 물감을 점점이 흩뿌려놓은 듯 경이로운 영양떼의 모습, 아득하고 메마른 산과 끝없이 부는 바람, 그런 풍광은 왠지 멀어 보여서 도저히 닿을 수 없을 것 같아. 내가 아주 멀리 떨어져 있는 느낌을 줘. 진짜 산에서 물기와 색채를 다 뽑아버린 것 같은 풍광인데, 그런 전원의 미묘한 채도를 끝도 없이 찬양하는 사람들도 있거든. 마치 보상처럼, 변명이라도 하듯이 말이야. 어쨌든 그런 풍광을 보면 피곤해져. 풍경이든 사람이든 너무 멀리 있으면 만나고 싶다는 생각이 들지 않거든. 춤을 추려면 파트너가 필요하잖아, 안 그러니? 그러다보니 가브리엘라 생각이 났어. 이 바싹 마른 아득한 야산처럼, 그녀 역시 뭔가를 선뜻 내놓지 않고 있다는 느낌이 들어.

우리가 거칠고 풍화된 롤린스*를 지나다가 오래된 메인 스트리트에 차를 세우고 중국 식당에서 밥을 먹으려고 내렸을 때, 길 건너편에 온통 정글 위장 패턴으로 칠해놓은 건물을 보고 어리둥절해진 것도 그래서였어. 농담도 아니고, 말이 되니? 건물 전체가 그렇다니. 서부에 오신 걸 환영합니다. 팬케이크로 무슈 포크를 싸 먹고 입천장이 델 정도로 뜨거운 재스민 차를 마시며 내가 무슨 생각을 했겠니……"

셀린은 무료로 사건을 수임하는 데엔 딱 한 가지 단점이 있다는 얘기를 자주 했다. 조사비로 거액을 내놓는 사람은 자기가 내린 결정을 끝까지 밀고 나가며 중간에 발을 빼는 일이 별로 없다. 그러나 기껏해야 전화 한 통과 사연을 투자하는 경우에는 말을 바꾸고 물러서기가 너무 쉬웠다. 돈을 내든 안 내든, 사립탐정에게 사건을 의뢰하는 사람 중 상당수가 결과를 받아들일 마음의 준비가 되어 있지 않은 것도 사실이었다. 하지만 가브리엘라는 수임료를 지불하겠다고 완강하게 고집했고, 셀린은 그런 점에서 가브리엘라가 이 수색에 온전히 동참하고 있는 게 분명하다고 느꼈다.

우편함에서 어머니의 편지를 발견한 행크는 바람막이를 걸치고 호수를 한 바퀴 돌며 산책하는 길에 편지를 가지고 갔다. 서늘한

* 와이오밍주 중남부의 도시.

가을 저녁이었다. 산맥 위로 깔린 구름이 적갈색과 보라색 그림자를 드리우며 불타고 있었고, 돛을 부풀린 범선처럼 어두운 물 위를 서서히 부유하는, 눈처럼 하얀 펠리컨 한 쌍도 아직 있었다. 행크는 이 거대한 흰 새들이 석양의 색조를 띨 때가 좋았다. 펠리컨은 매년 짝짓기를 하러 왔고, 행복하게 가재와 잉어를 잡아먹었으며, 호수를 찾는 사람들이 바닷가에 와 있다는 착각을 하게 해주었다.

행크는 작고 아늑한 섬이 바라다보이는 제일 좋아하는 벤치에 앉아 편지 봉투를 뜯었다. 행크와 셀린은 여전히 손 편지를 주고받았다. 그가 고등학교 과정을 위해 퍼트니로 진학하면서 시작된 습관이었다. 같은 학교 동문으로서 두 사람 사이에는 어떤 유대감이 있었다. 어머니가 편지로 친구들은 전혀 모르는 비밀 장소를 알려준 것도 한두 번이 아니었다. 예를 들면 소여강의 납작한 다이빙 바위라든가. 행크는 식당 건물 로비에 있는 우편함에서 어머니가 보낸 네모난 봉투를 발견할 때마다 얼마나 기뻤는지 여전히 기억하고 있었다. 셀린은 다른 부모가 자식들한테 보내는 편지에 쓰듯 일상, 날씨, 반려동물 이야기를 쓰지 않았다. 현재 맡고 있는 사건에서 맞닥뜨린 난항에 대해 적었고, 행크는 남들이 추리소설을 읽듯 흥미진진하게 어머니의 편지를 읽었다. 셀린은 행크의 의견을 자주 물었고, 실제로 행크의 통찰이 획기적인 진전으로 이어진 적도 몇 번 있었다. 행크의 룸메이트 데릭은 그런 대목을 큰 소리로 읽으라고 보챘다. 그러면 둘은 잠들기 전 통나무집 처마밑으로 겨울바람이 울부짖는 소리를 들으며 젊은 왓슨들처럼 수수께끼를 곰곰 생각하곤 했다.

와이오밍 동부의 말라빠진 풍광이 어머니의 취향에 맞지 않는다는 게 행크는 별로 놀랍지 않았다. 북서쪽으로 더 올라가 산맥으로 접어들면 어머니 기분이 좀 나아질 것이다. 셀린은 속속들이 뉴잉글랜드 사람이었고, 그늘진 냇물과 활엽수를 좋아하는 여자였다. 행크는 처음 콜로라도의 광막한 하늘을 접했을 때 느낀 어찔할 정도의 충격을 잊지 못했다. 버몬트주의 활엽수림을 연상시키는 큰 미루나무 숲으로 들어가면 그나마 안심이 되곤 했다. 퍼트니의 야산이 모자의 핏속에 흘렀다.

고등학교를 졸업한 이듬해 여름, 바부가 슬쩍 흘린 진실에 충격을 받은 그는 거의 날마다 마음속에서 퍼트니로 돌아가곤 했다. 눈을 꼭 감고 교정에 선 자신을 상상했다. 너무나 잘 아는 시골길과 오솔길, 교실과 헛간, 일상의 심부름과 수업과 운동, 식사와 저녁 활동. 상상 속에서 벌판과 화실과 제당소와 대장간을 여행하면서 형 또는 누나의 아버지가 누구였을까 짐작해보려 했다. 그는 아직 살아 있을지도 모른다. 이 년 후, 뉴햄프셔에서 대학을 다니고 있던 행크는 녹음기를 챙겨들고 한 시간 동안 차를 몰아 퍼트니를 찾아갔다.

행크는 자기와 어머니를 둘 다 가르쳤던 교사 두 명과 인터뷰를 했고, 이제는 노인이 되어 더머스턴에 살고 있는 은퇴한 농부와도 이야기를 나누었다. 심지어 그 시절에도 행크는 기자의 본능을 발휘해 실제 사연에 대해 의혹을 불러일으키지 않도록 조심해서 취재를 했다. 그는 대학의 작문 프로젝트 때문에 퍼트니에 대한 가족의 회고록을 쓰고 있다고 말했다. 그리고 어머니에게는 일절 말하지 않았다.

▲

스위트워터밸리로 접어들면서 양쪽의 산맥이 가까워지자 셀린은 비로소 조금 긴장을 풀었다. 산의 양쪽 측면이 수목으로 어두워지고 초원은 푸르러졌다. 강을 따라 뻗어 있는 목장들의 관개 목초지도 푸르렀고, 부산하게 흔들리는 미루나무 숲 사이로 깔끔한 흰색 목장 주택들이 삐죽 솟아올라 있었다. 셀린은 늦은 오후의 바람이 들어오도록 차창을 열었다. 바람에서 자주개자리와 축축한 들판과 강물 냄새가 났다. 그들이 랜더*로 들어갈 무렵 윈드리버산맥의 길게 뻗은 절벽 너머로 해가 저물었다.

9월 말, 이곳의 날씨는 북쪽으로 불과 위도 3도를 올라왔을 뿐인데도 차이가 컸다. 차창으로 세차게 밀려들어오는 공기는 가을답게 쌀쌀했고 장작냄새가 풍겼다. 산마루 근처의 사시나무는 벌써 단풍이 들기 시작해 산비탈을 황토빛과 금빛으로 가르고 있었다. 장엄한 풍경. 바로 이맘때. 지금은 도시를 탈출해 덜컹거리며 여행을 하면서 잃어버린 것들을 훌훌 떨쳐버리기에 좋은 시기였다. 물론 차가운 조류가 그것들을 다시 싣고 돌아오겠지만. 어쩌면 오늘

* 와이오밍주 서부 프리몬트 카운티의 도시.

밤 당장 셀린이 잠들면 잃어버린 모든 것이 돌아올지도 모른다. 하지만 낯선 도시의 생경한 침묵에 눈을 뜨고 어둠 속에서 귀기울이며 누워 있게 된다면, 얼마든지 반가이 맞아줄 터였다. 그리고 사랑하는 사람들을 그리워하는 묘하게 달콤한 슬픔을 원망 없이 맛볼 것이다. 하지만 지금은 여행을 하며, 붕붕거리는 타이어 소리를 들으며, 포장도로의 갈라진 틈새에 덜컹거리며, 말과 론*, 애팔루사종 말이 점점이 노니는 초원과 작은 냇물 위로 이어진 도로에서 삼거리를 만나고 동부에서는 아예 자라지도 않는 나무를 태우는 연기 냄새를 맡으며, 몇 시간이나마 잊을 수 있다는 게 말도 못하게 좋았다.

셀린은 요리를 하고 싶지 않았다. 피트가 하겠다고 했지만 손사래를 치며 말렸다.

"등갈비 요리 먹자." 셀린이 말했다. "와이오밍에서는 그런 거 먹지 않나? 그러고 나서 어디 한적한 데를 찾아 새집을 차리자. 나 약간 소라게가 된 기분이야."

"자기집을 등에 짊어지고 다니는?"

"예전에 우리집에서 한 마리 키웠었거든. 미미가 시먼스포인트에서 유리 상자에 넣어 가져왔어. 엄마가 기겁을 했지만."

---

* 털 색깔이 두 가지 이상 섞인 말.

"당신 자매들은 길 잃은 것들에 진짜 약하구나."

"그 소라게는 길을 잃은 게 아니었어. 아마 아주 훌륭한 가족과 행복하게 살고 있었을 텐데 미미가 집어들고 온 걸 거야. 그래서 나는 화가 났지. 불필요한 도움은 주지 않겠다는 교훈을 얻었달까."

"미미한테 제자리에 갖다두라고 했어?"

"아니. 이해할 수 없을 만큼 그 게한테 집착하더라고. 여름이 끝날 무렵 내가 소라게를 납치해서 처음에 미미가 발견한 작은 바닷물 웅덩이에 도로 놓아줬어. 그때 미미와 같이 갔었거든. 아무튼 여름을 지내면서 그 게가 굉장히 버릇이 나빠졌더라고. 미미는 피클 병에다 별별 음식을 다 넣어줬어. 언젠가는 금요일 밤에 소라게를 데리고 영화를 보러 간 적도 있었어. 미미는 그 소라게가 병 끄트머리까지 올라와 껍데기에서 반쯤 몸을 내밀고 영화를 봤다고 나한테 장담했어. 진저 로저스 영화였지. 성서에 대고 맹세할 수 있다는 거야. 소라게가 춤을 추고 싶다는 듯 그 작은 다리들을 꼬물거렸다나. 미미는 그 소라게는 '아몬드'라서 춤을 추는 게 금지되어 있는 게 틀림없다고 했어. 나중에야 간신히 미미가 말한 게 아미시교도*라는 걸 알았지. 내가 유모한테 아미시교도 얘기를 주워듣고 미미한테 그 사람들한테는 지퍼도 없다는 둥 그런 소리를

* 기독교의 보수적인 교파. 현대문명을 거부하고 고립된 집단생활을 한다.

했거든. 미미는 그게 굉장히 웃기다고 생각했나봐. 미미는 소라게 베니의 소금물을 하루에 두 번씩 갈아주었어. 베니가 정말로 점점 크고 있다는 걸 알고는 빈 달팽이 껍데기 몇 개를 찾아서 물속에 넣어주었고. 베니는 그 껍데기들을 아주 찬찬히 살펴봤지만 마음에 차지 않았나봐. 내가 구멍이 있으면 안 되는 걸지도 모른다고 말해줬어. 미미는 새집에 창문이 있으면 좋겠다고 생각했었대. 결국 미미는 아주 아름답고 광택이 좌르르 흐르고 좌우 대칭이 딱 맞는 조개껍데기를 발견했어. 점박이 말처럼 불규칙한 검은 반점이 찍혀 있고 아주 작은 구멍 하나 없었지. 베니는 딱 한 번 쳐다보더니 곧장 이사를 갔어. 그후로 수년이 지나고 또 지나서 우리가 어른이 됐을 때도, 미미는 그때가 자기 삶에서 가장 뿌듯한 순간 중 하나라고 말했지. 이상하지 않아?"

피트는 반쯤 미소를 지었다. 그 나름대로는 열렬히 박수갈채를 보낸 셈이었다. 한참 뜸을 들이다 피트가 말했다. "등갈비는 텍사스가 전문이라고 늘 생각했는데. 아니면 루이지애나. 하지만 생각해보니까 노우드 삼촌도 바비큐를 기막히게 구웠던 거 같아."

"내 말을 듣기는 한 거야? 당연히 들으셨겠지."

"그 집 아들 노우드 주니어는 여름에 바닷가재를 키운 적이 있어. 그건 끝이 별로 좋지 않았지."

"하!" 한순간이라도 의심을 한 그녀가 잘못이지. 피트 베버리지의 뛰어난 점 중에서 최고를 꼽는다면 아마 남의 말을 경청하는 태도일 것이다. "메인주 갈비?" 셀린이 말했다. "있잖아, 피트. 오후 내내 내가 당신을 많이 봐준 거야."

"암, 뼈저리게 의식하고 있지."

두 사람은 이런 식으로 티격태격했다. 부르면 대답하는 식으로. 붉은꼬리말똥가리가 계곡 너머에 있는 짝을 향해 울부짖는 것과 약간 비슷했다. 자기 거기 있어? 응, 나 여기 있어.

프롱혼로지를 지나 비탈길을 타고 내려와 메인 스트리트에 들어섰다. 1마일에 걸쳐 곧게 뻗은 거리 풍광은 대체로 높은 전면 유리창과 장식적인 현관이 있는 19세기 벽돌 건물로 이루어져 있었다. 랜더그릴 식당과 노블호텔, 텐트와 플리스 재킷을 입은 마네킹이 진열된 아웃도어 스포츠 전문점 두 곳을 지나쳤다. 로프앤저그 편의점과 세이프웨이 슈퍼마켓과 햄버거 가게가 된 주유소와 아메리카 원주민 공예품을 파는 상점 두 군데도 지나쳤다. 이런 낮, 혹은 밤의 풍경은 미국 서부 일부 지방에서 일부 시각에, 일 년에 몇 주밖에 볼 수 없다. 산맥 너머로 해가 저물고 하늘은 구름 한 점 없이 청명하다. 그냥 청명한 정도가 아니라 렌즈처럼 투명하고—세상에서 가장 맑은 물만큼—맑은 하늘이 빛을 꼭 품어 안는다. 놓치기 싫다는 듯 하늘색 그릇에 빛을 담는다. 그 빛에 산마루 윤곽이 날카롭게 벼려지고, 산등성이를 따라 우거진 소나무숲과 무성한 세이지가 거칠게 자란 벌판과 계곡에 자리잡은 집들의 온화한 색조—그 색조가 해방의 쾌감으로 펄떡거리며 살아난다. 한 시간도 못 되어 안식에 들게 되리라는 걸 안다는 듯이.

셀린이 이런 생각을 하는 건 피로 때문인지도 몰랐다. 셀린은 피곤했다. 하루에 이렇게 먼 거리를 운전한 건 정말 오랜만이었다. 메인 스트리트가 우측으로 꺾어지자 더블오트모텔이 나왔는데, 피트와 셀린은 그 이름을 보고 웃음을 터뜨리고 말았다. 해서는 안 되는 짓을 두 배로 벌이는 손님들이 틀림없이 있을 테니까.* 그때 셀린이 갑자기 운전대를 꺾어 유턴을 했다. 피트는 화들짝 놀랐고 타이어가 끼익 소리를 냈다.

"연습이야." 셀린이 웃었다. "시속 27마일. 꽤 괜찮네. 미끄러지는 기미도 없었지." 그녀는 회심의 미소를 지었다. "언제 이런 게 필요할지 모르잖아. 아무래도 다시 랜더그릴 식당으로 가야겠다는 생각을 했어. 등갈비는 없을지 몰라도 기막힌 스테이크를 내놓긴 할 거야."

▲

소라게 베니와 함께한 여름은 자매들이 처음으로 피셔스섬에서 온전히 한 철을 보낸 여름이었다. 그리고 아버지들이 늘 아버지답

* '더블오트모텔'의 '더블(double)'은 '두 배'라는 뜻을, '오트(ought)'는 '어떤 일을 해야 한다'는 뜻을 나타내는 단어다.

게 행동하지는 않는다는 사실을 셀린이 처음 알게 된 여름이기도 했다—딸들에게서 아주 멀리 떨어져 있는 쪽을 선택할 때도 있다는 사실을.

처음 이 나라에 왔을 때 셀린은 일곱 살이었다. 1940년 5월 중순이었다. 나치가 서서히 파리를 향해 진군하고 있었고, 피셔스섬의 성수기가 몇 주 내로 시작될 예정이었다. 바부의 어머니 가가는 물론 얼마든지 일찍 와도 좋다고 했다. 바부와 세 자매의 아버지 해리는 여전히 아주 사이가 좋았고, 원래 계획은 해리가 파리에 남아 은행 지점을 지키다가 상황이 아주 나빠지면 이쪽으로 건너와서 가족과 합류한다는 것이었다. 마르세유에서 한밤중에 도피하는 일정을 바부가 의도적으로 짰던 건 아니지만, 어쨌든 그보다 완벽한 때를 고르기도 힘들었을 것이다. 프랑스에 체류했던 칠 년 동안 피셔스섬에 있는 바부의 친정 빌라를 방문한 건 두 번이었고, 두 번 다 셀린은 너무 어려서 기억하지 못했다. 아니 기억했을지도 모른다. 마지막으로 간 건 네 살 때였는데, 눈을 감으면 갈매기 소리, 점점 커지는 웃음소리가 떠올랐다. 말라가는 해초와 바다와 차갑게 밀어닥치는 파도 냄새도 기억나는 것 같았다. 우듬지와 파란 물이 내다보이는 원목 발코니. 나중에야 희미한 스페인 억양이 섞였다는 걸 알게 된 할머니 가가의 특유한 말투. 그게 다였다. 그 기억은 어쩐지 달콤했다. 그 모든 것의 배경에 어머니의 웃음소리가 깔렸고, 곧이어 할머니가 즐거워하는 소리가 끼어들면서 두 물결이 겹치듯 흘러넘쳤다. 이제 그들은 일종의 난민이었고, 영원히 고향으로 돌아가는 길이었다.

타이밍이 완벽했던 건 세 자매가 프랑스어밖에 못했기 때문이었다. 미미는 주변 세상에 대해 끝도 없이 조곤조곤 혼잣말로 떠들어대는 조숙한 다섯 살짜리 꼬마였고, 보비는 열한 살이었는데 벌써 나이에 비해 가녀리고 훤칠했으며 지독하게 현실적이었다. 또한 그 나이가 됐을 때의 셀린조차 못 따라갈 만큼 어른들의 성격에 대해 날카로운 통찰력을 발휘했다. 그리고 셀린은 셀린이었다. 일곱 살 때도 말이 없고 수줍음을 잘 타서 수많은 생각을 대체로 혼자 간직했고, 콧노래를 부르며 새와 말을 그렸다. 그리고 대개 동물에 대해 이야기할 때만 말이 많아졌다. 예컨대 말없는 셀린은 파리 동물원에 가면 쉼없이 신나게 떠들어대며 보는 것마다 논평을 했다. 그렇지만. 자매는 프랑스어로만 말했다. 그래서 피셔스섬에서 외할머니, 외할아버지와 함께 여름을 보내는 것은 완벽한 적응 훈련이었다.

바부는 자매들이 브리얼리 여학교에서 새 학년을 시작할 무렵에는 영어를 유창하게 할 수 있기를 바랐다. 하지만 그러지 못했다. 여름 내내 자매들끼리만 붙어다닌 탓이었으리라. 집 바로 아래쪽에 사유 해변이 있었는데, 외할아버지 외할머니와 어머니는 종종 그곳으로 다른 가족들을 불러 함께 헤엄치고 피크닉을 즐겼다. 그래서 세 자매는 꼭 필요한 몇 마디 말만 배우고 자기네끼리 떠들어댔다. 패커드의 클럽 해변으로 다 같이 드라이브를 가서 바구니와 수건을 들고 모래사장을 가로질러—바부의 표현에 따르면 "아라비아의 로런스처럼"—트레킹을 했을 때도 세 자매는 딱 붙어 있었다. 보비와 셀린은 나란히 걸었고 자꾸 뒤처져 쫓아 달려오던 미미도 거의 울지 않았다. 하지만 하도 자주 나뒹굴어 머리에서 발끝까지 고운 흰 모래를 뒤집어쓴 바람에 슈거파우더를 뿌린 도넛 같았다. 영어를 못 알아들었던 것은 아니었다. 알아듣는 건 문제가 없었다. 그저 말하기를 거부했던, 아니 말하는 방법을 몰랐던 것뿐이었다.

셀린은 그해 여름 바부가 전쟁통에 연락이 쉽지 않은 아버지와 우편으로, 전보로, 아주 가끔씩은 파리의 미국 대사관을 통해 아버지가 걸어오는 전화로 소통했던 것을 기억했다. 아버지 해리는 아직 프랑스에 남아 있었다. 아직 점령되지 않은 유럽 지역의 모건 자산을 안전히 지키며 비행기를 타고 탈출할 계획을 세우고 있었다. 셀린은 어머니가 자기 방의 접이식 책상에 앉아 아버지에게 정성껏 편지를 썼던 기억이 났다. 그 방에는 딱 두 사람이 서 있을 만한 발코니가 있었는데, 북쪽의 해협과 코네티컷 해변을 향하고 있었다. 누가 셀린을 안아올려주면 우듬지 너머로 바닷가가 보였다. 방충망을 통해 해협의 무종霧鐘소리가 끊임없이 새어들어왔다.

셀린은 작은 책상에 구부리고 앉아 편지를 쓰는 바부의 모습을 선명하게 간직하고 있다. 어머니의 글씨는 완벽했고 빅토리아 스타일이었다. 글자들이 자가 없어도 자로 잰 듯 반듯하고 유려하게 사선과 고리를 그리며 지면 위를 흘러갔다. 문단을 시작할 때는 아주 커다란 대문자가 체스 말처럼 격식을 갖췄다. "영원히 사랑하는 당신의 아내"라는 편지 끝인사 아래에 남기는 바버라Barbara라는 서명은 경쾌하게 B들을 지나 마지막 a까지 위대한 왈츠 댄서처럼—어머니는 실제로 훌륭한 왈츠 댄서였다—절도 있게 빙글빙글 돌며 움직였고, 글자 밑의 장식선에는 놀라운 기세와 열정적인 속도가 담겨 있었다.

셀린은 나중에 러브레터는 다 그래야 한다고 생각하게 되었다. 받는 사람이 내용을 읽을 필요도 없이 글씨만 보고 그 효과를 느낄 수 있어야 한다고. 어머니는 글을 쓰다 말고 일어나 스트레칭을 하고 저린 손가락을 쥐었다 폈다 하다가 발코니로 나가 바람을 쐬었다. 희뿌옇고 아른거리는 안개에 휩싸여 어머니가 아득하게 보일 때도 있었다. 반딧불이처럼 펄떡거릴 때도 있었다. 셀린은 기억했다.

그러다 어느 오후 셀린이 바부의 방 마룻바닥에서 커다란 스케치북에 해오라기와 게를 그리고 있는데 어머니가 아버지 해리의 편지를 들고 책상으로 씩씩하게 걸어왔다. 셀린은 그 파란 항공우편 봉투를 알아보았고, 어머니의 팔찌가 짤랑거리는 소리를 들었다. 바부는 은제 종이칼을 들고 봉투 윗면을 잘라 반투명 종이 한 장을 꺼내 읽기 시작했다.

어머니는 접이식 책상 위에 엎드렸고 셀린은 그 어깨가 파르르 떨리는 걸 보았다. 느닷없는 돌풍이 나무들을 가르고 휘젓듯 떨림이 팔과 등으로 퍼져 내려갔다. 어머니는 벌떡 일어서더니 딸에게 등을 돌리고는 험한 파도 속에서 갑판 위를 걷는 사람처럼 비트적거리며 작은 발코니로 나갔다. 그러고는 나무 난간을 생명줄처럼 붙들고 망망한 하늘 아래 섰다.

딱 일 분 후. 셀린은 어머니의 허리가 꼿꼿이 펴지는 것을 보았다. 큰 숨을 들이쉬며 몸을 활짝 폈다. 똑바로 서서 들숨과 날숨을 쉬었다. 손을 얼굴로 가져갔다. 이미 해협의 푸른 물을 향해 한껏 치켜든 얼굴로. 그리고 등뒤에서만 봤는데도 영영 잊을 수 없을 손짓으로 뺨을 쓱 훔쳤다. 서두르는 기색 없이, 단호하게, 바부는 눈꼬리 혹은 콧대에 닿았던 두 손을 동시에 바깥쪽으로 움직여 뺨을 지나 관자놀이까지 훑은 다음 얼굴에서 떼어 손바닥을 바다 쪽으로 향한 채 치켜들고는 손가락을 쫙 폈다. 물기를 말리려는 듯 잠시 그렇게 두었다. 바닷새의 날개처럼. 그러더니 딸을 돌아보며 보통 때보다 살짝 높은 톤으로 말했다. "뭘 그리고 있니, 시엘? 또 새야? 정말 아름답구나."

편지의 내용은 끝까지 함구했지만, 그것의 파급효과는 향후 몇 달에 걸쳐 뚜렷해졌다. 바부는 다른 건 몰라도 딸들에게 훨씬 더 정성을 쏟았다. 섬의 해변으로 딸들을 더 자주 데려갔다. 가가의 작은 해변과 클럽 비치의 하얀 모래사장에서 벗어나 이리저리로 뻗어나갔다. 섬 위쪽으로 몇 마일 차를 타고 나가 도로 위에 페인트로 그린 커다란 발자국을 지나면, 길게 뻗은 돌투성이 초코마운트 해변이 나왔다. 그곳은 늘 파도가 더 거칠고 험해 보였고 더할 나위 없이 탐스러운 가시 돋친 들장미 덤불이 무성했다. 그 장미 덤불 사이로 난 좁은 오솔길을 지날 때마다 셀린은 늘 해풍에 잎을 오므린 보드라운 꽃송이 향기를 흠뻑 들이마시느라 미적거리곤 했다. 그리고 베리 같은 로즈힙 열매를 따서 씹다 뱉었다. 셀린은 로즈힙을 빈랑나무 열매처럼 씹으며 자신이 달팽이를 주우러 해변으로 내려가는 인디언 여인이라는 상상을 즐겨 했다. 그후로 살아오면서 그 연분홍 꽃을 보고 달콤한 향내를 맡을 때마다 셀린은 이때를 떠올렸다.

바부는 가끔 멍하니 넋을 놓고 안개처럼 희부연 슬픔에 휩싸인 채 다니는 것 같긴 했지만, 딸들에게 그 어느 때보다 더 다정했다. 밤에 딸들을 재울 때는 침대맡에서 더 자주 책을 읽어주었다(어머니가 새롭게 읽어준 책 가운데 『킴』이 있어서 셀린이 빈랑나무 열매 생각을 하게 된 것이었다). 가가에게 양해를 구하고 격식 있는 식사실 대신 부엌 창문 아래 있는 긴 테이블에서 딸들과 함께 식사를 했다. 산책을 데리고 나가 새둥우리를 보여주고, 다 같이 휘파람으로 메추라기나 쏙독새 소리를 연습하고 올빼미 울음소리를 따라 했다. 보비가 놀란 왜가리의 망측한 울음소리를 흉내내는 바람에 다들 배가 아프도록 웃었다.

자매들은 어머니의 슬픔을 느꼈지만 근원을 알 수 없었기에 각자 나름대로 다정함을 발휘했다. 초코마운트 해변의 울퉁불퉁한 돌길을 걸을 때 어머니의 손을 찾아 잡았고, 향기로운 그늘 아래 어머니의 무릎을 베고 옹기종기 누워 해와 바람을 피할 때면 코퍼톤 선크림의 코코넛 향과 어머니의 주근깨 가득한 살결에서 풍기는 달큰한 짠내를 맡았다. 그러면서 딸들은 어머니의 사랑과 슬픔을 함께 숨쉬었다.

6월 중순 해리 왓킨스도 파리에서 탈출했다. 바부는 딸들이 아빠를 애타게 그리워하는 걸 잘 알았고, 딸들을 너무나 사랑했기에 자신의 문제로 아빠와의 사이를 갈라놓을 생각은 꿈에도 하지 않았다. 그녀는 딸들에게 아빠가 고양이 샤를 데리고 파리 릴 가의 집에서 출발해 화려하고 멋진 배를 타고 오고 계신다고 말했다. 여름이 끝나면 뉴욕에서 아빠를 보게 될 거라고. 딸들은 정신없이 좋아했다. 뭐가 더 좋았는지 잘 모르겠다—해리를 다시 만난다는 사실인지, 아니면 샤를 으스러져라 껴안을 수 있다는 사실인지. 샤는 꽉 껴안아도, 미미가 서투른 손길로 앞발 아래 겨드랑이를 잡고 들어올려 집안을 마구 뛰어다녀도, 눈을 휘둥그레 뜨고 회색 줄무늬 몸통을 덜렁거리면서 좋아하는 신기한 고양이였다.

웬만해선 흥분하지 않는 보비도 제대로 말을 듣지도 않고 들떠서 물었다. "에 캉 바틸 아리베 이시?* 그레이슨스부두에서 나하고 같이 뛰어내리기로 약속하셨는데!"

그러자 바부의 얼굴이 굳었다. 그리고 아버지는 뉴욕에서 급히 볼 일이 있으셔서 섬으로 오지 않고 거기서 기다리실 거라고 말했다.

세 자매는 서로의 얼굴을 쳐다보았다. 나이 차이가 꽤 많이 나는

---

* '언제 여기 도착하시는 거예요?'라는 뜻의 프랑스어.

데도 여러모로 세쌍둥이처럼 유달리 가까운 자매였다. 사회적인 기압을 측정하는 촉수가—심지어 다섯 살짜리 미미마저도—꽤나 예민하게 발달해 있었다. 그래서 의미로 이어지는 실마리 하나 없이도 어머니의 말이 갖는 무거운 의미를 감지했고, 방안의 기압은 북동풍이 불기 직전처럼 뚝 떨어졌다.

유달리 아버지에게 애착이 강했던 셀린은 말했다. "세 앙탕뒤. 일 푀 브니르 푸르 르 위켄드! 일 누 앙므네라 페셰!"*

바부는 셀린의 손을 꽉 쥐고 딱 두 달만 더 기다리면 뉴욕에 가서 아빠를 만날 거라고 말했다.

'다정한 시간'과 '들장미의 몇 주'는 그렇게 종지부를 찍었다.

▲

바부의 입장에서는 그렇지 않았다. 앞으로 닥칠 변화가 딸들에게 큰 고통으로 다가오리라는 것을 깨달은 바부는 절대로 아이들의 마음에 상처를 남기지 않겠다고, 아니면 적어도 피해를 최소화하겠다고 결심했다. 그래서 어느 때보다 더 신경을 썼다. 섬 북쪽의 마을에 놀러가 다이애나에서 아이스크림콘을 사먹고 잡화점에

* '알겠어요. 하지만 주말에 오시면 되잖아요! 아빠랑 같이 낚시하러 갈래요!'라는 뜻의 프랑스어.

서 만화책을 사자고 우겼다. 넷이서만 시먼스포인트로 피크닉을 가고, 그녀의 친구인 타이 휘트니의 집으로 놀러갔다. 다이빙대와 미끄럼틀이 있는 그 집 수영장은 딸들에게 끝없는 매혹을 자아냈다. 하지만 자매는 집을 잃은 가족의 머리 위에 떠 있는 재앙의 먹구름을 날카롭게 의식했다. 딱히 꼬집어 말할 수 없는 두려움을 행동으로 표현하기 시작했다.

▲

랜더그릴에서는 정말로 등갈비를 팔았다. 그럼 됐지 뭐. 셀린은 배고파 죽을 지경이었다. 그래서 커다란 갈비 한 접시를 시켰고, 피트는 촙 샐러드를 시켰는데, 희한하게도 웰던 햄버거가 통째로 얹혀 나왔다. 셀린의 에나멜 접시에 야채라고는 통조림 콜슬로뿐이었지만 셀린은 그런 식단을 좋아했다. 하지만 피트는 의무적으로 자기 그릇에서 양상추 잎 하나를 찍어 셀린의 돼지고기에 곁들여주었다. 장미 한 송이를 바치듯 양상추를 부드럽게 내려놓으며 피트가 말했다. "초록색 야채."

"난 초록색 싫어."

"잘 알지." 두 사람의 의례였다. 셀린은 피트를 사랑하기 때문에 양상추 잎을 마지막에 먹을 것이다.

일요일 밤이라 식당은 정신없이 바빴다. 테이블은 거의 만석이었고, 커다란 스피커에서는 메이비스 스테이플스와 딕시 칙스의 노래가 뒤섞여 흘러나왔다. 약간 정신 사나울 만큼 흥겨운 노래들이었다. 손님은 대부분 유전에서 일하는 덩치 큰 노동자였고—셀린은 '매킨타이어 채굴'이라든가 '핸슨 굴착 서비스'라고 쓰인 모자를 보고 알았다—젊은 카우보이도 몇 명 있었는데, 랭글러 청바지와 모자 차림이 시대착오적으로 보였다. 운동을 좋아하고 야외 활동을 즐기는 젊은 남녀도 한 무리 있었다. 고스족처럼 검은색으로 차려입은 아메리카 원주민 커플 두 쌍, 저멀리 한 귀퉁이에서 머리를 처박고 더블 치즈버거를 먹느라 정신이 없는 호감 가는 인상의 청년 한 명도 있었고. 셀린은 청년이 입은 블랙 워치 격자무늬 플란넬 셔츠의 녹색과 검은색이 전혀 바래지 않았고 가슴 밑에 주름이 있다는 사실을 알아챘다—새로 산 셔츠였다. 일주일쯤 기른 턱수염 말고는 아주 깔끔했다. 셀린의 눈에는 이런 게 들어왔다.

굴착 노동자들이 제일 신나게 웃으며 떠들썩하게 즐기고 있었다. 다른 사람보다 두 배의 속도로 술을 마셔대니 그렇겠지. 그리고 몹시 값비싸고 색깔이 화려한 소프트셸과 플리스 재킷을 차려입은, 운동과 야외 활동을 즐기는 무리는 대부분 맥주를 피처로 시켜서—제일 싼 옵션이었다—주도면밀하게 주량을 계산해 마신다는 것도 알았다. 1온스당 가격과 일 분에 취하는 속도를 고려해서 꾸준히 줄어드는 남은 저녁 시간으로 나누는 무의식적 계산이 드러나는 행위였다. 젊은이 한두 명은 확실히 거칠고 싹수가 보였지만, 대다수 청년은 아주 똑똑하고 자기 절제가 뛰어났다. 그중에 비교적 나이가 많고 훨씬 아름답고 굉장히 늘씬한 여자가 한 명 있었는데 손이 검고 거칠었다. 셀린은 그녀를 찬찬히 뜯어보았다. 얼굴의 윤곽, 움직임. 오십대 초반일 테니 딱 맞는 나이다. 심장이 벅차게 부푸는 익숙한 느낌이 덮쳐왔지만 셀린은 떨쳐버렸다—말도 안 되는 얘기야. 그냥 습관이야, 오래된 습관, 그뿐이야—그리고 식당 안의 사람들을 계속 훑어보았다.

유전 노동자들은 병째 맥주를 마셨고, 몇몇은 호박색 위스키를 곁들이기도 했다—잭 대니얼이겠지, 당연히?—그리고 행동거지가 감탄스러우리만큼 자연스러웠다. 원하는 걸 마시고 값이 얼마든 신경쓰지 않았다. 멀리 구석의 가장 침침한 테이블에 앉은 아메리카 원주민들은 폐쇄적이고 경계심이 많아 보였다. 농담을 숨기려는 듯 서로 머리를 맞대고 웃었다. 반대쪽 구석의 새 셔츠를 입은 청년은 속을 읽기가 힘들었다. 결연하게 식사를 하고 있었지만 딱히 맛을 즐기는 것 같지는 않았고, 바람 부는 숲속의 사냥꾼처럼 귀를 쫑긋 세우고 소리에 집중하는 느낌이었다.

전부 대체로 훌륭한 정보였다. 다른 건 몰라도 새로운 영역에서 맥락을 파악하게 해주니까. 정보가 나중에 어떻게 쓰일지는 아무도 모른다. 셀린은 사건을 맡으면 여러 가지를 자세히 살폈다. 일종의 반사작용이었다—지성의 아가미로 호흡하며 걸리는 대로 정보를 모으는 것이다. 추리 연습이 되기도 하고 가끔 유용하고 심지어 결정적인 정보를 얻기도 한다. 셀린과 피트를 눈여겨보는 사람은 아무도 없는 것 같았다. 피트 말대로 두 사람은 '아주 멀리서' 온 티가 줄줄 흘렀지만 상관없었다. 나이가 들면서 일어나는 일,

특히 중년을 넘어선 여자에게 일어나는 일 중 하나는 사람들이 그들의 존재에 주목하지 않는다는 것이다. 셀린은 원한다면 아예 보이지도 않게 스스로를 감추는 재주가 있었다. 그리고 강한 인상을 남기고 싶으면 눈부시고 아름답게 자신을 드러낼 수도 있었다. 그것 또한 쓸모가 있었다.

식사를 마치고 나서 셀린은 잠들기 전 한잔 걸치듯 초콜릿소스를 양껏 뿌린 아이스크림 한 스쿱을 시켰다. 식당의 온기, 풍성한 식사, 먼길을 달려온 긴 하루의 여파—그것들이 셀린을 오랜만에 노곤한 피로감에 젖게 했고 그녀는 그것이 어쩐지 좀 만족스러웠다. 셀린은 테이블을 돌아 걸어가 의자를 끌어당겨 남편과 붙어 앉았다. 하루종일 엄청난 인내심을 발휘해 남편을 참아주고 있는 중이었다.

"좋아, 피트." 셀린이 말했다. "하루종일 머릿속에 '정리'를 하고 있는 모양인데. 이제 나머지 얘기를 좀 해줘."

피트는 갈색 눈으로 아내에게 온화한 시선을 떨어뜨렸다. 친밀한 부부 생활을 오래 하다보면 갖게 되는 근사한 능력은 배우자의 특정한 반응을 매일 아침 해가 뜬다는 사실만큼이나 확실하게 예상할 수 있다는 것이다. 피트는 입을 굳게 다물었는데, 그건 또다른 불가해한 표정을 위장하려 한다는 뜻이었다. 예를 들어 웃음이 나오는 걸 참는다든가. 결국 이런 추궁을 당할 줄 알고 있었던 거다.

"그게," 피트가 말했다.

"당신 커피가 필요하구나."

피트가 고개를 끄덕였다. 셀린이 간신히 웨이터 한 명을 붙잡아 커피 두 잔을 시켰다. 한 잔은 블랙, 한 잔은 우유를 넣어서.

셀린이 고개를 끄덕였다. "나한테는 당신 말이 잘 들려, 피트. 이렇게 시끄러운 데서도. 언제나."

피트는 커피를 한 모금 마시고 잔뜩 흉이 진 원목 테이블에 머그잔을 내려놓았다. "가브리엘라를 쫓아낸 거 말이야." 그는 흠, 하고 콧김을 뿜었다. "폴 러몬트는 새 아내가 딸을 쫓아내는 걸 방조했어. 바로 아래층이지만, 그래도."

피트는 셀린을 흘깃 보았다. 셀린은 고개를 까닥였다. 계속 말해봐. 피트는 발동이 좀 늦게 걸릴 때가 있었다.

"이런 식의 계산을 했을 수도 있어. 난 이 여자가 필요해. 이 여자가 없으면 물에 빠져 죽고 말 거야. 우리집 찬장하고 가브리엘라의 부엌에 음식을 채워놓고 가브리엘라가 학교에 오가는 걸 봐주고. 그게 최소로 해야 할 일이라는 걸, 최하의 기준선이라는 걸 이 여자도 알아. 그래서 거래가 성립되는 거야. 이 여자가 없으면 우리 딸이 먹지도 못하고 나는 무너질 수도 있어. 망각에 집어삼켜질 거야. 이 남자는 망각과 씨름했던 거야. 사투를 벌인 거지. 자기 자신을 위해서, 사랑하는 딸을 위해서. 사랑하는 딸, 맞아. 첫눈에는 그렇게 보이지 않을 수 있지만, 자세히 보면 그래. 가브리엘라는 눈에 넣어도 아프지 않은 딸이고 아내의 심장이 살아서 뛰는 보관소이기도 하단 말이야. 어떤 면에서는 아내의 도플갱어지. 정말 꼭 닮았어. 당신도 사진을 봐야 해."

"뭐, 나도 보고 싶었지만 당신이……"

"알아, 알아, 지금 난 그냥 당신이 아는 걸 따라잡는 수준이야. 별다른 건 없어."

"그래, 하지만……"

"이제 본론으로 들어갈게. 그는 처음부터 이 악마와의 거래가 실수였다는 걸 틀림없이 알았을 거야. 하지만 플랜 B가 없었던 거지. 틈만 나면—다넷이 오후나 야간에 근무할 때 말이야—아래층에 내려가서 가브리엘라의 숙제를 도와주려 애썼어. 노력을 했던 거야. 하지만 술에 취했을 때가 너무 많았지. 가끔 있는 멀쩡한 날도 그에게는 버거웠어. 지난번에 가브리엘라와 통화했을 때 들었는데—당신은 그때 여행가방 두 개를 하나로 줄여보겠다고 열이 잔뜩 올라 있었어—아버지가 찾아오면 가브리엘라는 숙제를 제쳐놓고 카나스타 카드 게임으로 아버지의 주의를 끌려고 애썼대. 여덟 살짜리한테는 버거운 고급 게임인데 말이야. 나도 노스헤이븐의 데비 숙모네 포치에서 비 오는 여름밤이면 사촌들하고 몇 시간씩 하곤 했거든……"

"왜 비 오는 날에 했어?"

"맑은 날 밤에는 나가서 개구리도 잡고, 불빛으로 물고기를 유인해서 낚시도 하고, 베버리지 공동묘지에서 깡통 차기 게임도 해야 했으니까."

"노먼 록웰*도 현장에 있었어? 아니면 그냥 나중에 재연한 건가?"

"당신 때문에 무슨 생각을 하고 있었는지 잊어버렸잖아."

셀린은 남편의 성장기를 생각하자 다시금 가슴에 저릿한 통증을 느꼈다. 불완전한 유년기를 보낸 이들이 타인의 목가적인, 아니 그저 정상적인 유년기를 마주했을 때 느끼는 그런 통증이었다. 피트의 어린 시절이 새삼 그렇게 이국적으로 느껴지는 게 신기했다. 정작 파리에서 자라나 나치를 피해 여객선을 타고 탈출한 사람은 그녀인데. 살바도르 달리도 그 배를 탔었다. 기억이 났다. 달리는 보석이 박힌 목줄을 한 오실롯 두 마리를 데리고 다녔다. 세상에.

"미안해. 카드놀이 얘기를 하고 있었어."

---

* 미국 화가로 미국 사회와 미국인의 평범한 일상을 주로 그렸다.

"가브리엘라는 숙제를 내팽개치고 아버지에게 카나스타 게임을 하자고 했어. 아버지는 흠뻑 술에 절었어도 더럽게 경쟁심이 강했고, 카나스타는 아주 오래 걸리는 게임이기도 했으니까. 최대한 오래 아버지와 함께 있고 싶었던 거야."

셀린의 얼굴이 환해졌다. "우리도 피셔스섬에서 가끔 했어! 똑같은 전략이었지. 게임이 길어지면 엄마가 우리와 더 오래 시간을 보낼 거고, 더 늦게까지 자지 않아도 되고."

피트가 고개를 끄덕였다. "가브리엘라가 위층으로 아버지를 찾아가는 날도 있었다고 했어. 다넷이 굽 있는 슬리퍼를 신고 쿵쾅거리며 계단을 내려가는 소리가 들리면—가브리엘라 말에 따르면 다넷은 섹시하기는 했지만 전혀 우아한 데가 없었대—위층으로 올라갔대. 한번은 고양이 잭슨을 데리고 올라갔는데 다시는 그럴 수 없었대. 다넷이 집에 와서 소파에 묻은 고양이 털을 보고 난리를 쳤다는 거야. 가브리엘라는 자기가 학교에 가 있는 동안 새어머니가 고양이를 버릴까봐 무서웠대. 결국 잭슨이 스스로 사라졌지만."

"휴우." 셀린은 참고 듣기가 어려웠다, 이런 이야기라니. 이런 기구한 삶이라니. 섬세하게 조율된 셀린의 공감 능력이 진동하며 공명했다. 그 소리가 어우러져 만들어내는 화음이 셀린의 삶을 지배했다. 교도소나 병원에 위문을 가듯 아빠가 어린 자식을 방문했다니. 아니, 어쩌면 정신병원에 더 가까울지 모르겠다. 난 어디가 잘못 된 걸까? 가브리엘라는 똑같은 질문을 거듭 스스로에게 던졌을 것이다. 다넷이 자신을, 자신과 죽은 어머니 아마나를 질투한다는 건 알았겠지만, 그렇게 고립되어 살면 누구든 소외감을 내면화하기 마련이다. 특히 아이들은.

"또 한 가지," 피트가 말했다. "둘이 만났을 때 아버지는 술에 취해 있으면, 뭐 거의 매일이라고 봐야겠지만 말이야, 자기가 꾸며낸 동화를 들려주곤 했대. 먼 북쪽 땅, 캐나다 국경 근처에 얼음산하고 진정으로 사랑하는 사람의 눈 색깔을 띤 호수가 있고, 공주들과 그 가족들이 사는 성이 있다고. 언젠가 가브리엘라를 그곳에 데리고 가겠다고 했대. 호수에서는 새소리가 나고 얼음산은 산 중의 왕이라면서."

"그 사람을 미워하고 싶은데, 왠지 잘 안 되네." 셀린이 말했다.

"바로 그거야. 그 얘기를 하려는 거야. 아마 그는 당장 알았을 거야. 내가 말했듯이 둔한 사람이 아니었어. 오히려 지나치게 예민했지. 그 남자에 관해 알게 된 사실에 비추어보면 말이야. 상심이 너무 컸어. 아내가 죽고 난 후로 일상적인 생활 조건 속에서의 삶을 받아들일 수가 없게 됐지. 그는 백방으로 노력했어. 알코올에 의존하고, 일에 몰두하고, 여행을 다니고, 강박적인 정사를 벌이고. 그런데 불행히도 그게 결혼으로 이어졌지. 내 생각에는 다넷이 어느 날 오후에 러몬트한테 술을 진탕 먹이고 머릿속이 새까매지도록 이성을 마비시킨 다음에 시청으로 질질 끌고 갔을 것 같아. 그래서 그렇게 된 거지. 처음에는 감당할 수 없는 슬픔의 덫에 걸렸다가 결혼의 함정에 빠진 거지. 그러니까…… 정말로 꼼짝달싹 못하게 걸려든 거야."

"어떻게? 혼전 계약서라도 있었나?"

피트는 흥미롭기도 하고 딱하기도 할 때 내는 특유의 부드러운 콧소리를 냈다. 그는 아내가 자기보다 한 발 더 앞서 생각하면 굉장히 좋아했다.

"그래, 있었어. 러몬트가 아니라 그 여자가 작성했지. 가브리엘라가 아버지 실종 후에 혼전 계약서를 보여달라는 소송을 냈어. 여기저기 퍼져 있는 러몬트의 대표 사진 몇 점에서 적지 않은 저작권료 수입이 발생했거든. 하지만 당신 예상대로 그들의 혼전 계약서는 일반적인 법적 보호장치를 무효화하고 뒤집었지. 보통 혼전 계약서라는 건 불균형하게 수입이 많은 쪽을 보호하기 위해 쓰는 거라고 생각하잖아. 음. 그런데 한편으로는 수입이 훨씬 적은 쪽을 보호하기도 해. 이혼할 경우에 위자료 지불 가격표를 기술하는 경우가 많거든. 결혼을 몇 년 유지했으면 얼마, 더 오래 유지했으면 얼마, 이런 식으로. 하지만 이 말 좀 들어봐. 이 혼전 계약서에는…… 정확한 표현이 기억나려나…… '양수인—다넷이지—이 양도인—폴 러몬트고—과의 결혼을 위하여 재정적으로 유리한 결혼의 대안을 헤아릴 수 없이 많이 포기했으므로, 이 계약은 캘리포니아주 법에 의거하여 다음과 같은 조건을 상술한다……'"

셀린은 잠이 싹 달아났다. 무의식적으로 저을 필요도 없는 커피를 휘저었다.

"말도 안 돼!" 셀린이 외쳤다.

"아니. 농담 아니야."

"쉬운 영어로 하면," 셀린이 단호한 어조로 말했다. "다넷은 병원 창고에서 수많은 의사하고 붙어먹으면서 어떤 식으로든 그들 목줄을 잡고 있었기 때문에 얼마든지 부자 의사와 결혼할 수 있었다, 그러니까 러몬트가 이혼하려 들면 뼈까지 벗겨 먹겠다, 이 말 아니야. 싹 다 벗겨 먹겠다고! 믿기지가 않네."

"그렇지."

"그게 합법이야? 내 말은, 그러니까 어떤 변호사가 실제로 그런 단어를 타이핑해줬다는 거잖아. 맙소사."

자주는 아니지만 가끔 한밤중에 잠을 이루지 못할 때면, 피트는 세상에 존재하는 모든 직업에 대해 생각해보기를 좋아했다. 송어가 노니는 강물은 고사하고 자유롭게 흐르는 냇물 구경도 못해본 중국이나 인도의 여인들이 유려한 손놀림으로 낚시용 플라이를 묶는 작업장의 광경을 떠올려보는 걸 좋아했다. 복원한 교회 처마에 시멘트를 발라 괴물 석상을 붙이는 사람을 상상하기도 했다. 이제는 자동차에 장착되어 나오는 나침반을 조절하는 사람도. 멋지고 잔인한 수많은 직업을 상상할 수 있었지만, 혼잡한 법률사무소—아마 닳아빠진 변호사들로 복작거리는 코트 스트리트의 사무실들과 크게 다르지 않으리라—에서 어떤 대화가 벌어졌기에 이런 조항들이 나왔는지는 상상이 잘 가지 않았다. 세상에.

"계약 조항이야 당연히 가혹하기 짝이 없었지. 가브리엘라는 다넷이 틀림없이 아버지를 취하게 만든 다음에 작업을 해서, 말하자면 섹스 직전까지 유혹해서, 그 문턱에서 서명하게 만들었을 거라고 하더군. 자산은 대체로 위층 아파트에 묶여 있었어. 둘이 같이 살던 그 집 말이야. 러몬트가 먼저 이혼을 하려 하면 다넷이 그 집의 소유권에 더해서 결혼 당시 러몬트가 갖고 있던 현금과 주식의 절반을 갖게 되는 거였지. 러몬트는 모뉴먼트밸리의 야생마 사진이 실린 커피 테이블용 책*을 출간한 직후에 아파트를 샀어. 당신도 그 사진을 봤을 거야. 역사상 가장 인상적인 야생 사진이지. 그리고 거대한 파도의 물마루에서 간당거리는 낚싯배 사진은 당신도 여기저기서 자주 봤을 거야. 가브리엘라의 생활비 일부는 아직도 그 저작권료와 부가 수입에서 나와. 아까 말했듯이 그리 적은 액수가 아니지."

* coffee-table book. 테이블 위에 놓아두고 편하게 넘겨가며 볼 수 있는, 그림이나 사진이 많이 수록된 고가의 책.

"다넷도 받았겠네."

"그럼. 하지만 러몬트가 죽었다면 얘기가 다르지."

그들은 침묵을 지키며 앉아 있었다. 딕시 칙스가 간드러지게 〈Travelin' Soldier〉를 불렀다. "신선한 공기가 필요해, 피트." 셀린이 말했다. "밖에 벤치가 있어. 그렇게 춥지 않아."

두 사람은 계산을 하고 코트 단추를 여몄다. 날이 추웠다. 두 사람은 묵직한 문을 밀고 싸늘한 밤공기 속으로 다시 나갔다. 이제 사위는 캄캄했고 달도 없었으며 불과 한 시간 만에 평원 위로 끝없는 먹구름이 밀려와 사방에 깔렸다. 그리고 정적에서 짙은 비 냄새가 났다. 별은 하나도 보이지 않았다. 그러나 바깥공기는 맑고 좋았다.

피트가 셀린의 손을 잡고 함께 벤치에 앉았다. "러몬트가 죽었을 경우에 대해서 이야기하고 있었지." 셀린이 말했다.

피트가 고개를 끄덕였다. "다넷은 그 부분도 자기가 확실히 해뒀다고 믿었어. 가브리엘라의 말에 따르면 하워드 스트리트의 변호사 사무실에서 유언장을 뜯을 때 다넷이 말 그대로 입맛을 다셨대."

"하."

"그러니까. 가브리엘라를 보면서 이런 표정을 지었대. '불쌍도 해라. 내가 유언장을 미리 봤거든. 너는 그이를 두고 한 애정 싸움에서 언제나 내게 패배했지. 그리고 이제 곧 대참패를 당할 거야.' 가브리엘라 말로는 다넷이 자기 귀에 대고 '걱정 마. 내가 아카풀코*에 놀러가서 카드는 보내줄게, 풋내기야'라고 속삭였다 해도 놀라지 않았을 거래."

"그런데?"

"그런데 변호사가 유언장의 봉인을 뜯고 읽자, 유일한 상속자와 가브리엘라 애슈턴 러몬트라는 말을 곱씹고는 다넷의 표정이 서서히 변했다는 거야. 다넷은 자리를 박차고 나가버렸지. 아파트 문을 걸어 잠그고 처박혔는데 접시가 깨지는 소리가 들렸대. 한 달 후에 조합 이사회에서 재산 소유권을 가브리엘라에게 넘겼고, 가브리엘라는 그 즉시 다넷을 쫓아냈어. 겨우 스무 살이었지만 해야 할 일은 알고 있었던 거지. 조합 이사회도 다넷 러몬트를 어찌하지 못해서, 시 경찰을 불러 끌고 나가게 했대." 피트는 트위드 모자를 들어 올리고 이마를 문질렀다. 그 모습을 상상하면 서글프기도 하고 좀 웃기기도 했다. 탐욕을 부리다 장기적으로는 자기 무덤을 파는 사람을 보면 피트는 늘 놀라움을 느꼈다.

---

* 멕시코의 휴양지.

"생명보험도 있었어. 그래서 다넷은 완전히 미쳐 돌아갔지. 더 미쳐 돌아갔다고 해야 하나. 백만 달러. 전부 가브리엘라 앞으로. 보험 금액이 참 하찮아 보이지 않아? 닥터 이블이 입가에 새끼손가락을 대고 세계를 담보로 백만 달러를 요구하는 것 같잖아.*"

"얼마 안 돼 보이더라도," 셀린이 말했다. "장학금으로 학교를 다니는 대학생한테는 어마어마한 돈이지. 그런데 잠깐, 러몬트가 사망 판정을 받기까지 얼마나 걸렸지? 굉장히 빠르지 않았나? 실종 후 두 달 정도 지나서였다고 들은 거 같은데. 그건 좀 이상하잖아. 시체도 없는데."

"그래." 아내가 또 해냈다. 피트가 상당 시간 고민한 후에야 내린 결론에 전광석화처럼 도달했다. "옐로스톤국립공원의 연방 요원하고 지역 판사가 후딱 서명을 했어. 러몬트의 혈흔이 근처 전나무 껍질에 약간 묻어 있는 게 발견되었거든. 지배적인 추론은 식인 곰의 소행이라는 거였지. 그리고 하마터면 빈털터리가 될 뻔한 어린 상속녀도 떡하니 있었으니까. 집중 수색은 열흘가량 지속됐어. 그나마 언론에서 다루지 않았다면 그 정도도 가지 못했을 거야. 섹시한 기삿거리니까. 러몬트는 잘생기고 유명한 〈내셔널 지오그래픽〉의 사진작가였고 모뉴먼트밸리의 탑처럼 우뚝 솟은 봉우리 밑에서 부딪치는 야생마의 사진을 찍었으니까. 원거리에서 아래를 내려다

* 닥터 이블은 영화 〈오스틴 파워〉 시리즈에 등장하는 어리석은 악당으로 입가에 새끼손가락을 댄 자세는 닥터 이블의 트레이드마크다.

보며 찍은 기발한 구도의 사진인데, 앞다리를 치켜든 종마 두 마리가 주변 바위의 규모에 눌려 왜소해 보이지. 당신도 봤을 거야."

셀린이 고개를 끄덕였다.

"가브리엘라 말로는 쿡시티 전역에 텔레비전 중계차가 깔렸었대. 포장도로는 하나밖에 없고 모텔은 둘밖에 없는 곳인데 말이야. 벌목꾼들과 텁수룩하게 수염을 기른 은둔자들이 팬티스타킹을 입고 완벽하게 단장한 방송기자들한테 방을 빌려줬대." 피트는 특유의 콧소리를 냈다—웃음소리와 콧노래의 중간쯤 되는 그 소리는 그의 트레이드마크였다. "세부 정보가 하나 더 있어."

셀린은 남편을 차분히 관찰했다. 한쪽 눈썹이 보일락 말락 치올랐다. 그는 겨우 이틀 만에 엄청난 양의 기초 조사를 해냈다. 솔직히 셀린은 떠날 준비를 하느라 난리법석만 떨었는데. 하지만 두 사람은 보통 이런 식으로 일을 하지 않았다. 셀린은 빈틈없는 남편이 대단해 보이기도 하고, 배신감까지는 아니어도 약간 마음이 상하기도 해서 복잡한 기분이었다. "그래? 무슨 정본데?"

"통찰이라고 해야 하려나. 러몬트는 옐로스톤국립공원 경계선 바로 밖에서 사라졌어. 반 마일 벗어난 지점에서. 차가 약간만 남쪽으로 내려와 공원 경계선 안쪽에서 발견됐다면, 이 사건과 수색은 자연스럽게 연방 경찰한테 넘어갔을 거야."

"아."

"알겠지? 그렇게 FBI도 피하고 국립공원과 연방정부의 엄청난 수색구조 기구도 피해가는 거야."

"현재형으로 말하네?"

"그래. 내 말은, 만약 이게 미리 계획된 일이라면? 실제로 식인곰의 습격을 받은 게 아니라면? 다만 한 가지."

"뭔데?"

"가브리엘라는 다넛한테 아버지가 실종됐다는 소식을 듣자마자 세라로런스에서 비행기를 타고 현장으로 날아갔어. 교수들한테 설명을 하고 첫 에세이와 조별 과제 제출을 연기했지. 실습 수업이 없었던 게 다행이야. 그녀는 보즈먼에 내려서 지프를 빌려 타고 남쪽으로 내려갔어. 별별 사람들을 다 만나서 얘기를 했다고 들었어. 생물학자, 곰 추적 전문가, 경찰과 수색대원, 공원 관리인, 심지어 러몬트가 쿡시티에서 자주 가던 술집 주인들까지 찾아다니며 물어봤다고. 상세한 메모와 기록을 남겨두었더군. 그런데 계속 마주치는 두 사람이 있었대. 연방 수사관 같다는 직감이 들었는데, 그 사람들은 가브리엘라를 상대도 해주지 않았대. 일부러 피했다고 했어."

“가브리엘라가 우리집에 저녁 먹으러 왔을 때 그 기록을 들고 왔어.” 셀린이 말했다. “하지만 두번째 올 때는 두고 왔지. 내 전화기 좀 줄래?”

속내를 숨기지 못하는 피트의 눈썹이 올라갔다 처지는 모습이 메인 해안의 큰 파도와 조금 비슷했다. 아내는 소동이 일어나면 끼어들지 않고는 못 배기는 성격을 타고났고, 더는 가만히 앉아 구경만 하지 않을 것이 분명했다.

가브리엘라는 벨이 한 번 울리자마자 전화를 받았다. “여보세요, 셀린이에요. 식사중에 실례한 게 아니면 좋겠는데.”

“아니, 아니에요. 식사 다 했어요.” 청량한 목소리, 산속의 샘물 같아, 셀린은 생각했다. 사랑하지 않을 수 없는 목소리야.

“페덱스 택배로 그 메모 파일 사본을 좀 보내줄 수 있나요? 지난번에 가지고 온 거 말이에요?”

“찾을 수가 없어요. 제가…… 제가 보관을 잘못했어요.”

“어쩌다가요? 기억은 나요? 그 얘기 좀더 해줄 수 있어요?”

“아니요.” 두 여자 모두 말을 돌리는 성격이 아니었다. 셀린은 뭔가 더 있다는 걸 알았지만 또한 지금은 때가 아니라는 사실도 감지했다.

"알겠어요. 그럼 그 얘기 좀 해주세요, 아버지에 대한 소문이 있었다고 했죠. 그…… 음, 여행에 대해서요. 아버지가 다시 방문했다는 여러 장소 말이에요. 아르헨티나, 페루, 칠레. 그 소문을 좀 살펴볼 가치가 있다고 생각해요?"

"잘 모르겠지만……"

"모르겠지만?"

가브리엘라는 망설이고 있었다. 속마음이 복잡한 게 틀림없었다. "부두에서 말씀드릴 때, 한 가지……"

"그래요, 기억나요."

"그후에…… 제가 위층의 넓은 아파트로 다시 이사했다고 말씀드렸죠."

"맞아요."

"크리스마스라 학교가 쉬는 틈을 타서 이사했거든요. 세라로런스 2학년 때였어요. 신나는 크리스마스는 아니었지만……"

"그럼요. 얼마나 쓸쓸했을까. 상상이 가요."

"그게, 위층 아파트를 청소하고 있었어요. 이사하기 전에 다넷의 흔적을 싹 씻어내고 싶어서, 그런데……"

"그런데?"

"은식기를 보관하는 트레이를 치웠거든요. 나이프, 포크, 이런 것들을 칸칸이 보관하는……"

셀린은 휴대폰에 대고 고개를 끄덕였다. 은식기 트레이가 뭔지는 알았다.

"그걸 치웠더니 그 밑에 얇고 얼룩진 유포가 있었어요. 네모난 윤곽선을 따라 긁힌 자국이 있었죠. 그 천을 벗겼더니 밑에서 기간이 만료되지 않은 미국 여권이 나왔어요. 아버지의 사진이 있었고요. 그렇지만 이름은 폴 르몬드 보주와였어요."

▲

셀린은 더블 에스프레소를 들이켠 듯한 흥분을 느꼈다. 가브리엘라는 어째서인지 여권을 원래 찾았던 장소에 도로 넣어두었다고 했다.

그들은 메인 스트리트를 따라 서쪽으로 달렸다. 시내를 반쯤 가로질러갔을 때 좌측에 '싱크스캐니언—미국 삼림 서비스'라는 간판이 보였다. 차를 돌렸다. 십 분쯤 울퉁불퉁한 비포장도로를 달려가서 작은 초원에 정차했다. 문을 열자 암반 위로 흐르는 냇물소리가 밤을 가득 채웠고, 싸늘한 돌덩이와 물과 세이지 향기가 났다. 셀린은 이상한 환희에 젖었다.

# 8

일어나보니 비가 내리고 있었다. 비는 캠핑카의 알루미늄 지붕을 두드리고 캡오버 침상의 캔버스 벽에 튀었다. 셀린은 산속의 냇물만큼이나 야외에서 맞는 비가 좋았다. 얼마 만이지? 양철 지붕을 두드리는 빗방울이? 간밤의 작은 사건만 빼면 셀린은 벅차게도…… 무언가를 느꼈다. 가까운 사람들을 그토록 많이 잃은 지금, 행복이라는 말은 그녀의 삶에 적절한 단어가 아니었다. 하지만 아픔으로 가득한 삶에 간혹 주어지는, 사랑과 평화가 주는 소소한 기쁨의 고요한 선물을 알아보고 받아들이는 데서 더 깊은 충족감이 찾아왔다.

작년 여름, 언니와 동생의 장례식을 연달아 치르는 사이에, 그들은 피트의 가족이 사는 노스헤이븐의 주택지를 방문해 작은 강어귀에 딱 붙어 있는 '인형의 집'에서 묵었다. 크기가 들쭉날쭉한 창문들을 재활용해 지은 미늘벽 판잣집으로 촛불, 랜턴, 장작 난로가 있었다. 셀린은 그때 당시에는 그곳에서 보낸 시간을 자신이 얼마나 사랑했는지 알지 못했다. 슬픔이 내내 무겁고 어둡게 드리워져 있었으니까. 틀림없이 진심으로 사랑했을 것이다. 거기에서도 비가 왔다. 거센 폭우가 이틀 연이어 쏟아졌고, 그때 셀린이 사랑할 수 있는 게 있었다면 그건 작은 침대에서 셀린 옆에 꼭 붙어 누워, 오래도록 먼길을 떠났다가 집에 돌아온 노인처럼 평화롭게 코를 골며 자던 피트의 따뜻한 몸과 이끼 낀 지붕널에 폭포수처럼 흐르던 비소리였다. 그리고 피트의 손을 잡고 풀로 덮인 길을 따라 가문비나무숲을 헤치고 천천히 걷다가 때때로 멈춰 숨을 고르며—오솔길은 가팔랐고, 폐기종은 거추장스러웠다—'큰 집'까지 가던 산책길. 큰 집이라고 해봐야 솔트박스형* 미늘벽 판잣집으로, 작은 방마다 퀴퀴한 초판본이 잔뜩 꽂힌 책장이 있었다. 그 집에서 내려다보면 회청색 만과 섬이 흩뿌려진 군도의 전망이 훤하게 펼쳐졌다.

삶에서 큰 행복을 찾을 수는 없을지 모른다. 하지만 아름다움과 우아함과 끝없는 사랑의 가능성은 있다.

랜더에서 몇 마일 더 올라가 자리를 잡고 나니, 그날 밤의 야영 준비는 놀랄 만큼 쉬웠다. 외부 잠금장치를 여섯 개 풀고 피트가 안으로 기어들어가서 힘이 많이 들 것을 각오하고 지붕을 힘껏 밀

* 전면은 2층이고 후면은 1층인 집. 소금을 보관하던 통과 비슷하게 생겨서 이런 이름이 붙었다.

었는데 의외로 한 번에 완충기 위로 스윽 올라갔다. 작은 레버 두 개로 버팀대를 고정하자 캔버스 벽이 팽팽하게 펼쳐졌다. 행크가 고맙게도 미리 이부자리를 정리해둔 덕에 무스 무늬 퀼트 이불과 가벼운 솜이불이 구비되어 있었다. 베개 두세 개만 던져 올리면 되었다. 수납장 위로 한 계단만 올라가면 아늑한 침상으로 들어갈 수 있었다.

셀린은 푹 잤다. 메인주에서 지냈던 그 밤들 이후로 가장 깊이 잠들었다. 요의를 느껴 한 번 일어났는데, 포근한 담요 속에서 작은 헤드램프를 켜고 내려갈 생각을 하며 미적거리다가, 갑자기 캔버스를 가로질러 전조등 불빛이 비쳐 화들짝 놀랐다.

처음 든 생각은 번개였지만, 곧이어 약 30야드 전방에서 흙길을 밟는 부드러운 타이어 소리가 들렸다. 그래서 잠이 깼던 걸까? 셀린의 방광이 작긴 하지만 그 탓은 아닐지 모른다. 어쨌든 이제 이쪽 지역들은 뇌조나 활쏘기 사냥철이니까, 행크가 그렇게 말하지 않았던가? 사냥꾼이 높은 산맥에서 밤늦게 돌아오거나 일찍 나가는 거겠지.

셀린은 후각이 예민했는데 이 모든 것에서 수상한 냄새가 났다. 침대 끝에 잘 걸어둔 글록 권총을 더듬어 찾아 불을 켜지 않고 아래로 내려가 맨손으로 수납장을 가늠하고 맨발로 바닥을 훑으며 촉각으로만 양가죽 슬리퍼를 찾았다. 언제든 찾을 수 있도록 높은 수납장 손잡이에 걸어뒀던 플리스 재킷을 걸쳐 입었다. 걸쇠와 문

손잡이는 어렵지 않게 찾을 수 있었다. 셀린은 춥고 습한 밤공기 속으로 가볍게 빠져나왔다. 세이지와 물과 안개의 향이 훨씬 더 짙어졌다. 어둠이 내리자 숨을 쉴 여지를 찾은 것처럼. 아직 비는 내리지 않았지만 공터는 골짜기까지 밀고 내려간 구름에 휩싸여 있었고, 셀린은 그 축축한 손길을 느꼈다. 그때 안개를 뚫고 내려가며 시야에서 멀어지는 흐릿한 붉은 미등이 보였다. 흐음. 통행자의 정체는 알 수 없지만 단순히 지나가는 길은 아니었다. 처음 전조등이 비쳤던 시간과 지금 사라지는 미등의 간격이 지나치게 길었다. 호기심이 동했든가 탐색을 하고 있었던 거다.

셀린은 흐트러진 풀밭에 그냥 쪼그리고 앉아서 소변을 보며 어둠 속에서 거세게 흐르는 냇물소리를 들었다. 물소리를 찬찬히 해체해보면 얼마나 많은 소리가 담겨 있는지 경이롭다. 꼴깍거리는 소리, 넘쳐흐르는 소리, 플루트처럼 졸졸 지저귀는 소리, 꿀럭거리는 소리와 둥둥 북소리도 나고 심지어 깊게 울리는 여운도 남는다.

경이로워, 셀린은 생각했다. 세상 모든 것이 얼마나 켜켜이 층이져 있는지. 발길을 멈추고 주목할 때 비로소 드러나는 구성 요소들.

▲

둘 다 일어나 정신이 말똥말똥해졌을 때도 셀린은 피트에게 아무 말도 하지 않았다. 캠핑카 문을 열어놓고 커피를 끓이자 프렌치 로스트의 향기가 그들의 작은 집을 가득 채웠다. 문밖에는 내리는 비가 장막을 드리웠다. 꾸준한 속삭임. 셀린은 경탄했다. 저렇게 간단한 일이었던가? 세상을 재정비한다는 게? 다시 한번 모든 게 섭리대로 돌아가고 있다는 걸 감지한다는 게? 두 사람은 행크가 사이드 다이넷*이라고 불렀던 곳에 앉았다. 행크는 '사이드 다이넷'이라고 말한 순간 스쳐지나간 셀린의 회의적인 눈빛을 의식하지 않을 수 없었다.

"내 평생 사이드 다이넷에 앉아서 밥을 먹게 될 줄은 몰랐네." 셀린은 중얼거렸었다. "다넷하고 비슷하게 들리잖아." 행크는 그때 어머니가 살짝 몸서리치는 걸 느꼈다.

하지만 어쨌든 셀린과 피트는 거기 앉아서 플라스틱 테이블에 커피를 놓고 마셨다. 굴곡진 산악지대에서 나룻배에 탄 뱃사람만큼이나 편안하게. 셀린은 트럭 이야기를 했다. 트럭이라고 확신했다. "당신도 알겠지만, 도로에 닿는 타이어 소리로 굉장히 많은 걸 알 수 있거든. 서두르는지 꾸물거리는지? 주변에 무심한지, 아니면 신경을 바짝 곤두세웠는지? 심지어 운전자가 흥분한 상태인지도 알 수 있어. 이 트럭 운전자는 절대로 흥분한 상태가 아니었어. 아주 냉정했어. 타이어가 긁힐 때 특유의 은밀한 소리가 났거든."

예전에 피트는 자기가 아내의 활발한 상상력을 즐긴다고 생각했지만 이제 그런 착각은 집어치운 지 오래였다. 그는 커피를 한 모

* 캠핑카 안에 설치된 간이 테이블.

금 마셨다. "흐음."

"뭔가 느낌이 와." 셀린이 말했다. "뭔가 잘못됐어. 가브리엘라가 그 두꺼운 메모 파일을 잃어버렸다는 거 말이야."

"잃어버렸다고는 안 했어. 보관을 잘못했다고, 찾을 수 없다고 했지. 정확히 그렇게 말했어. 내가 보기에는 차이가 있는 거 같은데."

셀린은 커다란 뿔테 돋보기의 안경다리를 잘근잘근 씹었다. "아주 큰 차이가 있을 수도 있어, 안 그래?"

"가브리엘라 목소리가 굉장히 심란한 것 같았어." 피트가 말했다. "하지만 아닌 척 애쓰는 것 같더군."

"바로 그거야. 숨기려는 느낌. 위장." 셀린이 커피를 홀짝였다. 맛이 좋았다. 크림과 꿀을 넣은 커피는 왜 야외에서 더 맛있을까? "아무것도 확신할 수 없어." 셀린이 말했다. "그게 진짜 멋진 점이지."

▲

두 사람은 천천히 커피를 마셨고 셀린은 행크에게 편지를 썼다. 그리고 캠핑카를 정리해 출발할 채비를 하면서 셀린은 작은 가면처럼 생긴 동물 뼈를 하나 주웠다—아마 골반뼈일 거야, 나중에 어디 쓸 데가 있겠지—그들은 북서부로 차를 몰고 잭슨홀로 향했다. 빗발이 가늘어지더니 싹 그쳤다. 검은빛 나무들이 서 있는 비탈 사이로 이어지는 사시나무숲의 노란색이 한층 깊어졌고 밀밭도 희미한 초록빛이 돌았다. 가을비. 포트워셔키 다이너에 차를 세우고 아침식사를 했다. 대부분 카지노 야간근무를 하고 아침을 해결하는 것으로 보이는 아메리카 원주민들로 북적이는 식당이었다. 갈색 얼룩무늬의 핏불테리어 한 마리가 한구석에서 기분좋게 코를 골고 있었고 얼굴이 동그란 원주민 소녀가 퉁명스러운 네 음절의 말로 주문을 받았다. "뭐 드려요?" 피트와 맞먹을 정도로 말이 짧았다.

웃음기 하나 없이 주문을 받은 소녀는 커피를 리필해주며 도저히 못 참겠다는 듯 물었다. "LA에서 오셨어요?" 그러면서 덧붙였다. "저분은 아닌데 손님은 그렇게 보여요." 커피 주전자로 피트를 가리켰지만 딱히 비난조는 아니었다.

그래서 두 사람은 호탕하게 웃었고 소녀가 마침내 미소를 머금자 온 식당 안이 환해졌다.

"뉴욕에서 왔어요." 그들이 말했다.

"그럴 줄 알았어요."

"개 이름이 뭐예요?" 셀린이 물었다.

"오처드."

"오처드? 아니 왜 과수원이라고 불러요?"

소녀는 입술을 일그러뜨렸다. "사과처럼 생겨서요." 소녀의 눈이 반짝거렸다.

셀린은 코를 골고 있는 울퉁불퉁한 근육질 개를 바라보았다. "허. 내 평생 사과하고 저렇게 하나도 안 닮은 건 처음 봤는데."

"리처드, 라고 했어요." 소녀가 책망하듯 말했다.

일어나 카운터에서 계산을 하면서, 셀린은 식당 구석의 부스에서 깔끔하게 수염을 손질한 젊은 백인 남자를 보았다. 역시나 빛바래지 않고 주름이 잡혀 있는 격자무늬 셔츠를 입고 있었다. 이번에는 빨간색이었다. 야구 모자를 쓰고 있어 얼굴은 볼 수 없었지만 고개를 푹 숙이고 케첩 범벅인 오믈렛에 열심히 집중하고 있었다.

# 9

우리는 모두 그랜드티턴국립공원의 뾰족한 화강암 탑 사이로 굽이굽이 흐르는 스네이크강의 포스터와 사진을 본 적이 있다. 물은 검은색이고 봉우리에는 흰 눈이 포슬포슬한 먼지처럼 쌓여 있고 강둑에 울창하게 우거진 미루나무는 노란색이다. 빽빽하게 줄지어 선 나무들을 보면 산맥의 규모를 가늠할 수 있다. 훤칠한 나무들이 사진 맨 아래쪽에 작게 깔려 있기 때문이다. 아침이라 연막처럼 물안개가 차올라 강이 보이지 않는 것일 수도 있고, 플라이 낚싯대를 치켜든 한 남자가 낚시를 하고 있을 수도 있다. 낚시꾼이 있다 해도, 그의 존재는 오로지 인간의 척도로 가늠할 수 없는 장엄하고 충격적인 아름다움을 환기할 뿐이다. 가장 압도적인 아름다움은 인간의 손길이 결코 닿을 수 없는 아름다움이라는 사실을. 신은 저 봉우리와 멀리 보이는 호수와 시린 바람 속, 저 높은 곳에 존재한다는 사실을.

왜 그 사진이 기쁨을 불러일으키는지는 모를 일이다. 그 사진은 우리의 필멸성과 왜소함에 직접적으로 호소한다.

바로 그런 아침에 강을 따라 달리면서 셀린의 머릿속에 흘러간 생각이 딱 그랬다. 안개가 피어오르고 봉우리들이 우뚝 솟아 있고, 미루나무들이 남쪽의 해를 받아 불꽃처럼 타올랐다. 차마 믿을 수 없으리만큼 장엄했다. 현실일 리가 없었다.

"봐, 피트." 셀린이 말했다. "저 밑에 안개 속에 낚시를 하는 사람이 있어. 딱 행크네 집에 있는 포스터 같아."

"얍." 피트는 이날 아침 메인주 사투리로 말했다. 워셔키 웨이트리스의 짧고 간결한 말투를 듣고 그의 제1언어가 그리워진 모양이었다.

계곡의 탁 트인 초지로 들어서자 수백 마리 엘크떼가 활 사냥꾼을 두려워하는 기색 없이 고개를 숙인 채 풀을 뜯고 있었다. "저기가 국립엘크보호지대야." 셀린이 손가락으로 가리키며 말했다. "전부 기억나. 미미의 서른 살 생일에 미미하고 여기 와서 스키를 탔거든. 정상까지 커다란 케이블카를 타고 올라갔던 것도 기억나. 저기 저 산, 보여? 한번은 안개보다 높이 올라갔는데 밝은 태양과 파랗고 파란 하늘이 펼쳐졌어. 정상에 가까워지자 곤돌라에서 안내방송이 나왔어. '숙달된 상급 스키어가 아니라면 다시 내려가시기 바랍니다.' 거기서 스키를 타는 건 정말 환상적이었어. 깎아지른 듯한 그 슬로프라니. 아래쪽 계곡은 구름이 겹겹이 끼어 하나도 보이지 않았어. 점심을 먹으러 스키를 타고 맨 아래까지 쭉 내려갔는데, 그 구름을 정면으로 뚫고 지나갔어. 안개와 눈발 속으로 직진한 거야! 꼭 두 대의 비행기처럼!"

"으음." 피트가 콧소리를 냈다.

"당신 오늘 아침에 내 말 한마디도 안 듣고 있지!" 물론 그렇지 않다는 걸 알면서도 셀린은 빽 소리를 질렀다.

"에헴."

"에헴 좋아하네. 휴대폰은 잘 터지니까, 시내에 가면 다시 가브리엘라에게 전화해야겠어."

"좋은 생각이야."

그들은 어느새 북적거리는 소도시 경계에 들어서고 있었다. 안내소, 스키 용품점들과 카페들을 우회하자 중앙 광장을 중심으로 차량이 밀리고 있었다. 소도시는 인파로 가득했다. 카약과 바이크를 잔뜩 실은 트럭, 플라이 낚싯대 통을 지붕에 얹은 캠핑카. 다들 신나게 즐기러 가는 길이었다. 화창하고 시원한 9월 아침, 진짜 가을을 맞을 각오를 하면서 여름의 끝자락을 놓지 못하고 아쉬워하는, 그런 가을날은 일 년에 이삼 주밖에 되지 않는다. 여행객들은 엘크 뿔로 만든 커다란 아치가 세워진 광장 모퉁이에서 포즈를 잡으며 사진을 찍고 있었다. 환한 미소는 하나같이 진심이었다.

"독립기념일이라도 되는 줄 알겠네." 셀린이 감탄했다. "세상에! 이 사람들은 직업이 없나?"

"그야 모르지."

"차를 세워야겠어." 셀린이 그 말을 하자마자 카누를 실은 SUV 한 대가 귀중한 주차 공간에서 후진으로 차를 뺐다. 바로 그들의 차 앞에서. 피트는 아무런 말도 하지 않았다. 이건 아내의 초능력 중 하나다. 주차의 천사들이 그녀를 수호한다.

두 사람은 차에서 내려 기지개를 켜고 뻣뻣한 무릎으로 천천히 길을 건너 엘크 뿔 아치로 향했다.

"피트, 잠깐만. 여기서 숨 좀 돌리자. 너무 오래 앉아 있었나봐. 이 편지 좀 나 대신 부쳐줘. 행크한테 보내는 거야. 저기 우체통 있어." 거추장스럽기 짝이 없는 병이다, 폐기종이란. 산소통을 들고 다니던 시절보다는 훨씬 나았지만 고산지대에 오면 늘 숨쉬기가 더 힘들어졌다. 특히나 피곤할 때, 바로 지금처럼. 안개 속으로 사라지던 트럭을 본 후 셀린은 편하게 잠들지 못했다. 상상도 못했던 일이지만, 그 차량을 몰던 사람이 누구든 그들의 동태를 살피고 있었던 게 분명하다고 확신했다. 이유야 가늠도 할 수 없지만.

피트는 다시 셀린에게 돌아왔고, 셀린은 머리 위 엘크 뿔 아치를 훑어보았다. "참된 꿈은 뿔의 문을 통해서 온다." 셀린이 말했다.

피트는 아주 살짝 셀린의 손을 잡았다. 사기 진작 차원에서. "그리고 거짓된 꿈은 상아의 문을 통해서 온다." 피트는 고개를 들어 위를 보았다. "확실히 뿔의 자격이 있어." 그가 말했다.

"흐음. 저걸 징조로 봐야겠어. 늙은 페넬로페는 남편*보다 더 현명했다고 생각하지 않아? 여자들이 보통 그렇지." 셀린은 피트의 손을 힘주어 쥐었다. 이제 손을 놓아도 된다는 신호였다. "우리 저기 그늘에 있는 벤치에 앉자." 그들은 벤치에 앉았다. 셀린은 작은 가죽 배낭을 허리까지 늘어뜨려 메고 있었는데, 그 안을 뒤지더니 플립 휴대폰을 꺼냈다. 가브리엘라에게 전화를 걸고 한참 동안 신호음을 들으며 기다렸다. 막 음성 메시지로 넘어가려는 찰나 젊은 여자의 목소리가 들렸다. 셀린은 가브리엘라가 고민을 했다고 생각했다—받을까 말까?—"여보세요?" 하는 목소리에서 느껴졌다.

"가브리엘라, 셀린이에요. 옐로스톤으로 가는 길에 잠깐 잭슨에 들렀어요. 잘 있어요?"

---

* 오디세우스를 가리킨다. 참된 꿈과 거짓된 꿈에 대한 셀린과 피트의 대사는 『일리아스』에 나오는 페넬로페의 말을 인용한 것이다.

"잘 지내요. 네."

"아들도?"

"그애는…… 그애는 학교에 갔어요. 네." 불안한 말투였다.

"좋아요. 쿡시티로 가기 전에 가브리엘라가 조사한 파일의 소재를 파악할 수 있는지 알고 싶어요. 엄청난 도움이 될 거예요."

▲

순탄치 않게 시작된 대화는 그 자체로 하나의 단서였다. 셀린은 파일에 대해 추궁했다. 대체 어떻게 그걸 잘못 보관할 수 있죠? 아니, 잘못 보관했다는 게 무슨 뜻이에요? 가브리엘라는 처음에는 대충 얼버무리려 했다. 아무것도 모르는 척 발랄한 말투로 말했다. "맙소사, 정말 모르겠어요. 아무래도 커피숍 구석에 놓고 왔나봐요. 선생님께 복사해서 보내기 전에 정리를 좀 하려고 다시 훑어보고 있었거든요. 진짜 어떻게 된 건지 모르겠어요. 대여섯 번은 거기 다시 들락거리면서 찾았거든요!" 그렇지만 운 나쁘게 잃어버린 척 연기하면 할수록, 가브리엘라는 점점 더 허둥지둥 어쩔 줄 모르는 것 같았다.

"잠깐." 셀린이 말했다. 말허리를 뚝 끊으면서. 형편없는 거짓말쟁이는 도저히 참아줄 수가 없었다. 차라리 거짓말을 잘하면 배울 점이라도 있지. 셀린은 배낭을 뒤져서 빨간 플라스틱 흡입기를 꺼내 입안에 한 번, 두 번을 뿌리고 폐에 들이마신 후 숨을 참았다. 퓨우우우우. 입을 오므리고 숨을 내쉬었다. "자, 이제 좀 낫네." 그녀는 산 공기가 폐를 가득 채우도록 두 번 심호흡을 했다. "자, 나는 나이가 들 만큼 든 할머니예요. 나한테 남은 시간이 얼마나 되는지 누가 알겠어요. 하지만 진실을 말해줘야 할 사람이 하는 거짓말을 들어줄 시간이 없다는 건 확실해요. 가브리엘라, 대체 진짜로 무슨 일이 벌어지고 있는지 말해주면 안 돼요?"

가브리엘라는 정말로 모른다고 말했다. 그건 참말 같았다.

"좋아요, 말해봐요." 셀린이 말했다.

"그게…… 얘기를 할 수 있을지, 해야 되는지, 잘 모르겠어요."

"겁에 질려 있군요."

"약간요, 네."

부두에서 만났던, 세상에 거칠 게 없는 에너지를 발산하던 그 여성이라고는 상상할 수 없는 말투였다. 낭랑하고 맑은 소리로 웃고 만발한 꽃향기를 풍기던 그 여자가 이렇게 두려워하고 있다니. 슬픔 때문에 성격이 누그러지긴 했어도 겁이라고는 전혀 없어 보였는데. "뭐." 셀린은 기다렸다. 한 박자, 그리고 두 박자. "전화로 말할 수 없는 건가요?"

"그래요. 어쩌면."

셀린은 잠시 생각했다. "그러면 말이죠." 그리고 결국 이렇게 말했다. "하긴 지금은 나한테 별로 해줄 말이 없을지도 모르겠네요. 파일에 대해서는 뭐, 웬만한 얘기라면 그 '담당자분'께서 이미 다 아시지 않을까요?"

가브리엘라는 웃음을 터뜨렸다. 불안이 가시지는 않았지만 긴장감은 조금 덜어졌다. "그래요. 그 말씀이 맞는 것 같아요. 사실 일주일 전에 아파트의 커피 테이블 위에 파일을 뒀어요. 말씀드린 대로 다시 살펴보려고요. 그런데 미션에 있는 헬스클럽에 요가를 하러 갔다 오니 아무데서도 찾을 수가 없더라고요. 미쳐버리는 줄 알았어요. 확실히 그 자리에 뒀거든요. 그리고……"

"그리고?"

"아마나의 사진이 쓰러져 있었어요. 페리에서 찍은 사진 말이에요. 절대로 쓰러질 리가 없는데. 따로 선반을 마련해서 보관하니까요. 닉은 손도 닿지 않아요. 그리고 부엌에도, 그 은수저 트레이가 큰 서랍 오른쪽에 뒤집혀 있었어요. 원래는 왼쪽에 두거든요. 그리고……"

"말씀해보세요."

"그 여권이 없어졌어요."

▲

전화기를 스피커폰 모드로 해두어서 피트도 같이 통화 내용을 들었다. 그는 트위드 모자를 벗고 고개를 전화기 가까이 숙인 다음, 보청기를 낀 귀를 바짝 갖다대고 있었다. 스물두 살 때 그는 한국전쟁에 참전하기 위해 입대했지만, 파병되기 전에 전쟁이 끝났다. 하지만 돌아올 무렵에는 M1C 저격용 소총을 하도 많이 쏴서 오른쪽 청력을 거의 상실한 상태였다. 피트는 저격수 훈련을 받았는데, 그처럼 온화한 성품의 사람에게는 어울리지 않는 재주일지 모르지만, 22구경 소총으로 꽤나 장거리에서 마멋을 사냥하며 메인주의 섬에서 성장한 이력을 생각하면 그리 이상할 것도 없었다. 피트의 교관은 그의 재능을 바로 알아보았다. 피트의 형이 들려준 얘기에 따르면 피트는 언젠가 산탄총을 쏘듯 22구경 소총을 쏴서 가로 2인치 세로 4인치 크기의 날아가는 표적을 명중시킨 적도 있었다. 피트가 자기 입으로는 한 번도 언급한 적 없는 재주였지만, 원래 말이 없는 사람이니 놀랍지는 않았다.

셀린은 생각에 잠겼다. 파일을 도둑맞았다면—그런 것 같았다—이 수사는 훨씬 더 흥미진진해진다. 아직 제대로 시작도 안 했는데. 짜릿한 흥분감이 셀린의 전신을 관통했다.

셀린과 가까운 친구들은 오래전에 그녀가 다른 사람들과는 아예 다르게 생겨먹은 인간이라는 결론을 내렸다. 웬만하면 움츠리고 겁에 질릴 만한 상황에서 셀린은 오히려 몸을 빳빳이 펴고 더 깊이 집중했다. 아마 바부의 오랜 반려였던 홀시 제독과 함께 지낸 세월 덕분인지 모른다. 제독은 치열한 격전장으로 곧장 돌진해 적군에게 공포를 자아내는 것으로 유명했다. 제독을 비판하는 사람들이 신나게 물고 뜯은 특질이기도 했다. 그러나 전투 전략 분석을 할 때 사람들이 종종 놓치는 점은, 어린 시절 짓궂은 장난에 열정적으로 몰두하는 데서 발휘되는 상상력과 창의성이었다. 셀린은 행크에게 그 얘기를 아마 대여섯 번쯤 들려줬을 것이다. 홀시는 아나폴리스 해군사관학교 상급생 때 체서피크에서 벌어지는 실전 무기 훈련에서 호위함의 지휘를 맡은 적이 있었다. 훈련은 두 팀으로 나뉘어 진행되었다. 해무가 짙었다. 무기는 고무 어뢰였다. 홀시는 적군의 호위함을 레이더 위장용으로 사용했다—적군은 레이더망에 포착된 홀시의 호위함을 자기편이라고 생각했다. 정신이 나가지 않은 이상 오리 새끼처럼 적군의 함대로 따라 들어올 리가 없으니 말이다. 그래서 홀시는 탐지를 피해 패러것급 구축함에 바짝 붙을 수 있었다. 야드도 아니고 피트 단위의 근거리로 접근했다. 그러고는 어뢰를 발사해 갓 뽑은 신형 구축함 선체에 구멍을 내고 말았다. 같은 사령관한테 야단도 맞고 칭찬도 받았다—생도에게 야단을 치는 사령관의 눈빛이 총총하게 반짝였다.

사람의 기질에 대해 숙고하기를 즐기는 행크는 가끔 희박한 가능성에 정면으로 도전하고 비정통적으로 접근하는 제독의 방식이 어린 셀린에게 영향을 끼친 게 아닐까 자주 생각했다. 버몬트의 진흙 철에 셀린과 제독이 흙길을 함께 걷는 모습을 떠올려보았다. 마음이 산란한 소녀가 꼭 잡은 늙은 제독의 손, 앙상한 숲을 가르는 찬바람에 날리는 머리칼에 뒤덮인 눈물범벅이 된 소녀의 얼굴. 늙은 선원은 그것을 알아차리지 못하고 한참 이런저런 생각의 가닥을 배회하다가 드디어 자기가 맡은 어린아이, 현재의 임무에 초점을 맞추게 된다. 위로하고 보호하기. 교육하기. 사랑하기. 그래서 제독은 그렇게 했다. 제독은 셀린을 무척 아꼈다—바부가 직접 그렇게 말했다. 그는 아마 그 깡마른 소녀에게서—그녀의 용기와 강단과 상상력에서—자기 자신의 모습을 조금이나마 보았을 것이다. 그날 오후에 제독은 이런 말을 건넸으리라. 가장 겁이 나는 때야말로 최후의 맑은 정신까지 그러모아 앞으로 나아가야 하는 때라고, 뒤로 물러나면 안 된다고.

행크가 제일 좋아하는 셀린의 이야기 중 하나는, 빌 제독이 세상을 떠나고 몇 년 후에 있었던 일에 대한 것이다. 셀린은 사십대였다. 큐레이터인 사촌 로드니의 동생 빌리가 할렘의 세인트루크 종합병원에서 췌장암으로 죽어가고 있었다. 셀린은 작별인사를 하고 싶었다. 함께 자라며 피셔스섬에서 여러 여름을 같이 보낸 사이였다. 빌리는 아마도 지상에서 마지막날이 될 시간을 견디고 있었고 셀린은 늦게까지 병실에 남아 무너지지 않으려고 애썼다. 그리고 흐르는 시간을 까맣게 잊었다. 마침내 셀린이 빌리의 뺨에 키스하고 "나중에 봐, 빌리"라고 인사한 후 11월의 밤으로 걸어나갔을 때는 새벽 두시였다. 바람도 많고 추운 날이었다. 여러 해 전 빌 제독과 함께 보낸 그날과 몹시 비슷했다. 인적 없는 앰스터댐 애비뉴를 따라 걸어내려오며 셀린은 유년기의 추억에 푹 빠졌다. 그 당시 뉴욕의 할렘은 지금보다 훨씬 위험했다. 그녀는 막연하게 110번가에서 택시를 잡을 수 있을 거라 생각했다. 도로에 쓰레기가 이리저리 휘날렸다. 단화 굽이 보도에 부딪혀 또각또각 소리를 냈고 팔찌가 쩔렁거렸다. 갑자기 거구의 사내 둘이 문간에서 튀어나와 셀린의 앞을 막았다. 험하고 거친 사내들이었다. 셀린이 아무 생각 없이 말했다. "세상에! 그러다 얼어죽겠어요!" 그중 덩치가 더 큰 사내를 보고 그녀가 말했다. "감기 걸려 죽어요. 셔츠가 다 찢어졌잖아요. 지금 옷핀이 있는지 좀 찾아볼게요." 그러더니 핸드백을 열어 뒤지기 시작했다.

남자들이 물끄러미 쳐다보았다. 기가 막혀 말도 안 나왔다. "여기, 하나 있네요!" 셀린은 옷핀을 꺼내들고 손을 뻗어 찢어진 부분의 한쪽 가장자리를 안으로 접어서 핀으로 고정할 수 있도록 말끔히 편 다음, 다른 한쪽에도 같은 과정을 반복했다. 그리고 놀라운 집중력을 발휘해 양쪽을 한꺼번에 핀으로 꿰어 고정했다. "됐어요, 훨씬 따뜻할 거예요." 남자들은 멍하니 쳐다보기만 했다. 간신히 입을 연 남자들은 음, 이 동네는 정말 정말 위험한데 지금 혼자 뭘 하고 있어요? 하고 물었다.

"저한테 아주 특별한 사람에게 병원에서 작별인사를 하고 왔어요."

남자들은 셀린을 모퉁이까지 데려다주고 택시가 올 때까지 함께 기다리겠다고 고집했다. 행크는 누더기를 입은 거구의 사내 둘과 긴 울 코트에 베레모를 쓰고 금 귀걸이를 한 키 작은 셀린이 함께 서 있는 그림이 머릿속에 그려졌다. 물론 택시가 설 리 없었다. 그 남자들이 너무 위압적이었으니까. 그래서 셀린은 마침내 돌아서서 말했다. “두 분은 이제 가셔서 볼일을 보세요. 난 괜찮아요. 두 분이 도와주셔서 얼마나 감사한지 모르겠어요.” 그리고 사내들이 떠나자마자 셀린은 택시를 잡았다.

그날 밤 셀린은 호위함의 지휘관도 아니었고, 그 어떤 정복도 할 생각이 없었지만, 다른 사람이라면 꿈도 못 꿀 상황에서 직진하는 본능은 아버지를 대신했던 제독과 꼭 닮아 있었다.

이제 셀린은 잠시 휴대폰을 무릎 위에 내려놓고 피트에게 뭔가 말하려다 다시 전화기를 들었다. “금방 다시 전화할게요. 약속해요. 피트가 여기 같이 있는데, 의논을 좀 해야 해서요.” 그리고 셀린은 전화를 끊었다.

# 10

두 사람의 대화는 오 분쯤 걸렸으리라.

추론은 명백했다. 가브리엘라가 실종된 아버지에 대해 이십삼 년에 걸쳐 모은 자료를 누군가 훔쳐갔다면 1) 타이밍으로 봐서 그 자료가 셀린과 피트의 수중에 들어가지 않기를 바랐던 것이고, 2) 두 사람이 수사에 착수한다는 사실을 그들이 안다는 건, 가브리엘라가 누군가에게 말했거나 전화를 도청당했다는 뜻이었다. 곧 이 문제를 확실히 파악해야 했다.

바로 옆 벤치에서는 관광을 온 가족 네 명이 쏟아지는 햇살을 고스란히 받으면서 캐나다 기러기에게 팝콘을 주고 있었다. 그중 어린 남자애는 한 손으로는 새를 맞히려는 듯 머리 위로 팝콘 낱알을 마구 던졌고, 다른 손으로는 손목까지 녹아서 줄줄 흘러내리는 초콜릿 아이스크림콘을 꼭 쥐고 있었다.

"남자애의 삶이란 참 어려워." 셀린은 건조하게 평했다. "어떤 존재를 사랑해야 할지 죽여야 할지 확실히 알지 못하거든." 피트가 셀린의 시선을 따라갔다. "여기는 아주 자존심이 강한 동네인 것 같아, 피트. 여기 비둘기는 캐나다 기러기야."

"흐음."

"나중에 잊지 말고 내가 새한테 총알을 퍼부은 얘기를 해달라고 말해줘."

"흐으음."

"계속 당신이 내 말을 끊지만 않으면, 그 이야기에서 이 문제를 더 깊이 파고들 단서가 나온단 말이야. 당신이 그렇게 애매하게 나오면 진짜 집중이 안 돼."

피트는 셀린의 손을 잡고 엄지로 손등을 문질렀다.

"파일이 혼자서 벌떡 일어나 가브리엘라의 아파트 밖으로 걸어나가지는 않았다고 전제하자고. 그리고 가브리엘라가 커피숍에 놓고 온 것도 아니고. 애초에 커피숍에 갖고 갔다고 하면 그것부터가 놀랄 일이야. 그런 건 엄청나게 조심해서 다룰 사람이잖아."

“도둑맞은 거야.” 피트가 단언했다. “그리고 우리한테 수사를 맡겼다는 얘기를 누구한테 발설했을 리도 없다고 생각해. 그렇게 속을 터놓고 지내는 사람이 많지는 않아 보였어.”

“맞아. 그리고 그건 곧 전화해서 물어보면 돼.”

“그 말은 가브리엘라의 전화가 도청당했다는 뜻이고……”

별안간 놀라서 꽥꽥거리며 울부짖는 새소리에 피트가 말을 멈췄다. 기러기에게 사랑을 주지도, 팝콘을 던져 죽음을 내리지도 못하고 있던 소년이—기러기들은 그저 행복하게 팝콘을 쪼아먹고 있었다—아이스크림콘을 내던지고는 곧장 기러기떼 한가운데로 돌진했던 것이다. 그러다 발부리가 걸려 넘어져 자기 덩치만큼 큰 기러기 한 마리를 지대지 미사일처럼 덮치고 말았다. 처음에 소란이 일어난 건 그 까닭이었다. 그 알파 기러기—그런 게 있기나 하다면 말이지만—는 엎드린 소년 위로 순식간에 올라가 거대한 날개를 파닥거리고 씩씩대며 아이의 목을 쪼았다. 기러기가 마침내 폭발했던 것이다. 심리적으로 말이다. 못된 남자아이들과 정크 푸드에 질리다못해 완전히 폭주했다. 더는 참아줄 수 없었다. 그래서 두번째 소동이 일어났다. 아이 엄마가 비명을 지르고 아빠가 벌떡 일어나 달려갔다. 하지만 기러기는 용감하게도 전혀 물러서지 않고 남자의 얼굴을 공격했다. 아이 아빠는 제 머리와 어깨를 마구 주먹으로 때리는 꼴이었다. 기러기는 풀밭에 내려앉아 잠시 옆으로 비틀거리더니 곧 정신을 차리고 어마어마하게 긴 목을 쭉 펴고 성큼성큼 두 걸음을 걷더니 자기 무리와 함께 거대한 날개를 펄럭였다. 이번에는 비행을 위한 날갯짓이었고, 기러기는 몹시 우아하게, 그리고 믿기지 않을 만큼 느릿하게 날아올랐다. 기러기와 그 무리는 조잘대면서 나무 위로 올라가 북쪽으로 빙글 돌아 시야에서 사라졌다.

목숨을 건 전투를 목도하고 나면 흔히 그렇듯, 충격에 말을 잃은 셀린과 피트는 서로를 쳐다보았다.

"기러기 대 스미스 가족, 2 대 0." 피트가 조용히 말했다.

"저 날개가 저렇게 녹슨 경첩처럼 삐걱거릴 줄은 몰랐어. 그런 소리 아니었어, 피트? 저 남자애들은 그래도 괜찮아 보이네." 셀린이 아주 무미건조하게 덧붙여 말했다. 서로의 부끄러움을 털어주는 아빠와 아들 둘 다를 말하는 거였다.

"'동물한테 먹이를 주지 마시오'라는 값진 교훈을 얻은 거지. 곰이 출몰하는 지역에서는 목숨이 달린 문제일 수도 있어."

"우리가 곰이 출몰하는 지역으로 가는 거잖아?"

"그래. 몹시 기대하고 있어. 먹이사슬 꼭대기에 있는 게 좀 지겨워지던 참이거든."

"당신 지금 한 말, 내가 정말 좋아하는 네루다의 시구 같아. '문득 남자라는 게 지겨워졌다……' 그러다가 백합꽃으로 수녀를 쓰러뜨리던가 뭐 그랬던 거 같은데. 미안, 무슨 말 하고 있었지?"

피트는 셀린의 손을 꼭 잡았다. "전화를 도청당했다고."

"으음. 꽤 오랫동안 그랬을 수 있어. 이유는 알 수 없지만. 한동안은 아무 일도 없었어. 계기가 될 만한 사건이 없었던 거지. 가브리엘라가 우리한테 아버지를 찾아달라고 의뢰하기 전까지는 말이야."

"맞아. 이십삼 년 전에 실종됐는데. 누군가 그후로 내내 엿듣고 있었을 가능성이 높다고 봐."

"와우."

"와우." 피트가 과장되게 따라 했다.

"러몬트가 전화하기를 기다린 거겠지. 왜냐하면 그쪽도 그가 죽었다고 믿지 않았으니까."

"그래. 그리고 청산해야 할 문제도 있고."

"최소한 회계 정산이라도."

"흐음."

두 사람은 패배한 소년의 누나가 기러기한테 두드려맞고 멀쩡한 아이스크림콘을 풀밭에 버렸다고 동생을 혼내는 소리를 들었다. 그리고 터덜터덜 자동차 쪽으로 가서 세계와 대결하는 새로운 모험을 향해 떠나는 스미스 가족의 뒷모습을 지켜보았다.

셀린이 말했다. "그런데 정작 행동을 촉발한 건 우리였다는 거지. 그러면 왜……" 셀린은 커다란 검은 뿔테안경을 쓰고 있었다. 재클린 케네디의 선글라스와 약간 비슷했지만 훨씬 컸다. 심지어 훨씬 더 독특했다. 일부러 눈에 띄라고 쓰는 건 아니었다. 셀린은 남한테 과시하는 걸 좋아하지 않았지만 아무도 토를 달 수 없는 타고난 패션 감각이 있었다. 그녀는 안경을 벗고 알에 얼룩이라도 묻은 듯—알은 깨끗했다—불만스럽게 바라보더니 결코 작지 않은 매부리코에 다시 얹었다. "왜 우리 손에 파일이 들어오면 안 되는 걸까?"

"그들이 폴 러몬트를 찾고 싶다면 말이지?" 두 사람은 '그들'이라는 말에 희미하게 불쾌한 어감을 섞어 발음했다.

"그래." 셀린이 말했다. "그냥 우리 뒤를 쫓아서 그 사람을 찾으면 되잖아. 어쨌든 우리는 FBI보다 수사 성공률이 높은데." 그건 사실이었다.

"하지만 CIA보다도 성공률이 높은가?"

두 사람은 마주보았다. "그럴걸." 셀린이 말했다. "바로 그거야. 그들은 러몬트를 찾을 수가 없는 거야. 그들이 누군지 몰라도. 그리고 파일을 봤어. 틀림없이 그전에 침입해서 사본을 만들어뒀을 거야. 가브리엘라는 그때는 몰랐지만 이번에는 알게 됐어. 저쪽에서 가브리엘라가 알아차리기를 바랐던 거지. 우리한테도 알리고 싶었던 거고. 사진을 엎어놓은 것도 그렇고 말이야. 경고였어." 셀린은 핸드백에서 손거울을 꺼내 립스틱을 살폈다. "아니, 그들은 거기 있는 단서들을 물기 하나 남지 않을 때까지 쥐어짰을 거야. 그들에게 파일은 이제 그냥 유물 그 이상도 이하도 아니야. 그런데 완벽한 수사 실적을 지닌 우리가 끼어든 거지. 그들은 우리가 러몬트를 찾기를 바라지 않아. 안 그랬으면 우리한테 파일을 넘겨줬겠지. 뭔지는 몰라도 위험부담이 너무 컸던 거야."

"위험부담이 뭘까?" 피트가 물었다.

"잘 모르겠어." 셀린이 딱 소리를 내며 거울을 닫고 남편에게 미소를 지었다. "나는 은식기 트레이가 옮겨졌다는 게 흥미로운 정보라고 생각했어, 안 그래? 첩보 기술은 첩보 기술인 거지."

두 사람은 오랜 세월 함께 일했고, 이렇게 의문으로 점철된 대화를 하도 많이 해봐서 이제 속도가 느려지며 최후의 긴 음표들로 다가가고 있다는 걸 알았다. 마지막 소절을 연주하기 전에 서로를 보고 고개를 까닥이는 음악가들처럼, 그들은 한참 눈길을 맞추며 말없이 이런 말을 전했다. 일단은 여기까지. 이것도 결국은 밝혀질 거야. 그리고 셀린은 휴대폰을 들어 가브리엘라에게 다시 전화를 걸었다.

# 11

잭슨홀은 쾌적했다. 더도 덜도 아니고 딱 그 정도. 셀린은 도시 전체가 여가와 재미에 쏠려 있어서 아주 피곤하다고 말했다.

"아까 그 말 취소할래." 점심을 먹으러 길을 건너 카우보이 바로 가면서 셀린이 말했다. "재미를 추구하는 건 기운 빠지는 일이지. 재미있는 건 그냥 재미있는 거야. 일만 하는 것보다야 훨씬 낫지 않아? 즐기기만 한다면야."

"뭐." 피트가 말했다. 피트는 셀린의 손을 잡고 앞장서서 길을 건넜다. 피트는 이 도시에서 약간 겉도는 느낌이었다. 하긴 언제나 보트를 만들러 나가는 사람 같은 차림을 하고 있으니. 그것도 메인 주 출신처럼. 만에 하나, 정말 만에 하나 낡은 트위드재킷을 걸쳐야 할 때가 아니면, 격식을 차리는 모임에서도 절대로 바뀌지 않는 게 그 옷차림이었다. 여름이나 겨울이나, 작업실에서 목공을 할 때나 셀린의 고상한 유년기 친구들과 저녁식사를 할 때나, 그는 늘 헐렁한 카키색 바지 차림이었다. 광택제나 페인트 얼룩이 묻어 있지나 않으면 다행이었다. 거기에 보통 맨발로 낡은 가죽 보트슈즈를 신고, 파란색이나 초록색 혹은 크랜베리색 L. L.빈 캔버스 셔츠를 걸쳤다. 그게 다였다. 피델 카스트로가 항상 야전 상의를 입는 것과 별다를 게 없었다. 피트는 소로를 되도록 인용하지 않으려 했지만 한번은 행크에게 그렇게 옷 입는 습관이 시간과 에너지와 비용을 굉장히 많이 아껴준다고 말한 적이 있었다.

지금은 이렇게 말했다. "그래서 늘 여행하다가 다시 미국으로 돌아오면 스트레스를 좀 받았어. 미국 시민으로서 우리가 해야 할 일은 행복의 추구잖아. 그러려면 허리띠를 졸라매고 노력을 해야 해. 차라리 그냥 행복하거나, 아니면 말거나 하는 게 훨씬 낫지."

재미의 추구에 대한 셀린의 주장을 입증이라도 하듯, 두 사람은 밑창을 덧댄 자전거용 운동화와 천을 덧대지 않아 민망한 자전거용 반바지를 입은 무리 뒤에 줄을 서서 테이블 배정을 기다려야 했다. 셀린이 말했다. "저런 반바지를 입고 참된 행복을 찾을 수 있을 리가 없잖아. 자기의 남성 생식기관에게 나는 네가 내장기관이었으면 좋겠다고 말하는 거나 다름없다고." 줄을 서 있던 남자 한 명이 그 말을 엿듣고 껄껄 웃기 시작하더니, 자기네 일행 앞에 가서 서라고 고집했다.

긁힌 자국투성이의 원목 부스에 앉아 햄버거를 주문했더니 젊은 웨이터가 셀린에게 고전 영화의 스타 배우처럼 보인다고 말했다. 그런가? 아니, 그건 아니었다.

"어우, 충분히 배우를 하시고도 남았겠는데요." 웨이터가 말했다. "그리고 이 말은 칭찬입니다. 배우들이 여기 진짜 많이 오거든요."

"그렇다면서요."

"지난번에는 해리슨 포드가 왔었어요."

"설마요."

"여기 단골이에요. 심지어 스키 패트롤*도 했었어요."

셀린은 아이스티 생각이 간절했다. 하지만 젊은 청년은 이제 막 신이 나서 떠들기 시작했다. 텍사스인가 어디에서 스키를 타러 온 사람이 나무와 충돌해 심하게 다쳤는데, 눈을 떠보니 눈앞에서 해리슨 포드가 허리를 구부리고 자기를 들것에 실어 묶고 있었다고 했다. 남자는 자기가 죽었다고 생각하고 울기 시작했다. 젊은 웨이터는 그게 웃기다고 생각했다.

* 스키장에서 위급 상황에 대처하고 전반적인 안전을 관리하는 숙련된 스키 전문가.

햄버거는 훌륭했다. 레스토랑 중앙에 있는 바는 맥주를 마시는 게 직업이라도 되는 것처럼 열심히 잔을 들이켜는 현지인들로 이미 만석이었고, 랜디 트래비스가 자기 사랑은 계곡보다 깊다고 노래하고 있었다. 어찌나 정신없이 시끄러운지 피트는 아예 귀머거리면 차라리 낫겠다 싶었다. 미치겠군.

셀린은 앞으로 몸을 기울이고 보청기를 낀 피트의 귀에 대고 악을 쓰다시피 말했다. "피트, 우리를 미행하는 사람들이 있어. 확실해. 알아두라고." 그리고 일주일 정도 깎지 않은 검은 턱수염에 야구 모자를 쓴 청년을 향해 고개를 까닥였다. 피트는 고개를 끄덕였다. 피트의 입매가 눈에 띄지도 않게 씰룩거렸고, 그게 미소라는 것을 알아볼 수 있는 사람은 이 세상에 셀린뿐이었다. 피트 역시 같은 결론을 내린 것이었다.

▲

셀린은 러몬트의 인물 사진이 보고 싶었다. 노트북을 챙겨온 피트는 버거를 반쯤 먹은 후 셀린 옆으로 가서 나란히 앉아 노트북을 열었다. 그리고 바의 무료 와이파이를 써서 러몬트가 찍은 아마나 사진이 담긴 첫번째 아카이브를 열었다.

첫번째 흑백사진이 화면을 가득 채웠다. 사진을 보자마자 셀린이 받은 첫인상은 차분함이었다. 증류수처럼 말간 차분함이 그녀에게서 빛처럼 뿜어나와, 그들을 에워싼 요란한 소요 속에서 정적의 웅덩이를 형성했다. 옆모습을 찍은 사진이었는데, 검은 머리카락을 뒤로 묶은 채 가냘픈 목과 맨어깨를 드러내고 머리를 기울이고 있었다.

그 아름다움은 어디 있는 걸까, 어디서 시작된 걸까? 미스터리의 필요성과 힘을 인정하는 셀린조차 대체 어디부터 다가가야 할지 감도 잡을 수 없었다.

옆으로 꺾은 머리의 각도에서 나오는지도 몰랐다. 목선에 가벼운 긴장을 느껴 반듯이 자세를 잡은 것 같기도 하고 동시에 느긋하게 힘을 풀고 있는 것 같기도 했다. 마치 바이올린처럼—혹은 새처럼. 셀린은 포치 바로 밑, 바부의 부들 수풀에 서 있던 황새를 생각했다. 얕은 물 위로 긴 목을 쭉 빼고 고요함과 공격 태세 사이에서 수월하게 균형을 잡으며 몇 시간이고 서 있던 새. 급습의 때는 반드시 올 테니까. 셀린은 영겁이라는 것이 있다면 바로 이 새의 태도에 담겨 있을 거라는 생각을 했었다. 황새가 했던 일과 앞으로 할 모든 일, 현재 너무나 완벽하게 하고 있지 않은 일, 그 모두가 새의 몸가짐에 담겨 있었다. 아마나도 그랬다. 머리를 기울여 시간 앞에 고개를 숙였지만—시간은 무자비하다, 그건 명징하다—한편으로 마음을 가다듬고 정신을 집중해 순응 너머를 지향하고 있었다. 그녀는 행동을 했고, 행동을 할 것이며, 그 행동과 상상력에는 사랑이 배어 있을 것이다. 무슨 일을 하더라도. 이 역시 명징했다.

그래서 견디기 힘든 맹공격을 퍼붓는 세상에도 새로운 것과 아름다운 것이 존재하리라. 그 머리의 각도가 약속을 암시했다.

다음으로는 광대뼈와 굴곡이 완만해지면서 눈과 만나는 관자놀이가 눈에 띄었다. 광대는 높지만 엄하지 않았다. 두드러지면서도 그 아래 보드라운 살에 무감하지 않았다. 그것은 자기 수련과 의무감을 암시했다. 전사가 되라는 명령을 받으면 아마나는 전투에 나갈 여자였다. 그러나 한편으로 공감과 관용도 담고 있었다. 내가 과대 해석을 하고 있나? 셀린은 생각했다. 아니. 이게 원래 내가 하는 일이다. 항상 옳지는 않아도 대체로는 옳다.

그 여자의 입, 셀린이 볼 수 있는 반쪽은 편안하게 다물어져 있었다. 바로 그 자리에 머물러 있어도 좋겠다고 생각했다. 아예 진을 치고 눌러앉아서 이 여자가 가진 찬란한 아름다움의 한 측면을 곱씹어도 좋겠다고. 아주 살짝 아래로 처진 입가로부터 기다란 이중의 활 모양으로 올라가 도톰한 정점에 이르는 윗입술에서는 관능적이면서도 희미한 유머가 느껴졌다. 그녀의 입은 저 입술을 통해 굉장한 쾌감을 수없이 맛보았을 테지만 최고는 웃음이었을 것이다. 아랫입술은 진지한 여동생처럼 보였다. 언니를 따라 같이 놀고 싶어하면서도 살짝 뒤로 물러서서 깨물리는 느낌을 즐기는 동생처럼. 키스하고 싶은 입이었다. 아래로 내려가 입술 끝까지. 하지만 보는 사람을 끝없이 끌어들이는 건 아마나의 눈이었다. 지성과 고요. 힘을 뺀 집중력. 무엇을 보고 결정하든 지체 없이 실행하리라는 느낌. 사진은 흑백이었지만, 셀린은 눈 색깔이 스모키그린일 거라고 상상했다.

셀린은 섬세한 코와 매끈한 어깨선에는 별 관심을 기울이지 않았고, 턱선이 지극히 순수한 느낌을 자아낸다는 사실도 미처 깨닫지 못했다. 그녀는 아마나의 관자놀이에 완전히 사로잡혔다. 거기에서 느껴지는 무방비한 느낌, 완벽하고 특이한 앵무조개 같은 귀 바로 앞에 흐트러진 머리칼 몇 가닥. 셀린이 화가였다는 사실을 기억하라. 걸음마를 시작할 때부터 형상을 그리고 색칠을 해왔다는 사실을. 사람의 얼굴이 이토록 자연스럽게 이목을 끌 수 있다는 느낌을 받은 게 얼마 만인지?

그 이미지와 헤어지기 싫었지만 셀린은 피트에게 고갯짓을 했다. 다음 사진, 그다음 사진이 나타났다. 카메라를 똑바로 바라보는 아마나의 사진—아까와 마찬가지로 불순물이 하나도 없는 고요함이 느껴졌는데, 이제 완전한 얼굴이, 완전한 아름다움이 전체 얼굴에서 최대치로 발산되었고, 커다랗게 뜬 눈이 사진을 보는 이를 똑바로 바라보면 숨이 탁 멎는 느낌이 들었다—혹은 우습거나 조금 슬픈 무언가를, 어쩌면 내면의 아득한 무언가를 보는 아마나의 사진. 그 사진들은 바라보고 있기가 힘들 정도였는데, 보는 사람에게 조응, 경이, 질투 같은 감정을 요구해서가 아니라 그저 아름다움 자체가 견디기 어려울 정도였기 때문이다. 누드 사진도 있었다. 허리를 쭉 펴고 앉은 아마나의 등뒤에서 찍어 그녀가 보았을 풍경이 담긴 사진. 한쪽 무릎을 가슴께까지 올리고 있는 모습을 옆에서 찍은 사진, 드가의 그림에서처럼 허리를 굽히고 욕조의 물을 살피는 사진. 하지만 이건 드가의 회화와 달랐다. 피사체가 예쁘게 보이도록 의도한 구도가 아니었다. 그저 투명한 경탄의 진술이었다. 몇 번인가 셀린은 숨을 쉬어야 한다는 사실을 의식적으로 상기해야 했다.

셀린은 폴 러몬트를 좀 용서해주고 싶은 마음이 들었다. 세상에. 그 남자가 아내를 잃고 무슨 짓을 했든 다 이해하고도 남을 정도였다. 더 약한 남자였다면 그냥 스스로를 끝장내고 말았으리라. 그리고 이건 비교적 고요한 순간에 포착된 아마나의 모습들이었다. 그런 여자와 사랑을 나누는 건 어떤 느낌이었을까? 그녀의 키스를 받는 건? 살갗을 맛보는 건? 소리 내어 웃게 만드는 건? 그와의 사이에서 선물처럼 태어난 아이에게 동화를 읽어주는 그녀의 목소리를 듣는 건? 그 팔에서 아기를 받아 안는 건? 식사를 함께 하는 건? 오직 탁탁 부딪히는 샌들소리만이 울리는 8월의 늦은 밤에 그녀의 손을 잡고 동네를 거니는 건? 그녀가 옷을 훌훌 벗고 호수로 뛰어들어 찬찬히 앞으로 헤엄쳐 나아가고—물웅덩이와 연못에서 찍은 여러 사진을 보았을 때, 아마나는 강인하고 숙달된 수영 선수가 분명했다—그녀가 물살을 가르고 지나간 자리에 퍼진 잔물결이 말뚝을 스치고 한참 후 물가에 닿는 모습을 보는 건? 셀린은 가늠할 수도 없었다. 러몬트는 어느 모로 보나 아름다움에 민감한 사람이었으니, 생전에 사후 세계를 경험하는 거나 다름없었으리라. 쉬운 일이었을 리가 없다.

설마 모든 게 꿈일까 자문했으리라. 그리고 언젠가는 그 꿈이 사라질까도.

셀린은 직접 노트북을 닫았다. 이만하면 볼 만큼 봤다.

▲

셀린과 피트의 법칙을 따르는 세계에서는 모든 도시에서 단연 최고의 장소는 도서관이었다. 그다음은 역사 협회였고. 협회가 있다면 말이지만. 물론 총기 할인 판매점(셀린)이나 훌륭한 손대패와 끌을 파는 목공 전문점(피트)이 있다면 또 얘기가 달라졌다. 잭슨의 도서관은 1마일만 가면 있었다. 오던 길에 그 앞을 지나쳤는데, 셀린이 샌드위치 도마에 오늘 책 세일합니다! 잡지 있어요!라고 쓰여 있는 걸 보고 한마디했었다.

트럭으로 다시 걸어가면서 셀린은 주시프루트 껌을 입에 넣고 말했다. "피트, 젊은 폴 러몬트의 사진을 좀더 보고 싶어. 아이디어가 하나 있어서…… 잠깐만." 미술관 밖의 벤치에 러닝타이츠와 트레이닝 톱을 입은 몸이 탄탄한 소녀가 쭈그리고 앉아 있었다. 셀린은 직감적으로 아이가 미인이라는 느낌을 받았지만 손으로 얼굴을 가린 채 아주 빨갛게 익은 어깨를 들썩이고 있어서 확실히 알 수는 없었다. 셀린은 소녀 옆에 서서 들썩거리는 등에 손을 얹었다. 소녀가 홱 머리를 치켜들었다. 눈물로 젖은 흐릿한 눈이 혼란과 분노 속에서 초점을 맞추려 애썼다.

"헤어졌어요?" 셀린이 말했다. 그녀는 소녀가 흐느껴 우는 소리의 음역대를 듣고 이유가 하나뿐이라는 걸 알아차릴 만큼 나이를 먹었다.

소녀가 머뭇거렸다. 멋진 할머니의 모습이 시야에서 또렷해질수록 분노는 서서히 누그러졌다. 소녀는 고개를 끄덕였다.

"좀 앉아도 될까요?" 셀린이 말했다.

소녀가 주저하다가 고개를 끄덕이자 셀린이 앉았다.

"아가씨는 내면에서 나오는, 그런 사랑스러움을 갖고 있어요." 셀린이 말했다. 소녀는 하마터면 미소를 지을 뻔했다. "그 말은, 그 남자가 완전히 바보 천치라는 뜻이에요, 그렇게 생각하지 않아요?"

결국 미소가 파르르 떨리며 번지고 말았다. 이게 뭐야, 꿈인가?

셀린은 소녀의 젖은 손을 잡았다. "있잖아요, 나는 정말 사랑했던 사람을 셋이나 잃었어요. 지축이 뒤흔들릴 만큼 대단한 사랑이었어요. 정말로. 그때마다 난 이제 인생이 끝났다고 생각했죠." 소녀는 미동도 하지 않고 경청했다. "그러다 마침내 함께 죽음을 맞을 인연을 찾아냈어요. 깊이를 가늠조차 할 수 없는 사랑이고, 굳이 측량하고 싶지도 않아요. 실연에 상심했던 젊은 시절의 나에게 말해줄 수 있으면 좋겠어요. 다 괜찮아질 거라고. 괜찮아지는 정도가 아니라 정말 환상적일 거라고. 그러니까 내가 하려는 말은 이거예요. 언젠가 아가씨도 지금 인생의 새로운 장이 열린 걸 고마워하는 날이 올 거예요."

소녀는 귀를 기울이고 있었다. 셀린이 잡고 있는 소녀의 손은 이제 아무데도 가고 싶지 않아 가만히 앉아 있는 새 같았다. "여기요." 셀린이 다른 손으로 핸드백을 뒤져 작은 SPF 50 선크림 튜브를 꺼냈다. "원숙한 노년에 다다를 수 있게 제발 이걸 좀 바르고 다닐래요? 지금은 아주 사랑스러운 랍스터처럼 보여요." 셀린은 소녀의 손을 한 번 꼭 쥐었다 놓고는 다시 피트에게 돌아왔다. 셀린은 보지 못했지만 피트는 보았다. 소녀는 백합꽃으로 머리를 맞은 듯한, 아니 천사에게 날벼락을 맞은 듯한 표정을 짓고 있었다. 인생에서 기억할 만한 날이겠지, 피트는 생각했다. 셀린과 함께 세상을 돌아다니면, 뭐, 그냥 훨씬 더 재미있다는 사실은 오래전에 시인한 바였다. 7대째 메인주 토박이로 살아온 사람에게는 현기증나는 일이었지만.

"우리 무슨 얘기 했더라?" 셀린이 말했다. "아, 아이디어가 하나 있다고 했지. 우리가 1마일 전에 도서관을 지나쳐 왔잖아. 거기서 재고 정리를 하는 것 같던데. 옛날에 출간된 〈내셔널 지오그래픽〉을 찾을 수 있지 않을까? 몇 권 살 수도 있고."

▲

티턴 카운티 도서관은 목장 주택 비슷하게 벽체가 통나무로 된 길고 야트막한 건물이었다. 겉모습에 속으면 안 돼, 셀린은 생각했다. 여기는 미국에서도 가장 부유한 카운티 중 하나였고 내부 역시 실망스럽지 않았다. 컴퓨터실, 어린이 도서실, 로비에 걸려 있는 알렉산더 콜더*의 모빌은 어느 도시라도 부러워할 만했다. 피셔스 섬과 노스헤이븐의 아주 비싼 고등학교를 연상시켰다. '멀리서 온' 엄청난 부자들이 많이 살아서 재산세는 전혀 다른 지역으로 가는 그런 곳들 말이다. 건물 뒤쪽 안뜰에 사시나무 수풀의 아른거리는 그늘 아래로 오래된 책들이 쌓인 테이블이 즐비하게 놓여 있었고, '한 권에 2달러'라고 쓰인 안내문이 테이프로 붙어 있었다. 두 사람은 눈길 한 번 제대로 주지 않고 책더미를 쓱쓱 지나쳤다. 제일 끝의 접이식 테이블, 옆에는 고색창연한 푸른가문비나무가 서 있고, 멀지 않은 곳에서 졸졸 흐르는 냇물소리가 들리는 자리에 기증받은 잡지가 산더미처럼 쌓여 있었다.

다수는 낡아서 표지가 다 헐었다. 예상대로 〈파퓰러 메카닉스〉와 〈베터 홈스 앤드 가든스〉가 있었다. 〈모던 아키텍처스〉와 〈플라이피시 저널〉도. 셀린은 그런 잡지들은 일말의 미련도 없이 지나쳤지만, 놀라울 정도로 많이 쌓여 있는 〈솔저 오브 포춘〉은 마음을 다잡고 못 본 척해야 했다. 아니, 끝내 유혹에 넘어가고 말았다. 발길을 멈추고 맨 위에 놓인 잡지 한 권을 한참 살펴보았다. 표지에는 헐렁한 정글용 모자를 쓰고 페이스페인팅을 한 특공대원이 조준경이 두 개 달린 위장 패턴의 소총을 들고 황혼녘의 강에서 걸어

* 미국 조각가로 움직이는 모빌 형태의 작품으로 유명하다.

나오는 사진과 함께 전례 없는 야간투시경이라는 헤드라인이 걸려 있었다. 피트가 셀린을 쿡쿡 찔렀다. "우리 캠핑카는 아주 작아." "하지만 피트, 딱 한 권만 사면 안 돼?" 피트의 눈썹이 보일락 말락 씰룩였다. 피트 식으로 어깨를 으쓱한 셈이었다. 그래서 셀린은 잡지를 집어들었다. 두 사람이 찾던 잡지는 풀밭에 놓인 상자들에 들어 있었다. 상자가 끝도 없었다. 이 동네 부자들이 〈내셔널 지오그래픽〉에 깔려 죽기 일보 직전이었나보다.

폴 러몬트가 활동한 십여 년 동안의 잡지를 찾고, 차례를 훑어 러몬트의 기사가 실린 것을 골라내는 데 딱 십 분이 걸렸다. 셀린은 이 시기에 속하지만 사지 않을 잡지는 발행 일자를 적어두는 게 좋겠다고 판단했다. 두 사람은 비교용으로 후반기의 잡지를 몇 권 더 골라 총 서른한 권을 한아름 안고 나왔다. 한 권당 50센트였다. 유리문 옆 계산대를 담당하는 직원은 셀린과 맞먹을 정도로 많은 금팔찌를 주렁주렁 끼고 있었다. 반무테안경 위로 눈을 치뜨고 올려다보던 여자는 셀린이 자신과 비슷한 부류라는 걸 알아보았고, 눈에 띄게 긴장을 풀고는 미소를 지으며 말했다. "아, 이런 거 정말 좋지 않아요? 우리집은 옛날 표지로 스키룸 벽을 도배했답니다. 아무리 많이 붙여도 5달러면 충분해요." 별생각 없이 낡은 잡지들을 살펴보던 여자는 〈솔저 오브 포천〉을 보고 얼어붙었다. "오!" 여자는 흘끔 눈치를 살폈다. "이게 왜 여기 들어갔지? 죄송해요, 괜찮으시면 다시 갖다……"

"아니, 우리가 살 거예요." 셀린이 환하게 웃으며 말했다. "야간투시경이 필요한 때가 언제 올지 모르니까요." 셀린은 잡지를 차곡차곡 챙겼고 두 사람은 도서관에서 나왔다.

▲

그들은 잭슨호를 따라서 국립공원을 지나 북쪽으로 달렸다. 강풍에 쓰러진 나무들 때문에 강둑이 엉망진창이었고 얽히고설킨 부목浮木들이 햇빛 속에서 은빛으로 빛났다. 분홍바늘꽃이 초원을 발갛게 물들이고 산맥이 검은 호수에 드리워진 자신의 그림자 위로 우뚝 솟아 있었다. 아름다움이란 과연 무엇일까, 사랑과 무슨 관련이 있을까 셀린은 새삼 궁금해졌다. 그녀는 자신도 러몬트만큼 아름다움의 독한 취기에 약한 사람이라고 생각했다. 예술가라는 종족은 이 위험한 취약성을 공유하는 경향이 있다. 셀린은 공감할 수 있었다. 그녀라도 미쳐버렸을 것이다. 그 남자는 카메라 렌즈를 통해 아름다움을 목격하면서 온 지구를 헤맸고, 어쩌면 아마나는 그가 세상에서 본 가장 정교한 아름다움을 지닌 피사체였으리라. 동틀녘에 앞다리를 치켜들던 두 마리 말보다도 아름다웠으리라. 쓰나미 같은 물마루에 올라선 그 유명한 배보다도 찬란했으리라. 그렇게 아름다운 사람이라면 사랑하기도 쉽다. 강박적으로 집착하기도 쉽다.

그런데 아마나가 조류에 휩쓸려 바다로 끌려가버렸을 때, 그는 그녀에게 등을 돌린 채 딸을 확 안아들고 비탈길을 뛰어올랐다.

셀린이 보기에 그것은 세상에서 가장 용감한, 참된 사랑의 실천이었다. 오히려 반대인 것처럼 보일 수도 있어, 그렇지? 누가 그녀 얘기를 듣고 있었다면 셀린은 그렇게 물었을지도 모른다. 아니, 내가 보기엔 안 그래, 셀린은 그렇게 답하리라. 그는 자기 몸을 도구로 아내의 뜻을 행했다. 절규하는 자신의 본능에 반해 아마나가 원하고 고집했을 일을 했다, 하고 있다. 주저 없이, 찰나에 자기를 희생하면서 그 일을 해냈다. 셀린은 그보다 더 영웅적인 행위를 상상하기 어려웠다.

그리고 그후에 그는 어떻게 했나. 술독에 빠져 어린 딸을 다른 별로 추방하고, 십이 년 후에는 아예 딸을 저버렸다. 셀린은 그마저도 용서하고 싶었다. 첫 아내의 사진들을 보니 그가 아내를 얼마나 주의깊게 바라봤는지 알 수 있었고, 셀린은 그를 이해하게 되었다.

그는 와이오밍과 몬태나의 경계에서 마침내 영원히 가브리엘라를 저버린 걸까? 아니면 곰한테 끌려갔을까? 이게 바로 그들이 밝히러 온 진실이었다. 최악의 결과는 무엇일까? 가브리엘라에게 가장 큰 상처를 줄 만한 진실이 무엇일까? 사라진 파일과 관련해 새로 드러난 사실들로 인해 사건의 양상이 곰의 습격보다는 좀더 복잡해졌다. 그리고 셀린은 부재의 양상 가운데 단순한 죽음이 가장 덜 고통스러울 때도 있다는 걸 알았다.

# 12

뉴욕에서 열차로 세 시간, 뉴런던 페리로 갈아타고 사십오 분이 걸리는 섬까지 아버지가 정말로 오지 않으리라는 걸 자매들이 처음으로 확신한 그해 여름, 그들은 어른들의 용어를 빌리자면 몸으로 앓기 시작했다. 보비가 제일 먼저 병원에 갔다. 가가 외할머니의 저택 라스 아르마스는 외할아버지 찰스가 스페인에서 벽돌 하나하나를 공수해 재건한 스페인식 빌라였다. 해협이 내다보이는 마당이 있고 2층 전체를 둘러싼 테라스에서는 중정의 분수와 화단이 보였다. 건물 안에 있는 계단 두 개—각각 부엌과 직원 숙소로 이어졌다—와 광택제를 바른 묵직한 목제 난간으로 장식된 바깥 계단 두 개를 통해 2층의 방으로 올라갈 수 있었다.

여름철에는 라스 아르마스에 직원을 더 많이 고용했다. 효율성보다는 아름다움의 문제였다. 가가 외할머니는 피셔스에 비서 겸 주차를 담당하는 집사와 요리사, 살림을 맡아 하는 메이드, 세탁부, 운전사와 정원사를 데리고 왔다. 가족이 맨체스터로 떠나기 전과 후에 이루어지는 대대적인 조경과 원예는 여러 집을 함께 맡아 관리하는 섬의 회사에 용역을 주었다. 코네티컷의 집에는 이 핵심 인력이 상당히 보강되어 심지어 말 사육 담당자까지 둘 있었다. 어디를 가나 롤스로이스를 타고 다녔지만 말이 없는 저택은 상상조차 할 수 없었다.

제일 큰 손녀 보비는 2층에 따로 침실이 있었는데, 그 방에서는 바닷가로 이어지는 넓은 잔디밭이 내다보였다. 셀린과 미미는 바스러진 조개껍데기가 깔린 진입로와 앞마당이 보이는 아래층 복도 끝의 침실을 함께 썼다.

이 어린 자매 둘이 보통은 아침에 제일 먼저 일어났다. 두 살 터울이었지만 쌍둥이처럼 일 분 차이도 없이 동시에 잠에서 깨, 맨발로 네 박자에 맞춰 마룻바닥을 울리며 잠옷을 훌렁 벗고 잘 보이지도 않을 정도로 빠르게 반바지와 셔츠를 걸친 후 바로 옆에 붙어 있는 화장실에서 딱 이십팔 초 동안 물을 틀어놓고 두 번 변기를 내린 다음 나갈 준비를 마쳤다. 아침이 되면 무슨 일이 일어나느냐고? 딱히 '일어나는' 일은 없었다. 두 사람은 수동적인 성격이 아니었다. 제일 먼저 큰언니를 깨우는 게 중요한 일과였다.

보비는 열한 살, 이제 열두 살이 다 되어가고 있었다. 동생들을 보호하려는 마음이 컸던 큰언니는 가족 모임 외의 자리에서는 동생들과 셋이서만 똘똘 뭉쳐 있었지만, 사실 그녀는 유년의 끝을 맞아 과도기에 들어서는 나이이기도 했다. 그래서 어린 동생들의 눈에는 아득하고 먼 영역을 드나드는 언니가 신비스럽고 여왕처럼 위풍당당하게 보였으며 일종의 경외감을 느꼈다. 그리고 가끔 큰언니는 동생들의 유치한 열정을 참아주지 못하고 짜증을 냈다. 셀린과 미미는 언니가 안개처럼 막막한 어른 여자의 세계로 떠날 때가 임박했음을 본능적으로 감지했고, 맨발로 말괄량이처럼 뛰노는 아이들의 땅에 언니를 최대한 오랫동안 붙들어놓겠다고 마음먹었다. 아침식사 전 동생들이 제일 좋아하는 장난은 먹잇감을 노리는 두 마리 표범처럼 언니 방에 살금살금 들어가 자고 있는 언니를 덮쳐 깨우는 것이었다.

이어지는 전투는 눈물로 끝나기 일쑤였다. 누군가는 침대에서 획 내쳐져 떨어지고, 누군가는 오줌보가 터질 정도로 간질임을 당하고, 누군가는 다른 자매의 팔꿈치에 머리를 부딪히고, 누군가는 소름 끼치는 비명을 지르려다 곧바로 손이나 베개로 입막음을 당했다—어른들의 이목을 끄는 게 최악의 결과였으니까.

그래서 셀린과 미미가 보비의 방문을 살짝 열어—보비는 의자로 바리케이드를 쳐보려 했지만 두 사람은 틈새로 침입하는 데 성공했다—텅 빈 침대와 벽에 기대어 있는 창문 방충망을 발견했을 때, 둘은 동생으로서 충격을 받았지만 사냥꾼의 본능이 발동해 신이 나기도 했다. 창밖으로 고개를 내밀어 보니 시렁을 타고 자란 배나무가 푸른 잎 우거진 사다리로 쓰기에 안성맞춤이었다. 유혹을 뿌리치지 못한 아이들은 아무 탈 없이 나무를 타고 내려갔다—미미는 원숭이처럼 날렵하게 나무를 탔다. 둘은 탈출한 죄수처럼 잔디밭을 가로질러 안개가 살아 있는 구름처럼 꿈틀거리는 바닷가로 달려갔다. 바닷물에 쓸려 반들반들해진 유릿조각을 줍고 있으리라 생각했던 보비는 아무데도 보이지 않았다. 아이들은 해변 끝까지 뛰어갔다 돌아왔다. 아직도 사냥꾼 모드라서 큰 소리로 외쳐 부르지는 않았지만 그럴 필요가 없었다. 무종이 두 번 우는 사이에 좀더 부드러운 신음소리가 들렸던 것이다.

그레이슨스부두는 해변 남쪽 끝 경계선에 있었다. 휴조 때는 수면 위로 8피트에서 10피트 정도 높이가 되었다. 아버지는 항상 부두의 끝에서 다이빙을 즐겼다. 비록 온 가족이 섬에 함께 온 적은 없지만 아버지는 편지에서 딸들을 하나씩 업고 물속에 뛰어들겠다고 약속했다. 낙하산 없이 낙하산을 타는 것 같을 거라는 아빠의 말에 아이들은 왠지 미친듯이 기대에 부풀었다. 미미와 셀린은 흐느낌을 따라 부두로 가서 난파선처럼 해변에 떠밀려온 보비를 발견했다. 얼굴이 피범벅이었다.

보비는 부두 끝에서 곧장 다이빙을 했다. 상상 속 아버지의 모습 그대로 바다로 몸을 던졌다. 해리는 늘 밀물 때만 다이빙을 했고 바닷속 지형을 잘 알아서 큰 바위들을 피했다는 사실을 보비는 몰랐다.

보비는 어차피 죽어도 상관없다고 생각했다. 아버지는 프랑스에서 그렇게 힘들게 미국까지 건너와놓고도, 기대와 달리 지체 없이 피셔스로 와서 가족과의 재회를 축하하려 하지 않았다. 오히려 그들을 만나기 싫어 빙빙 겉도는 느낌이었다. 어째서 우리를 피하는 걸까? 아무리 이해하려 해도 이해가 되지 않았다. 그녀한테 화가 난 걸까, 답장을 더 빨리, 더 자주 보내지 않아서 마음이 상하셨을까? 설마 그런 걸까? 어쩌면 파리에서 세계대전처럼 심각한 상황을 겪고 나니 아버지 노릇을 할 마음이 사라졌는지도 모른다. 어린 딸들은 이제 하찮기 짝이 없는 존재가 되어버렸는지 모른다.

그토록 우러러보고 그리워했던 아버지의 행동을 이해하려 하면 할수록 세상 모든 게 바라는 대로 지속될지 불안해졌다. 예를 들어 엄마라든가, 바다라든가, 별이나 태양마저도. 그래서 보비는 화가 났다. 그래서. 아버지가 약속대로 돌아와 그레이슨스부두에서 자기를 업고 다이빙을 해주지 않는다면 혼자서 하겠다고 작정했다.

그날 아침 보비는 보통 때보다 일찍 일어났다. 날이 어슴푸레 밝아왔고, 쏙독새가 끈질기게 울어대며 안개를 후려치고 있었다. 보비는 자면서 울었다. 젖은 베개를 보고 알았다. 반바지 대신 수영복을 입고, 일찍 일어나는 가정부 애나와 우연히라도 마주치는 일이 없도록 나무를 타고 내려갔다. 바닷가로 달려가 높은 부두를 가로질러 그 끝에 서서 백조처럼 우아하게 다이빙을 했다. 수면에서 4피트 깊이에 있는 바위에 팔을 긁히고 옆머리를 부딪혔다. 바위가 미끄러운 해초로 뒤덮여 있었던 게 천만다행이었다. 그래도 보비는 뇌에 번개를 맞은 듯 충격에 휩싸였고 섬광처럼 스치는 생각을 붙들었다. "느 파 세바누이르! 기절하지 마! 그러면 물에 빠져 죽을 거야!"

여전히 보비는 아주 현실적인 소녀였고 아버지와 무관한 모든 상황에서 차분했다. 슬픔과 분노로 이성을 잃었지만 사실 자살할 의도는 없었다. 바위에 부딪히자 눈앞에 번개가 번쩍 갈라지고 시야가 캄캄해졌다. 정신을 차려보니 허우적거리며 수면 위로 올라와 있었고 안개가 바다 밑 암흑보다 더 은은한 광휘로 빛나고 있었다. 보비는 물과 공기를 함께 들이켜고 숨을 못 쉬어 쿨럭쿨럭 기침을 하면서 계속 헤엄쳤다. 발이 바닥에 스치며 따개비에 베였지만 어찌어찌 사유지 모래사장으로 기어올라왔다. 숨이 턱에 차 꺽꺽대며 흐느껴 울었다. 무릎을 꿇고 앉으려다 모래에 토하고 다시 드러누웠다. 아기처럼 몸을 웅크렸다. 엉엉 울었다. 아버지는 이제 나를 사랑하지 않아. 그래도 상관없다고, 얼마든지 아빠 없이 살 수 있다고 입증해 보이고 싶었지만, 그건 사실이 아니었다. 완전히 실패했다. 흐느껴 울었다. 숨이 막혀서 소리 내 울 수도 없었다. 대체 나는 지금 어디 있는 걸까? 보비는 미국이 끔찍하게 싫었다.

셀린은 안개 너머로 달려가 피범벅이 된 채 웅크리고 누운 언니를 발견했다. 그녀는 앞으로 평생 믿고 살아가게 될 특유의 번뜩이는 직감으로 이 장면 전체를 이해했다. 조숙한 셀린은 추락한 아기새와 길고양이를 돌봐오던 터라 상처를 압박해 지혈할 줄도 알았다. 공황에 빠져 허둥대지도 않았다. 그녀는 언니의 머리를 보자마자 셔츠를 벗어 상처가 나 부풀어오른 왼쪽 관자놀이에 대고 꾹 눌렸다. "멤 쇼즈*!" 셀린은 미미에게 힘차게 말했다. 언제나 언니처럼 되고 싶었던 미미는 상의를 벗었고, 셀린은 상처에 계속 압박을 가하면서 줄무늬 셔츠를 받아 세 번 만 다음 보비의 머리를 감고 최대한 꼭 묶었다.

"됐어." 셀린이 미미에게 영어로 말했다. "이제 뛰어! 비트**! 엄마를 불러와!" 미미는 다시 바닷가를 뛰어 안개 속으로 사라졌다.

셀린은 무릎을 꿇고 있다가 일어나서, 울고 있는 언니 옆에 주저앉아 아주 부드럽게 언니의 머리를 들어올려 자신의 무릎 위에 놓고 맨살이 드러난 어깨를 쓸어주었다. 안개가 천천히 안팎으로 드나들었고 잔물결이 모래사장에 찰박였다. 늪지에서 청개구리들이 평화롭게 팔짝거렸고 무종이 울었다. 언니는 조용히 울며 셀린의 손길 아래서 떨었다. 셀린은 보비의 젖은 얼굴에 자신의 머리칼이 닿을 정도로 고개를 바짝 숙이고 언니의 귀에 대고 말했다. "아빠는 아직도 우리를 사랑해. 정말이야."

▲

다음으로 병원에 실려간 건 정원사 알폰스였다. 아무도 알폰스를 좋아하지 않았다. 자매들은 외할머니 가가가 왜 계속 알폰스를

---

* '똑같이 해'라는 뜻의 프랑스어.

** '빨리'라는 뜻의 프랑스어.

데리고 있는지 알 수가 없었다. 그는 흙과 기름으로 더러워진 카키색 작업복을 입고 기침을 하고 침을 뱉었으며 성격도 고약했다. "안녕하세요" "좋은 아침이에요" 하고 자매들이 인사하면 험상궂은 표정으로 노려보기만 했다. 세 자매는 가끔 어두운 소나무 그늘 아래서 몰래 알폰스를 훔쳐보았다. 그들은 잔디밭 언저리의 키 큰 풀을 헤치고 표범처럼 기어다녔다. 바늘처럼 가는 나뭇가지들을 통과한 빛이 자기들의 등에 그림자를 드리우면 그걸 얼룩무늬라고 생각했다. 그들은 잡초를 뽑는 알폰스를 몰래 살폈다. 그는 잡초한테 화가 난 것처럼 무섭게 잡아 뽑았다. 예전에는 아내도 있고 자식도 있었지만 지금은 그들 모두 떠났거나 죽었다는 풍문이 돌았다. 가족들이 왜 도망갔는지 세 자매는 알 것 같았다. 가끔 그들이 훔쳐보던 중에 알폰스가 고개를 들고 눈을 가늘게 뜬 채 그들을 똑바로 노려볼 때도 있었다. 이런. 알폰스는 오후에 연장 헛간 그늘 아래 혼자 앉아 파이프 담배를 피웠다. 악취가 났다. 냄새가 고약했다. 그는 담배를 태우며 기침을 하고 가래를 뱉었다.

보비가 사고를 당하고 며칠 후, 세 자매는 낚시를 하러 가기로 했다. 아버지가 말했던 또다른 놀이였다. 낚싯바늘과 봉돌은 있었고 벌레가 필요했다. 그들은 땅속에서 벌레를 파내기 위해 알폰스의 헛간에 가서 모종삽을 찾았다. 자매의 콧등에 주름이 잡혔다. 헛간에서는 먼지와 이끼, 그리고 아마도 바닐라 파이프 담배 냄새가 났다. 녹슨 모종삽을 하나 찾자마자 문간이 어두워지면서 알폰스의 거대한 덩치가 그림자를 드리웠다. "이게 대체 무슨 짓이냐." 그가 말했다. "먼저 나한테 물어봤어야지." 소녀들은 묻지 않았고,

그의 옆으로 빠져나가 놀란 사슴처럼 겅중거리며 달려갔고, 욕설 목록에 그를 향한 저주를 덧붙였다. 다음날 보비가 말했다. "우리 그 멍청한 아저씨한테 장난—윈 파르스—을 치자." 그들은 식료품 저장고 밖에 있는 계단 밑 전화박스에 있었다. 그 작은 공간 벽에는 외할머니 외할아버지가 중요한 전화번호를 꽂아두는 코르크판이 걸려 있었다. 반짝이는 압정이 든 반명함 크기의 통이 선반에 놓여 있었고, 보비가 그걸 들고 지시했다. "베네*! 비트!" 보비는 옆머리를 싹 밀고 스물세 바늘이나 꿰맸지만 여전히 충성스러운 동생들을 거느렸다.

알폰스에게는 넓은 잔디밭을 깎고 퇴비와 건초를 운반하는 작은 하비스터 인터내셔널 트랙터가 있었다. 사유지 남쪽 단풍나무 숲에 있는 작은 달개집에 트랙터를 세워두곤 했다. 세 자매는 바닷가로 가는 척 오솔길을 걷다가 샛길로 빠져 트랙터 차고로 달려갔다. 보비는 레지스탕스 투사가 탄환을 나눠주듯 압정을—두 개씩—나눠주었다. 그리고 미미에게 해안선은 안전한가 물었다. 안전합니다! 그러자 보비는 트랙터 좌석에 뾰족한 쪽을 위로 해서 압정을 놓고 셀린을 쿡쿡 찔렀다. 셀린은 별생각 없이 언니를 따라 했다. 미미도 똑같이 했다. 셀린은 훗날 행크에게, 트랙터 좌석에 압정을 놓는 그 순간 세상은 둘로 나뉘어 있다는 걸 깨달았다고 말했다. 번갯불에 순간적으로 비친 밤 풍경을 바라보는 느낌이었다고. "한쪽 편에는 선과 정의가 있고 다른 편에는 악과 잔인성이 있

* '가자' '이리 와'라는 뜻의 프랑스어.

는 거야. 그렇게 단순해. 내 목덜미에 악마가 숨결을 불고 있다는 걸 알았지만 그래도 했어. 짜릿하고 스릴 넘쳤어. 아마 어떤 사람은 헤로인에서 그런 느낌을 받을 거야. 상상이 가. 그때는 중독이라는 게 뭔지 전혀 이해하지 못했는데도, 그런 짜릿한 흥분을 다시 맛보고 싶을 수도 있겠다는 생각이 들었지. 엄청난 도덕적 타락이었어."

다음날 요리사가 소리 없는 트랙터 옆 대들보에 목을 매단 알폰스를 발견했다.

▲

세번째로 병원에 간 사람은 셀린이었다. 적어도 그녀는 돌아왔다. 알폰스는, 물론, 돌아오지 못했다. 요리사 애기Aggie는 어느 날 아침 자매들에게 알폰스한테는 정말로 한때 아내와 딸이 있었지만 결핵으로 죽었다는 말을 해주었다. 그도 결핵에 걸렸지만 살아남았고, 대신 허약한 폐를 가지게 되었다고. 매일 저녁 딱 한 번 파이프 담배를 피우고 군대에 가서 전쟁에 참전하지 않은 것도 그 때문이라고. 네 번이나 입대하려고 지원했지만 언제나 신체검사에서 떨어졌다고 했다.

셀린의 아버지 해리 왓킨스는 이제 불붙는 전쟁의 가장자리에 있었다. 그는 독일군이 파리로 진군하기 직전 탈출했다. 꽉 막힌 도로에서 자신의 이스파노 수이자를 자전거로 바꿔 탄 그는 모건

은행의 가장 중요한 서류들이 든 거대한 가죽가방을 메고 고속도로 진입로까지 페달을 밟았다. 그리고 파리를 벗어나자마자 지나가는 벤틀리 세단에서 자기를 부르는 소리를 들었다. "해리 왓킨스, 맞아요? 타요! 어서 타요!" 프랑스 주재 스페인 대사였다. 그는 해리를 뒷좌석 바닥에 쭈그려앉게 하고 여행용 담요로 덮어 국경 너머 스페인으로 밀입국시켰다.

윌리엄스대학 출신의 스타 하키 선수이자 전설적인 댄서에게 어울리는 화려하고 근사한 프랑스 챕터의 결말이었다. 해리는 말보다 행동으로 보여주는 사람이었다. 뉴욕으로 건너왔을 때는 7월 중순이었다. 그는 윌리엄스 동문에게 열려 있는 예일클럽에 체크인하고 딸들에게 전화를 걸었다. 아내에게 전화한 게 아니었다. 바부와 해리는 각자 세 통씩 보낸 여섯 통의 편지로 할말을 끝냈다. 미미가 전화를 받았다. 마침 전화박스 안에서 낙하산을 만들 만한 재료를 찾아 우산꽂이를 뒤적거리고 있었던 것이다. 미미도 어떤 기발한 방법을 개발해 언니들을 따라 응급실로 실려갈 생각이었는지 누가 알겠는가.

"파파!" 미미가 외쳤다. "파파! 비앵! 캉 에스 크 튀 비앵?*" 해리는 표현에 능하지는 않았지만 딸들을 아마도 세상 그 무엇보다 더 사랑했다. 바부에게 보낸 편지에도 그 사랑이 드러나 있었다. 셀린은 그 편지들을 어머니가 돌아가신 후에야 읽었다. 해리와 바

---

* '아빠! 오세요! 언제 오세요?'라는 뜻의 프랑스어.

부는 신속하게 타협했다. 성장기에 받은 교육 때문이기도 했지만, 타고난 기질로 봐도 난리법석을 떠느니 차라리 죽음을 택할 사람들이었다. 최후의 타협안에 각자 이의가 있었을지도 모르지만—마지막으로 오간 편지에 비공식적으로 몇 줄 쓰여 있었다—두 사람은 꾹 참고 넘겼다. 바부의 마지막 당부는 아이들에 대한 아버지의 의무를 상기시키는 것이었다. 내 생각에는 당신이 와야 할 것 같아. 가족으로서 마지막으로 다시 한번 다 함께 지낼 수 있도록. 당연히 아이들은 좋아 죽을 거야. 애들은 당신을 우러러보잖아. 당신은 그애들에게 하늘에서 가장 빛나는 별이니까, 나로서는 당신에게 아이들과 애착을 유지하고 사랑을 굳건하게 다지기 위해 최선을 다해달라고 부탁하는 수밖에 없어. 아이들이 타격을 받는 건 못 볼 것 같아. 하지만 솔직히 말해서, 나한테 그럴 기운이 남아 있는지, 그 역할을 해낼 수 있는 엘랑* 이 있는지 모르겠어. 끝내 뭔가 끔찍한 방식으로 다 무너져버려서 모두에게 흉터를 남길까봐 두려워. 그리고 당신이 어디에서 잘지, 그 문제도 있고.

이제 전화로 해리는 미미에게 그동안 수영을 했느냐고 물었고, 미미는 아, 네, 그럼요, 자유형도 배우고 양쪽으로 고개를 돌리고 숨쉬는 법도 배우고 헤이하버클럽 수영대회에서 상도 탔어요, 라고 말했다. "제 가녜 윈 메다유**!" 미미는 의기양양하게 자랑했다. 해리는 정말 자랑스럽다면서 아주, 아주 많이 사랑한다고 말했다.

* '기백, 열정'이라는 뜻의 프랑스어.

** '제가 메달을 땄어요'라는 뜻의 프랑스어.

"제발 아빠가 정말 사랑한다는 걸 기억해다오." 그는 말했다.

"언니들은 근처에 없니?" 해리가 물었다.

"윈 모망*……" 미미가 보비를 외쳐 부르는 소리가 들렸다. 뭔가에 막혀 둔탁하게 들리는 고함소리가 답으로 돌아왔다. 2층에 있는 깡마른 큰딸이 눈앞에 선하게 그려졌다. "파파!" 미미가 대답으로 소리쳤다. 한 박자, 외침, 살짝 풀죽은 말투, 그리고 미미. "파파……" 망설임. "언니가 지금은 전화를 받을 기분이 아니래요." 그건 화장실에 있다는 암호였다.

"셀린은?" 해리는 간신히 물었다.

"구스타브하고 바닷가에서 배 타는 법을 배우고 있어요."

"아, 잘됐구나. 좋아. 그래, 언니들한테 아빠가 사랑한다고 전해주렴. 이제 끊어야겠다. 정말 아주 많이 사랑한단다. 수영할 때 고개 들지 않고 숨쉬는 것 잊지 말고. 축에 고정된 것처럼 머리를 좌우로만 돌려야 해."

"네, 그렇게 해요! 그래요!" 미미는 아빠와의 통화를 조금 더 끌고 싶었다. 하지만 전화는 딸각 소리를 내며 끊겼고, 미미의 귀에

---

* '잠시만요'라는 뜻의 프랑스어.

는 규칙적인 신호음만 뚜뚜 들릴 뿐이었다.

훗날 미미는 어떤 통화가 끊긴 후의 신호음은 어떤 심장박동이 멎는 소리와 거의 똑같이 들린다는 생각을 문득 하게 될 것이다.

▲

아버지는 다시 전화를 걸지 않았다. 몇 달 동안 그들과 말도 하지 않았고, 생일과 크리스마스에만 형식적으로 얼굴을 보거나 전화를 했다. 해리의 과묵함이 얼마나 깊은 상실감을 감추고 있는지 아는 사람은 바부뿐이었을 것이다. 해리는 평생 무슨 일을 대충 하거나 중간에 하다 만 적이 없었다. 그러니 결혼 서약을 깼을 때, 어떻게 대처해야 할지 도저히 알 수가 없었다. 게다가 그는 동적이고 몸을 쓰는 사람이지, 대화나 입발림에 능숙한 사람이 아니었다. 딸들에게도 그들과 함께 하는 일로 사랑을 표현했다. 간헐적인 주말 방문이라는 미봉책으로는, 끝내 상황을 매끄럽게 혹은 올바르게 되돌릴 추동력을 찾을 수 없었다. 11월에 한 번 딸들을 다 데리고 센트럴파크의 동물원에 갔지만 결국 길고 어색한 침묵으로 끝이 났고 보비는 자기 팔을 사자 먹이로 내놓으려 했다. 그래서 해리는 바부에게 아버지 자격을 포기하겠다고 말했다. 그게 딸들을 덜 혼란스럽게 할 거라고, 딸들이 일찌감치 아버지에게서 독립하기 시작하는 편이 길게 보면 더 나을 거라고 느꼈을 것이다. 하지만 해리의 생각은 틀렸을지도 모른다.

전화가 왔던 날, 인동덩굴과 베이베리 덤불숲 사이로 난 해변 오솔길을 팔짝팔짝 뛰어 돌아온 셀린은 혼란에 빠진 미미에게서 아버지가 뉴욕에서 전화를 했다는 말을 들었다. 동생은 뒤뜰 잔디밭에 앉아 망가진 우산을 들고 잔뜩 얼굴을 찌푸리고 있었다. 미미의 얼굴에 흥분과 혼란 그리고 찰나의 슬픔이 차례로 스쳐지나갔다. 셀린은 그 표정이 구름 그늘과 햇살이 번갈아 휩쓸고 지나가는 산비탈과 꼭 닮았다고 말했다. 자기 자신의 모습보다 동생을 더 잘 알고 있던 셀린은 금세 공황에 빠졌다.

"뭐라고? 뭐라고?" 셀린은 추궁했다. "디 무아! 케스 크 세 파세?"*

"몰라." 미미가 말했다. "아빠가 전화를 했어. 언니들과 통화하고 싶다고 하셨어. 모르겠어." 미미는 망가진 우산에서 눈을 들어 언니를 바라보더니 울음을 터뜨렸다.

셀린은 자신이 그 전화를 놓쳤다는 사실이 믿기지 않았다. 그녀는 집안으로 뛰어들어갔다. 바부는 2층 침실에 있는 세 개의 화장거울 앞에서 아름다운 검은 머리를 틀어올리고 있었다. 외할머니 가가에게서 물려받은 머리칼이었다. 그 전화에 대해서는 전혀 모르는 눈치였다. 그들 사이에 미묘한 감정의 골이 파이기 시작했다. 딸들은 점점 확고해지는 아버지의 부재를 탓할 대상을 찾기 시작

* '말해봐! 무슨 일이 있었던 거야?'라는 뜻의 프랑스어.

했다. 그러나 셀린이 엄마에게 아버지의 전화를 못 받았다고 말했을 때 바부의 얼굴에 떠오른 표정은 사연을 말해주고도 남았다. 분노와 슬픔—아니, 그보다 더 나쁜 혼란한 표정. 다른 일곱 살짜리 아이라면 몰랐겠지만 셀린은 그 표정에서 차고 넘치는 의미를 읽어내고 말았다.

셀린은 계단을 쿵쾅거리며 달려내려가 방충문을 열어젖히고 다시 해변으로 질주했다. 바람이 거세졌다. 항해술 강사 구스타브는 헤이하버로 돌아간 후였다. 두 사람이 쓰던 작은 돛배가 묵직한 통나무 유목에 묶여 있었다. 셀린은 매듭을 풀고 온 힘을 다해 모래 위로 배를 밀며 뱃머리를 돌렸다. 스크럼을 짠 럭비 선수처럼 버티는 두 발이 모래를 파고들어갔다. 뱃머리가 물을 향하자 셀린은 밧줄을 어깨에 둘러메고 젖은 모래 위로 배를 끌었다. 서풍이 거세게 불어 머리카락이 얼굴에 흩날렸다. 얕은 바다의 초록색 물은 금세 위험해 보이는 검푸른 색의 깊은 물로 변했고, 그곳에 이르자 파도가 크게 일렁이고 너울은 바람을 맞아 하얗게 부서졌다. 용골이 없는 배를 띄울 만큼 큰 파도를 기다렸다가 한번 더 밀었다. 그리고 다음번 파도에 한번 더 힘껏 밀자 작은 배가 물에 떠올랐다.

셀린은 작게 부서지는 물거품을 등지고 허리께까지 차오른 물에 서 있었다. 접힌 돛을 목제 활대에 고정하는 매듭을 세차게 잡아당겨 풀자 파도에 몸이 휘청했다. 셀린은 구스타브가 시범을 보여준 대로 마지막으로 힘차게 배를 민 후 자유로워진 보트에 훌쩍 뛰어올랐다. 방수제를 바른 센터보드를 양손으로 잡고 탁탁 쳐서 슬롯에 끼워넣었다. 배는 작은 물마루에서 위험하게 흔들리며 그네를 타듯 좌우로 크게 출렁거렸다. 당장 전진해야 했다. 그녀는 시트* 가 풀렸는지 확인하고 마룻줄을 높이 끌어올린 다음 골반을 써서 조종간 너머로 넘겼다. 그러자 그 힘으로 뱃머리를 다시 파도 쪽으로 돌릴 수 있었다. 늘 둘이서 항해했기 때문에 셀린은 작은 배를 띄우기 위해 얼마나 많은 일을 한꺼번에 해야 하는지 전혀 몰랐다. 언제나 덩치 큰 네덜란드인의 도움을 받아 돛을 올렸던 셀린은 돛이 엄청나게 무겁다는 사실에 깜짝 놀랐다. 캔버스 돛이 순풍을 맞아 갑자기 퍼덕거리며 살아 움직였다. 배는 힘차게 살아 움직이는 짐승이 되었고 셀린은 그것이 두려웠다.

그러나 셀린은 셀린이었다. 배 타는 법을 그토록 열심히 배운 데는 까닭이 있었다. 망망한 바다와 그 야생성에 마음이 끌리기도 했고 해양소설을 워낙 좋아하기도 했지만, 아버지가 함께 배를 타자고 약속했기 때문에 자기가 혼자서 배를 조종할 수 있다는 걸 꼭 보여주고 싶었다. 퍼덕이며 격렬하게 탁탁거리던 돛은 완전히 올라가자 펄럭이기 시작했고, 활대가 잠시 뒤로 휘어졌다 돌아오자 순식간에 불룩해졌다. 셀린은 프로처럼 밧줄을 단단히 걸면서 생각했다. 시트와 조종간! 그리고 조종간의 티크 손잡이가 무릎에 닿지 않도록 조심하며 재빨리 느슨하게 걸린 밧줄을 풀기 시작했다. 그러자 돛이 바람을 받아 부풀어오르고 활대가 뒤로 휘어 세차게 시트에 부딪히고 배가 우현으로 기울어지더니 우리에서 풀려난 야

---

* 돛의 아래쪽에 다는 줄이나 케이블. 돛을 조정할 때 사용한다.

생마처럼 요동치며 앞으로 나아가기 시작했다.

반사적으로 셀린은 낮은 조종석 밖으로 몸을 빼서 눕다시피 하고 시트를 다시 키퍼의 슬롯에 꼭 맞춰 끼워넣고 맹목적으로 조종간을 향해 손을 뻗었다. 조종간을 잡은 셀린은 손바닥에 살아 움직이는 듯 펄떡거리며 전해지는 힘에 또 한번 놀랐다. 셀린은 온 힘을 다해 눈앞에서 다가오는 바다 쪽으로 뱃머리를 향하고 몸을 뒤로 기울였다. 삼각파三角波가 철썩이며 선체에 부딪히는 요란한 소리, 하얀 물마루가 배에 부딪혀 부서질 때 쿵 하고 울리는 굉음과 하얗게 튀는 물안개에 또 한번 놀랐다. 온몸이 흠뻑 젖었지만 전혀 개의치 않았다. 그녀는 바람이 불어오는 쪽으로 나아갔다. 키퍼에서 시트를 잡아당겨 왼손으로 움켜쥐었다. 작은 배는 훨훨 날아 고물 쪽에서 일어난 너울 속으로 쿵쾅거리며 들어갔다. 셀린의 평생을 통틀어 가장 무섭고 스릴 넘친 순간이었다. 셀린은 해협의 탁트인 검은 물을 향해 나아갔다.

해협으로 멀리 나가자 셀린은 라스 아르마스와 그레이슨스부두와 야트막한 돌출 암반 위 공터에 나란히 자리잡은 다른 집들을 분간할 수 있었다. 그리고 시먼스포인트와 그 너머 망망한 대서양이 보였다. 선회하는 방법은 알고 있었다. 바람을 피해 속도를 늦추고 돌아가면 되었다. 하지만 도저히 그 동작을 이행할 수가 없었다. 블루아에서 날뛰는 말의 갈기를 붙잡고 매달려 있을 때도 딱 그런 느낌이었다. 다만 지금은 셀린이 원한다는 게 다를 뿐. 셀린의 마음 한구석에서 원했다. 그들을 버린 아버지와의 모든 인연을 끊고 멀리멀리 배를 타고 사라지고 싶었다. 돌풍이 닥쳐와 바람을 안고 가던 뱃전이 하늘로 솟아오르는 바람에 시트를 잡고 있던 손바닥에 화상을 입었다. 조종석 밖으로 나동그라지면서 셀린은 아버지의 이름을 불렀다.

▲

그렇게 셀린은 아버지에게 버림받는다는 게 어떤 건지 알게 되었다. 그리고 자식이—어른이 되어서도—아버지를 되찾기 위해 무슨 일을 할 수 있는지도. 오랜 세월에 걸쳐 해리 왓킨스에게 타고난 공감 능력을 발휘하며 살아온 셀린은 자식들을 떠나는 선택을 내린 아버지들이 어떤 절망감을 맛보는지 또한 이해했다.

## 13

잭슨홀에서 북쪽으로 달리던 도요타 픽업트럭은 나무뿌리에 걸려 덜컹거린 후 정지했다. 두 사람이 고른 야영지는 잭슨호 기슭에 딱 붙어 있었다. 수면에 어스름이 깔리자 세계의 절반이 적막한 유리로 변해버렸다. 철벽 같은 산맥은 어둠 속에 잠기고 호수에 비친 산의 모습 역시 어두운 그림자가 되었다. 고적함 속에서 수면에 동그라미를 그리며 뛰어오르는 송어들이 빗방울처럼 보였다. 느릿하게, 정적 속에서, 어두운 호수는 저물지 않고 남아 있던 빛으로부터 서서히 기울어져 멀어졌다. 셀린은 트럭에서 내려 기지개를 켜고 물가로 걸어가 차가운 물의 냄새와 누군가가 요리를 하려고 피운 모닥불 냄새를 맡았다. 제일 가까운 갑岬에서 한 노인이 낚시찌를 던지고 있었고, 텐트 세 개 정도 떨어진 거리에서 젊은 남자가 자루를 흔들어 텐트를 꺼내는 중이었다. 평화가 세상에 내렸다는—아니, 내릴지도 모른다는—생각이 들었다. 하지만 광폭한 사랑이 없는 곳에서만 가능한 일이었다. 어머니와 아버지와 자식 간의 사랑이 존재하는 곳에 평화는 결코 오지 않으리라.

피트가 셀린의 등뒤로 와서 현명하게도 아무 말 없이 양손으로 그녀의 어깨를 잡았다. 어쩌면 현명함과는 상관없는 행동이었을지도 모른다. 피트라면 기나긴 운전 끝에 야영지에 도착했을 때 무슨 말을 한다는 생각 자체가 떠오르지 않았을 수도 있다.

한참 후에 셀린이 말했다. "코모호 생각이 나."

"당신이 백작의 청혼을 받았을 때? 대학 시절 프랑스로 돌아갔을 때 말이야?"

"그 사람은 공작이었어."

"흐음."

"그냥 은퇴해버리면 좋지 않을까?" 셀린이 말했다. "저기 저 커플처럼? 아니면 저기 저 사람들처럼? 우리도 내일 아침에 호수로 가서 낚시찌와 바늘에 마시멜로를 끼워 던지고 비치 의자에 앉아 있을 수 있잖아."

"흐음, 저 사람들이 마시멜로를 쓰는지는 잘 모르겠는데."

"우리를 미행하는 저 젊은 친구한테 이제 게임은 끝났다고, 우리는 손떼겠다고, 그러니까 이제 집에서 기다리는 가족에게 가도 된다고 말해줄 수도 있지. 그 집에는 틀림없이 끔찍하게 아빠를 그리워하는 어린 딸이 있을 거야."

"저기 저 남자?"

"그래, 그 남자. 픽업트럭 옆에서 저 커다란 소나무 밑에 열심히 텐트를 치고 있는 남자 말이야."

▲

캠핑카에서 보내는 두번째 밤은 첫날밤보다 평화로웠다. 두 사람은 랍상소우총 홍차 한 주전자를 끓여 작은 테이블에서 천천히 마시고 벽에 달린 알전구의 마뜩잖은 빛 아래서 〈내셔널 지오그래픽〉을 훽훽 훑어보았다. 셀린은 러몬트가 칠레를 촬영한 긴 특집 기사를 넘겨보다가, 피트가 감명받았다던 러몬트의 예민한 감각에 새삼 놀랐다. 경이로운 아름다움을 예민하게 감지하는 러몬트의 능력은 아내를 향해서만 발휘된 것이 결코 아니었다. 북슬북슬한 염소가죽을 두르고 납작한 챙모자를 쓴 칠레의 카우보이 와소가 비를 맞으며 회색 론을 타고 있는 사진이 있었다. 급류가 흐르는 강을 따라 초록빛 숲속에서 말을 타고 달리는 그의 안장 뒤에는 사슬톱이 묶여 있고 한 팔에는 아기가 안겨 있었다. 그 장면의 편안함, 올바름, 녹음이 우거진 활엽수림과 세차게 흘러가는 강물과 남자와 말馬이 한 편의 시처럼 그녀에게 말을 걸어왔다. 어쩌면 단순히 남자의 태도에 눈이 가는지도 몰랐다. 리드미컬한 말의 걸음에 균형을 맞추는 몸가짐, 달려가야 할 길에, 앞으로 해야 할 모든 일에 경의를 표하듯 기울어진 모자. 아니, 그 이상의 무언가가 있었다. 남자의 자세에서는 온전히 보호하겠다는 의지가 드러났다. 지금 혹은 훗날 언젠가, 무슨 일이 일어나든, 남자는 아기를 꼭 품에 안을 것이다. 그보다 명징한 사실은 없었다. 셀린은 숨을 훅, 한꺼번에 내뱉고 그 페이지를 넘겼다.

다음 장에는 대통령궁과 국립미술관이 양면에 걸쳐 찍혀 있었다. 그 사진은 대충 보고 넘겼지만, 맨 밑에 있는 작은 사진이 또다시 눈길을 붙잡았다. 그림을 찍은 사진이었다. 산맥으로 폭우가 쏟아져내리는 장면 같았다. 늦봄의 폭풍우로 보였다. 녹음과 검은 하늘이 지그재그의 광선으로 갈라져 있었다. 그게 하늘이라면. 확실히는 알 수 없었다. 하지만 여기서도 어떤 리듬, 어떤 음악, 비바람과의 친밀감이 느껴졌고 카우보이를 사랑했던 그 예민한 감수성이 이제 그 추상을 사랑하고 있다는 걸 알았다. 그 그림은 클리퍼드 스틸*을 연상시켰다. 놀라움과 신비가 뒤섞인 느낌이 같았다. 작가 이름은 페르난다 데 산토스 무뇨스였고, 캡션에 따르면 그림은 칠레의 국보로 지정되어 있었다. 셀린은 그 까닭을 알 수 있었다.

"피트." 셀린이 말했다.

---

* 미국의 추상표현주의 화가.

"응, 여보."

"이 그림 좀 봐. 1970년대 칠레에서는 이상한 촬영이었을 거야. 칠레, 아르헨티나, 페루. 어두운 시절이었잖아. 부에노스아이레스 미국 대사관에서 경제 담당관으로 일했던 사촌에게 얘기를 들은 적이 있어. 반동적인 사람은 절대 아니었는데 끔찍하다고 했거든."

"으음." 피트가 말했다.

"우리한테 최고의 시절은 아니었지, 안 그래?"

"그렇지."

"끔찍하고 지독한 독재정치를 우리가 부추겼어. 너무나 많은 사람이 살해당하고 고문당하고 실종됐잖아. 워드 말로는 자기가 아는 아르헨티나 친구들 중에서도 실종된 사람이 여럿 있었대. 휙, 하고." 셀린은 돋보기안경을 벗어 셔츠 자락으로 닦으며 유달리 심각한 표정으로 생각에 잠긴 남편을 바라보았다. 피트가 입을 벌리고 뭐라고 말하려다 다시 다물었다. 가끔 아주 속상하거나 화가 날 때 하는 행동이었다—입을 꾹 다물어버리는 것. 자기가 세계에 풀어놓으려는 분노 때문에 이 세상이 더 큰 피해를 입을까봐 두려워하는 사람 같았다. 그는 다시 잡지를 읽기 시작했다. 그 역시 러몬트의 사진들을 보고 있었지만 이내 '곰의 습격!'이라는 다른 기사에 정신이 팔렸다. 가브리엘라의 아버지가 찍은 사진이 실리지 않은 기간에 발간된 잡지의 기사였다. 피트는 캠핑카에 음식을 남겨둬서 상해를 입은 사람이 한둘이 아니라는 대목을 읽었다. 배고픈 회색곰이 캠핑카를 정어리 캔 따듯 간단히 열었다고 했다. "잊지 말고 기억해야겠군." 그는 중얼거렸다. "캠핑카에 빈 참치 캔을 놓고 내리지 말 것."

셀린이 돋보기 너머로 남편을 보며 물었다. "방금 뭐라고 했어, 피트?"

"아무것도 아니야." 그가 말했다. 아내에게 괜한 생각을 하게 만들고 싶지 않았다. "이거 좀 들어봐. 내가 대충 정리해서 말해줄게. 1974년 여름에 디날리라는 노스캐롤라이나 출신 여자가 어린아이 둘을 데리고 여행을 했대. 초원 언저리에서 새끼 두 마리와 함께 있는 회색곰을 보고 차를 세웠고, 아니나 다를까 가까이 다가갔대. 결투 신청이지. 곰은 당연히 기분이 나빴고 몇 번 공격하는 척하면서 결정적인 타격을 준비했어. 재빨리 머리를 굴린 여자는 곰 퇴치용 후추 스프레이를 꺼내서 자기 아이들한테 마구 뿌렸대. 무슨 모기 퇴치제처럼 작용하는 줄 알았던 모양이야. 그래서 애들이 응급실로 실려갔대."

"곰은 어떻게 하고?"

"도망갔지. 그렇게 멍청한 인간을 어떤 곰이 잡아먹겠어?"

두 사람은 차를 마셨다. 셀린이 말했다. "러몬트가 촬영을 하던 시기에 관해서는 우리가 상당히 포괄적인 카탈로그를 수집한 것 같아. 아무래도 목록을 만들어서 우리가 놓친 과월호가 얼마나 되는지 확인해야겠어."

"좋은 생각이야." 피트가 말했다. 솔직히 확신은 없었지만 러몬트의 기사를 모조리 봐서 나쁠 건 없었다. 그리고 셀린의 육감을 따지고 들 단계는 이미 오래전에 지나기도 했다. 피트가 공책을 꺼내 소장하고 있는 잡지의 연도와 달을 적고 도서관에서 러몬트의 사진이 없다는 걸 확인한 후 두고 나온 과월호의 날짜도 적었다. 두 사람이 못 본 건 다섯 권밖에 되지 않았다. "저 과월호들을 찾아보고 싶어." 셀린이 말했다.

두 사람은 차를 다 마시고 위층의 침대로 올라가, 이번에는 빗소리가 아니라 호숫가에 찰박이는 부드러운 물소리와 키 큰 소나무들 사이를 휘젓는 바람소리를 자장가 삼아 잠이 들었다. 두 사람은 문을 활짝 열어둔 채 방충문의 빗장만 걸어 잠갔다. 그리고 산들바람이 들어오도록 위층 침상의 방충망 달린 창문을 전부 열어놓았다. 한 번 요의를 느껴 일어난 셀린은 싸늘한 어둠 속에서 담요를 두른 채 한참 서 있었다—아침에 서리가 내리겠네, 셀린은 생각했다—그리고 별들의 깊이와 질감에 경탄했다. 무한하게 직조된 천 같았다. 사실 그렇기도 했고. 직조공이 변덕스러운 생각을 풀어놓은 듯 은하수가 하늘을 가로질렀다. 고적하고 고적했다. 셀린은 일종의 의무처럼 잠시 산책을 하다가 발가락의 감각이 무뎌져서야 잠자리로 돌아왔다. 한밤중에 잠을 깨우는 트럭소리는 나지 않았다. 당연한 일이었다. 그 트럭이 40야드 거리에 정차하고 있었으니까. 셀린은 글록 26을 베개맡에 두고 잤다.

피트가 셀린보다 먼저 일어났고 셀린은 진한 커피 향과 방충망을 통해 들어오는 첫 새벽빛에 잠을 깼다. 은은히 발광하는 그릇 같은 하늘에 별 세 개가, 그러다 곧 두 개가 반짝였다. 추웠다. 이런 가을의 차가운 끄트머리를 셀린은 정말 좋아했다. 한껏 숨을 쉬었다. 고도가 높은데도 오늘은 폐가 맑은 느낌이었다. 이 정도면 만족할 만했다. 나는 운이 좋아, 셀린은 생각했다. 아주. 지금 당장 죽어도 좋겠어. 프렌치로스트의 향기를 맡으면서 담요를 덮은 이대로. 오리 두세 마리가 호수에서 꽁얼거리고 내 남편이 저 밑에서 꾸물거리며 일하는 지금. 흡족하게 죽음을 맞는 거야.

어쩌면. 하지만 해결해야 할 사건이 있었고 폴 러몬트에 대한 셀린의 가설은 어쩐지 신경쓰이는 구석이 있었다. 셀린의 가설은 다음의 두 가지 양립 불가능한 가능성으로 이루어져 있었다. 1) 러몬트는 곰의 먹이가 되었다. 2) 러몬트는 결혼에서, 또는 실패한 아버지 노릇에서 탈출하고 싶었다. 심지어 북남미를 무대로 한 거대한 위장 첩보전에서도 탈출하고 싶었다. 이 모든 것으로부터 너무도 간절하게 탈출하고 싶은 나머지 자기 죽음을 위장하고 지하로 잠적했다.

그러나 그렇게 누워서 새롭게 시작되는 하루의 소리를 듣고 있자니 또하나의 가능성이 떠올랐다. 러몬트는 가브리엘라를 버리지 않았을지도 모른다. 붙잡혀 갔을 수도 있다. 셀린은 벌떡 일어나 앉았다.

▲

피트는 일찍 일어난 셀린을 보고 좋아했다. 침대 끝 손잡이를 잡고 오른발로 수납장을 조심스럽게 밟는 셀린을 보고 피트가 손을 내밀어 내려오는 걸 도와주었다. 피트는 콧노래를 부르며 셀린에게 블랙커피 한 잔을 따라주고 싱크대 아래 장착된 소형 냉장고를 열어 1파인트짜리 우유를 꺼내서 컵에 넉넉하게 따라주었다.

"고마워, 피트." 셀린이 말했다. "캠핑하는 사람들은 왜 하나같이 파란 법랑컵을 갖고 있을까?"

"전통이지."

"흐음." 셀린은 사이드 다이넷 앞에 놓인 의자에 앉았다. 의자도 작고, 테이블도 작고, 그래서 학교 책상 생각이 났다. 1, 2학년 아이들이 앉아서 공부하는 책상. "내가 생각을 해봤는데," 셀린이 말했다. 그녀는 몸을 숙이고 열린 창밖을 내다보았다. 호감 가는 인상의 젊은이도 벌써 일어나 있었다. 그는 텐트 기둥에서 덮개를 걷고 있었다. 야구 모자에 녹색 칼하트 캔버스 코트 차림이었다. "저 남자가 신경에 영 거슬려. 등에가 붙은 것처럼 기분이 나빠지기 시작했어." 셀린은 테이블에 컵을 놓고 일어섰다. "피트, 어깨에 메는 총집 어디 뒀어?"

▲

셀린은 능숙하고 편안하게 어깨에 총집을 메고 글록 권총을 꽂은 뒤 격자무늬 가운을 걸쳤다. 벨 타탄, 스코틀랜드계인 왓킨스 가문의 패턴이었다. 셀린은 양가죽 슬리퍼를 신고 있었다. 은발을 그래도 봐줄 만한 모양으로 가라앉히고 대충 매만진 후 법랑컵을 들었다. 아니, 이건 안 되겠어. 셀린은 컵을 다시 내려놓고 고리에 걸려 달랑거리는 핸드백을 들었다. 콤팩트와 립스틱을 꺼내 세심하게 화장을 하고 입술을 꼭 물었다 떼고는 작은 거울에 양쪽 얼굴을 비춰보았다. 스틱을 꺼내 아이라인을 그렸다. 시간이…… 한없이 걸렸다. 아침에 화장을 하면 이게 정말 좋았다. 시간이 온데간데없이 사라지는 것. 일종의 명상 같단 말이야. 피트는 한마디도 하지 않고 셀린을 바라보았다. 하긴, 할말이 뭐가 있을까? 글록 권총을 둘러멘 모습이 정말 아름다워, 당신?

"금방 돌아올게." 마침내 셀린이 말했다.

가운 차림으로 커피를 들고 흙길을 유유히 걸어가는 셀린은 세상에서 가장 편안해 보였고, 아직 잠이 덜 깬 채로 익숙한 동네 이웃에게 놀러가는 사람처럼 걸음걸이가 호사스러웠다. 가는 길에 아주 예쁜 파란색 깃털도 주웠다. 이런 깃털은 한 번도 본 적이 없었다. 작고 보드라운 깃털이 회색에서 파란색, 초록색으로 은은히 빛났다. 완벽해. 집에서 만들고 있는 거북이 등딱지 가면을 장식하는 데 써야겠다. 그녀는 깃털을 가운 호주머니에 넣었다.

청년은 거친 땅에서 주황색 나일론 텐트를 세로로 개는 일에 골몰하고 있었지만 셀린을 의식하는 티가 났다. 시야에 잘 잡히지 않는 사각지대를 살피는 재주가 훌륭했다. 농구 선수 같은데, 셀린은 생각했다.

"안녕하세요?" 셀린이 인사했다.

남자가 일어섰다. 키가 훤칠했다. 185센티미터 정도 되어 보이고, 늘씬하지만 어깨가 떡 벌어졌다. 짧고 검은 턱수염은 손질했지만 아주 깔끔해 보이지는 않았다.

"부인, 안녕하십니까." 남자는 미소를 짓지 않았다. 처음으로 그의 눈이 회색이라는 걸 알았다. 파란색 비슷하지만 파란색은 아니었다. 점판암 색깔처럼. 날카로운 지성을 발하지만 온기는 전혀 느껴지지 않는다는 점에서 많은 걸 말해주는 눈이었다. 허스키 같아. 아니, 늑대에 가까워. 셀린은 전혀 기세에 눌리지 않고 그 눈을 한참 살펴보았다.

"커피 좀 들겠어요? 우리가 방금 한 주전자 끓였거든요. 아주 맛

있어요. 프렌치로스트라. 식당에서 마시는 커피보다는 훨씬 낫죠."

그는 눈 한 번 깜빡하지 않았다. "부인, 감사합니다만 사양하겠습니다. 저도 방금 커피 만들기를 시작해서요." 그는 열려 있는 트럭 뒷문 쪽을 곁눈질로 가리켰다. 셀린은 씩씩 물 끓는 소리가 나는 스토브와 그 옆에 놓인 파이렉스 프렌치프레스를 보았다. 피츠* 원두커피 가루 한 봉지. 미치겠네. 틀림없이 코즈모폴리턴적인 대도시 출신에 좋은 걸 먹고 쓰며 자랐을 것이다. 그러나 억양에는 희미하게 펜실베이니아 남부의 흔적이 있었다. 그리고 '만들기'라고 했다. 게다가 짜증나는 '부인' 소리는 전직 군인이라는 뜻이었다.

"좋아요. 십중팔구 오트밀이나 달걀 같은 것도 드시겠죠?"

"네, 부인."

"그래요, 알겠어요. 상자에 든 그 맛없는 퀘이커 오트밀이겠죠. 아주 근사한 오트밀을 요리할 거라 생각하지만 난 햄과 달걀이 더 좋아요. 헤밍웨이 소설에 나오는 그 불쌍한 남자처럼. 제목이 기억이 안 나네."

"'권투 선수'요."

* 미국 원두커피 상표명.

셀린이 한쪽 눈썹을 치켜세웠다. "부인 소리를 안 붙였네요."

"그렇습니다, 부인."

그는 텐트용 말뚝이 잔뜩 든 게 분명한 작은 자루를 들었다. 결혼반지를 끼고 있었다. 소박한 금반지였는데, 흠집이 나고 닳아 윤기가 사라져 구리처럼 보였다. 반지라니. 셀린은 저 눈이 사랑하는 이의 눈을 들여다보는 상상을 하려 애썼다. 저 광물질 같은 회색 눈동자가 참된 온기를 머금는 상상은 도저히 할 수가 없었지만 물론 연인의 품에 안기면 저 눈의 색깔도 바뀔지 모른다. 셀린은 이제 정말로 흥미가 일었다. 박식할 뿐 아니라 유머는 아니라도 위트는 있는 청년이었다. 아마 둘 다 갖췄으리라. 그자들, 정체는 모르겠지만 그 사람들은 능력 있는 인재를 많이 거느리고 있는 게 틀림없었다.

"내가 들고 온 게 그저 커피 한 잔이 아니라는 건 알겠죠." 셀린이 말했다.

"네, 부인."

"그리고 계속 부인이라고 부르면 그걸 꺼낼지도 몰라요. 완전히 미치광이로 돌변할 수도 있어요." 셀린은 기침을 했다. 기침이 가슴에서 올라와 목구멍에 경련을 일으켰다. 팔을 들어 입을 막으려 했지만 오히려 기침은 더 거세게 치고 올라와 온몸을 격렬하게 흔들었고, 그 바람에 절반쯤 남은 커피를 쏟고 말았다. 빌어먹을. 덴버공항에 내린 후로는 셀린의 폐가 정말 잠잠했었다. 건조한 공기가 좋았다. 발작이 멈추자 셀린은 몸을 추스르고 입을 꾹 다문 채 호흡했다. 셀린은 훌륭하게 품위를 지켰다. 남자에게 사과하지도 않고 심지어 그가 거기 있다는 사실조차 모르는 듯 행동했다. 이건 개인적인 문제였다. 셀린은 몸을 추스르고 보통 때의 우아한 태도로 돌아갔다. 그리고 머그잔 바닥에 남은 커피를 한 모금 마셨다.

천만다행이야, 셀린은 생각했다. 그래도 입을 다물고 있을 만큼은 눈치가 있는 친구군. 그는 말뚝이 든 가방을 들고 있었다.

"텐트 접는 거 도와줘요?" 셀린이 말했다.

"혼자 할 수 있습니다."

"있잖아요. 그쪽이 구비한 조리 도구는 정말 거의 완벽에 가까워요. 하지만. 잠깐만요, 갑자기 무슨 생각이 나서……" 셀린은 콧잔등에 주름을 잡고 슬리퍼 뒤축을 대고 빙글 돌아 컵에 남은 커피 찌꺼기를 땅바닥에 버리고는 훌쩍 사라졌다. 남자는 눈을 껌벅거렸다. 오래 걸리지 않았다. 사 분 후 셀린은 돌아왔다.

"이게 필요할 거예요." 셀린이 말했다. "우리 아들 캠핑카에는 이게 원래 붙어 있어서 하나가 남거든요. 괜찮아요, 받아요. 이걸 쓰면 커피가 두 배로 맛있어져요." 셀린은 손을 내밀었다. 남자는 망설이다가 그 물건을 받아 거친 손바닥에 놓고 굴렸다. 배터리로 구동되는 커피 그라인더였다.

“와, 이거 참……” 그가 속삭였다.

“무슨 말인지 잘 못 들었는데.” 셀린이 낭랑하게 말했다.

남자의 눈빛이 번득였다. 섬광처럼 스치는 빛—재미있다는 건지, 고맙다는 건지, 경계하는 건지 확신할 수 없었다. 아마 세 가지 모두겠지. 남자는 아마도 감사의 표시로 고개를 한 번 끄덕이더니, 곧 이전의 눈빛으로 되돌아갔다. 약간 화강암 비슷한 눈빛으로. 뭐, 과묵한 남자를 다루는 데에는 오랜 세월에 걸친 경험이 있는 그녀였다.

“우리가 어디로 가는지 알고 있다면, 아예 거기서 우리를 만나면 어때요?” 그녀가 물었다.

남자는 아무 말도 하지 않았다. 표정 하나 변하지 않았다. 변함없이 똑같은 무표정으로 바라볼 뿐이었다. 셀린은 그가 심장박동 소리를 죽이고 소총 조준경에 눈을 댄 채 단조로운 먼 곳을 바라보고 있어도 쉽게 지치지 않을 사람이라는 걸 알아보았다.

“우리한테 겁을 줄 생각이 아니라면 말이에요. 확실히 당신이 여기 있다는 걸 우리한테 알리고 싶어하는 것 같은데, 그렇게 무섭게 보이지는 않거든요." 셀린은 미소를 지었다. "최고의 칭찬으로 하는 말이에요." 셀린은 한숨을 쉬었다. "뭐, 아무튼. 아무래도 정중하게 물어봐야겠네요. 캠프 아침식사가 좋은지 길가의 카페가 더 좋은지. 하지만 그러면 꼬리가 몸통을 흔드는 격이 되겠죠, 정말로." 셀린은 돌아서서 가려고 하다 다시 뒤돌아보았다.

"뭘까요?" 그녀가 물었다.

"부인?"

"아휴." 셀린은 미소를 지었다. 이번에는 아주 환한, 진심어린 미소였다. "내가 뭘 갖고 왔을까요?"

"글록 26."

▲

셀린은 호숫가를 따라 잭슨레이크로지로 가는 길에 좀 들떠 있었다. 여행의 동반자를 배려해 거기서 아침식사를 하기로 했다.

"너무 말랐더라고." 셀린은 그렇게 말했다. "트럭 뒤에서 오트밀만 끓여 먹다가는 말라죽을 거야. 그런 눈으로 보지 마."

피트는 자기가 어떤 눈으로 보는지 전혀 몰랐다. "아무튼 비용은 청구할 수 있겠지." 셀린이 말했다. "제일 푸짐한 럼버잭 아침식사 메뉴를 주문할 수 있을 거야. 다 같이 거기 가면, 그냥 그걸 하나 시켜서 그쪽으로 보낼까 해."

셀린은 식사를 주문해 보내지 않았다. 그러나 분홍색 세탁소 딱지 뒷면에 메모를 끼적여 웨이트리스에게 전달해달라고 부탁했다. "아무리 생각해도 그쪽이 오트밀만 먹고 산다고 생각하니 참을 수가 없어요." 셀린은 구석 테이블을 차지하고 앉은 남자에게 고개를 끄덕였다. 저기는 총잡이가 앉는 자리지, 그녀는 생각했다. 실내를 한눈에 볼 수 있으면서 후방에서는 사격 각도가 나오지 않으니까. 습관일 거야. 남자는 쪽지를 읽고 야구 모자 챙을 손으로 만졌다. 셀린과 피트는 아련한 눈으로 호숫가의 어린 버드나무를 바라보고 있는 거대한 무스의 머리 밑에서 커피를 마시고 달걀과 팬케이크를 먹었다. 셀린은 그 남자가 목욕가운 안에 숨긴 자기 총을 제조사와 모델까지 알아봤다는 게 영 신경이 쓰였다.

"내가 무슨 네글리제*를 입고 있었던 것도 아닌데 말이야." 셀린이 불만을 제기했다. 그 사람들이 덴버에 있는 행크의 집에 도청장치를 해놓고 셀린이 총을 달라고 하는 걸 엿들었을 수도 있지만 그건 너무 황당한 생각 같았다. 아마 짐작을 한 것이리라. "우리집에 글록이 있고 수많은 총 중에서 내가 그걸 제일 편하게 다룬다는 걸 알았던 거 같아. 그리고 당연히 19라면 더 부피가 컸겠지. 그러니

---

* 얇고 부드러운 천으로 된 여성용 실내 가운.

까 26이라고 한 거야. 설마 천리안일 리는 없잖아."

"흐으음."

"더럽게 잘난 척하는 개자식이야. 헤밍웨이의 『닉 애덤스 이야기』를 알더라고. 영문학을 전공하고 대학을 졸업하고 나니 택시기사밖에 할 게 없다는 걸 알고 좌절한 친구일 거야."

부부는 식사를 마친 후 일어났고, 셀린은 그들의 샤프롱이 마지막 커피 한 모금을 마시고 계산서를 받아 계산대로 올 때까지 예의 바르게 기다렸다. 두 사람이 밥값을 계산한 뒤 문을 열고 로비로 나서는 중에 셀린은 또 멈춰 서서 남자가 계산서를 내미는 모습을 살펴보았다. 그리고 피트에게 말했다. "당신 먼저 가. 나는 마지막으로 들를 데가 있어." 화장실에 간다는 우아한 표현이었다. 셀린은 여자 화장실의 묵직한 나무문을 향해 가면서 유리문을 나서는 피트를 따라가는 청년을 보고 손을 흔들었다. 그러고는 재빨리 뒤돌아 곧장 웨이트리스에게 달려갔다. 셀린은 한 손에 디지털카메라를 들고 있었다.

"미안해요, 아침식사 영수증 좀 주시겠어요?" 셀린은 계산대 옆 꼬챙이에 끼워진 식당용 사본들을 보았다.

"제가 드리지 않았나요?" 웨이트리스가 한숨을 쉬었다. "오늘 아침에 워낙 피곤해서요. 우리 꼬마가 밤새도록 배앓이를 해서 한

숨도 못 잤거든요."

"아이가 과일은 충분히 섭취하고 있나요?" 셀린이 물었다. 그리고 세심하게 젊은 여자의 얼굴을 살폈다. 사십대 초반, 너무 어려. 1948년생으로 보이는 모든 여자를 살펴보는 게 습관이 되었다. 아무튼 얼굴 골격 자체가 아니야.

"생각해보니까, 과일을 하나도 안 먹는 거 같아요. 코코아 퍼프* 나 치킨핑거가 아니면 다 던져버린다니까요."

"그렇군요."

"잠깐만요, 한 장 더 뽑아드릴게요."

셀린은 계산대에 몸을 기대고 공짜로 가져가라고 놓아둔 라이프 세이버스 사탕 상자를 웨이트리스의 옆구리 쪽으로 슬쩍 밀어 떨어뜨렸다. 상자는 커다란 소리를 내며 바닥에 부딪혔다. "어머!" 웨이트리스가 소리쳤다. "어머나, 정말로 죄송해요!" 셀린이 맞받아쳤다. 여자는 허리를 굽히고 사탕을 주워 모았고, 셀린은 다시 슬쩍 몸을 기울여 손가락으로 꼬챙이에 꽂힌 영수증을 읽을 수 있게 돌린 후 재빨리 맨 위의 영수증 사진을 세 장 찍었다. 웨이트리스가 여전히 넓은 등을 보이며 쭈그려앉아 있는 동안, 셀린은 차분

* 초콜릿맛 시리얼.

하게 사진들을 살펴보고 얼굴을 찌푸리더니 생각을 바꿔 그냥 꼬챙이에 꽂힌 영수증을 잡아채 재킷 주머니에 넣었다.

"자," 웨이트리스가 상자를 다시 제자리에 놓으며 명랑하게 말했다. "계속 이런 식으로 오늘 하루가 흘러간다면, 점심때는 미쳐 날뛰게 될 거예요."

"찾았어요." 셀린은 엄지로 영수증에 난 구멍을 가리고 남자의 영수증을 뻔뻔스럽게 치켜들었다. "제가 실수했네요." 셀린은 웨이트리스에게 영화배우 같은 미소를 던지고 오래된 라이프세이버스 사탕 값을 넘치게 지불한 후 문밖으로 나갔다.

피트는 감동을 받았다. "왜 그냥 카메라로 찍어오지 않았어?" 옐로스톤 남쪽 정문이 가까워질 무렵 피트가 물었다. 앞쪽에는 다섯 대의 차가 짤막한 대열을 이루며 줄을 서 있었다.

셀린은 입안에서 사탕을 빨았다. "찍었는데 색깔이 엉망이었어. 그리고 당신이 내 카메라를 고양이 밥에 빠뜨리면 어떻게 해?" 한 방 먹었다. 피트는 한 달 전에 새로 산 캐논 미니 카메라를 그렇게 한 적이 있었다. 상의 호주머니에서 떨어진 카메라는 빅밥의 축축한 밥그릇 속으로 뚝 떨어졌다. 빅밥은 14킬로그램이 넘는 고양이였다. 지금은 레드훅의 고양이 호텔에서 유명인사 노릇을 하고 있었다.

“윌리엄 태너.” 셀린이 남자의 아침식사 영수증을 다시 한번 읽으며 말했다. “틀림없이 가명이겠지. 진짜 이름일 리가 없어. 저 남자 세대에는 다들 제이컵이라고 이름을 지었다고. 우리가 수색을 해야 할 것 같아. 쿡시티에 인터넷이 되기는 할까?”

피트는 이제 셀린이 그날 아침에 가운 차림으로 미행하는 남자를 찾아가 아침식사를 잘 먹는지 걱정했던 게 다 레스토랑으로 그를 데려가서 이름을 알아내려는 수작이었다는 걸 깨달았다. 아내의 재치에 감탄한 건 아마 이번이 만번째쯤 될 것이다. 하지만 또 한편으로, 셀린이 정말 그 젊은 사냥꾼의 칼로리 섭취를 걱정했을지 모른다는 생각도 들었다.

# 14

셀린은 자신이 낳은 아이를 찾으며 그런 기술을 터득했다. 행크는 어른이 된 후로 늘 그런 의심을 품었지만 조심스러워서 어머니에게 다시 물어보지는 못했다. 그러다 뇌종양에 걸린 보비 이모가 임종을 맞기 위해 퇴원해 집으로 돌아왔다. 이모는 돌아가시기 전 가족의 구심점은 언제나 셀린이었다는 이야기를 행크에게 해주었다. 형제자매 중 가운데 서열의 아이가 그런 역할을 맡는 경우가 흔히 있었다.

"셀린은 무슨 일이 있어도 이성을 잃지 않았지." 보비가 말했다. 세 자매의 첫째는 펜실베이니아주 랭커스터의 석조 주택 거실에 놓인 환자용 침대에 편안히 누워 있었다. 보비의 남편 데이비드는 그 지역 대형 은행의 은행장이었다. 셀린은 보비가 좋아하는 아이스크림인 럼레이즌을 사러 나가고 없었다. 보비는 그 아이스크림

밖에 먹고 싶은 게 없다고 했다. 행크는 이모와 작별인사를 나누기 위해 덴버에서 비행기로 날아왔다. 두 사람은 친했다. 행크가 고등학교 2학년 때, 어머니가 술 문제로 심하게 고생하던 그 시절에 행크는 보비 이모네에서 사촌들과 함께 겨울방학을 보내고 여름방학도 거지반 거기서 살았다. 이모는 감상적인 사람이 아니었고 공정하고 엄정하게 규칙을 적용했다. 행크는 말없고 흔들림 없는 이모의 사랑에 점점 더 감사하게 되었다. 행크는 세 자매 중 보비 이모가 바부를 가장 많이 닮았다고 생각했다—엄격한 자기 수양과 인습에 대한 본능적인 반발심. 보비 이모는 늘 옷깃에 스칠 정도 길이의 단발을 유지했다. 왓킨스 가족 특유의 강인한 콧날과 턱선을 지니고 있었지만 이목구비가 동생들보다 조금 더 단단해 보였다.

보비는 두통 말고는 통증이 없었고, 기운은 없었지만 의식은 명료했다. 허튼소리를 참지 못하는 현실주의자였던 보비 이모에게서 행크가 한 번도 본 적 없는 부드러움이 느껴졌다. "아마 셀린은 강해져야 했을 거야." 보비가 말했다. "나는 보통 나만의 세계로 떠나 있었으니까, 셀린은 자기가 미미를 돌봐야 한다고 생각했지. 셀린이 미미를 키운 거나 다름없단다. 우리 성장기를 통틀어 셀린이 탈선한 건 아버지가 떠났을 때뿐이었지. 그 아이를 잃었을 때하고."

행크의 온몸을 싸하게 훑으며 소스라치게 만든 충격을 보비는 눈치채지 못했다. 그녀는 창밖의 널따란 잔디밭 너머 시냇가에 일렬로 늘어선 단풍나무 고목과 오크나무를 바라보고 있었다. 그 시선의 끝에서 행크는 보았다. 과거로 거슬러올라가는 기억을. 바부에게서도, 미미에게서도 보았다. 죽음과의 마지막 슬로 댄스에는 행크의 어깨 너머 아득히 먼 곳을 바라보는 시선이 어려 있었다. 하긴 당연하지 않은가? 행크는 계산적인 성품이 아니었지만, 한 박자 쉬었다가 물었다. "퍼트니에서 어머니가 포기한 아이 말인가요?"

"셀린이 얘기했니? 다행이구나. 내가 해서는 안 될 말이었거든." 행크는 대답하지 않았다. 이모의 눈빛이 흐릿했고 시선은 여전히 여름날의 시냇물 너머 어딘가에 머물러 있었다.

"그후의 얘기야. 그후. 아이 때문에 한 해 휴학했거든. 크리스마스에 태어난 아기였지. 미미와 생일이 똑같았어. 이상하지 않니?"

"이제는 아무것도 이상하지 않아요."

보비는 고개를 돌리고 행크의 눈을 찾아 다시 시선을 맞췄다. "아멘," 그녀가 말했다.

▲

그후 며칠에 걸쳐 보비는 그 얘기를 해주었다. 셀린이 의사를 찾아갔던 일에 대해서, 힌턴 교장과 바부와 빌 제독에 대해서, 셀린의 휴학에 대해서. 그리고 복학 얘기도. 보비는 그 얘기를 하고 싶었다. 꼭 해야 했다. 물 저편으로 긴 여행을 떠나기 전에 짐을 덜려고 애쓰는 느낌이었다. 셀린이 방에 없을 때마다 조각조각 나누어

이야기를 해주었다. 셀린은 꽤 자주 자리를 비웠다. 언니를 위해 서재에서 의사나 호스피스와 통화를 하고, 혹은 아이스크림과 약을 사러 나가야 했다. 행크는 보비 이모가 그 얘기를 하는 것이 동생을 배신하는 일이 아니라는 걸 알았다. 오히려 이모는 셀린이 얼마나 어려운 결정을 내렸고 가히 영웅적인 자기희생을 했는지를 부각시켰다. 그렇게 어린 나이에. 하지만 행크는 이모의 이야기를 들으면서, 셀린은 자기희생을 했다기보다 약자를 보호하고 남을 탓하지 않으며 최대한 적은 사람에게 폐를 끼치고 살겠다는 자신의 이상에 걸맞게 행동했다는 걸 알았다. 바로 그것이 진정한 품위였다. 보비는 동생이 절대로 아버지의 정체를 밝히지 않았다고 몇 번이나 말했다. 그래서 행크는 그 사람 역시 약자였으리라는 확신을 굳혔다. 예를 들어 권위를 동원해 학생을 추행한 교사라면 셀린은 절대로 봐주지 않고 끝까지 책임을 물었을 것이다. 행크는 외할머니와 마찬가지로 어머니 셀린 역시 무엇이 옳은지에 대한, 해야 할 일과 해서는 안 될 일에 대한 확고한 감각을 가지고 있다는 것을 알았다. 포식자 같은 교사가 또다른 여학생을 희생자로 삼도록 내버려두는 짓은 명백하게 '해서는 안 될 일'의 범주에 들어갔다.

그래서 행크는 셀린의 이름을 되새기며, 사냥꾼과 사냥개의 흔적이 잔뜩 묻은 우아한 거실에 보비와 함께 앉아 있었다. 거실에는 황동 개로 장식된 불 없는 석조 벽난로가 있었고 내리닫이창은 방충망만 남기고 활짝 열려 여름의 귀뚜라미 소리가 들렸다. 행크는 잠든 이모를 바라보며 앉아 있다가 상상 속에서 자신과 어머니가 학교를 다녔던 초봄의 버몬트 산마루로 돌아가는 여행을 떠났다.

진창 위에 군데군데 쌓인 눈, 처음 싹을 틔우는 대담한 풀잎, 풍화되어 다시 페인트칠을 해야 하는 미늘벽 판잣집, 축축한 흙과 썩은 건초 냄새. 오솔길을 따라 건물을 오가는 학생들, 한 무리가 발길을 멈추고 책 다섯 권을 들고 가는 격자무늬 울 코트 차림의 교사와 이야기를 나눈다. 행크의 마음이 범인을 찾아 그 광경을 살핀다, 샅샅이 훑는다. 누구일까? 셀린이 결코 배반하지 않을 사람이 누구일까? 꼭 어리거나 나이가 들어서가 아니라, 상처받기 쉽고 커다란 위험부담을 안고 있을 만한 사람, 셀린처럼 아무 죄도 없는 사람. 다른 학생일까? 그럴 수도 있다. 교사일까? 역시 가능성이 있다. 그러나 교사라면 아마 폭로로 치명상을 입을 만한 약점이나 급소가 있었으리라. 셀린보다 더 보호받아야 할 이유가 있었을 것이다. 셀린은 아침마다 농장에서 일했고 오후에 다시 농장에 가서 어린 양을 돌봤다. 아내와 사별한 슬픔을 간직한 홀아비 농부일까? 이른아침 소젖을 짜던 깡마른 동네 소년일까?

복학한 셀린이 애써 피해다닌 사람이 누구였을까? 도서관에서 과학관까지 이어지는 판석 깔린 길을 걸을 때, 셀린과 눈이 마주치자마자 고개를 획 돌린 사람은 누구였을까?

아이의 아버지는 그 사실을 알았을까, 적어도 심증은 갖고 있었을까? 갑작스러운 이별에 당혹스러워했을까?

결국 중요한 문제는 셀린이 아기를 가졌고 진통을 했고 출산을 했으며 아기를 포기했다는 사실이었다. 아들이었을까, 딸이었을까? 행크에게는 형이 있었을까, 누나가 있었을까?

▲

행크는 보비에게 보트 사고에 대해서도 물어보았다. 그 기억을 되살리며 보비는 원기를 찾았다. 그녀는 모션베드의 버튼을 누르고 상반신을 일으켰다. 미소를 띠자 훨씬 젊어 보였다. 얼굴에 화색이 돌았다.

보비가 말했다. "네가 우리집에서 지낼 때, 테드와 함께 댐 너머로 카누를 타고 나갔다가 죽을 뻔했던 일 기억나니?"

행크는 씩 웃었다. 테드는 보비의 셋째 아들로 행크와 성장기를 함께 보낸 좋은 친구였다. 행크는 미소를 띠긴 했지만 그때의 기억을 떠올리면 여전히 위장이 죄어들었다. 낮은 댐 아래 소용돌이에 갇혀 끝도 없이 빙글빙글 돌면서, 이제 죽는구나 생각했던 기억 때문이었다.

"내가 얼마나 화를 냈는지 기억나니?"

행크는 고개를 끄덕였다.

"그래, 네가 자초한 일이지. 네 엄마 얘기를 하나 더 해줄게. 너희가 할아버지의 수제 캔버스 카누를 완전히 망가뜨린 것도 알지."

"죄송합니다." 행크는 손을 내밀어 이모의 가냘픈 손을 잡았다.

"내가 부두에서 다이빙했던 얘기는 들었니?"

"이모들은 틈만 나면 서로의 이야기를 해주려고 하니까요."

보비의 얼굴에 어두운 그늘이 스쳤다. "정원사 얘기도 들었니? 알폰스?"

행크는 고개를 끄덕였다.

"이런, 세상에."

행크는 기다렸다.

"내 아이디어였어." 보비가 말했다. 행크는 고개를 끄덕거렸다. "그 일로 기도를 얼마나 많이 했는지 모른다. 그 불쌍한 사람한테 내가 한 짓도 끔찍하지만 살인이나 다름없는 일에 동생들까지 끌어들였으니 말이야." 보비는 환자용 컵을 들어 사과주스를 쭉 빨았다. 컵을 내려놓는 손이 떨렸다. "있잖아, 네 엄마하고 나는 지옥을 믿도록 교육을 받았단다."

"가가 증조모님이 세례를 받은 천주교 신자였다고 바부 외할머니께 들었어요. 그래서 체니 가문이 기겁을 했다고요. 이모는 지금도 지옥을 믿으세요?"

"어떤 지옥은 믿지, 그럼." 보비는 다시 고개를 돌려 창밖을 바라보았다. 잔디밭에서 사슴 세 마리가 제 집처럼 당당하게 풀을 뜯고 있었다. 수사슴 한 마리는 새끼였다. 한 살 정도 되어 보였다. 사냥철이 와도 법적으로 사냥하면 안 되는 나이였다. 집행유예.

"이모가 그 사람을 죽인 건 아니라고 생각해요. 그냥 장난이었잖아요. 그 시점에서는 계기가 뭐든 어차피 벌어졌을 일이에요. 이미 행복의 작은 조각조차 남지 않은 사람이었으니."

"그게 요점이니? 행복?"

행크는 알지 못했기에 아무 말도 하지 않았다. 보비는 고개를 돌려 행크를 보고 말했다. "요즘은 때로 하루를 살아내는 게 핵심이라는 생각이 든단다. 사실 굉장한 승리라고 생각하지 않니? 무너지지도 않고 사람을 죽이지도 않고 그냥 포기하지도 않고 말이야. 혹시라도 친절을 베풀거나 다른 사람을 돕거나 뭔가 아름다운 걸 창조하게 된다면, 온 세상에 자랑해 마땅하지."

행크는 이모의 손을 힘주어 쥐었다. 보비는 예술사진을 찍는 사진작가였고, 그중 몇몇 작품은 행크의 눈에도 정말 굉장해 보였다. 오븐 토스터 후면의 반짝이는 스테인리스에 비친 자신의 모습을 찍은 사진이 있었는데—보비는 물론 카메라를 들고 있었다—행크가 이제까지 본 예술가의 자화상 중에서 최고의 반열에 너끈히 들었다. 피사체에 비쳐 늘어나고 구부러진—말 그대로 구부러졌다—보비의 모습이, 그럼에도 아름답고 강렬한 보비의 모습이 어쩐지 마음을 울렸다. 상상력이 세계에 어떤 공헌을 하는지, 그리고 세계가 또한 상상력에 무엇을 되돌려주는지가 그 사진에 은유적으로 표현되어 있었다. 그러나 그게 뭔지 정확히 짚이지는 않았다. 행크가 소리 내어 웃자 보비는 어리둥절한 표정을 지었다. "이모는 블루리본 훈장을 받아 마땅하세요. 대단한 예술가시니까."

"알폰스를 만나게 될 거야." 보비가 말했다. "일말의 의심도 하지 않아. 같이 한 꼬챙이에 발이 꿰여서 지옥불에 케밥처럼 구워지겠지." 가볍게 한 말이었지만 행크는 농담이라고 생각하지 않았다.

"그런 생각 안 하세요?" 마침내 행크가 말했다. "아이들의 죄는 좀 경감해줄 거라고. 연옥이라고 하나요? 초록색 풀밭과 슬픔이 있는."

"아니야," 이모가 말했다. "언제나 아이들이 정통으로 타격을 받는 법이지."

▲

보비가 차를 좀 부탁했다. 진짜 찻잔에 담긴 연한 녹차. 그리고 결국 원하는 게 녹차 한 잔밖에 없는 지경이 됐으니 인생이 다 뭐냐며 농담을 했다. 술을 끊기 전까지 그녀는 싱글몰트 위스키의 열렬한 팬이었고 가끔 시가도 피웠다. 양끝을 자른 셔루트도 아니고 독한 처칠이나 한끝만 자른 토피도 시가를. 남자들은 좀 무서워했지만, 한편으로 섹시하다고도 생각했다. 그렇게 만난 남자가 데이비드였다—결혼식 파티에서 발코니에 나와 시가를 피우다가. 데이비드는 전혀 두려워하는 기색 없이 그녀에게 다가와 난간에 기대더니 파르타가스 시가에 불을 붙였다. 두 사람은 잠시 말없이 시가를 태우며 놀라운 언어의 공백과 담배 연기를 즐겼다. 결국 보비가 말했다. "바꿔 피워요." 그래서 두 사람은 시가를 바꿔 피웠고 열 달 후에 결혼했다.

행크는 이모에게 차를 가져다주었다. 셀린은 제일 시간이 오래 걸리는 일로 자리를 비웠다. 며칠 먹을 식재료를 사오는 일이었다. 돌아오려면 한참이 걸릴 것이었다.

"엄마의 보트 모험에 대해 물었지?" 보비가 잔을 내려놓으며 말했다.

"네."

"그날 오후에 셀린이 알았어. 아니, 직감적으로 느낀 건지도 모르지. 어쨌든 부모님의 결혼이 진짜로 끝났다는 걸 알았어."

"그렇군요."

"충동적으로 한 짓이라고는 말하지 않을 거야. 그렇긴 했지, 우리 모두 그랬으니까. 부두에서 얕은 물로 뛰어내린 건 충동적인 짓이었지. 하. 셀린에게 딱 맞는 단어를 하나 찾으라면 아마 고집불통일 거야. 머릿속에 생각이 떠오르면 더럽게 고집을 부렸지. 하지만 그 생각들에는 뭐랄까, 모르겠다, 어떤 규율이 있었어. 그냥 배를 타고 휙 나가버린 게 아니야. 네 어머니가 생각해낸 황당한 것에는 뭐든 시적인 논리가 있었어."

"그건 알겠어요."

"그날 일도 해리가 같이 배를 타러 가자고 약속했던 것과 관련이 있었지만, 또 한편으로는 배를 타고 나가면 아빠와 엄마가 영원히 함께 사는 다른 땅으로 갈 수 있을지도 모른다는 바람이 있었던 거야. 셀린은 바닷가로 뛰어가서 돛배를 띄웠지. 기막히게 잘생긴 네덜란드 남자한테 항해술 교습을 받고 있었거든. 우리 모두 그 남자가 기가 막히게 잘생겼다고 생각했어."

행크는 보비의 차를 자기 잔에 따르고는 찻잔 테두리 너머로 한 쪽 눈썹을 치켜세웠다.

"그 남자는 굉장히 진지했어. 그는 전혀 모르더라고. 트리밍*이나 태킹**을 하라고 시키는데 왜 나하고 네 엄마가 토끼처럼 말똥

말똥 자기를 바라보기만 하는지, 알 수가 있었겠니? 우리가 무서워한다고 생각했지." 보비는 웃음을 터뜨렸다. 행크가 오랜만에 듣는 쉰 목소리의 절제된 웃음이었다. "물론, 당연히 무섭기야 했지! 셀 수도 없는 잔근육의 움직임을 하나라도 놓칠까봐 얼마나 걱정했다고! 아니면 옆모습이나! 그 손은 또 어떻고! 맙소사. 그 남자는 상상도 못했어. 그래서 우리는 더 미친듯이 끌렸지. 우리가 멍하니 있으면 구스타브는 굉장히 엄해졌어. 우리한테 배짱이 부족하다고 생각했던 거지. '항해란 진지하게 임해야 하는 일이라고!' 허구한 날 그렇게 말했어. 그게 그 사람 모토였지."

이모는 목이 타는지 차를 한 모금 길게 마셨고, 애를 쓴 덕에 아주 조금밖에 흘리지 않았다. "그렇게 한 가지 일에만 집중하는 사람은 본 적이 없어. 멋지지, 유머 감각이라는 게 아예, 전혀 없다니. 그래서 아주 무해한 사람이었지." 보비는 안타깝다는 듯 미소를 지었다.

"그렇게 정신이 팔렸는데도 셀린은 아주 빨리 배웠어. 일주일에 세 번 교습을 받았는데, 사고가 날 때쯤에는 거의 배를 혼자 조종할 수 있는 수준이 되었고, 구스타브는 태킹과 트리밍을 좀더 섬세하게 할 수 있는 고급 기술을 알려주고 있었지. 일곱 살치고는 정말 놀라웠지만, 셀린은 언제나 놀라우리만큼 강인했으니까. 그날

---

* 바람에 따라 돛을 조정하는 일.

** 뱃머리를 돌리는 기술.

도 교습을 받았는데, 그후에 해변으로 달려가서 그 작은 배를 물에 띄우고 돛을 올린 거야. 바람이 굉장히 많이 부는 날이었어. 그래서 구스타브가 교습을 일찍 끝냈거든. 셀린은 북동쪽을 향해 나아갔고 시먼스포인트를 돌아 대서양의 망망대해로 향했어. 상상해보렴. 난 그애가 그린란드까지 가려던 게 아니었을까 생각한단다." 보비는 고개를 절레절레 저었다. "완고하다, 그래, 그 표현이 적절하겠다. T. S. 엘리엇이 낙타를 보고 완고하다는 단어를 썼을 거야."

행크는 세 자매가 다 얼마나 해박한지 새삼스럽게 실감했다. 보비는 어머니 바부와 마찬가지로 배서대학을 다녔고 비교문학을 전공했다. 데이비드와 결혼하면서 대학을 중퇴했다. 집 반대편 끝에서 잔디를 깎는 소리가 들리기 시작했다. 한풀 꺾여 먹먹하게 들리는, 마음이 편안해지는 여름의 소리였다.

"당연히 처음부터 운을 너무 믿었지. 돛을 올리고 배를 조종했다는 것만으로도 기적이야. 결국 배가 뒤집혔어. 예측 못한 돌풍이 불었나봐. 그래도 정신은 있어서 시트를 놓지 않았지. 그걸 붙잡고 배 위로 다시 올라갔어. 구스타브가 가르쳐준 대로 바람을 안고 차인*에 서서 마룻줄을 끌어당겨 배를 바로잡으려 했지. 놀랍지 않니. 그 강단이란. 하지만 몸무게도 힘도 턱없이 모자랐지. 바람이 잔잔한 날이었으면 성공했을지도 몰라. 네 엄마라면 놀랍지도 않지."

* 배의 바닥과 선체 옆면이 만나는 모서리 부분.

보비는 갑자기 아주 슬픈 표정을 지었다. 앞으로 동생이 너무 그리워질 것 같아서일까, 행크는 궁금했다.

보비는 미소를 지었다. "그날 '라운드 디 아일랜드 보트 경기'가 없었다면 지금 너도 세상에 없었을 거야. 그 배들이 반환점을 돌 때쯤 셀린이 돛대와 씨름하고 있었던 거지. 운좋게도 원래 셀린이 입고 있어야 할 구명조끼가 배船에 걸려 있었고, 그게 아주 밝은 주황색이었어. 2차대전 때 쓰던 메이 웨스트였지. 아마 그 때문일 거야. 훗날 빌 제독님이 한 번도 우리를 데리고 바다에 나가 배를 타지 않으셨던 게. 그 구명조끼를 차마 보실 수가 없었던 거지. 물속에 두고 온 수많은 생명이 떠올라서.

어쨌든, 경기 코스에서 1마일이나 떨어져 있었지만 셀린은 그 구명조끼를 꺼내 마룻줄로 균형을 잡고 출렁이는 선체로 올라서서 제일 앞에 있던 배를 향해 흔들었어. 맙소사!

1등으로 달리던 배가 선회했을 때 다들 정신이 나갔다고 생각했을 거야. 그다음에야 그들이 셀린을 본 게 분명해. 그때는 사람을 살리는 게 대회에서 우승하는 것보다 영광스러운 일이었거든. 그 광경을 못 본 게 너무너무 아쉬워. 서른 대쯤 되는 크고 작은 각양각색 범선들이 순풍을 받아 달리다가 우아하게 선회해서 우리 꼬마 동생을 살리러 달려갔다니. 대단한 대회는 아니고 그냥 재미로 벌인 경기였어. 선두로 달리고 있던 사람은 지브 래퍼티였지. 그 집안 사람들이 다 그렇듯 빨간 머리였는데, 정말 멋졌단다. 말 그대로 셀린을 훅 낚아챘지. 깡마른 여자애가 달달 떨고 있는 걸 보자마자 까끌까끌한 자기 스웨터를 입혀주고 말했어. '너는 체니 집안 아이로구나. 의심의 여지도 없겠어. 어느 가문인지 보자마자 알겠다.' 바부하고 같이 성장기를 보낸 사람이었으니까. 우리한테는 딱 보면 알 수 있는 그런 게 있나봐. 래퍼티는 셀린의 배를 견인해서 라스 아르마스의 해변에 내려줬지. 래퍼티의 사유지는 거기서 남쪽으로 부두 두 개만 지나면 나왔거든. 그래서 대회는 중단됐고, 다들 닻을 내리고 그날 오후부터 밤까지 섬의 역사에 남을 파티를 벌였단다."

행크는 그 이야기를 듣는 게 좋았다. 그가 아는 어머니와 너무나 잘 맞아떨어지는 이야기였고, 그 얘기를 할 때 방밖으로 빠져나가 어딘가로 여행을 떠난 듯 변화하는 보비의 모습도 좋았다. 과거로 돌아가 있는 보비에게 행크는 부드럽게 물었다. "보비 이모, 엄마의 아기에 대해 아는 게 더 있으세요?"

보비는 행크를 차분히 살폈다. 사진작가의 눈은 언제나 구도를 잡고 초점을 맞춘다. 옛이야기를 들려주던 온화한 시선이 이제 팽팽한 긴장감으로 행크를 조준하며 윤곽선을 또렷하게 하고 거리를 측정하고 화면의 심도를 가늠했다. 행크의 뒤쪽 배경을 어디까지 드러내야 할까?

"셀린이 전부 말해주지는 않았구나, 그렇지?"

행크는 고개를 저었다.

"누나가 있다는 얘기도 안 해줬겠구나."

"누나요?"

"그래. 이저벨. 셀린이 붙인 이름이었지."

"이저벨." 행크는 말을 더듬었다. "어디 있는지 엄마가 아세요? 연락을 하고 지내나요?"

"아니. 전혀 모른단다. 그래서 애초에 그 사립탐정 일을 시작한 거야, 난 그렇게 생각해. 딸을 찾겠다는 일념으로. 네 엄마는 오랜 세월에 걸쳐 노력해왔어."

"전혀 단서가 없어요? 제 말은, 엄마가 아기를 포기했는데, 찾을 단서가 전혀 없단 말이에요?"

"네 엄마가 애초에 그런 계획에 동의하긴 했지만 그건 강압에 의한 거였어. 그걸 명심해야 한단다. 그리고 처음이자 마지막으로 셀린의 품에 아기를 안겨줬을 때, 셀린은 제정신이 아니었어. 아기를 데리고 도망치고도 남았을 거야. 하지만 셀린은 진정제를 맞은 상태였고, 그 사람들이 구속복처럼 시트로 몸을 꽁꽁 동여매두었어. 그리고 셀린의 가슴 위에 이 분 정도 아이를 눕혀두었다가 데리고 나갔단다. 휙, 어딘가로 데리고 가버렸어. 셀린은 짐승처럼 울부짖었어. 어머니가 돌아가시기 전에 말해줬어—우리 집안에는 아무래도 임종 때 고해성사를 하는 전통이 있는 것 같구나, 그렇지?—셀린의 울부짖음이 불타올라 당신 영혼에 각인되었다고. 어머니는 끝내 스스로를 용서하지 못했어."

"하지만 누구한테 아기를 준 거예요? 엄마는 전혀 몰라요?"

"한 가지 단서가 있었지……"

부엌으로 통하는 문이 휙 열리더니 셀린이 씩씩하게 들어왔다. 럼레이즌 아이스크림 2파인트와 숟가락 세 개를 들고 있었다. 셀린은 지쳐 있었다. 눈가를 보고 행크는 금세 알아차렸다. 하지만 셀린은 명랑했고, 그녀와 함께 잔디밭의 풀 깎는 냄새가 흘러들어왔다. 언니와 아들을 쓱 쳐다본 셀린은 둘이서 한가로운 잡담을 나누고 있지 않았다는 걸 알아챘다.

"두 사람 이상할 만큼 다정하네. 럼이 든 아이스크림을 먹기에는 너무 이른 시간인가? 알코올은 다 휘발되고 없다고는 하는데 난 항상 먹고 나면 좀 어지럽더라. 아무래도 너무 맛있어서 그런가봐. 자, 여기." 셀린은 숟가락을 나눠주고 뚜껑을 열었다.

▲

보비는 그날 밤 세상을 떠났다. 행크는 그 단 하나의 단서에 대해 더이상 아무 얘기도 들을 수 없었다.

# 15

"나 차 세울래, 피트. 윌리엄 태너 씨하고 좀 친해지고 싶어. 저 로지에 와이파이가 있을까?"

"없을 이유는 또 뭐겠어?"

"우리가 옐로스톤 한가운데에 있으니까? 그리고 방금 하마터면 아메리카들소하고 충돌할 뻔해서?"

"에이. 그래도."

"나는 좀 출출해지는 것 같은데, 당신은 안 그래? 간판에 피셔맨스 레스토랑이라고 쓰여 있는데."

키 큰 소나무 사이에 긴 통나무 건물이 있었다. 포치에는 널찍한 널판이 깔려 있고 기둥에 달린 간판에는 김이 나는 커피잔과 무지개송어, 휘어진 낚싯대가 새겨져 있었다. 그 밑에 하얀 페인트로 칠한 안내문이 걸려 있었다. 하루종일 아침식사 됩니다. 제정신이라면 도저히 그냥 지나칠 수 없는 곳이었다.

두 사람은 지난 한 시간 내내 옐로스톤호를 따라 차를 몰았고, 오른쪽으로 나무들이 나타나자 잔주름이 잡힌 파란 호수 너머 애브사러카산맥을 바라보았다. 호수는 거대했고, 산들은 거대하고 군데군데 눈이 덮여 있었으며, 하늘 역시 거대했다. 거대하고 거대하고 거대했다. 그런 걸 보면 배가 고프지 않을 수 없었다. 셀린은 짐칸에 디젤 연료 탱크가 실린 1톤 픽업트럭 바로 옆에 주차했다. 트럭 문에는 켈러 굴착 서비스, 잭슨홀이라 쓰여 있고, 후면의 차창에는 오줌싸개 소년의 스티커가 붙어 있었다. 소년은 '히피'라는 글씨에 대고 오줌을 쌌다.

"별로 아름답지 못하네." 셀린이 말하고는, 자갈돌을 밟고 서서 핸드백을 뒤적여 작은 플라스틱 병에 든 엘머스 접착제와 황금 반짝이 한 병을 꺼냈다. 어린 소녀들이 요정 가루처럼 머리에 뿌리는 반짝이 가루였다. 그리고 면봉도 하나 찾았다. 셀린은 피트를 보고 미소를 지었다. "학교에서 탐정놀이를 하고 남은 거야."

피트는 셀린이 이런 행동을 하는 데 익숙해서 직업적 관심을 가지고 바라보았다. 어쨌든 그 역시 예술가였으니까. 셀린은 보통 때 쓰는 커다란 타원형 안경을 알이 더 큰 동그란 돋보기안경으로 바꿔 쓰고 조심스럽게 오줌 줄기를 따라 풀을 잘 바른 후 그 위에 반짝이를 뿌렸다. 꼬마의 오줌이 불꽃놀이로 변했다.

"신장결석에 걸린 거야!" 셀린이 뿌듯하게 말했다. "물로 다 지워질 거야. 그래도."

그들은 카페로 들어갔다. 테이블이 거의 다 차 있었고 베이컨과 커피 냄새가 났다. 웨이트리스가 안내해준 테이블에서는 여남은 척의 대여용 나룻배가 말뚝에 묶여 있는 부두와 호수 뒤쪽의 전망이 내다보였다. 피트는 네오프렌 케이스에서 노트북을 꺼내 반들반들한 소나무 원목 테이블에 올려놓았다.

"우리 친구가 나타날 때까지 얼마나 걸릴 것 같아?" 피트가 물었다. "내기할까?"

"후면 차창으로 한 번도 못 봤어. 아마 우리 차 차축에 GPS 추적장치를 달아놨을 테니 좀 느긋하게 따라올 거야."

피트가 미소를 지었다. 갑작스럽고 놀라운 미소였다. "당신 그런 걸 그냥 알아?"

"아니. 그건 아니고. 하지만 안 그럴 이유가 없잖아? 나도 커피 그라인더 밑에다 추적장치를 붙여서 줬는데 뭐. 그 사람 트럭에도 하나 붙였고. 자석 힘이 버텨줘야 할 텐데. 사륜구동용은 아닌 거 같아서."

피트의 미소가 더 환해졌다. "그래서 커피 그라인더를 그렇게 만지작거렸구나. 언제? 언제 그 트럭에 GPS 추적장치를 붙인 거야?"

"어젯밤 소변보러 나갔을 때. 모카신을 신으면 발소리가 안 나거든. 그래서 애초에 그 신발을 가져온 거야. 어딜 가나 양가죽 슬리퍼를 신어야 직성이 풀리는 건 아니라고. 내가 온 줄 전혀 모르던데. 내내 텐트 안에서 코고는 소리가 들렸거든."

"코를 골아?"

"젊은 남자 특유의 코고는 소리 있잖아. 씩씩댄다고 해야 하나. 나이가 들면 끔찍해질 거야."

피트가 테이블 너머로 손을 뻗더니 셀린의 손을 잡았다. 류머티즘으로 셀린의 손가락 관절 마디마디가 옹이져 있었다. "그렇구나." 피트가 말했다. 그걸 다 하루에 해내다니.

"트럭에는 그 친구가 찾을 수 있는 데 붙였어." 셀린이 말했다. "그 정도 훈련을 받은 사람이면 하루에 한 번씩은 차를 훑을 거야." 셀린은 피트한테 잡힌 손을 돌려서 꼭 쥐었다.

"신호가 잡혀. 웨이트리스한테 인터넷 비밀번호를 물어보면 될 거야. 전반적으로 검색을 해볼까, 아니면 곧장 연방 데이터베이스에 접속할까?"

▲

메인주 출신의 노땅치고 피트는 첨단기술을 다루는 데 상당히 능했다. 그들이 쓰는 노트북을 서로 연결하고 집의 데스크톱과도 연동되게 할 수 있었다. 문서는 모두 집에 있는 서버에 보관되어 있어서 원격으로 접속할 수 있었다. 그들은 데일 언하트*에 접속했다—엄청나게 빠르다는 이유로 붙인 집 컴퓨터의 별칭이었다. 두 사람은 접속하자마자 연방 공무원 데이터베이스로 직행했다. 돈 주고 산 데이터 컬렉션 중 가장 비쌌지만 그래도 가끔 굉장히 쓸모가 있었다. 윌리엄 태너의 이름이 금세 떴다. 생년월일 1969/05/04, LA, 래피엣. 수의학 기술자. 국제개발처 소속. 연령도 얼추 맞았다. 서른셋.

셀린은 파삭하게 구운 베이컨으로 함께 나온 달걀의 반숙 노른자를 콕 찔러 터뜨리고 한술에 최대한 많이 떴다. 으음. 피트는 또 아침식사를 먹을 생각이냐고 물었지만, 당연히 멍청한 질문이었다. 셀린은 저녁식사로도 달걀과 베이컨을 먹곤 했다. 담배를 끊은 후로 미각적인 즐거움과 관련해서는 자기 마음대로 해도 된다고

* 미국의 전설적인 카레이서.

생각했다. "대체 수의학 기술자라는 게 뭐야? 게다가 국제개발처 소속이라니?"

"그게 뭔지는 정확히 알고 있어." 피트가 말했다. "아니 짐작이라고 해야겠네. 아이티에서 돼지콜레라가 돌았던 적 있잖아? 그때 안락사를 당한 돼지가 백만 마리가 넘어."

"아아."

"미국 농무부는 야생동물을 신속하게 사냥하고 처리할 수 있는, 본질적으로 저격수 일을 하는 팀을 운영하고 있어. 예를 들어 브루셀라병이 사슴 개체군에 퍼지기 시작한다고 생각해봐."

"알겠어."

"이 사람들은 가끔 다른 나라에 파견돼서 말살 프로그램을 수행하기도 해. 그러니까 국제개발처의 후원을 받아서 일할 수도 있어. '수의학 기술자'라는 건 예쁜 타이틀이지."

"내가 보기에는 전직 군인 같더라. 계속 나를 부인이라고 불렀거든. 자기도 알다시피 내가 그런 걸 못 참잖아. 그러니까 킬러라는 말이지, 흠. 동물 킬러. 외국에서 일하는."

"아니면 가난한 나라가 애완동물 중성화 작업에 도움을 받으려고 잠시 저 사람을 대여할 수도 있고."

"저 사람 귀가 영 간지럽겠네." 셀린이 고갯짓으로 가리키는 문간을 보니 태너 본인이 스테인리스 컵을 들고 식당에 들어서고 있었다. 같은 웨이트리스가 그를 보고 환하게 웃으며 식당 한가운데 자리를 내주었다. 셀린은 웨이트리스가 커피 드시겠냐고 물으면서 잠시 그의 팔뚝에 손을 얹는 걸 보았다. "매력 있는 남자야." 셀린이 중얼거렸다. "별다른 노력도 안 하는데 말이야."

"뭐라고?" 피트가 물었다.

"아무것도 아니야. 정말로 군인이었는지 어떻게 확인하지? 전직이든 현직이든?"

"우리는 그 데이터베이스에 접근할 수 없는데, 경찰은 가능하지."

셀린의 얼굴이 밝아졌다. "그러니까 해럴드한테 이메일을 보내야겠구나! 그거 좀 이리 줘봐, 응? 젊은 빌이"—셀린은 그들을 미행하는 남자 쪽으로 고개를 까닥했다—"20피트 거리에서 우리가 뭘 하는지 알면 흥미로워할까?"

셀린은 행복하게 커피를 마시고 예전에 알코올중독자 모임에서 그녀가 멘토링을 맡았던 회원에게 이메일을 썼다. 셀린은 이십오년 전 술을 끊었고, 그때 행크는 고등학교 졸업반이었다. 셀린은 그후로 알코올중독자 모임에서 아주 열심히 활동하다가 지난 이삼 년 동안 가족과 시간을 보낼 일이 많아지면서 봉사 시간을 서서히 줄였다. 중독에서 벗어나는 최고의 방법은 타인에게 봉사하는 것이라는 게 모임의 핵심 원칙 중 하나였는데, 셀린은 이 원칙을 아주 진지하게 받아들였다.

갓 금주를 시작한 신입 회원들은 불안에 떨며 셀린에게 멘토를 맡아달라고 부탁했다. 수년에 걸쳐 셀린은 여러 사람의 멘토가 되었는데, 놀랍게도 그들 중 대다수가 금주 상태를 유지했다. 그들이 셀린에게 품은 의리와 사랑은 언제 봐도 감동적이었다. 그들의 눈에 셀린은 생명의 은인이었다. 위대한 소대장이나 되면 모를까, 셀린 말고 그런 맹목적인 신뢰를 받는 사람이 또 있다고는 상상하기 어려웠다.

해럴드는 특히 셀린을 좋아했다. 셀린과 만났을 당시 브루클린 84 관할구의 강력계 형사였던 해럴드는 완전히 궁지에 몰려 있었다—만취 상태로 관할구 경찰차를 이스트강에 빠뜨려 정직 처분을 받았던 것이다. 차는 대형 화물선으로 대량의 바나나와 함께 코카인을 수송하는 컬럼비아 라인이 사용하던 2번 선착장에서 곧장 강물로 직행했다. 그날 밤에 그나마 한 가지 행운이 있었다면, 해럴드가 산탄총으로 기어를 쏴서 변속기를 드라이브 모드로 바꿨을 때 차 안에 그도 파트너도 타고 있지 않았다는 점이었다. 해럴드는 만취한 나머지 차를 따라 강물에 뛰어들려 했지만—어쩌면 변속기를 후진으로 바꾸려 했는지도 모른다—파트너가 그를 막았다.

뉴욕경찰국의 '가늘고 푸른 선'*이 그렇게 가늘지 않던 시절이라 해럴드의 상사는 그에게 두 가지 선택지를 주었다. 영원히 술을 끊든가, 아니면 해고를 당하고 그 자동차 값은 물론 그가 만취 상태에서 훼손한 다른 차량 두 대의 수리비까지 물어내든가. 해럴드가 헨리 스트리트의 교회 지하실에 들어오던 날, 셀린은 증언을, 그러니까 자기 이야기를 하고 있었다. 철저히 사실에 입각한 증언이었지만 사실 셀린은 아무도 모르게 세심하게 골라낸 하이라이트만 털어놓고 있었다. 십대 때 아이를 가졌던 얘기는 전혀 하지 않았지만 사립탐정 일을 하면서 헤어진 혈육을 찾아주고 있다고는 말했다. 해럴드는 이 우아한 여인이 사립탐정 사무소에서 일한다는 얘기를 하자 정신이 번쩍 들었다. 처음 맡았던 사건들과 그와 함께 은밀히 따라온 알코올중독 이야기도. "상상해보세요!" 셀린은 호소했다. "드디어 평생 하고 싶은 일을 하게 됐어요—사립탐정 일을! 그런데 술을 마시느라 그 꿈을 다 쓰레기통에 처넣고 있었단 말이에요. 그 수치심과 굴욕은 도저히 말로 표현할 수 없어요." 해럴드는 이제 의자에 반듯이 앉아 몸을 앞으로 기울였다. 여자는 칠 년 동안 술을 끊고 살았다고 했다. 이 괴상한 사람들 사이에서 누군가한테 배워야 한다면, 이 놀라운 사립탐정을 따라야 했다.

해럴드는 이제 경감이 되어 공갈 사건을 담당하는 부서의 수사과를 이끌고 있었다. 이유는 모르지만, 구체적으로 어떤 분야인지는 끝내 말해주지 않았다. 그는 비만에 당뇨도 있었지만 이제까지

* 질서와 무질서, 선과 악 사이에서 법의 힘을 통해 시민을 보호하는 경찰을 상징한다.

셀린이 만난 사람 중 가장 깊은 행복을 누리는 사내였다. 그렇게 수월하게 뱃속에서부터 껄껄 너털웃음을 터뜨릴 줄 아는 남자라면 그럴 수밖에 없을 것이다.

셀린은 그가 자신에게 얼마나 큰 빚을 졌는지 잘 알았다—아니, 해럴드가 스스로 그렇게 생각한다는 걸 알았다. 물론 그 계산은 해럴드가 혼자서 한 것이었다. 사실 해럴드는 자신이 영영 은혜를 다 갚을 수 없을 거라고 했다. 그래서 셀린은 해럴드에게 부탁할 때 아주 조심했다. 아무튼. 와이파이는 있지만 휴대폰은 터지지 않았고, 그의 민감한 직업적 특성상 그냥 이메일로 부탁을 할 수는 없었다. 한마디로 말해서, 그의 정부 이메일 계정에 그런 걸 보낼 수는 없었다. 셀린은 야후 이메일 계정으로 이렇게 써 보냈다. "해럴드. 윌리엄은 어떻게 지내요? 그리고 아버님인 태너 씨는요? 두 분을 오래전에 만났는데, 1969년 5월 4일이었던 것 같아요. 다시 만나고 싶어요. 두 분은 군인이었고, 남은 평생 군인의 자세를 지키셨죠."

이러면 될 것이다. 이름, 성, 생일, 그리고 정보 수색의 초점. 암호는 공식적인 것도, 심지어 합의된 것도 아니었지만, 그리 정교할 것도 없고 해독하기 어렵지도 않았다. 오히려 게임에 가까웠다. 그리 어려울 것 없는 게임. 다만 변호사와 내부 감사를 피하기 위해 조치를 했을 뿐이었다. 아무도 셀린이 해럴드에게 정보를 부탁했다는 걸 입증할 수 없을 테고, 심지어 해럴드가 셀린에게 정보를 넘겼다는 것조차 확인할 수 없으리라. 해럴드는 언제나 셀린이 그때그때 눈에 띄는 전화기로 특정 시간에 전화를 걸도록 약속을 잡곤 했으니까.

## 16

신은 9월 마지막 주에 세계를 창조했을 것이다. 셀린은 버몬트주에서 지냈던 어린 시절에 그런 생각을 했고, 지금도 그렇게 생각했다. 두 사람은 옐로스톤강을 따라 달리면서 능선과 협곡으로 구름 그림자를 잡아당기며 움직이는 햇살을 바라보았다. 자갈 위로 얕게 흐르는 강물은 맑았고 버드나무는 노랑과 주황으로 물들었으며 네군도단풍나무와 미루나무는 바람이 불 때마다 물위로 낙엽을 우수수 떨어뜨렸다.

바람이 불면 가문비나무숲에서 한꺼번에 떨어진 낙엽이 도로로 휘몰아쳐 나뒹굴었다. 그들은 천천히 차를 몰았다. 오리나무가 우거진 연못에서 새끼 곰 크기만한 비버 한 마리가 은빛 V자를 그리며 헤엄쳐 오더니, 나뭇가지로 지은 집이 진흙에 파묻힌 걸 보고 낑낑대며 암반으로 기어올라와 노려보는 모습이 보였다. "그래, 네가 강의 왕이겠지." 셀린이 중얼거렸다. "하지만 어쩌다가 집을 이렇게 진흙투성이로 만든 거니?"

셀린은 운전하면서 보이는 모든 것에 대해 조용히 한마디씩 논평하는 걸 좋아했다. 피트는 셀린의 이런 습관이 매력적이라고 생각했다. 낙엽이 차창에 달라붙었고, 창문을 열어놓고 달리자 세이지와 풀 냄새가 찬기와 함께 쏟아져들어왔다. 초원을 가로질러 달려가는 회색곰 한 마리가 보였다. 웅크리고 달려가는 커다란 곰은 뛴다기보다 흘러가는 것처럼 보였고, 길게 드리워진 햇살이 매끄러운 털 위에서 잔물결처럼 일렁이며 색을 바꿨다. 가문비나무숲 언저리에 다다른 곰은 땅을 파기 시작했다. "맙소사." 셀린은 감탄했다. 곰이 그렇게 움직일 수 있는 줄은 몰랐다. 곰의 어깨가 그렇게 거대하다는 것도, 굴착기처럼 흙을 파 던질 수 있다는 것도 몰랐다.

숲이 우거진 능선을 올라 가문비나무숲에서 나오자 수백 마리의 아메리카들소가 강어귀에서 풀을 뜯고 백색 울음고니가 청회색 수면에 떠 있었다. "옛날에는 이 나라 전체가 이런 풍경이었을까? 저 산맥 말이야. 아니면 여기가 동물보호구역 같은 데일까? 정말 놀라워. 먹고살기도 쉬웠을 거야." 셀린은 옛날에 여기 살던 쇼쇼니족이 굶어죽는 일은 없었을 거라고 생각했다.

달리다보니 강이 사라지고 협곡이 나왔고 도로는 불탄 로지폴소나무 잔해만 남은 언덕을 굽이굽이 통과해 널찍하고 탁 트인 계곡으로 이어졌다. 가느다란 개천이 목초지와 섬처럼 군데군데 자라난 시커먼 활엽수림을 실처럼 잇고 있었다. 유황냄새가 나더니 하늘로 피어오르는 증기와 거대한 주차장이 보였고, 그들은 계속 차를 몰았다. 캐니언빌리지에서 잠시 정차해 기름을 넣고 커피랑 육포와 함께 옐로스톤의 늑대에 관한 책을 한 권 샀다. 회전 선반에서 지도를 살피는 그들을 보고 가게 점원이 도와주려고 다가왔다. 올리브색 공원 경비대 셔츠를 입고 두꺼운 안경을 쓴 여자는 아메리카들소에 대해서는 제게 물어보세요!라고 적힌 배지를 달고 있었다. "버스 투어를 하러 오셨나요?" 점원이 물었다. 셀린은 점원을 보고 미소를 지으며 "그거 좋겠네요"라고 말했다.

"이 도로를 따라 2마일만 더 가면 하루짜리 투어가 있어요. 올드페이스풀*에서 점심도 주고요."

"멋진데요."

여자는 뿌듯한 표정을 지었다. "관심 있으시면 안내책자를 드릴게요."

"우리가 알고 싶은 건 공원을 관할하는 경찰이에요." 경찰을 알아두면 좋을 것이다. 러몬트가 공원 접경지 밖에서 실종되긴 했지

* 옐로스톤국립공원에서 가장 유명한 간헐천. 근처에 같은 이름의 여인숙과 식당이 있다.

만 그에 대한 파일이 있을 테니까. 다른 건 몰라도 사건의 개요와 담당 관할구에 대한 논의 기록은 남아 있겠지.

여자가 얼굴을 찌푸렸다. "무슨 문제가 있나요?"

"아니요. 하지만 경찰 본부가 어디 있는지 알고 싶어요."

여자는 어리둥절한 표정을 지었다.

"만약의 경우를 위해서요." 셀린이 친절하게 덧붙였다.

"아, 그래요." 여자가 말했다. 점원은 그동안 별별 사람을 다 봤다. 한번은 단체 관광을 온 대만 남자가 극도로 공들여 작문한 영어로 사슴이 엘크가 되는 나이는 몇 살이냐고 물었다. "저, 비상시에는 그냥 911에 전화하시는 게 어떨까요?" 권유라기보다는 질문에 훨씬 가깝게 들리는 말이었다. "그러니까, 휴대폰 신호가 잡히면요. 화장실에도 비상용 전화가 다 있어요."

"아주 편리하네요. 하지만 우리가 정말 알고 싶은 건 공원 경비 책임자가 있는 곳이에요."

"아." 여자의 안색이 환해졌다. 전등이, 그것도 와트가 아주 높은 전등이 반짝 켜진 느낌이었다. "바로 여기 한 분 계세요. 홍보실 쪽에서 채드를 본 것 같은데."

셀린은 궁지에 몰렸을 때를 금세 알아차렸다. 그래서 전략적 후퇴를 택했다. "그냥 책만 사서 갈게요."

▲

그래도 상관없었다. 아직 그런 얘기를 나눌 준비가 되어 있지 않기도 했고. 셀린과 피트는 사건을 파고들기 전에, 말 그대로 지형지물을 확실히 파악하는 편을 선호했다. 그리고 인터넷만 연결되면 이 분 만에 공원 경비대 본부와 관할 책임자를 알아낼 수 있었다. 그들은 기념품 상점에서 엄마 회색곰과 아빠 회색곰이라고 쓰여 있는 여행용 머그잔을 사서 작은 레스토랑에서 커피를 채웠다. 휴대폰 신호가 아주 잘 잡혀서 셀린은 가브리엘라에게 전화를 걸었다. 도청 걱정은 하지 않았다. 셀린이 알고 싶은 건 이미 다 알려진 오래된 정보였으니까.

"당장 파일을 확인할 수 없어도 여기서 함께 조사했던 담당자 이름은 기억하죠? 보안관하고 공원 경비대 둘 다요."

"네, 당연하죠. 주요 인물은 세 명이었어요. 전화 끊고 바로 문자로 보내드릴게요."

"좋아요. 생각나는 사람 이름은 전부 문자로 알려줘요. 그때 말했던 보안관, 곰 추적 전문가, 아버지를 알고 있다고 한 술집 주인,

혹시 기억나면 그 술집 이름도. 생각나는 건 뭐든지요. 처음에 얘기한 날 피트가 메모를 좀 하긴 했는데, 완전한 명단이 있으면 좋겠어요."

"알았어요."

"가브리엘라, 아버지가 주로 어디로 여행하셨는지 기억해요? 말씀하신 적 있나요? 아니면 같은 나라에서 계속 선물을 사오셨나요?"

"제가 아주 어렸을 때 아버지가 좋아하시던 곳은 페루예요. 1968년쯤에 〈내셔널 지오그래픽〉에 펼침면으로 크게 실린 마추픽추 사진을 찍었어요. 아마 그 사진을 보셨을 거예요. 거의 고전이 된 작품이거든요. 그리고 칠레에 점점 더 자주 가셨어요. 칠레, 아르헨티나, 파라과이. 그래서 가우초 판초하고 마테차 컵, 아타카마에서 사다주신 분홍색 플라밍고를 갖고 있어요. 플라스틱 모형요. 아버지는 칠레 파타고니아 해안 풍경을 세상에서 가장 사랑하셨죠. 푸에르토몬트 남쪽의 피오르 지역요."

"잡지 일로 가신 거예요? 가브리엘라가 기억하는 그 여행들이?"

"네. 네, 그랬어요. 그 기사들을 좀 찾아볼까요?"

"그래줄 수 있어요? 그러면 큰 도움이 될 거예요. 기사를 거의 다 갖고 있긴 한데 하나도 놓치고 싶지 않아서요. 쿡시티도서관에서 자료를 검색하기가 용이한지 어떤지 잘 모르겠어요. 아니, 도서관이 있기나 한지도 모르겠네요."

"없어요."

"아, 그리고 한 가지 더요. 얼음산 얘기를 좀더 해줄 수 있어요?"

깜짝 놀란 듯 침묵이 이어졌다. 뜻밖의 질문이었던 게 틀림없었다. 가브리엘라가 다시 말을 잇기 시작했을 때, 목소리에 여러 감정이 배어났다. "먼 북쪽 국경지대에 있다고 하셨어요. 거기엔 호수가, 아버지가 진정으로 사랑하는 사람의 눈 색깔을 띤 호수가 있다고. 그리고 공주와 가족들이 함께 사는 성도. 언젠가 나를 거기 데려가겠다고 하셨죠. 호수에서는 새소리가 나고 얼음산은 산 중의 왕이라고도 하셨어요."

▲

오후에 두 사람은 북쪽과 동쪽으로 차를 달렸다. 버펄로강을 따라가던 길에는 가파른 언덕에서 교통이 정체되어 속도를 늦춰야 했다. 누군가가 아래쪽에서 카리스마 넘치는 거대한 동물을 발견한 모양이었다. 줄지어 선 차들이 꼼짝도 하지 않자 피트와 셀린은 차에서 내려 기지개를 켜고는 갓길로 걸어가서, 빨간 십자 조준선 안에 빈 라덴 얼굴이 그려진 티셔츠를 입은 덩치 큰 여자와 듀크대학 티셔츠를 입고 맥주가 담긴 버지니보어*라고 쓰인 보냉 홀더를 들고 있는 남자애 두 명 사이를 비집고 들어갔다. 엄마 흑곰이 팝콘꽃을 먹으며 작은 흰 꽃이 만발한 들판을 천천히 걸어가고 있었다. 나비 두 마리가 포플러 사이로 흐르는 햇빛 주위를 맴돌며 엄마 곰과 경쟁을 했다. 나비 한 마리가 잠시 곰의 귀에 앉기도 했다. 새끼 두 마리가 그 뒤를 터덜터덜 따라가며, 통나무를 기어오르고 서로 얽혀 넘어졌다.

피트가 말했다. "디즈니 만화 같네."

"엄마 곰이 화가 나서 저 대학생을 잡아먹으면 전혀 디즈니 만화 같지 않을걸." 셀린의 호흡이 가빠졌고 눈빛이 번득이기 시작했다. 피트는 남학생들의 캔 홀더 때문에 셀린이 화가 난 걸까 생각했다. 셀린은 정복욕을 과시하는 걸 참고 봐주는 성격이 아니었다. 저 젊은 남자애들은 우주의 지배자까지는 아니라도 왕자 정도는 이미 충분히 되었다. 백인이고 남자이고 운동도 잘하고 키도 크고 최고의 명문대 중 하나에 재학중이었으니. 치열도 고르고 피부도 좋고 눈이 멀거나 다리를 저는 것 같지도 않았다. 이미 성공은 떼놓은 당상이었다. 그런데 왜 여성에 대한 경멸을 광고해야 할까? 피트는 이것이 셀린이 분노할 만한 일이라는 것을 알았고, 가끔 셀린이 그 분노를 자기한테 쏟아붓기도 한다는 사실도 알았다. 두 남학생은 자기네가 운좋게 곤욕을 피한 줄도 모르리라. 고도가 조금 낮고 산

---

* Vaginivore. 여성의 질을 의미하는 'vagina'와 '먹는다'는 뜻을 나타내는 접미사 'vore'를 결합한 것으로, 육식동물(carnivore)처럼 '질을 먹고사는 동물'이라는 뜻.

소가 넉넉했다면, 셀린이 그들에게 존중하는 마음을 가지라고, 어머니 생각을 하라고 말하며 결국 맥주 홀더를 빼앗았을 거라고 피트는 생각했다.

두 사람이 선 자리에는 그늘이 없어서 셀린은 한 손을 눈 위에 대고 다른 손으로 가슴을 누르며 심호흡을 하려 애썼다. 그녀는 입술을 오므리고 숨을 뱉었다. 그리고 눈을 감았다가, 공기를 찾는 듯 다시 커다랗게 뜨곤 했다.

"우리가 상당히 높이 올라왔나봐." 피트가 말했다. "산소 좀 마실래?"

"그러게." 셀린은 속이 답답했다. 햇볕 아래 멍청한 관광객들과 함께 서서 곰 구경을 하는 것조차 힘들다는 게 못 견디게 답답했다.

"내가 가져올게."

"괜찮아." 셀린은 피트에게 손을 내밀었고, 두 사람은 천천히 좁은 도로를 따라 차로 돌아갔다. 피트는 뒷좌석에서 작은 압축산소통을 꺼냈다. 산소통을 켜자 윙윙 소리가 났고 셀린은 떨리는 손으로 투명한 튜브를 풀려고 애썼다. 피트가 셀린에게서 조심스럽게 튜브를 받아 꼬인 부분을 풀고 다시 삽입관을 건네주었다. 셀린은 삽입관을 코에 끼웠다. 손 떨림이 즉각 멈췄고, 셀린은 갈라진 튜브를 귀 위로 넘긴 다음 트럭에 기대서서 숨을 쉬었다. "됐어." 셀린이 마침내 말했다. "차 타고 가는 동안 조금만 더 쓸게."

두 사람은 러마밸리—실버 게이트라는 안내판이 나오자 동쪽으로 꺾었고 이제는 다른 차가 보이지 않았다. 셀린도 숨쉬기가 조금 수월해졌다. 그녀는 귀에 끼고 있던 튜브를 빼고 피트에게 건네주었다. "여기. 됐어." 두 사람은 적갈색, 초록색, 파란색, 온갖 다채로운 색깔의 돌 위로 흐르는 실개천을 따라 상류로 달렸다. 어스름이 내리기 직전에 오르막을 지나 러마밸리로 내려왔다.

해가 거의 저물어, 빛은 힘겹게 어두운 구름을 뚫고 가장 높은 등성에 새로 쌓인 눈을 밝히고 있었다. 구름 사이로 스며드는 빛 속에서, 줄기가 붉은 버드나무가 늘어선 강이 키 큰 잡풀이 무성한 널찍한 계곡 사이로 굽이치는 광경이 보였다. 이미 밤이 내린 저 먼 곳으로부터 초원이 흘러나오고, 불꽃처럼 단풍이 든 드문드문한 사시나무들이 해질녘의 바람에 휘청거렸다. 계곡을 품은 비탈에는 시커먼 가문비나무와 전나무가 우거져 있었다.

그리고 탁 트인 전원에, 숲이 끝나고 풀밭이 시작되는 곳마다 짐승떼가 무리 지어 있었다. 이동하거나 풀을 뜯는 동물 무리. 수백 마리의 엘크가 한데 모여 고개를 푹 숙이고 있었다. 곳곳에 작은 무리를 지은 가지뿔영양도 보였다. 십여 마리의 아메리카들소가 시커먼 그림자를 드리우며 서서히 함께 이동중이었고, 살아 있는 생물 중에 무서운 게 없는 거대한 황소들이 시커먼 바윗돌처럼 계곡 전역에 듬성듬성 흩어져 있었다. 셀린과 피트는 차를 세운 후

거위털 스웨터를 걸치고 찬바람을 맞으며 길가에 서서 쌍안경으로 풍경을 훑어보았다. 피트는 돌출된 암반 사이로 동물이 다니는 길을 따라 달려가는 옅은색 코요테 한 마리를 보았다. 셀린은 강둑에서 여우 두 마리를 보았다. 여우들은 마지막 석양을 받아 불그레하게 보였다. 물웅덩이에는 비오리들이, 강 건너 갈대처럼 우거진 속새밭에는 왜가리 한 마리가 있었다. 바람을 타고 새소리가 아주 희미하게 들려왔는데, 알고 보니 제일 가까운 곳에 있는 엘크 소리였다. 어미들이 새끼를 부르고 있었다.

"맙소사." 셀린이 말했다. "이 많은 동물 좀 봐. 자연사박물관의 디오라마* 같잖아. 어렸을 때는 그 안으로 걸어들어가고 싶었는데."

피트는 그날 밤 일기에 이렇게 적을 것이다. 오르막을 넘어 러마밸리로 내려가자 전혀 다른 시간대로 이동한 느낌이었다고. 지구의 다른 지역이 영겁의 불과 얼음을 거치더라도 이 계곡만은 사라지지 않고 남을 것 같았다. 가을 저녁이면 언제나 황혼이 내리고 엘크가 뿔 나팔 같은 울음소리를 낼 것이며, 개구리매가 풀밭 위로 날개를 퍼덕이며 날아갈 것이다. 지금 이곳에서 번성하는 늑대들이 숲 언저리의 쓰러진 나무 위에 서서 이 모든 광경을 지켜볼 것이다.

셀린이 말했다. "지도를 보고 있었어. 이 계곡이 쿡시티로 쭉 이

* 미니어처 모형을 배경과 함께 설치해 특정 장면이나 장소 등을 구성한 것.

어지는 거 같아. 지류 하나가 그리로 이어져. 폴 러몬트는 이 하천 유역에서 죽었을 거야, 정말 죽었다면 말이지만. 그런 생각을 하면 기분이 이상해."

"죽기에 그렇게 나쁜 자리는 아닌 거 같네." 피트가 말했다. "그런데 그 사람이 여기 있을 것 같지는 않아. 적어도 오래 있지는 않았을 것 같아."

셀린이 피트의 손을 잡았다. 셀린의 손이 얼음처럼 차가워서 피트의 손이 따뜻하게 느껴졌다. 피트는 늘 호주머니에 손을 넣고 있었다. "나도 그렇게 생각해." 셀린이 말했다. "러몬트가 여기서 죽었다면 우리 잘생긴 젊은이가 왜 그렇게 관심을 갖겠어?"

"그 사람 얘기가 나와서 말인데, 어디 있어? 게으름을 피우는 거 같네."

"트럭에 돌아가면 말해줄게."

▲

두 사람은 태너를 추적하는 건 쿡시티에 도착할 때까지 미뤄두기로 했다. 완전히 캄캄해지기 전에 남은 25마일을 마저 가고 싶었다. 그들은 지도를 펴고 러마밸리를 따라 달렸다. 도로와 강은 드루이드피크 아래로 돌아 휘어졌다. 숲이 우거진 공터와 바윗돌로 이루어진 이 돔형의 봉우리에 1990년대부터 캐나다 늑대를 다시 들여와 방사했다. 두 사람은 좌측으로 갈라져 북북동쪽으로 이어지는 지류를 따라갔다. 소다뷰트강은 더 작고 계곡도 좁았으며 검은 숲은 가파른 벼랑을 따라 내려와 강둑까지 뒤덮고 있었다. 산맥이 강바닥 위로 우뚝 솟았고, 뚝뚝 끊어진 높은 절벽이 장벽처럼 둘러쳐져 있었다. 바위에 물이 스며들어 줄무늬가 지고 작은 폭포들이 실개울처럼 흘러내렸다. 저 높은 곳에 흰 반점들이 보였는데, 피트는 야생 염소일 거라고 짐작했다. 맙소사, 저 위에는 절벽밖에 없는데. 짙어가는 어둠 때문인지 툭툭 떨어지기 시작한 빗방울 탓인지 모르겠지만, 이 북쪽의 계곡은 불길한 느낌이 들었다. 피트는 메모 파일을 열고 한 손에 GPS 추적장치를 들고는, 러몬트의 차가 이곳에서 북쪽으로 8마일 떨어진 곳에서 발견되었다고 말했다. 어쩌면 그가 갔던 시각과 얼추 비슷한 때 그 지점에 도착할 수 있을지도 몰랐다. 심지어 날씨도 그때와 비슷할지 모른다.

저 앞 갓길에 흰색 밴 두 대가 정차해 있고 한 무리의 사람들이 이리저리 서성이고 있었다. 호기심이 동한 두 사람은 차를 세우고 내렸다. 사파리 여행자들이었다. 한 무리의 야생동물 관찰자들이 망원경을 챙기고 있었다. 값비싼 아웃도어 용품으로 무장한 그들은 여덟 명쯤 되어 보였다.

검은 플리스 재킷을 걸친 젊은 여자 가이드가 마지막 삼각대를 밴 뒤에 넣고 돌아서서 말했다. "그래요. 라파엘라가 유명한 암컷 늑대 탈라에 대한 질문을 했죠. 여러분, 모두 이리로 모여보세요.

제가 얘기해드릴게요." 여덟 명이 가이드 주위에 모여섰다. 가이드가 쓴 울 니트 모자 밑으로 하나로 묶은 더티블론드* 머리칼이 삐져나와 있었다. 여자는 동그란 얼굴에 앞니 하나가 살짝 깨져 있었다. "소다뷰트의 늑대 무리 얘기는 해드렸죠. 밸리에 처음 풀어놓은 무리 중 하나였죠. 탈라는 그 무리 출신이었어요. 그때쯤에는 이 지역을 중심으로 정착해 활동하는 늑대떼가 세 무리 있었는데 다들 번성했지요. 그런데 탈라는 처음부터 독립적인 성향이 강했어요. 덩치가 크고 빨랐고, 아주아주 똑똑했어요. 교활하고 꾀 많고 장난도 잘 쳤죠. 탈라는 혼자 사냥하기 시작했어요. 생물학자들이 다 놀랐어요. 무리 전체가 뒹굴며 누워 있는데 탈라는 그냥 쓱 일어나서 몸을 쭉 뻗고 기지개를 켰어요. 꼭 '이따 봐. 내가 엘크 한 마리 잡아올게'라고 말하는 것처럼 말이에요. 믿기지 않는 일이었죠. 기록에 남아 있는 늑대 중에서 다 자란 엘크 한 마리를 혼자 사냥할 수 있는 늑대는 얼마 되지 않아요. 한 번도 아니고 연거푸 말이에요. 아주 위험한 일인데 탈라는 수월하게 해냈죠." 찬바람이 불자 가이드는 목소리를 높였다.

"결국 탈라는 무리에서 떨어져나갔어요. 자기 무리를 따로 만들었죠. 알파 암컷이라는 게 있다면 바로 탈라였어요. 물론 이 지역의 알파 수컷은 누구나 탈라와 짝짓기하기를 원했지요. 그래서 탈라가 수컷을 골랐어요. 그런데 누구를 골랐는지 아세요?" 가이드는 훌륭했다. 울 니트 손모아장갑을 낀 손으로 청중을 들었다 놨다

---

* 밝은색과 어두운색이 섞인 금발.

했다. 가이드는 단체 관광객 언저리에 서 있는 셀린과 피트를 보고 고개를 끄덕였다. "덜 자라고 덜떨어지고 비실비실한 두 형제를 골랐어요. 상스러운 말을 써서 죄송하지만, 좆도 모르는 아이들을 고른 거죠. 탈라는 마음대로 아무나 고를 수 있었거든요! 정말로. 그런데 기술도 별로 없는 이 두 마리 젊은 늑대를 골라 둘 다하고 짝짓기를 하고 사냥하는 법을 가르쳤어요. 굉장한 이야기죠. 그래서 결국 그 늑대들도 훌륭한 사냥꾼이 되었답니다. 무리는 강력해졌고요. 그것이 바로 유명한 캐시크리크 늑대 무리의 시작이었죠."

"그 늑대 무리는 어떻게 됐습니까?" 호주 사파리 모자를 쓴 남자가 물었다.

가이드는 얼굴을 찌푸렸다. "어느 가을날 탈라는 무리를 이끌고 공원 경계선을 벗어나 와이오밍으로 갔어요. 그리고 합법적인 늑대 사냥 면허를 지닌 사냥꾼이 탈라를 쐈죠. 그후로 그 무리는 뿔뿔이 흩어졌어요. 해체된 거죠."

그룹 전체가 술렁거렸다. 가이드도 마음을 가다듬느라 잠시 말이 없었다. 그러다 결국 이렇게 말했다. "우리가 방금 본 커다란 검은 암컷 말이에요. 자기 가족을 이끌고 나무 사이 은신처로 바쁘게 걸어가던 그 늑대. 그게 바로 탈라의 손녀랍니다."

"와우." 한 여자가 말했다. 셀린도 말을 잃지 않았다면 아마 탄성을 내뱉었을 것이다.

셀린은 피트를 보았다. “우리가 방금 늑대를 놓쳤어. 와우.” 피트는 셀린의 손을 꽉 잡고 같이 트럭으로 걸어가 북서쪽으로 향했다. 셀린은 탈라와 늑대 무리에 대한 생각을 뇌리에서 떨칠 수가 없었다. 얼마나 쉽게 부모가 사라지고 가족이 뿔뿔이 흩어질 수 있는지.

▲

탁 트인 계곡은 햇살의 여운과 함께 끝났다. 어두운 숲으로 들어가자 도로가 정동향으로 꺾어졌다. 어딘가에서 주 경계를 넘어 몬태나주로 들어왔다. 두 사람은 공원의 무인 출입구를 통과해 차를 몰았다. 도로가 좁아졌다. 커다란 전나무들이 도로 위로 우거져서 하늘이 하나도 보이지 않았다.

“저기,” 피트가 말했다. 전방에 페인트칠을 한 작은 다리의 목제 난간이 전조등 불빛을 받아 번득였다. 셀린은 속도를 늦췄다. 그러자 둘, 그다음 세 개의 그림자가 유령처럼 도로를 지나갔다.

“코요테야!” 셀린이 말했다.

“늑대야. 코요테보다 훨씬 컸어. 걸음을 옮길 때 몸을 튕기지도 않았고.”

"약간 '빨간 망토'가 된 기분인데, 당신은 그렇지 않아?" 셀린이 말했다.

셀린은 갓길에 차를 세웠다. 여기였다. 생물학자들이 러몬트의 트럭을 발견한 지점. 트럭 안에는 고급 파카와 지갑, 칼이 남아 있었다. 수색대는 우측으로 개울을 건너 어느 지점에서 뭔가를 질질 끌고 간 자국과 옷 쪼가리, 나무에 묻은 혈흔을 발견했다. 셀린은 시동을 껐고 두 사람은 함께 차에서 내렸다. 바람이 우듬지를 훑으며 거세게 불었다. 개천이 철썩이고 꿀럭거리는 소리를 냈다. 밤이 완연히 내리고 그와 함께 서리로 인한 한기가 덮쳐왔다. 한동안 두 사람은 거기 가만히 서 있었다.

"죽음의 장소처럼 느껴져." 셀린이 결국 말했다.

"야성 아니면 죽음?" 피트가 물었다.

"죽음." 두 사람은 서서 귀를 기울였다. "뭐," 셀린이 말하며 몸을 부르르 떨었다. "비슷한 날 우리가 여기 온 건 잘한 일이야. 이게 다 러몬트의 생각이었다면 정말 배짱이 대단한 사람이라는 건 알겠어. 이런 밤에 혼자 나와 돌아다니는 상상을 해봐."

"다넷과 결혼해서 사는 상상을 해봐." 피트가 말했다.

"좋은 지적이야. 시내로 들어가자. 여기는 공원 바깥이잖아. 우리 어디 있는 거지? 편입되지 않은 국립공원 부지인가? 보안관의 보고서가 필요해."

▲

그들은 쿡시티의 옐로스톤로지에 묵기로 결정했다. 옐로스톤에 있지도 않고 별장lodge도 아니었지만, 제일 가까운 도시는 아주 멀었다. 모텔은 일군의 통나무집이 바큇자국이 깊이 팬 흙길을 따라 줄줄이 늘어서 있는 형태였다. 캠핑카에 머물면서 누군가의 와이파이를 훔쳐 쓸 수도 있었지만 솔직히 쿡시티는 돈을 내고 묵는 손님이 좀 필요해 보였다. 아무튼 모텔에는 인터넷이 있었고, 본부를 구해 자료를 쫙 펼치고 보는 것도 좋을 것 같았다. 그래서 두 사람은 더블베드 두 개짜리 방을 부탁했다. 침대 하나를 지도를 펼칠 테이블 대신 쓸 생각이었다.

식사를 할 만한 식당을 찾는 건 어렵지 않았다. 쿡시티에는 빽빽한 숲을 일부 밀어내고 조성한 메인 스트리트가 딱 하나 있었고, 선택지는 두 개뿐이었다. 하나는 당구대가 있는 피자집이었는데 오래된 맥주 냄새가 너무 심하게 나서 문간에서 돌아나와야 했다. 또하나는 폴리스 폴리시라는 폴란드 음식점이었다. 창문에 '팹스트'*라고 번쩍거리는 네온사인을 걸어둔 바도 있었다. 적어도 휴대폰 신호는 잡혔다. 피트와 셀린은 폴리스 식당의 플라스틱 테이블

* LA의 맥주 양조 회사.

여섯 개 중에 하나를 차지하고 앉았다. 셀린이 휴대폰을 다시 켜자마자 새 문자메시지와 음성메시지가 와 있다는 신호음이 울렸다. 웨이트리스가 양상추 위에 얇게 썬 당근을 잔뜩 뿌린 샐러드를 갖다주었다. "저녁식사에 세트로 나오는 거예요." 웨이트리스가 강한 억양으로 말했다. 그녀의 이름은 나스타시아였고 라트비아 출신이었다. 동그란 얼굴에 입가에는 아직 젖살이 통통했고 눈동자는 냉소적인 보랏빛이었는데, 그래서 도저히 나이를 가늠할 수 없었다. "여기는 폴란드 식당인 줄 알았는데요." 셀린이 말했다.

"사실 우리 손님들은 대체로 라트비아가 폴란드에 있는 줄 알아요." 나스타시아는 동그랗게 썬 소시지가 둥둥 떠 있는 화이트 보르시* 두 그릇을 거칠게 내려놓았다. "이것도 식사에 딸려나오는 거예요."

문자메시지는 가브리엘라에게서 온 것이었다.

캠 트래버스, 보안관. 아직도 거기 근무해요, 확인했어요. 파크 카운티의 선거구는 별로 변화가 없어서 아무데도 가지 않는 것 같아요. 나를 많이 도와줬어요. 믿어도 돼요.

티머시 파니, 공원 경비대. 옐로스톤 러마 관할구. 수색구조 팀을 이끌었고 사망증명서에 서명했어요. 나를 곤경에서 구해준 거죠. 불쌍하다

* 폴란드에서 부활절에 주로 먹는 수프로 소시지, 감자, 달걀 등을 넣어 끓인다.

고 여겼던 거 같아요. 사망선고가 없으면 칠 년 동안 유산을 못 받고 다음 단계로 넘어갈 수도 없다는 걸 아니까 서명을 해준 거예요. 이 남자한테는 아주 감사하고 있어요.

L. B. '엘비' 칙소. 곰 추적 전문가예요. 레드로지에 살아요. 아마 파크 서비스 보고서의 결과를 반박했을 거예요. 내 생각엔 곰의 이동 경로를 보고 심란해했던 것 같아요. 물어보세요. 약간 제정신이 아닌 듯한 사람이에요.

로니와 싯카 푸질. 베어투스 바의 주인들이에요. 틀림없이 벌써 보셨을 거예요. 이름만 보면 이탈리아 사람 같지만 남아프리카공화국 사람들이에요. 역시 아무데도 안 가고 거기 있어요. 아무래도 늙은 히피로 위장한 아프리카너* 난민 같아요. 상상이 가시겠지만 아버지를 잘 알았어요.

에드 펜스, 수석 곰 생물학자. 아버지가 사라졌을 때 프로파일링을 했던 남자예요. 헬레나에 살아요.

지금은 이 정도가 다예요. 아버지의 옛날 기사를 좀 찾아봤어요. 그 시기에 가장 유명했던 기사는 칠레 파타고니아 만소강의 야생마 지역에서 취재한 거예요. 강 유역의 농장이 모두 말이 다니는 길로만 연결되어 있거든요. 펼침면으로 인쇄된, 기가 막히게 아름다운 사진이에요. 〈내셔

---

* 남아프리카공화국의 민족 집단 중 하나로, 주로 아프리칸스어를 쓰는 네덜란드계 백인이다.

널 지오그래픽〉 1974년 1월호에 실려 있어요. 그럼 다른 게 필요하시면 또 연락하세요. 저도 두 분과 같이 그곳에 있다면 좋겠네요.

음성메시지는 해럴드에게서 온 것이었다. "이십이시 십오분"이 다였다. 시계를 봤다. 바로 육 분 후였다. 뉴욕 시간 기준이었고, 약속한 시간이 되면 미리 정해둔 번호로 전화를 해야 했다. 두 사람은 그런 식으로 협업을 했다. 셀린은 나스타시아를 손짓으로 불러 레스토랑의 전화기로 뉴욕에 전화를 한 통 해도 되겠느냐고 물었다. 긴급한 일이고 통화는 일 분이 넘지 않을 테고 전화비는 당연히 부담하겠다고. "당연하죠." 나스타시아는 카운터를 손짓으로 가리켰다. "저녁식사에 서비스로 딸려나오는 거예요." 그녀는 미소를 지었다. 전화기는 카운터 겸 계산대 바로 뒤에 있는 비좁은 테이블 위에 놓여 있었다. 셀린은 이 분 더 기다렸다가 다이얼을 돌렸다.

"어이, 이쁜이." 무뚝뚝한 목소리가 말했다. 해럴드는 언제나 자기가 1960년대 경찰 영화에서 튀어나온 인물이라고 생각했다. 하긴 직업을 최대한 즐기겠다는데 뭐?

"본거지는 캘리포니아 코로나도. 해군 특수부대 3팀의 원사. 전문 분야는 저격수. 1987년 입대. 파병 이력 편집되어 있음. 도움이 되길 바라요. 사랑합니다."

"나도 사랑해요."

그는 전화를 끊었다.

셀린은 5달러 지폐를 카운터에 놓고 다시 테이블로 왔다. 그녀는 들은 정보를 피트에게 말해주고는 그의 숱 많은 눈썹이 미미하게 위로 올라갔다 내려오는 것을 보았다. "놀라울 건 별로 없네." 피트가 작은 속기사용 공책에 메모를 하고 나서 말했다. "그 사람이 어디 갔는지 궁금한데. 당신이 말해주기로 했잖아."

셀린은 노트북을 꺼내 열고 피트 옆으로 가서 나란히 앉았다. '킬바사'라는 이름의 개방 네트워크가 뜨기에 접속했다. 태너의 트럭 밑에 붙여둔 GPS 추적장치는 최근에 남아프리카에서 호주까지 가는 거대한 백상어를 추적하는 데 쓴 것과 같은 모델이었다. 상어는 구십구 일 만에 6900마일을 이동해 연구원들을 놀라게 했다. 셀린은 추적기가 상어에게 잘 어울린다고 생각했다. 그 상어는 '부인'이라고 부르면서 추적자들의 신경을 건드리지도 않았을 것이다.

추적 기술은 정말로 환상적이었다. 인터넷으로 작동했고 도로에서 이동중일 때는 위성으로 연결된 작은 지도 화면에 뜨게 되어 있었지만 매우 비쌌다. 첫번째 추적기의 암호를 입력하고 아이콘을 클릭하자 지도가 뜨기 시작했다. 옐로스톤국립공원의 경계가 나타났고, 옐로스톤강과 89번 고속도로가 나왔다. 남쪽으로 그랜드티턴스, 잭슨호, 잭슨홀이 있었다—거기에 번쩍거리는 파란 점이 있었다. 잭슨홀에.

셀린은 눈을 껌벅거렸다. 그럴 리가 없어. 그 남자가 유턴을 했다니.

혹시 식당 음식에 질린 걸까. 셀린이 격자무늬 가운을 입고 찾아가서 겁을 먹었는지도 몰라! 어째서 셀린이 처음 느낀 감정이 실망이었을까?

"말도 안 돼." 셀린이 말했다. "피트, 난 꼭 버려진 기분이야. 이상하지 않아? 완전히 빈둥지증후군을 다시 겪는 기분이라고."

피트가 킬킬 웃었다. "그렇게 빨리 실망하지 마. 그 남자의 직업이 뭔지 당신도 들었잖아?"

"그래. 배고파 죽겠네." 셀린은 중얼거리고는 보르시를 한 숟가락 떠먹었다. "으으음, 와우. 와우. 그래서 뭐?"

"숙달된 사냥꾼이라고. 어쩌면 드디어 당신이 임자를 만났는지도 몰라. 진짜 제임스 본드 말이야."

"칫."

"그렇게 솜씨가 좋다면 당신이 추적기를 달았다는 걸 알았을 거야. 날마다 자기 차량을 살펴보는 훈련을 받았을 테니까. '히피' 글자에 오줌 싸는 소년 스티커가 붙어 있던 트럭 기억나?"

"당연하지."

"거기서 젊은 윌리엄을 마지막으로 보지 않았어?"

"응."

"그 굴착 서비스 트럭 문에 잭슨홀이라고 쓰여 있지 않았나?"

셀린은 남편을 물끄러미 바라보았다. 믿을 수가 없어! 피트는 고리타분하고 주의도 산만해 보이지만 한 박자도 놓치지 않았다! 태너는 GPS 추적장치를 그 촌뜨기의 트럭에 간단히 옮겨 붙였을 것이다. 빌어먹을. 그래도 그건 여전히 짐작일 뿐이었다.

"그럴 수도 있고." 피트가 말했다. "눈에 띄는 곳에서 뛰어다니며 우리한테 겁을 주는 일은 다 했다고 생각했을 수도 있지. 어쩌면 매복에 들어갈지도 몰라. 그러려고 시도하겠지."

셀린은 수프 한 숟가락을 더 떠서 호호 불어 삼켰다. 피트가 말했다. "이제 우리를 사냥하고 있을지도 몰라."

셀린은 가게에서 사왔을 롤빵을 수프에 찍었다. 피트가 말했다. "두번째 걸 확인해보지 그래. 젊은이를 걱정하는 어느 어머님께서 커피 그라인더 밑에다 붙여준 거 말이야. 정말로 얼마나 솜씨가 좋은지 보자고."

셀린은 입술을 일그러뜨리더니 보르시를 더 떠먹었다. "이 수프 진짜 맛있어. 당신도 뭘 좀 먹어야지." 피트가 씩 웃었다. 아내는 일부러 진실이 밝혀지는 순간을 미루고 있었다. "알았어, 알았다고." 셀린은 냅킨으로 입술을 톡톡 두드리고 두번째 추적기의 암호를 입력했다. 지도가 사라졌다가 다시 형태를 갖추었고 그 한가운데에 두통처럼 쿵쿵 울리는 점이 나타났다. "바로 옆 술집에 있잖아!" 셀린이 의기양양하게 말했다. "그게 아니면 한 블록 떨어진 곳에서 커피를 끓이고 있겠지."

"저녁 같이 먹자고 초대하고 싶어?" 피트가 무미건조한 말투로 말했다.

"내 선물을 버리지 않았어!" 셀린이 말했다. "오, 피트, 자기 질투하는구나?"

피트는 굳이 그 말에 반응하지 않았다. 대신 이렇게 말했다. "우리가 어디로 가는지 어차피 알고 있었을 거야. 우리가 달리 어디로 가겠어? 하지만 우리도 아침에 트럭을 한번 살펴봐야겠지."

셀린은 샐러드 그릇을 피트 쪽으로 1인치쯤 더 밀었다. "내 생각은 좀 달라. 내 말은, 뭐가 있는지 보긴 해야지. 하지만 우리한테서 불이 반짝이고 있다면, 나중에 쓸모가 있을지도 몰라."

"흐음." 피트가 말했다. 셀린은 피트의 음색만 듣고도 굳이 더 설명할 필요가 없다는 걸 알았다.

"하지만 우리가 어떻게 알지?" 피트가 말을 이었다. "정말로 그 친구가 우리를 사냥하기 시작했다는 걸? 재미와 게임은 다 끝나고 진짜 사냥을 시작했다는 걸 말이야."

"알 수 없지." 셀린이 말했다.

# 17

누구한테든 연락하기에 너무 늦은 시각이었다. 셀린은 트래버스 보안관과 먼저 얘기하고 싶었지만 아침까지 기다려야 했다. 주문도 하기 전에 나스타시아는 판판하게 튀겨서 사우어크라우트로 범벅을 한 햄버그스테이크 두 접시와 작은 크림스피니치 두 그릇, 매시트포테이토 한 그릇을 가져다주었다.

"이것도 식사에 포함된 거예요?" 셀린이 말했다. 주문이고 뭐고 할 시간도 없었다.

"사실, 그래요." 웨이트리스는 염세적인 보라색 눈을 셀린의 눈높이에 맞췄다. "이게 바로 식사예요. 메뉴가 하나밖에 없거든요." 무표정한 눈은 도발을 기다리고 있었다.

"잘됐네요."

"그럼, 좋아요." 나스타시아는 약간 긴장을 풀고 샐러드 그릇을 치웠다. "그런데 여기까지 걸어오신 것 같던데. 모텔로 돌아갈 때 조심하세요. '문제의 곰'이 돌아다니고 있거든요."

나스타시아는 창가에 앉아서 손님을 기다리고 있었던 게 틀림없었다. 쿡시티가 갑자기 더 서글퍼 보였다.

"'문제의 곰'이 뭐예요?"

"덩치 큰 회색곰요. 사흘 전 밤부터 쓰레기를 주워먹고 길거리의 싯카가문비나무에 쿵쿵 몸을 박고 있어요." 거리라고는 하나밖에 없는데.

▲

두 사람은 천천히 걸어 돌아갔다. 손을 꼭 잡고 메인 스트리트라고 하는 어두운 시골길을 걸었다. 가로등도 없고 술집의 네온사인과 모텔 간판, 두 개밖에 없는 식당과 몇 채의 집 창문으로 비치는 불빛이 다였다. 비는 그쳤지만 별이 없는 밤이었고 두꺼운 먹구름 덕에 그나마 공기가 얼지 않았다. 나무 탄내가 났다. 난로 연통에서 고요한 하늘로 깃털처럼 피어오르는 흐릿한 연기가 보였다. 겨울이 삽시간에 닥쳐와 사람들이 너도나도 난로에 땔나무를 넣는 바람에 공기가 연기로 텁텁했다. 셀린은 걷다가 약간 씩씩거렸다. 들숨에 나는 가냘픈 갈대피리 소리는 고양이 울음 같기도 했다. 만물이 슬퍼 보였다. 등뒤에서 쓰레기통이 덜컹거리는 소리가 들렸지만 곰이 무섭지는 않았다. 셀린이 권총을 가지고 있었으니까. 하지만 셀린은 9밀리미터 구경으로는 회색곰을 막기는커녕 오히려 화를 돋울 가능성이 높다는 걸 알았다.

함께 걷는 도중에 셀린은 지금 그들이 이십여 년 전에 실종된 아버지를 찾고 있다는 사실을 문득 떠올렸다. 하지만 그 아버지는 훨씬 오래전에 아이의 삶에서 사라졌고, 그 젊은 여자는 어느 모로 보나 아버지 없이 자랐다. 셀린이 그랬듯이. 지금 아버지를 찾는 것이 그 여자의 마음에 어떤 매듭을 지어줄 수 있을지는 모르지만, 본질적인 슬픔은 변하지 않으리라. 그리고 그게 셀린이 하는 일이었다. 셀린은 오래전에 그것을 받아들였다. 자신의 일은 그런 불완전한 상봉을 위해 다리를 놓는 일이라는 것을. 이미 지나간 유년기를 바꿀 수는 없지만, 그래도 셀린을 찾아오는 고객들은 부모를 알고 싶고 다시 만나고 싶다는 절실한 욕구가 있었다. 그런 종지부에는 아주 중요한 의미가 있었다. 자식은 물론이고 많은 경우 부모에게도. 그건 누구보다 셀린이 잘 알았다. 그리고 가끔은 그들이—부모와 자식이—다시 시작하기도 했다. 결과가 좋을 때는 흔치 않았지만 때로 그런 경우도 있었다. 그러면 자식에게는 어머니가, 어머니에게는 딸이 생겼다.

제일 슬픈 건, 부모들은 계속해서 사라지고 아이들은 몇 달 동안, 몇 해 동안 밤마다 울면서 잠들게 된다는 것이었다. 그리고 엄마들이 아기의 보드라운 머리카락과 귀의 냄새를 맡으며 '엄마가 너를 얼마나 사랑하는지 몰라, 영원히, 영원히 사랑해'라고 미처 말해줄 기회조차 없이 아이를 빼앗긴다는 것이었다. 아기에게 키스하고 품에 제대로 안아보기도 전에 빼앗긴다는 것이었다.

피트는 길에 푹 팬 구덩이가 대충 자갈로 메워져 있는 것을 발견하고 셀린이 빠지지 않도록 조심스럽게 우회했다. 셀린은 피트의 손을 힘주어 잡았다. 모텔 간판에서 나오는 희미한 불빛에 두 사람의 트럭이 보였다. 진입로에 서 있는 차는 그것뿐이었다. 모텔의 손님도 두 사람뿐이었다. 길 끝에 밤하늘을 배경으로 시커먼 배러넷피크가 웅장하게 솟아 있었다. 그래, 서글프다. 그런 기분이었다. 그 거대한 슬픔의 덩어리에는 흠집 하나 내기 힘들겠지만, 다른 사람이 온전해지도록 도와줄 수는 있었다.

▲

그날 밤 난방이 지나치게 잘되는 모텔방에서 셀린은 언덕 위의 별장 라스 아르마스의 꿈을 꾸었다. 그녀는 다른 곳에 머물다가 오랜만에 별장으로 돌아온 참이었고, 이제는 어린 소녀가 아니었지만 그렇다고 다 큰 어른도 아니었다. 그녀는 조개껍데기가 깔린 진입로를 달려가며 보비와 미미를 찾았다. 바부 몰래 해줘야 할 중요한 얘기가 있어서 언니 동생과 같이 작은 해변으로 빨리 뛰어가고 싶었다. 그레이슨스부두 아래 바닷물에 발을 담그고 찰박이며 그 얘기를 해주고 싶었다.

별장에 도착해 문을 열자 현관 홀에 어떤 여자가 검은 전화기의 묵직한 수화기를 들고 서 있었다. 여자는 깜짝 놀라며 돌아섰다. 금발에 잘생긴 외모, 손목에 금팔찌가 반짝이고 세상에 부족한 것 없이 모든 걸 가진 사람의 분위기가 풍겼다. 그러나 셀린은 그 여자가 누군지 알아볼 수 없었다. 가가를 소리쳐 부르고 싶었지만 그 집에 사는 것이 분명한 여자의 마음을 상하게 하고 싶지 않았고 가가의 대답이 없을까봐 두렵기도 했다. 셀린은 여자의 등뒤로 거실을 보았다. 공사용 비계와 시트와 목재가 보였다. 바스러진 석고도.

"나…… 나는……" 셀린은 말을 더듬었다. 그리고 목을 쥐어뜯었다. 숨을 쉴 수가 없어서 목을 쥐어뜯었다. 나라는 말은 입 밖으로 나오지도, 입안으로 다시 들어가지도 않았다. 그 말은 셀린의 폐에서 나와 거품처럼 부푼 죽은 지점을 건드리더니 뭉텅이로 쌓여 다시 식도로 들어가 부비강을 지나 머릿속으로 들어갔다.
"나…… 나……"

셀린이 팔다리를 허우적거렸던 모양이었다. 피트가 소스라치며 벌떡 일어나 팔로 감싸안자 셀린의 전율이 전달되었다. 마른 몸 전체가 밧줄처럼 팽팽하게 당겨져 부들부들 떨렸고 가슴이 활처럼 휘어 위로 솟구쳤다. 아, 맙소사.

피트는 불을 켜고 공포의 가면이 되어버린 셀린의 얼굴을 보았다. 반쯤 감긴 눈은 동공이 뒤로 넘어가 흰자위가 보였고 얼굴은 새파랗게 질려 있었다. 피트는 유일하게 생각할 수 있는 한 가지 일을 했다. 팔꿈치를 짚고 일어나 무릎을 꿇고 질식해가는 아내의 입에 입술을 포갠 후 숨을 불어넣었다. 세차게 불었다. 저항감이 느껴졌다, 제기랄. 그는 머리를 비스듬히 기울여 다시 입을 맞춘 뒤 더 세게 숨을 불어넣었다. 그러자 무언가가 풀리는 느낌이 들었다. 입술을 옆쪽으로 떼자 뜨거운 숨이 피트의 뺨에 닿았고 셀린이 외마디 비명을 질렀다. 그렇게 유약하고 쓰라린 절규는 들어본 적이 없었다.

피트는 셀린을 일으켜 앉혔다. 눈이 번들거렸지만 뺨의 청색은 이제 거의 사라졌다. 숨을 쉬었다. 약하게. 최소한 숨은 쉬고 있었다. 얕고 떨리는 숨이지만, 들이쉬었다 내쉬었다. 류머티즘을 앓고 있는 셀린의 힘센 손이 벼랑에 매달리듯 구겨진 이불을 움켜쥐었다. 피트가 손을 아주 잠시 셀린의 가슴에 얹자 셀린은 보일락 말락 고개를 끄덕였다. 그래서 피트는 침대에서 내려와 옆 침대에 있는 압축산소통으로 가서 최대한 통을 흔들지 않고 튜브를 푼 다음 기기를 작동시킨 후 다시 돌아왔다. 그는 삽입관을 셀린의 귀에 부드럽게 걸어주고 코에 끼웠다. 셀린은 고개를 움직이지 않고 목에 힘을 준 채 가만히 있었다. 조금만 움직여도 기도가 막혀버릴까봐 두려워하는 것처럼. 하지만 눈으로는 피트를 좇았다. "아." 피트가 말했다. "흡입기. 빨간 흡입기를 먼저 줘야 하나." 하지만 셀린은 '아니'라는 뜻으로 잠깐 눈을 감았다 떴다.

"알았어, 알았어."

셀린은 숨을 쉬었다. 간신히. 가슴이 새의 것처럼 빠르게 들썩였다. 겁에 질린 모습이었다. 공포에 사로잡힌 모습. 피트는 그게 가장 마음이 아팠다. 그렇게 겁에 질린 셀린의 모습은 본 적이 없었다. 그때 셀린의 호흡이 또다시 막히고 눈이 커다랗게 확장됐다. 오, 맙소사. 피트는 세계가 얼어붙고 휘청거리는 느낌이 들었다. 셀린은 다시 숨을 내뱉으며 휘파람처럼 날숨을 밀어냈다.

피트는 보통 공황에 빠져 허둥거리는 일이 없었지만 지금은 달랐다. 다시 셀린을 만져보고 일어나서 낮은 서랍장을 황망하게 뒤져 휴대폰을 찾았다. 신호가 잡히지 않았다. 빌어먹을. 당연히 그렇겠지. 객실에 전화기가 없는 모텔은 온 세상에 옐로스톤로지밖에 없을 것이다. 피트는 쉽게 평정심을 잃는 사람이 아니었지만 한순간 욕을 내뱉고 말았다. 빌어먹을, 대체 여기서 뭐하고 있는 거야? 쿡시티는 고도 7500피트였고 추웠으며 공기는 희박하고 장작을 때서 매연 입자가 밤공기를 가득 채우고 있었다. 최악의 레시피였다—피트는 재빨리 그 생각을 털어냈다. 해봤자 좋을 게 없는 생각이었다. 지금은 의사가 필요했다.

▲

피트는 흠집이 난 팔걸이의자에 걸린 바지를 주워 입고 셔츠는 건너뛰고 그대로 울 안감이 달린 칼하트 재킷을 걸쳤다. "금방 돌아올게. 삼 분만." 셀린이 턱을 간신히 조금 내려 고개를 끄덕였다. 피트는 문밖으로 나가 주차장의 거칠고 울퉁불퉁한 자갈길을 최대한 빨리 종종걸음쳤다. 모텔 사무실. 저기 누군가 도와줄 사람이 있겠지, 전화기가 있겠지. 알전구 하나가 문간에서 빛을 내고 있었다. 노크를 했다. 문손잡이를 돌려보았지만 잠겨 있었다, 망할. 더 세게 두드렸다. 아무 대답이 없고, 불도 켜지지 않았다. 아마 다른 모든 모텔과 달리 주인이 여기 살지 않는 모양이었다. 피트는 도로로, 메인 스트리트로 뛰쳐나가며 서리가 내린 곳에서 휘청거리지 않으려 조심했다. 밤안개가 끼었고 구름이 낮게 깔렸다는 걸 처음으로 깨달았다. 뺨에 닿는 습기가 따끔따끔했는데, 서리가 끼었는지도 몰랐다. 길 건너 2층에 불빛이 보였다. 폴란드 식당이었다. 위층에 누가 사는지는 중요하지 않았다. 폭풍우가 칠 때는 항구를 가리지 말아야 한다. 피트는 뻣뻣한 무릎을 최대한 빨리 움직였다. 방안에서 혼자 숨을 쉬려 애쓰고 있는 셀린을 떠올리자 견딜 수가 없었다. 그는 이제 쿵쾅거리며 달리고 있었다. 온 힘을 다해 정신없이 문을 두드렸다. 멈추지 않았다.

식당 안에서 카운터 위로 불이 하나 반짝 켜졌다. 피트는 문에 난 작은 유리창 너머로 나스타시아가 하얀 목욕가운을 꼭 여미고 허리끈을 묶는 모습을 보았다. 검은 머리는 산발이었고 여전히 눈가에 번진 마스카라 자국이 있었다. 불안한 표정을 짓는 그녀는 갑자기 훌쩍 나이를 먹은 듯 보였다. 뭐. 나스타시아는 총잡이처럼 비스듬한 자세로 고개를 옆으로 기울인 채 바깥을 힐끔거리며 누가 찾아왔는지 정체를 알아보려 애썼다. 침입자일 수도 있으니까.

나스타시아가 벽에 있는 스위치를 찾아 올리자 피트에게 새하얀 빛이 느닷없이 쏟아져내렸고, 나스타시아는 긴장했던 표정을 풀었다. 심지어 입가를 살짝 떨며 미소를 지으려 하기까지 했다. 문의 빗장이 열렸다.

"무슨……"

"제 아내가, 셀린이 지금 위중해요. 호흡이……"

"야*, 야." 나스타시아는 알았다, 기억했다, 눈치를 채고 있었다.

"전화가 필요합니다. 의사가 있으면 더 좋고요. 시내에 의사가 있습니까?"

그녀는 고개를 저었다, 단호하게. "그 사람은 새 사냥꾼이에요. 5킬로미터쯤 떨어진 통나무집에 있을 거예요. 전화는 없어요. 보즈먼 출신이에요."

"아, 맙소사. 난 운전을 못해요. 운전하세요?" 처음으로 가면이 벗겨진 나스타시아의 얼굴이 보였다. 눈썹은 아치형으로 치켜지고, 입은 O자로 벌어지고, 넓은 광대뼈는 판판했으며, 눈빛에는 체념과 공포와 흥분이 한꺼번에 어려 있었다. 높은 다이빙대에서 뛰

* '네'라는 뜻의 라트비아어.

어내리라는 말을 들은, 그리고 어쩔 수 없이 뛰어내리게 될 것임을 아는 아이의 표정 같았다. "지미의 트럭, 지미는 여기 식당 주인이에요. 한번 해볼게요. 가르쳐준 적이 있어요."

▲

피트는 계산을 했다. 그리고 그 계산이 아내가 익사하던 날 러몬트가 했던 것과 똑같다는 생각을 했다. 셸린의 상태를 살펴보러 모텔로 다시 돌아가면 오 분에서 십 분을 잡아먹을 것이다. 하지만 또 발작을 일으켰을지도 모르는데, 도와주는 사람이 없다면 셸린은 죽을 것이다. 그 생각이 우박 돌풍처럼 그의 뇌리를 때렸다. 아무리 머릿속에서라도, 죽어도 하지 않았을 생각인데, 그 말들이 열어젖힌 심연은 너무 넓고 깊었다. 피트는 움찔하며 뒤로 물러섰다. 트럭은 밖에 주차되어 있었다. 낡아빠진 닛산 트럭이었다. 나스타시아는 뻑뻑한 차문을 말 안 듣는 젖소를 다루듯 홱 잡아채 열었다. 그녀는 맨몸에 가운밖에 걸치지 않았지만 코트를 찾으러 돌아가지도 않았다. 얼어죽도록 추웠을 것이다. 피트의 마음속에 허튼짓을 하지 않는 세상 사람들에 대한 감사의 마음이 차올랐다. 먼저 해야 할 일이 뭔지 잘 알고 빌어먹을 코트는 나중에 찾으러 가는 사람들. 나스타시아는 크랭크를 과하게 돌려서 다시 거친 소리를 내며 시동을 걸었다. 그러자 트럭이 움직이기 시작했지만, 갑자기 차가 앞쪽으로 홱 쏠리며 계단을 받치고 있는 기둥에 충돌했다. 나스타시아가 고개를 절레절레 저으며 후진 기어를 넣자 변속기에서 철컹 소리가 났다. 트럭은 두 번 뒤로 덜컹거리더니 멈췄다. 발트 지역의 욕설이 튀어나오고 문이 벌컥 열렸다. 나스타시아는 머리끝까지 화가 나서 거의 연기를 뿜을 지경이었다. 피트는 온몸이 마비되어 꼼짝도 할 수 없었다. 다시 방으로 돌아가야 했다. 침침한 불빛 속에서 까맣게 보이는 나스타시아의 보라색 눈이 피트를 향해 번득였다. 피트의 눈빛에서 모든 걸 읽어낸 그녀가 말했다. "가요! 돌아가요! 내가 어딘지 알아요! 스텀피한테 운전을 시킬게요! 가요!" 그 말만 남기고 나스타시아는 운전사를 찾아서 정신없이 길을 따라 달려갔다. 걷잡을 수 없는 좌절감에 씩씩거리며 목욕가운을 핼러윈의 유령처럼 휘날리면서.

피트가 돌아가보니 셀린은 살아 있었다. 아직도 호흡은 힘겨웠지만 베개 위에 머리를 축 늘어뜨리고 눈을 감은 채였고, 압축기가 리듬에 맞춰 호흡을 보조하고 있었다. 손가락은 여전히 이불을 움켜쥐고 있었다. 피트는 그녀 옆에 앉아 서늘한 손을 이마에 대고 의사가 오고 있다고 중얼거렸다. 자신은 없었다. 아무것도 확신할 수 없었다. 스텀피가 누군지는 몰라도 나스타시아가 찾을 수 있을지, 의사한테 갈 수 있을지, 의사가 집에 있기는 할지. 그러나 피트는 말했다. 의사가 오고 있어. 그리고 그 말을 하는 순간 피트는 압축기의 템포가 한 박자 늦춰지는 것을 들었다고 생각했다. 셀린의 이마에 들어간 힘이 풀어지는 것 같다고도 생각했다. 공포가 호흡의 적이라는 생각도 했다.

얼마나 시간이 흘렀는지 알 수 없었다. 그리 오랜 시간이 흐른 것 같지는 않았다. 누구도 굳이 문을 두드리지 않았다. 계단에서 몇 사람의 발소리가 북소리처럼 울리더니 포치의 목재가 삐걱거렸고 문이 안쪽으로 밀리며 열렸다. 덩치가 크고 턱수염이 난 사내가 위장 무늬 파카를 입고 성큼성큼 곧장 침대로 다가왔다. 한 손에 청록색 배낭을 들고 있었다. 방한용 L.L.빈 장화를 신은 그의 바로 뒤에 바이마라너 사냥개 한 마리가 따라왔다. 피트는 눈을 끔벅거렸다. 남자와 개는 당장 뇌조를 잡으러 산비탈을 올라도 될 것 같아 보였다. "아널드 박사라고 합니다." 남자가 말했다. "앉아. 가만히 있어. 앤디. 내과 전문의이고, 종합병원 진료 자격도 있고, 뭐 응급실 수련은 할 만큼 했습니다. 허." 아널드 박사 뒤에는 얽은 자국이 있는 퀭한 얼굴에 수염이 듬성듬성 난 외팔이 허수아비 같은 남자가 서 있었다. 운전사 스텀피가 틀림없었다. 두 사람을 따라 들어온 나스타시아가 가운 앞으로 팔짱을 끼고 달달 떨기 시작했다. 그녀 뒤에는 원주민 판초를 입은 덩치 큰 여자가 서 있었다. 피자집에서 당구를 치던 모습을 얼핏 본 것 같다고 피트는 생각했다. 저 여자가 뭐하러 왔는지 전혀 알 수가 없었지만, 작은 마을에서 소란이 생기면 다들 떼로 몰려오는 모양이었다. 나스타시아가 씩씩거리며 여자 뒤로 물러서서 문을 쾅 닫았다.

▲

호흡곤란이 오면 때로 진정만 잘 시켜줘도 낫는다. 피트는 그렇게 생각했다. 그리고 프레드니손 주사 한 방. 빨간 흡입기를 두 번 들이마시고 그다음에 하얀 흡입기를 한 번. 약간 어니스트 헤밍웨이를 닮은 덩치 큰 의사는 손을 한 팔에 얹고 거듭 말했다. "고도에 반응한 것뿐입니다. 아마 오늘밤에 안개가 끼고 장작 연기까지 더해져 그럴 거예요. 괜찮을 겁니다. 자, 괜찮아요." 그리고 가운을 걸친 라트비아 여자—아, 맙소사! 피트는 이제야 나스타시아가 맨발이라는 걸 깨달았다! 심지어 신발도 안 신고 뛰쳐나온 것이다—맨발의 라트비아 여자가 읊조렸다. "정말 아름다워요, 정말 천사처럼 아름다워요." 그리고 담배와 대마초 냄새를 풍기는 외팔이 영웅은 계속 행복하게 말했다. "존나 이것 좀 봐요, 봐, 이제 숨을 잘 쉬시네, 존나 최고야."

▲

의사는 썩어가는 비좁은 포치로 피트를 데리고 나가 다음날 아침까지 셀린이 힘들어하면 낮은 고도로 내려가서 응급실을 찾아야 한다고 말했다. 진찰비는 끝내 사양했다. 셀린은 산소호흡기를 달고 깊은 잠을 잔 뒤 어지럽고 초췌한 얼굴로 일어났지만 이상하게 몸이 가뿐했다. 아침에는 바람이 많이 불고 맑았으며 구름과 연기가 다 날아가고 없었다. 그래서 셀린은 내려가지 않고 머물겠다며 고집을 피웠다. 서둘러 낮은 고도로 내려갈 필요는 없다고. 몸은 괜찮을 거 같다고 했다. 피트는 굳이 말리지 않았다. 그는 원래 성격상 다른 사람들의 자기 결정권을 존중했다. 아무리 사랑하는 사람이라도, 또 그 결정을 완전히 이해하지 못할 때라도. 특히 그럴 때 더욱 그랬다.

두 사람은 일찌감치 폴리스 식당에서 아침식사를 했고 셀린은 나스타시아에게 제일 아끼는 실크 스카프를 선물로 주었다. 코발트색 배경에 소나무나 산맥을 표현하는 황금빛 삼각형 무늬가 있는 스카프였다. 나스타시아는 너무 감동한 나머지 서둘러 주방으로 들어가버렸다. 두 사람은 식당 전화로 리빙스턴의 보안관에게 전화를 걸었다. 그리고 오전 내내 방에서 쉬면서 메모를 살펴보고 추리를 하고 낮잠을 잤다. 지난 며칠간 여행도 오래하고 감정도 복받쳐서 휴식이 필요했다.

오후에 두 사람은 일어나서 공원 관리소의 대표번호로 전화를 걸어 경비 업무 담당자인 티머시 파니와 통화할 수 있느냐고 물었다. "그런데, 지금 그분의 공식 직함이 어떻게 되나요?" 셀린은 안내원에게 물었다.

"아, 경비대장이에요." 안내원이 밝은 목소리로 말했다. 좋아, 아직 있구나. 직업적 야심이 큰 사람이로군.

"정확히 어디서요?" 셀린이 물었다.

"어디서라니요?" 안내원이 영문을 몰라하며 말했다.

"관할구라든지, 뭐 그런 거 있잖아요?"

"아! 당연히 옐로스톤이죠! 공원요!" 여자는 아주 열의가 넘쳤다. 그래요, 파니 대장님이 최고위직으로 승진하셨어요! 이 구역의 치열한 권력 다툼 끝에 말이에요. 확실히 이 여자는 매머드 온천지대에 너무 오래 산 게 분명해. 셀린은 그림이 눈앞에 선하게 그려졌다. 해변에서 일광욕하는 사람들처럼 풀밭 여기저기에 누워 있는 엘크들. 그런 것만 보다보면 살짝 맛이 가는 것도 무리는 아니다.

"좋아요. 고마워요. 그분한테 연결해주세요."

"당연하죠!"

맙소사. 그다음 목소리는 훨씬 활기가 없었다. "교환입니다." 닳아빠지고, 거의 혹사당한 목소리. "티머시 파……" 셀린이 이름을 입 밖에 다 내기도 전에 딸각 소리가 나더니 다른 곳으로 전화가 연결됐다. 이제 비서가 있는 모양이었다. 비서는 전망이 좋은 사무실에 앉아 있겠지. 언덕에서 노니는 영양떼가 보일지도 몰라. 셀린은 하얀 레이스 받침에 유리 단지를 놓고 파삭거리는 토피 사탕을 가득 채워둔 비서의 책상을 상상했다. 비서의 목소리는 훨씬 느긋했다. "전화 거신 분은 누구신지요?" 놀랄 각오를 하고 묻는 목소리였다.

"셀린 왓킨스라고 해요. 뉴욕의 사립탐정이에요." 괜히 조심스럽게 접근할 이유는 없었다.

"아, 정말 흥미롭군요. 무슨 용건으로 전화하셨는지 여쭤봐도 될까요?"

"폴 러몬트라는 남자가 국립공원 근방에서 실종된 사건 때문입니다."

"잠깐만요." 비서는 거의 노래를 부르듯 말했다.

다시 전화를 받았을 때 여자는 전혀 다른 사람 같았다.

"죄송합니다." 강렬한 적의가 느껴졌다. 와우. "파니 대장님은 휴가중이십니다."

"알겠어요. 언제 돌아오시나요?"

"죄송합니다. 그건 알려드릴 수 없습니다."

"공원 경비대장님이 언제 집무실로 돌아오는지 말해줄 수 없다고요?"

"보안 사항이라서요."

"알겠어요." 셀린이 건조하게 말했다. "어디 가셨는지도 말해주지 못하겠네요." 침묵. "카리브해 지역이 요즘은 좋죠. 물론 태풍이 올 때긴 하지만." 침묵. 그리고 전화가 뚝 끊겼다. 변덕스러운 비서께서 끊으신 모양이었다.

# 18

캠 트래버스 보안관은 다음날 아침 공원 경계선 너머에 있는 소다뷰트강의 다리 위에서 두 사람과 만났다. 그는 트럭에서 내려 등을 쭉 펴더니 앞좌석에 놓여 있던 얼룩진 황갈색 카우보이모자를 집어들었다. 보안관 파카와 랭글러 청바지 차림이었다. 그는 기지개를 켜면서 어깨를 움찔하고 다시 허리를 굽혀 트럭에서 넘버원 할아버지라는 글씨가 쓰인 여행용 커피잔을 꺼냈다.

"좋습니다, 이제 일할 준비 다 됐어요." 보안관은 이렇게 말하며 두 사람과 악수를 했다. 셀린과 피트의 여행용 머그잔—엄마 회색곰과 아빠 회색곰—을 본 그는 미소를 지었다. "잠깐만요." 보안관은 트럭에서 보온병을 꺼내 세 사람의 잔에 커피를 따랐다. 예의바르고 호기심도 많은 사람이었다. 셀린은 그가 자신들의 옷차림, 말본새를 세심하게 살피며 머릿속으로 정보를 모으되 판단은 유보하는 방식이 마음에 들었다. 그는 리빙스턴의 중심지에서 두 시간 반 동안 차를 몰고 와서 막 도착했다. 전날 아침에 셀린과 피트가 전화를 걸어, 자신들이 지금 공원의 북동쪽 입구 근처에 있는데 폴러몬트 사건에 관심이 있다고 말하자, 그는 어차피 컬리 문제로 쿡시티에 갈 일이 있다고 했다. 컬리는 그 지역 사람들이 동네에 출몰하는 회색곰을 부르는 이름이었다. 트래버스 보안관은 아침에 다리 위에서 두 사람과 만난 뒤 점심을 먹고 '국립공원과 야생동식물 관리처'와 곰 정찰 일정을 잡을 예정이었다. 그는 전화로 셀린의 뉴욕 사립탐정 면허 번호를 물었다. 마땅히 확인해야 할 사항이었다.

그들은 다 같이 커피를 마셨다. 트래버스 보안관이 재킷 옷깃을 세웠다. 시린 칼바람이 부는 걸 보니 곧 눈이 올 것 같았다. "바로 강 건너에 사시더군요." 그가 말했다. "쌍둥이빌딩이 바로 보이는 곳이죠. 찾아봤습니다."

셀린은 움찔했다. 오한이 들어서는 아니었다.

"죄송합니다. 지독하게 끔찍한 일이었죠. 작년에 세계가 딴판으로 달라졌어요. 지금도 달라지고 있고요. 닥쳐오는 눈보라를 예감하듯 감이 옵니다. 마음속 아주 깊은 곳에서부터 슬퍼져요." 그는 생각을 털어버리듯 고개를 흔들더니 커피를 한 모금 마셨다. "우리가 몬태나 숲에서 그 얘기를 하려고 만난 건 아니지요." 그러더니 보안관은 기다렸다.

"보안관님, 가브리엘라 러몬트를 기억하세요?" 셀린이 물었다.

"당연히 기억하지요. 똑똑하고 굉장히 끈질긴 아가씨였어요. 아주 예쁘기도 했고."

"맞아요. 보안관님께서 큰 도움을 주셨다고 하더군요."

"그렇게 말해주니 고맙네요." 보안관은 커피를 한 모금 마시고는 두 사람과 그들 너머에 있는 트럭 캠핑카를 주의깊게 바라보았다. 뭔가 어울리지 않는다고 생각한 모양이었다.

"가브리엘라가 이 년여에 걸쳐 여러 번 다시 찾아왔었죠?"

"공원 당국의 결론에 만족하지 못했어요." 보안관이 말했다. "솔직히 말씀드리자면 저 역시 그랬죠."

"무슨 말씀이시죠?"

트래버스 보안관은 다리를, 강을 바라보았다. "글쎄요, 경찰 일을 하다보면 다들 관할 구역에 민감해집니다. 그건 사실이에요. 공원은 당연히 연방 관할이니 그 사람들이 수사권을 가졌지요. 합법적인 근거가 있었습니다. 러몬트의 트럭은 저기"—이 말을 하며 그는 돌아서서 길 건너편, 다리 바로 동쪽의 갓길을 가리켰다—

"주차되어 있었습니다. 다리가 공원 경계선입니다. 입구는 1마일 반 남쪽에 있지만 실제 경계선은 여기입니다. 곰 추적 전문가 칙소는 러몬트가 공원 안으로 끌려갔다는—혹은 도망쳐 들어갔다는—결론을 내렸죠."

"끌려간 흔적이 있었나요?"

"그랬을 수도 있지요. 곧 보여드리겠습니다."

셀린은 다리를 세심하게 관찰했다. "트럭이 발견됐을 때 어느 쪽을 바라보고 서 있었나요?"

"서쪽요."

"그렇단 말이죠?"

트래버스 보안관은 서서히 감탄의 빛을 발하며 셀린을 바라보았다. 예리한 관찰력을 지닌 여자였다, 의심의 여지 없이.

셀린이 말했다. "러몬트는 드루이드피크 밑에서 생물학자들과 사진을 찍고 시내로 돌아가는 길이었어요. 가브리엘라가 우리한테 해준 얘기에 따르면 그래요. 보고서에는 아마 호기심이 동하는 동물을, 십중팔구 그 곰을 보게 되는 바람에 카메라를 들고 나갔을 가능성이 높다고 되어 있었어요. 카메라 두 대와 휴대용 플래시가 저기 어디서 박살난 채로 발견되었다던데, 맞나요?" 트래버스가 고개를 끄덕였다. "그러면 트럭은 동쪽에 있는 시내를 바라보고 있었어야 해요, 안 그래요? 봐요, 내가 운전을 하고 있어요. 저기, 쿡 시티를 향해서요. 긴 하루를 보내고 배가 고파요. 아마 목도 상당히 말랐을 거예요. 그런데 길에 곰이 보여요. 거대하고 근사해요. 야간에 곰 사진을 찍은 적이 없으니까 재빨리 차를 세우고 카메라를 들고 뛰겠죠." 셀린이 다시 보안관을 보았다. "안 그래요?"

보안관은 허공에 체크 기호를 그렸다. "첫번째 문제죠."

"카메라에는 곰 사진이 한 장도 없었어요, 그렇죠? 우리의 용의자인 나이트 베어 씨 말이에요. 사진이 있었다면 최후의 결론에 대해 그렇게 심기가 불편할 이유가 없겠죠."

보안관은 손가락으로 또 한번 체크를 했다.

"보고서를 우리한테 주실 수는 없겠죠?"

또 한번 체크. "직장에서 쫓겨날 겁니다. 물론 어차피 12월에는 일자리를 잃겠지만. 소위 은퇴라는 것이지요." 그는 미소를 지었다. "사실 임기 제한을 모두 채웠어요. 여섯 번이 최대거든요."

"대단하시네요."

"무서운 건 연금 없이 해고당하는 거예요. 그래서 보고서를 드릴 수가 없는 겁니다."

셀린이 고개를 끄덕였다. "칙소가 진짜 이름이라고 생각하세요?"

보안관은 너털웃음을 터뜨렸다. 뱃속에서부터 편안하게 터져나오는 시원한 폭소를 들으니 더욱 믿음이 갔다. "그럴 리가 있습니까. 추적꾼은 추적꾼용 가명을 쓰는 것 같아요. 농 드 게르* 같은 거죠. 작가가 필명을 쓰듯이."

셀린은 프랑스어를 듣고 미소를 지었다.

"그 남자는 뉴저지 출신 같더라고요. 파인배런스에서 활동하는 그 친구**가 처음 받은 제자 중 하나였어요."

"그 사람이 가브리엘라한테 흔적이 잘 들어맞지 않는다는 인상을 준 것 같던데요."

"그게 네번째 문제입니다. 상당히 기술적인 문제라 본인하고 직접 얘기를 해보셔야 할 거예요. 지금은 레드로지에 있을 겁니다. 꽤 오랫동안 우리가 여러 수사에 그 친구를 썼거든요. 초자연 어쩌

* 전투에서 쓰는 가명을 가리키는 프랑스어.

** 톰 브라운 주니어라는 실존하는 야생동물 추적 전문가를 가리키는 것으로, 그는 실제로 뉴저지에서 추적 전문가 양성 학교를 운영하고 있다.

고 하는 말도 안 되는 소리는 아니에요. 그 사람은 과학자예요."

"그날 밤에 비가 내렸나요?"

"오후에는 비가 오다가 눈으로 바뀌었어요."

"혈흔이 있었어요?"

"나무에요. 잎이 무성한 가문비나무 고목이었어요. 피가 상당히 많이 묻어 있었지요. 껍질에 피가 스며들 정도로. 그 두꺼운 나뭇가지 아래에요. 거기가 잠시 험한 날씨를 피할 수 있는 유일한 장소죠. 숲에 비가 와도 그리로 들어가면 마른 장작을 구할 수 있어요. 그런 가문비나무 밑에는 죽은 나뭇가지가 많거든요. 그런데 어떻게 피가 그 나무에 묻었을까요? 곰이 그를 붙잡고 줄기 위아래로 비벼대기라도 했다는 걸까요?"

"또다른 흔적은요?"

"셔츠 한 장을 발견했습니다. 셔츠의 대부분이라고 해야겠죠. 역시 찢어지고 피가 묻어 있었어요. 그리고 장화 한 짝, 이빨 자국이 나고 피가 묻어 있었지요. 질질 끌고 간 흔적도 있었고요."

셀린은 움찔했다.

“보고서는 드릴 수 없지만 이건 드릴 수 있습니다.”

보안관은 셀린에게 마닐라 봉투를 건네주었다. 그녀는 상쾌한 바람을 등지고 봉투를 열어보았다. 피트가 바짝 다가와 바람을 막아주며 어깨 너머로 봉투를 보았다. 1977년 7월호 〈내셔널 지오그래픽〉 기사 사본이었다. 제목은 ‘곰의 습격!’이었다. 왜 아니겠어. 셀린과 피트는 둘 다 몸을 움찔했고, 트래버스도 눈치를 챘다. 두 번째 장의 3분의 2 지점에 있는 한 단락에 동그라미가 쳐져 있었다. 수색자들은 라이히뮬러 장화 오른쪽 한 짝과 찢어진 울 셔츠밖에 발견하지 못했다. 장화에는 이빨자국이 나 있고 셔츠는 피로 물들어 있었다.

보안관이 셀린 뒤에서 말했다. “러몬트는 그 잡지에서 일을 받아 사진을 찍었습니다, 그렇죠? 그 시기에? 아마 그런 잡지가 그 사람 주위에 널려 있었을 겁니다.”

피트와 셀린은 서로를 흘낏 쳐다보았다.

“잘나가는 〈내셔널 지오그래픽〉 사진작가가 경력의 정점에서 자기 죽음을 연출할 이유가 뭘까요?” 셀린은 트래버스의 의견을 듣는 것과 더불어 더 넓은 맥락을 그가 얼마나 알고 있는지 가늠하기 위해 이렇게 물었다. 물론 그녀에게 털어놓지는 않겠지만, 반응만 봐도 많은 걸 알 수 있을 것이다.

“그러게 말입니다.” 보안관이 말했다. 완전히 중립적인 대답이었다. 속내를 읽을 수 없었다. 보안관은 신중하게 셀린을 지켜보았다. 셀린은 자신이 그의 표정을 읽으려고 애쓰는 만큼 그 역시 세밀하게 셀린의 표정을 읽으려 한다는 느낌을 강하게 받았다. 이 사람은 바보가 아니었다. 지금 두 사람이 진행하는 조사의 상당 부분을 보안관은 이십 년 전에 이미 다 해놨을지도 모른다. 러몬트의 여행 기록을 찾아봤을까? 국제적인 인맥도? 가능성이 없지 않았다.

"수색은 며칠이나 진행됐죠?"

"열흘요. 길지도 짧지도 않은 시간이죠. 공원 관리국은 날씨를 이유로 수색을 중단했습니다."

"그리고 이 사람이"—셀린은 손바닥에 휴대폰을 놓고 작은 화면을 켰다—"파니. 공원 경비대원으로 사망증명서에 서명을 했다고요."

"사망했다는 결론 자체를 그 사람이 내렸죠. 사망증명서에는 리빙스턴의 판사가 서명했고요. 몇 가지 요인이 있었어요. 따뜻한 고기압 전선이 지나가고 실종 전날 오후에는 폭우가 쏟아졌습니다. 그날 저녁 기온이 영하 10도 가까이 떨어지면서 눈이 내렸어요. 죽지 않았다면 틀림없이 중상을 입었을 겁니다. 지금 저는 보고서에 준해서 말씀드리는 겁니다. 보고서의 결론은, 러몬트가 최초의 습격에서 살아남아 곰을 피해 달아났다 하더라도 며칠 밤 계속 내린 눈과 영하의 기온은 버티지 못했을 거라는 거였죠. 마지막 회계 분

기인데다 예산이 줄어들고 있는 상황에서는 합리적인 결론이었습니다. 수색구조 작전은 돈이 많이 드니까요."

보안관의 말투에서 묘하게 냉담한 어조가, 심지어 아이러니마저 느껴졌다. "가브리엘라는 그 경비대가 친절을 베풀었다고 얘기했어요. 자신을 '불쌍하게 여겼다'는 표현을 썼죠. 종지부를 찍고 다음 단계로 넘어갈 수 있도록 사망증명서에 서명을 해줬다고요."

"칠 년이라는 세월이 기다리기에는 좀 길겠죠." 보안관은 그들을 등지고 돌아서서 침을 뱉었다. 바람이 부는 방향으로. "리빙스턴의 판사도 동조했어요. 청문회는 이십 분밖에 걸리지 않았습니다."

"트래버스 보안관님, 그러니까 보안관님은 그게 친절이 아니라고 보시는 거죠?"

"탐정님은 그렇게 생각하십니까?"

▲

트래버스 보안관은 명함 뒤에 펜으로 휴대폰 번호를 적어주고 야생동식물 관리관을 만나러 시내로 갔다. 셀린과 피트는 트럭 운전석으로 돌아와 엔진과 히터를 켜놓고 한참을 그냥 앉아서 처음으로 흩날리는 눈발이 부드럽게 차창에 부딪히며 작은 별 모양으로 부서졌다가 방울방울 흘러내리는 모습을 지켜보았다.

"마음이 좀 편해진 것처럼 보였어." 피트가 말했다. "누군가한테 그 얘기를 할 수 있게 되어서. 분명 주류의 의견을 믿지 않는 사람 같아. 그 사람이 가기 전에 그 트럭에 가서 무슨 말을 한 거야? 그 사람이 차창을 내렸을 때 말이야."

"혹시 수색을 중단하고 사망증명서에 서둘러 서명한 데에 수사 과정이나 예산 문제 이상의 요인이 있다는 느낌을 받은 적이 있느냐고 물었어. 그랬더니 양손으로 운전대를 잡고 꼬박 삼십 초를 앞만 똑바로 바라보다가 대답을 하더라고."

"나도 봤어." 피트가 말했다. 당연히 그랬겠지.

"결국은 이 말을 해주더라. '나는 팀 파니가 사실상 꼬마였던 시절부터 그 친구와 알고 지냈어요. 내가 가디너 팀의 라인배커였을 때 그는 쉴즈밸리에서 하프백으로 뛰었죠. 늘 내가 그 녀석을 잡아서 땅바닥에 메다꽂았어요. 그러면 녀석은 늘 일어나서 목에 붙은 잔디를 툭툭 떨어내고 말했죠. '잘 잡았어, 캠. 뚱보치고는 나쁘지 않네.' 뭐 그랬죠. 게다가 80와트로 환하게 빛나는 웃음을 짓는 놈이란 말입니다. 내 친구였어요. 앞뒤가 안 맞는 부분이 이렇게 많은데 대체 왜 사망증명서에 서명을 했느냐고 물었더니, 전에 한 번도 본 적이 없는 표정을 짓더군요. 무뚝뚝하고 부자연스러운 표정. '그냥 했으니까 한 거야.' 그 말밖에 하지 않았습니다. 종지부. 사건 종료. 그전에는 내게 그런 투로 말한 적이 한 번도 없었어요."

▲

엘비 칙소는 보안관이 준 레드로지의 주소에 살고 있지 않았다. 그곳에는 아무도 없었다. 사람이 살지 않은 지 한참 되어 보였다. 시내 북쪽 끝의 곁길에 자리한, 미늘판자로 된 작고 네모난 상자 같은 집이었다. 폭이 넓은 트레일러와 버려진 차체 수리소가 부지를 공유하고 있었다. 좁은 앞마당에는 무릎까지 오는 바싹 마른 잡초와 달콤한 세이지가 무성했고 회전초* 한 뭉치가 집안으로 들어가려고 애쓰는 떠돌이 개처럼 앞문에 붙어 있었다. 유리창들은 비바람에 시달려 변색된 합판으로 막아놓았고 정문에는 널빤지에 스프레이 페인트로 '주인이 직접 팝니다'라고 써놓은 안내판이 걸려 있었다. 전화번호도 주소도 없었다. 흥미로운 마케팅인데, 셀린은 생각했다. 이 집을 살 자격을 얻으려면 곰 추적꾼을 추적해야 한다니. 뭐, 우리라면 할 수 있지만. 셀린은 트레일러와 50야드 거리를 두고 바큇자국이 깊이 팬 흙길에 트럭을 세우고 내렸다. 휠체어 진입로가 정문으로 연결되어 있었다. 똑똑 문을 두드렸다. 문을 열어 준 작은 소녀는 버둥거리는 강아지를 안고 있었는데, 소녀와 강아지의 얼굴이 다 초콜릿 범벅이었다.

소녀는 입을 삐죽거리고 고개를 모로 꼬더니 셀린을 빠르게 두 번 훑어보며 강아지가 눈을 핥지 못하게 말렸다. 개의 머리를 쿵쿵 때렸다. 개는 행복하게 버둥거렸고 소녀는 "안 돼, 터커, 안 돼!"라

* 가을이 되면 뿌리와 분리되어 공 모양으로 뒹구는 식물.

고 말하며 얼굴에 흘러내린 머리카락 한 가닥을 불어 넘기려 했지만 초콜릿이 묻어서 입김으로 날리기엔 너무 무거웠다. "우리는 무스를 만들고 있어요." 소녀가 선언하듯 말했다.

"무스?"

"네, 초콜릿 무스요. 거대한 뿔이 달린 거. 보실래요?"

"당연하지. 부모님 집에 계시니?"

소녀가 고개를 돌리더니 소리를 빽 질렀다. "엄마아아아아!" 그리고 다시 고개를 홱 돌렸다. "얘가 지쳐 나가떨어지기tucker out 전에는 아무도 쉴 수가 없어서 이름이 터커예요."

"그렇구나."

소녀 뒤로 전동휠체어가 나타났다. 휠체어에 탄 여자는 이십대로, 어깨가 넓고 굵게 땋은 금발을 가슴께까지 늘어뜨리고 있었다. 눈 밑에 다크서클이 있지만 주근깨 많은 광대뼈가 도드라져 허식 없고 담박하게 귀여운 얼굴이었다. 셀린의 눈에 그녀는 치어리더 연습을 마치고 집에 가서 집안일을 해야 하는 목장 집 딸처럼 보였다. 여자의 딸이 교차로를 건너는 보행자처럼 팔짝팔짝 뛰어서 두 사람 사이에서 빠져나갔다. 셀린은 원래 이 사람들에게 자기가 엘비의 어머니라고 말할 작정이었지만 여자를 보자마자 씨알도 먹히지 않으리라는 걸 알았다. 여러 사람을 만나면서 셀린은 세상에는 그냥 진실 그대로를 원하는 사람들이 있다는 걸 알게 되었다. 그런 사람들에게 허튼소리를 하는 건 불가능에 가까울 뿐 아니라 죄라고 봐도 될 것이다.

"엘비를 찾으세요?" 여자가 물었다.

"어떻게 알았어요?"

"그쪽처럼 생긴 사람이 우리집 문간에 찾아오는 이유는 다 엘비 때문이죠. 우리는 세금을 꼬박꼬박 내고, 보니까 모르몬교도 같지도 않고요."

"그걸 어떻게 알아요?"

"전과자에게는 100마일 너머를 응시하는 특유의 아득한 눈빛이 있잖아요? 모르몬교도도 그래요. 그 사람들은 사후세계를 보고 있다는 것만 다를 뿐. 숨기려 해도 보면 알아요."

"그렇군요." 셀린은 웃었다. "사실 난 천주교도였어요, 처음에는. 언제나 굉장히 몹쓸 짓이라고 생각했죠. 어린 여자애한테 지옥을 믿으라고 가르치는 일 말이에요."

"하!" 여자가 큰 소리를 냈다. 피트와 셀린은 뜻밖의 포효에 깜짝 놀랐다. "지옥이야 당연히 있죠. 하지만 꼭 죽어야 가는 건 아니에요."

"아멘."

"엘비는 휴가 갔어요."

"휴가 가는 게 이 동네 유행병인가봐요."

"아마 봄이나 되어야 올 거예요. 저한테 전화번호 남기고 가셔도 돼요. 하지만 보아하니 집에 관심이 있으신 것 같지는 않네요."

셀린은 고개를 끄덕였다.

"그럼 어디 관심이 있으신지 물어도 될까요?"

"젊은 여자가 아버지를 찾는 일을 돕고 있어요." 셀린은 웃음기 없는 표정으로 말했다. 말투에서 배어나는 슬픔에 문간의 불빛마저 침침해지는 느낌이었다. 그 말이 노래하다 진이 다 빠진 한 무리의 새떼처럼 젊은 엄마의 마음에 내려앉았다.

"우리도 그게 어떤 마음인지 좀 알죠." 여자가 중얼거렸다. 셀린은 닳아빠진 금반지를 눈여겨보았다.

"남편 얘기인가요?"

"그냥 우리 아이의 아버지라고 부르기로 하죠. 최근 들어 제 느낌이 그래요. 제이는 다섯 달 전에 유전으로 가서 돌아오지 않고 있어요. 엘크 철에 맞춰 돌아오지 않으면 우리는 다 망하는 거죠."

셀린은 자기도 모르게 휘파람을 불었다. 길고 부드러운 휘파람.

"두 분, 안으로 들어오시겠어요?" 여자가 말했다.

셀린은 오전 중에 엘비를 찾고 싶었다. 하지만 한편으로는 자기 나름대로 지키는 몇 가지 수칙이 있었다. 그중 하나가 누군가가 자신을 애써 초대하려 하면 기꺼이 응한다는 것이었다. "고마워요, 그럴게요." 그녀가 말했다.

▲

트레일러에서 나올 무렵 두 사람은 거품 낸 달걀흰자를 섞은 초콜릿을 하도 많이 먹어서 속이 느글거렸다. 두 사람은 라이디와 레인을 도와 작은 무스 주형틀에 반죽을 부은 뒤 냉장고에 넣었고, 두 사람 다 조금씩 터커의 오줌 세례를 받았다. 다시 진입로로 나와 맑고 바람 부는 아침 공기를 맞은 두 사람의 수중에 엘비의 캠프로 이어지는 벌목용 도로의 자세한 지도가 들어와 있었다.

반 마일쯤 운전해 갔을 때 피트가 말했다. "잠깐 차 좀 세울 수 있어?"

"피트?"

"신경쓰이는 게 있어."

셀린은 반쯤 도로 밖으로 벗어나 차를 세웠고 두 사람은 차에서 내렸다. 피트가 트럭 뒤로 갔다.

뻣뻣한 무릎을 겨우 꿇고 앉은 피트는 이내 메마른 잡풀 위에 똑바로 누워 차체 밑으로 몸을 반쯤 밀어넣은 다음 하부를 살펴보았다. 마치 기름이 새는 부위가 있는지 찾는 것처럼 보였다. 다시 쏙 나온 그는 재킷과 카키색 바지에 묻은 자갈과 흙먼지를 떨고 지포 라이터만한 크기의 까만 상자를 들어 보였다. 한쪽 모서리에 작은 안테나가 튀어나와 있었다. 두 사람이 서로 바라보는 눈빛을 지나가던 사람이 봤다면, 피트가 셀린에게 장미꽃이나 은목걸이라도 바치는 줄 알았을 것이다.

셀린이 말했다. "빙고! 일단은 한동안 그냥 붙여놓자." 그래서 피트는 다시 트럭 아래로 들어갔다.

# 19

91번 주간고속도로를 타고 뉴햄프셔와 버몬트를 가르는 코네티컷강을 따라 그토록 사랑했던 모교 퍼트니로 돌아갈 때 행크는 불과 스물한 살이었다. 다트머스대학 3학년에 재학중이었고, 그를 설레게 하는 영문학을 전공했으며, 자신의 전공이, 예를 들어 의예과와는 달리 직업 시장에서 별로 유리하지 않다는 것을 잘 알았다. 상관없었다. 행크는 포크너와 스타인, 보르헤스와 칼비노, 비숍과 스티븐스를 읽었다. 언어의 음악에 온몸이 휘감긴 느낌이었다. 언어의 음악을 듣고 받아 적을 수만 있다면, 혈관 속에서 그 맥박이 뛰기만 한다면, 남은 평생을 트럭 뒤에서 살든 주 단위로 집세를 내야 하는 거지같은 집에서 살든 아무 상관 없었다. 어쩌면 삶이 거칠수록 더 좋을지도 모른다. 그는 굶주림이 언어의 음표를 날카롭게 벼리고 잡음을 걷어낸다는 사실 또한 이해했기 때문이다. 이유는 잘 알 수 없었지만 가장 편하게 사는 작가들—심지어 가장 부유한 사람들—이 제일 귀가 먼 경우가 흔했다. 아, 젊음이란.

그러나 옛 모교로 달려갔던 이유는 사랑이 아니었다. 아니, 사랑만은 아니었다. 누이를 찾기 위해서였다. 행크와 어머니를 모두 가르친 남자 교사가 두 명 있다는 걸 그는 알고 있었다. 거기서부터 시작할 생각이었다.

행크는 아직 그를 아는 학생들이 남아 있는 교내에 불쑥 나타나는 게 좀 부끄러워서 미늘판자 건물이 모여 있는 언덕마루를 피해 곧장 로어팜 로드에 있는 밥과 리비 밀스 부부의 집으로 향했다. 바람이 사납게 부는 10월 말은 아리게 추웠고 행크는 젖은 단풍 낙엽이 깔린 농장 앞뜰을 가로질렀다. 빨간 미늘벽 판잣집의 석판으로 된 현관 계단을 올라 문을 두드렸다. 밥이 용의자일 가능성은 별로 없었다. 그는 피트처럼 메인주 해안 출신으로 장작을 패고 카누를 타는 데 쓸 시간도 모자라서, 천박한 죄의 쾌락으로 인생을 골치 아프게 만들 사람이 아니었다. 게다가 아주 멋진 결혼생활을 누리고 있기도 했다. 두 사람은 정말 친한 친구 같았다. 생물 교사였던 밥은 행크와 함께 장작을 패면서 아내 리비와 앨러개시에서 신혼여행을 즐겼던 이야기를 해준 적이 있었다. 메인주의 숲을 몇 주 동안 카누로 누비는 여행이었는데, 당시에 강을 타는 사람들은 메인주에 등록된 가이드와 동행해야 했다. 두 사람의 가이드는 캘빈 C. 빌이었다. 어느 밤 그들은 작은 급류의 시작점에서 캠핑을 하며 그 뒤쪽에 있는 암벽을 올랐다. 북쪽과 동쪽에 장대한 풍경이 펼쳐졌다. 밥이 말했다. "어이, 캘빈, 저기 꼭대기에 험준한 암벽이 있는 산 이름이 뭡니까?" "아울피크요." 캘빈이 말했다. "저기 멀리에 있는 산맥은요?" 캘빈은 잠시 생각하더니 중얼거렸다. "몰라요." 그리고 몇 초쯤 더 생각에 잠겼다가 다시 말했다. "아무도 몰라요."

밥은 늙은 가이드에게 창피를 주지 않으려고 리비와 한참 헛기침을 해야 했다고 말했다. 밥 밀스는 그런 사람이었다. 다른 사람의 품위와 체면을 지켜주려고, 절대 훼손하지 않으려고 하루하루 애쓰며 살아가는 사람. 그래서 행크는 밥이 아버지일 거라고는 생각하지 않았지만 그래도 뭔가 아는 게 있을지도 몰랐다. 녹색 문을 두드리고 현관 계단에 앉아 기다리다가, 문이 열려서 보니 훤칠하고 잘생긴 여자가 서 있었다. 서른쯤 되어 보였는데, 잔꽃무늬 앞치마를 두르고 머리를 틀어올려 젓가락 같은 걸 꽂고 있었다. 행크는 하마터면 뒤로 자빠질 뻔했다. 검은 눈에 담긴 지성과 호기심, 강인한 콧대, 바로 감지되는 다정함, 그 모두가 어머니를 강렬하게 연상시키는 여자였던 것이다. 그리고 나이도 얼추 맞아 보였다. 하지만 아니, 행크가 누이 생각을 너무 많이 한 모양이었다. 불가능한 일이었다. 잘 봐줘도 턱없이 말도 안 되는 얘기였다. 그래서 그는 버벅거리며 말했다. "저…… 저는…… 밥과 리비 선생님을 찾아뵈러 왔는데요."

환한 미소. "새로운 조교인가요? 아니면 졸업한 제자? 끊임없이 몰려드는 것 같네요."

심지어 지저귀듯 명랑한 어조마저 닮았다. 설마. 여자는 행크의 혼란스러운 표정을 보고 오해했다. "죄송해요!" 여자가 말했다. "정말 주제넘었죠. 맙소사. 내가 상상하지 못하는 다른 사정이 있을 수도 있는데." 여자가 내민 일로 거칠어진 손에는 군데군데 밀가루 반죽이 묻어 있었다. 그리고 행크는 자신이 사랑에 빠졌다는 것을 알았다. 그건 절대로 좋은 일일 리 없었다. "리아예요. 밥과 리비는 안식년을 맞아 스웨덴에 갔어요. 들어올래요? 지금 빵을 만들고 있어요." 당연히 그렇겠지. 행크는 떠듬거리며 감사 인사를 하고 도망치려고 돌아섰다. 그때 문득 떠오르는 생각이 있어 발을 멈추고 다시 뒤돌았다.

"친구분…… 이신가요?"

"조카예요." 그녀가 쾌활하게 말했다. "블루힐에서 잠깐 놀러왔어요." 그러더니 웃었다. "도망칠 필요 없어요. 새침하게 굴어서 미안해요."

오, 아니다. 행크는 도망쳐야만 했다. 심지어 말하는 태도마저도…… 그는 도망쳤다. 도로를 향해 자동차를 돌리다가 젖은 낙엽에 미끄러지기까지 했다.

그렇다면 행크의 수색은 시작부터 길조였을까, 아니면 불운의 전조였을까? 알 수가 없었다. 마음이 심란했다. 「동방박사의 여행」의 시행이 생각났다. 현명한 왕들이 기나긴 여정의 끝에서 신의 출생을 목도한다. 그리고 한 사람이 말한다. 분명 출생이 있었다……
출생과 죽음은 예전에도 보았다, / 그러나 그 둘이 다르다고 생각했었
다……

다음 목적지. 한 번도 좋아한 적 없는 젊은 미술 교사. 셀린이 재학중일 때는 젊은 나이였다. 셀린이 열다섯 살 때 스물다섯에 불과했으니까. 지금은 오십대 후반일 것이다. 그러나 그는 평생 이십대에서 벗어나지 못하는 그런 남자였다. 탱탱하고 그을린 얼굴, 프랑스 사람처럼 스카프를 두르고—버몬트에서는 그 모습이 얼마나 웃기게 보이는지—베레모도 썼다! 베레모를 쓰고 태어난 것처럼 잘 어울리는 셀린과는 달랐다. 오히려 최상급의 허풍쟁이처럼 보였다. 자기가 뉴잉글랜드의 신新 인상주의 화가라고 생각하는 모양이었다. 대체 그게 뭔지도 모르겠지만. 행크는 퍼트니산 밑의 작업실에서 그 남자를 찾아냈다. 문을 열자 그는 행크를 보고 서서히 누군지 알아보겠다는 표정을 지었고, 즉시 포식자의 눈으로 위아래를 훑으며 '너는 나한테 뭘 해줄 수 있지?' '나한테 무슨 먹이를 줄 수 있지?'라는 저울로 행크를 가늠하려 했다. 행크는 이 만남을 최대한 짧게 끝내고 싶었다. 진정한 수사관의 배짱이 행크에게는 없었다. 그는 오후에 짬이 나서 잠깐 들렀다고 말했다. 다트머스대학에서 과제로 퍼트니에 대한 가족의 회고록을 쓰고 있는데, 서리 씨가 혹시 퍼트니에 재학했던 어머니를 기억하는지 알고 싶다고 했다. 서리 씨가 처음 교사 경력을 시작했던 때로 알고 있는데 기억이 나는지? 뭐든 해줄 만한 이야기가 있는지? 남자의 눈에 그늘이 스쳐갔다 해도 행크로서는 그 눈빛에 숨겨진 다른 비밀들과 구

별할 길이 없었다.

서리는 행크를 물감이 튀어 말라붙은 테이블에 앉히고 차를 끓여주었다. 행크는 생각했다. 포식자는 보통 외롭기 마련이지. 사냥꾼의 고독. "당연히 기억하지." 그가 말했다. "내가 가르친 가장 유능한 제자 중 한 명이었으니까. 혹시……" 남자는 각설탕 그릇을 슬쩍 행크에게 밀어주었고 행크는 구리와 가죽으로 만든 팔찌와 두 개의 은반지를 보았다. 셔츠 깃의 단추가 좀 과하게 풀려 있었다. 뭐, 허영심이 죄는 아니니까.

"네, 아주 잘 지내고 계십니다."

"그림을 그리고 있나?"

행크는 털을 바짝 곤두세웠다. 이 남자와 어머니 얘기를 하고 싶지 않다는 것을 깨달은 것이다. 방어적인 기분이 되었다. 뭐. "조각을 하십니다. 재능이 뛰어나시죠." 행크는 남자가 뻣뻣하게 굳는 모습을 본 것 같았다. 어쩌면 경쟁자가 또하나 있다는 걸 알게 되어 그랬을 수도 있지만.

"정말 잘됐군. 그런데 학생은 뭘 알고 싶은 건가?"

"어머니가 당시 아주 정열적으로 미술을 공부하셨다고 들었습니다. 훌륭한 스승님 밑에서 배웠다고 여러 번 말씀하셨어요." 남자는 이제 눈에 띄게 허세에 부풀어서 눈을 껌벅였다. 어머니의 사회적 촉각을 물려받은 행크는 정곡을 찌르는 법을 알고 있었다.

"뭐……" 서리가 웅얼거렸다.

"선생님만큼 걸출한 스승님은 다시 만나지 못했다고, 그렇게 말씀하셨어요. 어떤 분야에서도요. 어머니는 진지한 학생이었나요? 방과후에도 남아 계셨나요? 아니면 저녁때 과외활동을 하셨나요?"

"오, 둘 다 했지, 그것도 자주." 남자는 경계심을 완전히 내려놓았다. 간단한 아첨 한마디에 방벽을 완전히 허물어뜨렸다. "저녁 과외활동 후에도 늦게까지 남아 있어서 기숙사 규정을 상기시켜줘야 했다네. 내 말은, 열시까지 기숙사에 돌아가지 않으면 사감한테 혼났거든."

"기억합니다." 행크가 말했다.

"그렇지. 하지만 가끔 다시 돌아오곤 했어. 그 정도로 작업에 헌신적이었네. 사실 놀라운 일이었어. 기숙사에 돌아갔다가 몰래 다시 빠져나왔지. 어떤 그림에 아주 몰입했을 때 자주 그랬네. 기숙사 통금 시간이 지난 후에 작업실에 있는 걸 본 게 한두 번이 아니야. 대체 얼마나 늦게까지 작업을 했는지. 물론 난 아무 말도 하지 않았어. 뮤즈가 일을 시킬 때는 얼마나 혹독한지, 예술가끼리만 이해할 수 있는 게 있으니까. 그래, 아주 특별한 학생이었어." 남자의 눈빛에 아련한 그리움 같은 게 서리는 바람에 행크는 속이 메슥거렸다. 빈속에 차를 마셔서 그런 것일지도 몰랐지만.

"예술가 대 예술가로서 밤늦게 작업을 도와주신 적도 있나요? 그러니까 학교에서 창조적인 천재성의 발현을 진심으로 이해하는 유일한 타인으로서 말입니다."

"그럼, 우리는 그걸 이해했지. 그런 유대감이 있었어. 당연히 가끔 도와주기도 했고. 한두 번은 밤에 나도 옆에 캔버스를 놓고 앉아서 내 작업을 하기도 했어. 그러니까, 영감을 주기 위해서 말이네."

왜 아니겠어, 행크는 생각했다. 영감을 주거나 잉태를 시키거나. 젠장. 행크는 미약한 희망에 매달렸다.

"그러면 어머니가…… 제 말은 선생님께서 그토록 큰 영향력을 지니신데다 탁월하고 천재적인 예술가셨으니, 혹시 어머니가 선생님과 사랑에 빠졌을 수도 있을까요?"

남자는 무의식적으로 자기 머리칼을 만졌다. 그래, 아직 제자리에 있군. 좀 헝클어졌지만, 꽤 멋져 보이지. 약간 보헤미안 스타일로. 그는 몹시 당황한 눈치였다. 조심성과 허풍을 놓고 갈등하고 있었다. 바보 천치 같으니라고. "뭐, 그런 걸 누가 알겠나. 그래, 그럴 수도 있겠지. 아마 그랬을 거야. 아마……" 남자는 추억에 빠져 넋을 놓았고 행크는 창이 많은 그 방에서 뛰쳐나가고 싶은 마음을 억눌러야 했다. "어머니가…… 혹시 키스하려 했던 적도 있나요?"

서리는 백일몽에서 깨어나 야수의 눈으로 행크에게 다시 초점을 맞췄다. 그때 그는 자기가 하마터면 제 발로 걸어들어갈 뻔했던 덫을 보았고, 자기 앞에 있는 청년이 누군지 깨달았다. 그는 순식간에 원래의 냉랭한 태도로 돌아갔다.

"말도 안 되는 일이지." 그는 딱 잘라 말했다. "학생이었는데. 다른 용건이 더 있나?"

행크는 더 캐묻고 싶어도 이미 쾅 소리를 내며 문이 닫혔다는 걸 알았고, 떠나게 되어 차라리 기뻤다. "아닙니다, 감사합니다." 행크는 말했다. "굉장히 큰 도움이 되었습니다. 생각나는 게 더 있으면 전화드리겠습니다."

"언제든지." 서리는 건조하게 말하고 행크를 밖으로 안내했다.

▲

세번째로 들른 곳은 가장 기대를 하지 않았음에도 의외로 가장 큰 도움이 되었다. 그는 십 년 된 도요타 트럭을 몰고 이면도로로 들어가 더머스턴까지 달리며 바람 섞인 화창한 햇살과 돌풍에 숲에서 휘말려나와 후드에 들러붙는 낙엽을 즐겼다. 그러다 에이킨

농장 조금 못 간 곳에 차를 세웠다. 예전에는 흰색이었지만 이제는 회색으로 변한 작은 목조 농장 주택이었다. 한때 잘 다듬어져 있던 목초지는 이제 밀크위드와 블랙베리가 무성하게 웃자라 있었다. 창문에는 모두 커튼이 드리워져 있었지만 마당에 길고 차체가 낮은 낡은 링컨이 한 대 세워져 있어서 행크는 노크를 했다. 이틀쯤 깎지 않은 까끌까끌한 흰 수염이 난 아주 늙은 노인이 문을 열어주었다. 배까지 끌어올려 벨트를 찬 카키색 진 안에 깨끗한 플란넬 셔츠를 넣어 입고 있었다. 파란 눈에 눈곱이 잔뜩 껴 있었다.

"그레이 씨? 에드 그레이 씨 맞습니까?"

"어, 그렇소만."

"제 이름은 행크라고 합니다. 퍼트니 학교에 다녔는데, 저희 어머니도 동문이세요. 지금 대학교에서 프로젝트를 하고 있는데요. 1942년에서 1971년까지 농부로 일하셨다고요……"

"1972년까지요."

"그렇군요……"

"빌어먹을 다리 때문에 전쟁에 못 나갔소. 아홉 번이나 지원을 했는데."

"그렇군요…… 저희 어머니 셀린 왓킨스를 기억하십니까?"

남자는 고개를 갸웃했다. 행크는 낡은 스틸 사진에서처럼, 그 이름이 둘둘 말린 구리 튜브를 타고 올라오는 과정이 눈에 보이는 듯했다. "기억하오." 노인이 말했다. 행크는 당황했다. 수십 년 동안 얼마나 많은 학생이 농장에서 일했겠는가? 행크는 다시 한번 셀린 왓킨스를 잊는 사람은 거의 없다는 사실을 실감했다. 심지어, 이제야 알게 된 거지만, 어렸을 때에도. "망아지 같다는 말이 잘 어울리는 아이였지. 다리가 목까지 올라오고 그 사이에는 별 게 없는. 내 기억이 맞는다면 어린 양 한 마리를 키웠는데."

"맞아요! 맞아요, 그러셨어요!" 경이로웠다. 몹시 늙은 노인의 코끼리같이 방대한 기억이란.

"그 우유 공장 남자애한테 마음이 있었지."

"우유 공장 남자애요?"

"그 시절에 유제품을 관리하던 아이 말이오. 셀린보다 몇 살 많지도 않았어. 아이티를 갓 벗었다고 해야 하나. 일을 잘했지. 정말 말이 없었고."

"그 남자애 이름이 뭐였어요?"

“사일러스 쿠퍼엘리스. 내가 만나본 사람 중에 제일 수줍음이 많았지.”

행크는 입을 떡 벌리고 할말을 찾았다. “그 남자애는 어떻게 되었죠?” 간신히 입 밖으로 말을 내뱉었다. “혹시 아십니까?”

“한국전쟁에서 죽었소. 두번째 주에. 세상에서 제일 슬픈 일이었지. 샌드위치에서 열린 장례식에 갔었거든.”

“뉴햄프셔 말입니까?”

“그렇소. 거기 안장됐소. 초코루아를 바라보는 그 예쁜 공동묘지에. 아시오?”

“아니요, 모릅니다. 정말 감사합니다.”

“뭐 언제든지.” 은퇴한 농부는 길 건너 숲 위로 펼쳐진 하늘을 바라보며 반사적으로 눈을 깜박였다. “눈이 오겠네.” 그는 중얼거렸다. “맛이 느껴져.” 그러더니 손바닥으로 눈을 비볐다. 진짜 눈이 오기 전에 해야 할 남은 일들을 씻어내려는 듯이.

## 20

트럭은 덜컹거리며 낑낑 기어올라갔고 두 사람은 천장에 머리를 부딪혔다. 셀린은 유지 보수가 엉망인 벌목용 도로 끝까지 도요타를 힘겹게 몰고 갔다. 칙소는 똥통 같은 집에 살고 있었다. 그가 사는 소위 '집'이라는 곳은 처음에는 넓은 단칸방으로 시작했던 것 같지만 한두 번 토막 난 게 아니었다. 통나무와 스틸 프레임과 합판을 덕지덕지 덧댔고, 차의 전면창을 가져다가 집의 전망창으로 쓰고 있었다. 현관문은 학교에서 떼어 온 것 같았다—막대를 밀어 잠그는 빗장이 달려 있었다. 피트와 셀린이 흙바닥의 공터에 차를 세우고 차창을 내리자 요란하게 컹컹대며 짖는 소리가 들렸다. 문이 벌컥 열리고 칙소가 산탄총을 들고 추레한 포치로 나왔다. 작은 비글 한 마리가 문틈으로 뛰쳐나와 흙길로 뛰어내리더니 으르렁대기 시작했다. 남자가 날카롭게 나무라자 비글은 다시 팔짝팔짝 뛰어 그의 곁으로 돌아가 앉아서 꼬리로 포치를 쿵쿵 두드렸다.

칙소는 왜소한 남자로, 키는 160센티미터 정도 되어 보였고 엘프처럼 긴 회색 턱수염을 기르고 있었다. 깡마른 체격이었다. 셀린이 본 사람 중에서 가장 엘프를 닮은 사람이었다. 애초에 칙소를 놀라게 할 생각은 전혀 없었다. 두 사람은 마당으로 들어가기 전에 대여섯 번 경적을 짧게 울리기까지 했다. 칙소는 한 손에 총을 들고 다른 손은 눈 위에 올려 햇빛을 가렸다. 짧은 오스트리아 펠트 재킷을 입고 베레모를 쓰고 금팔찌를 주렁주렁 걸치고 거의 모든 손가락마다 반지를 낀 셀린이 트럭에서 내리자 칙소는 손을 내리고 노골적으로 기가 막힌다는 표정을 지었다—지금 무슨 장난치냐는 듯한 얼굴이었다. 아니면 퍼블리셔스 클리어링 하우스 사기*거나. 셀린은 이탈리아 송아지가죽 장화를 신고 조심스럽게 마른 진흙 덩어리를 피해 돌아가면서 비치클럽 베란다에서 오랜 친구라도 만난 양 친근하게 손을 흔들었다. 피트는 약간 뻣뻣하게 내려서 헛간용 코트의 지퍼를 올리고 삐죽삐죽한 머리 위에 트위드 뉴스보이 캡을 썼다. 그리고 칙소를 똑바로 보며 메인주 특유의 미소를 지었다.

엘비 칙소는 몬태나에서 공터에 별별 이상한 것들이 들어오는 걸 봐왔다. 수컷 무스 한 마리가 목덜미에 참매를 한 마리 얹고 들어오기도 했는데, 매는 이동용 사냥 플랫폼처럼 무스를 타고 다녔다. 하지만 아무래도 이 사람들이 괴짜 중의 괴짜 자리를 차지할

* 미국에서 유행하는 일종의 경품 사기로, 퍼블리셔스 클리어링 하우스라는 회사에서 추첨하는 상금에 당첨되었다고 속여서 세금이나 보증금 명목으로 돈을 요구한다.

모양이었다. 칙소는 산탄총을 문틀에 기대놓고 호주머니에서 두꺼운 금속테 돋보기안경을 꺼내 귀에 걸고 실눈을 떴다. 추적꾼치고 그는 시력이 매우 나빴다. 그리고 지니jinni처럼 팔짱을 끼고 두 사람을 기다렸다.

셀린과 피트는 그에게서 15피트 정도 떨어진 곳에 멈췄다. "안녕하세요오." 셀린은 원주민에게 최대한 호의적으로 들릴 만한 어조로 인사를 했다. 엘비 칙소는 도저히 더는 참을 수가 없었다. 그는 껄껄 웃기 시작했다. 폭소는 화산처럼 터져나왔고 그의 작은 몸은 마당 언저리의 가문비나무 잎사귀들처럼 흔들렸다. "빌어먹을." 그는 자갈을 우수수 쏟아내는 트럭 같은 목소리로 불쑥 말했다. "씨발, 당신들은 뭐요?"

셀린은 눈을 깜박였다. 이 남자는 학교를 졸업하지 못한 게 틀림없었다. 아니, 아예 학교를 안 다녔을 것이다. 먹을 때 포크도 뒤집어서 쓸 것이다. 포크를 쓰기나 한다면 말이지만. "그 질문은 좀 천박하게 느껴지네요." 셀린이 말했다. "아무래도 인사말을 재고하셔야 할 것 같은데요." 칙소는 방금 썼던 안경을 벗어서 더러운 플란넬 셔츠 자락으로 알을 닦았다. 그리고 다시 끔벅이며 바라보았다.

"미안하게 됐소. 다시 말씀드리지. '대체 씨발 어디서들 이렇게 찾아오는 거요?'* 문장을 전치사로 끝냈다고 야단을 치지는 않으시겠지?"

아아, 셀린은 생각했다. 다듬어지지 않은 다이아몬드로군. 와이오밍과 몬태나에는 이런 사람들이 아주 많은 모양이었다. 그녀는 고개를 기울이고 새처럼 곁눈질로 곰 추적꾼을 살펴보았다. "도서관은 어디 있냐고, 이 개자식아?" 셀린이 중얼거렸다.

그러자 칙소가 또다시 배를 잡고 웃기 시작했다. "맞아! 맞다고!" 그는 숨을 헐떡거리며 말했다. "아가일 양말을 신은 그 하버드 상류층! 빌어먹을! 씨발!"

셀린은 청바지 앞주머니에서 지갑을 꺼내 면허증을 보여주었다. "셀린 왓킨스, 사립탐정입니다. 이쪽은"—셀린은 피트를 향해 손짓했다—"내 말은, 이 사람은 피트, 나의 왓슨이자 남편이에요. 사실 내가 피트의 왓슨일지도 모르지만 어차피 이 사람은 말을 별로 안 하니까 아무도 모르죠."

칙소는 새로운 정보에 눈을 커다랗게 뜨고 또 한바탕 몸을 떨며 웃음을 터뜨렸다. "아, 맙소사." 그는 밭은 숨을 몰아쉬었다. 그러더니 안경을 다시 쓰고 벽에 비스듬하게 기대놓은 구식 알루미늄 야외용 의자 세 개를 펼쳤다. "앉으시오," 그가 말했다. "확실히 우라지게 멀리서 오긴 하셨구먼. 안으로 모시고 싶지만 화요일이라 청소하는 분들 때문에 난장판이라서."

---

* 원문은 'Where the *fuck* did you all beam in from?'이다.

그들은 자리에 앉았다. 칙소는 간이 포치 한끝에 쌓인 장작더미에서 마른 땔감을 몇 개 꺼내 뚝뚝 부러뜨리더니 〈레드로지 애드버타이저〉를 몇 장 구겨 거대한 세미트럭 휠캡 위에 함께 쌓은 다음 모닥불을 피웠다. 불길이 혓바닥처럼 날름거리며 피어오르자, 그는 손을 불 위에 대고 비볐다. 재밌네, 셀린은 생각했다. 포치에 앉아서 이렇게 노숙자 놀이를 할 수 있잖아. 꼭 뒷마당에 텐트를 치고 야영하는 기분인걸.

칙소는 필터 없는 캐멀 담배를 갑에서 꺼내 이리저리 권하더니 자기 몫의 담배를 꺼내 불타는 나뭇가지에 대고 불을 붙였다. 그러고는 기침을 한 번 하고 가래를 캭 뱉더니 말했다. "그래서 무슨 용건이오?"

▲

셀린은 솔직히 이 남자의 포치에 아늑하게 모닥불을 피우고 둘러앉아 널빤지로 떨어지는 건조한 눈발을 맞고 있는 기분이 꽤나 상쾌하다고 생각했다. 칙소는 자기 오두막처럼 누덕누덕 기워 붙인 사람처럼 보였고, 그래서 셀린은 볼수록 정이 갔다. 임시변통으로 만든 집 같았지만 자세히 살펴보면 모든 것에 기능이 있었다. 예를 들어 동쪽 모퉁이에 있는 55갤런들이 드럼통은 빗물받이용 홈통에서 떨어지는 물을 받고 있었다. 포치 반대편에 있는 폐목으로 짠 틀을 보고 셀린은 처음엔 넝쿨식물을 지탱하는 격자인 줄 알았지만, 다시 보니 가죽을 팽팽하게 널어 말리는 곳이었다. 처마 밑에 건조중인 비버가죽이 하나 있었다. 바부에게 같은 모피로 만든 숄이 있었기 때문에 눈에 익었다.

그 남자도 마찬가지였다. 그가 퀼트라면 처음에는 패턴이 아주 원초적이고 심지어 광적으로 보였으리라. 그러나 조금 더 찬찬히 살펴보면 섬세한 바느질과 아주 희한한 조각천들을 발견하게 된다. 셀린은 남자의 교육 수준에 대해 선불리 내렸던 평가를 금세 수정하기 시작했다. 확실히 어딘가에서 학교를 다닌 사람이었다. 그가 발작적으로 쏟아내는 말을 자세히 들을수록 셀린의 확신은 점점 강해졌다. 대학을 나왔어, 확실해. 영문학 전공이고. 북동부 어딘가. 십중팔구 아이비리그야. 부패한 법집행의 불가피성에 대한 짧은 담화를 끝내며 그는 "플뤼 사 샹주, 플뤼 세 라 멤 쇼즈"*라고 말했다. 한번은 레드로지의 겨울이 "염병할 겨울 카니발**보다 더 춥다"고 표현하기도 했다. 마침내 셀린은 셀린답게, 그의 말허리를 끊고 단도직입적으로 프랑스어로 물었다. 혹시 다트머스대학의 존 라시아스 교수 밑에서 비교문학을 공부했느냐고. 칙소의 담배가 입에서 툭 떨어져 모닥불로 들어갔다. 사내는 완전히 얼어붙었다. 질문의 정확성 때문이었을 수도 있고, 완벽하고 아름답기까지 한 프랑스어 때문이었을 수도 있다.

* '아무리 많은 변화가 일어나도 본질은 똑같다'는 의미로, 주로 외적으로는 긍정적인 변화가 일어나는 것처럼 보여도 실제로는 그렇지 않을 때 사용하는 표현이다.

** 1911년에 시작된 다트머스대학의 전통적인 겨울 축제.

“웨, 웨*.” 그는 방언으로, 진짜 프랑스인처럼 들숨을 섞어 말했다. 그러고는 미소를 짓더니 입술을 삐죽 내밀고 완전히 다른 인격체로 행동하기 시작했다. 피트는 마치 갈색 문어가 초록색 산호초를 지나가면서 거의 사라지다시피 색을 바꾸는 모습을 지켜보는 기분이었다고 했다. “세테 레엘망 엉 메트르, 스 프로페쇠르. 엉 브레 동 뒤 시엘 푸르 에클레레 라 리테라튀르 프랑세즈 클라시크, 몰리에르, 라신, 볼테르. 브레망.”** 깊은 한숨. “레퀴에스카트 인 파케.”*** 그는 자연스럽게 라틴어로 덧붙였다. 셀린은 그가 성호를 긋지 않는 걸 보고 놀랐다. 빌어먹을. 정말 기괴한 세상이야. 솔직히, 아주 멋져.

“폴 러몬트의 실종에서 마음에 걸리는 부분이 뭐였어요?” 셀린은 역시 프랑스어로 불쑥 물었다.

“흔적이오.” 그는 거침없이 영어로 말했다. “빌어먹을 흔적이 완전히 엉망진창이었소.”

---

* ‘그래요’라는 긍정의 뜻을 나타내는 프랑스어로 구어적 표현이다.

** ‘그는 진정한 스승이었소, 그 교수님 말이오. 우리에게 몰리에르, 라신, 볼테르 같은 프랑스 고전문학의 세계를 열어주기 위해 하늘이 내린 선물이었지. 정말로’라는 뜻의 프랑스어.

*** ‘편히 잠드소서’ 혹은 ‘명복을 빕니다’라는 뜻의 라틴어.

▲

"잠깐만." 그가 말했다.

칙소는 야외용 의자에서 일어나 집안으로 들어가더니 일 분 후 마시멜로와 긴 바비큐 포크 세 개를 들고 나와서 나눠주었다. "그레이엄 크래커나 초콜릿은 없지만, 뭐." 그는 완벽한 갈색을 띠도록 노릇노릇 마시멜로를 구웠고 회색곰의 흔적에 대해 강의를 하기 시작했다. 회색곰들은 '오버스텝'으로 걷는다고 그는 말했다. 그러면 같은 쪽의 앞발 자취 바로 앞에 뒷발의 자취가 남게 된다. "자취들이 비스듬히 갈라져 찍히게 되지. 각도로 보면 12도 정도 되고, 곰은 뒷발 쪽에 더 무게를 싣기 때문에 뒷발 자국이 약간 더 깊소. 그런데 곰이 뭘 끌고 가게 되면, 보통은 짐승의 사체겠지, 뒷발 자국이 더 깊어지고 앞발 자국은 보통 때의 뚜렷하게 도드라지는 형태를 잃고 번지게 된다오. 네발로 엎드려서 저 막대기를 이빨로 물고 마당을 가로질러간다고 생각하면 왜 그런지 알 거요."

"그 부분은 뛰어넘으셔도 될 거 같네요." 셀린은 상냥하게 웃으며 말했다.

"맞소. 하지만 러몬트의 곰은—사람들이 다 그렇게 불렀지—그 곰의 자취는 질질 끌고 간 자국의 안팎으로 보통 때와 똑같이 뚜렷하게 남아 있었소. 발자국의 깊이에도 전혀 변화가 없었고."

"흐음."

"흐음. 나도 바로 그렇게 말했지. 게다가 발자국 모양도 문제였소. 지면이 고르지 않은데다, 특히나 소위 화물까지 운반해야 하는 상황이라면, 발가락이 당연히 구부러져 움직일 테고, 발가락 사이사이의 간격도 달라지게 되지. 문외한의 눈에는 똑같이 보이겠지만, 자세히 보면 다르오."

"그런데 이 발가락들은 똑같았군요."

"완벽하게. 간격이 밀리미터 단위로 똑같았소."

"그렇지만 확인할 만한 발자취가 많지 않았지요." 셀린은 타버린 마시멜로의 새카만 껍데기를 벗기며 말했다.

칙소는 날카롭게 눈을 들었다. "그게 무슨 뜻이오?"

"뭐, 러몬트가 곰을 만난 날 눈이 내렸잖아요, 안 그런가요?"

칙소는 셀린을 물끄러미 바라보았다. "그렇소. 길가의 커다란 가문비나무, 그 혈흔이 있던 나무 아래 찍혀 있던 한 세트, 그게 다였지. 다섯 발자국이었소. 그리고 끌고 간 흔적. 나머지는 그날 밤 내린 눈에 다 묻혔소."

"만약 본인이 실종을 연출하고 싶다면, 칙소 씨도 바로 그런 날을 고르겠죠, 안 그런가요?"

칙소는 꽤 긴 박자를 두고 셀린을 관찰했다. 그의 턱수염에 구운 마시멜로 조각이 묻어 있었다. "나도 그 비슷한 생각을 하긴 했지."

"L.B.는 무슨 이름의 약자예요?" 셀린이 물었다.

"로런스 버턴."

"로런스 버턴 칙소?"

"칠링즈워스." 그는 턱수염에 들러붙은 끈적거리는 조각을 떼어냈다. "몬태나주에서는 제대로 붙어야 할 때만 싸워야 하오." 그는 불붙은 마시멜로를 모닥불에서 꺼내 호호 불어 개에게 던져주었다.

▲

칙소는 그럴싸한 발자국은 조각을 깎아 만들 수도 있다고 했다. "콜로라도에서 괴짜 화가를 만난 적이 있소. 거대한 발톱이 달린 곰 발자국 모형을 만들어서 발가락 사이에 털을 붙이고 그걸 러닝화 바닥에 고정한 거요. 짐 와그너는 별종이었소. 그걸 신고 자기가 낚시하기 좋아하는 진흙 둔치를 쿵쾅거리며 뛰어다녔는데 효과가 썩 좋았지. 다들 겁에 질려서 혼자 그 자리를 독차지할 수 있었거든. 사람들은 짐이 저녁때 거기서 낚시하는 걸 보고 미쳤다고 했다오. 목장주가 야생동물 관리인까지 불렀는데 다들 머리를 긁적거리면서 이런 건 처음 봤다고 했소." 그는 덜걱거리는 소리가 나는 특유의 너털웃음을 웃었다.

"근처에서 인간의 자취는 못 보셨나요? 러몬트의 곰 근처에서?"

"눈 밑에는 꽤 많이 있었소. 공원 밖으로 나가서 처음 나오는 쉼터인데다 첫 실개천이었으니까. 예쁘장한 곳이지. 사람들이 도시락을 먹고 소변을 보려고 차를 세우는 곳이었소."

"그런 우려를 표명하셨나요?"

칙소는 셀린을 곁눈질로 흘겨보았다.. "난 그렇게 소심한 사람이 아니오."

"그랬더니요?"

"트래버스가 나를 고용했소. 보안관 말이오. 공원 당국에서 트래버스의 의견을 묵살하기 전의 일이지. 그 사람한테 내 보고서를 줬소."

"파니하고도 얘기를 했나요?"

"파니는 전직 해병이오. '해변으로 돌격하라'는 식의 사고방식을 가진 사람이지. 섬세한 사고를 못한다는 얘기는 아니오. 그럴 능력이 있는 사람이니까. 하지만 파니의 첫 직감은 곧장 직진하자는 거였소. 제일 간단하고 가장 그럴싸한 설명을 택하자는 거였지. 렉스 파르시모니아이. 가설이 많아질수록 자기가 감당할 수 있는 범위를 벗어나게 되니까 말이오. 그는 좋은 사람이고, 모든 조건을 똑같이 놓고 장기적으로 보면 그가 옳은 경우가 틀린 경우보다 더 많을 거라 생각하오. 가장 간단한 설명을 선택하니까, 우리보다 앞서 나가게 되는 거지."

"오컴의 면도날*이죠."

"그렇소. 곰 발자국, 끌려간 자국, 피 묻은 장화, 그걸로 사건 종결이었지. 게다가 그 아가씨가 나타날 때마다 파니가 정말 괴로워했소."

"가브리엘라요?"

"맞소. 그 이름이었소. 한 번 넷이 만나서 대면한 적이 있소."

---

* 14세기 스콜라 철학자 윌리엄 오컴이 만들었다는 원리. 어떤 현상을 설명하는 이론 중 가장 단순한 것이 진실일 가능성이 높다는 원칙으로, 경제성의 원리, 라틴어로 '렉스 파르시모니아이'라고도 한다.

"정말로요? 누구요?"

"트래버스, 파니, 가브리엘라와 나요. 현장에서. 가브리엘라가 계속 고집을 부려서 결국 파니가 그 정도는 우리가 해줘야 한다고 결정했지. 모든 걸 어떻게 발견했는지 보여주기로 했소. 미련을 좀 털어낼 수 있도록 도와주려는 생각이었지."

"세상에, 보안관은 그런 얘기는 하지 않았어요."

"모두에게 최고의 순간은 아니었소."

급작스러운 돌풍이 목재 포치를 따라 불며 셀린과 피트의 다리 쪽으로 불꽃을 날렸다. 메마른 눈발 몇 송이가 얼굴을 때렸다. 곰 추적꾼이 일어나 장작더미에서 부러진 나뭇가지 몇 개를 더 가져다 모닥불을 키웠다.

"어째서요?" 셀린이 물었다.

"글쎄, 파니가 그 모임을 주선했소. 그는 나를 초대하지 않았지만 트래버스가 데리고 갔소. 트래버스는 파니가 가브리엘라에게 무슨 얘기를 할지 미리 다 알고서, 내가 그 자리에 있기를 바라는 눈치였소. 일종의 양심적인 증인 같은 역할로. 그 아가씨는 젊다 못해 어린데 이제 고아가 됐구나, 그런 생각을 했소. 가슴이 미어지는 일이었지. 하지만 그 아가씨는 압정처럼 날카롭더군.

보안관은 절대 그녀에게 보고서를 주지 말라는 명령을 받았고 공원 당국의 결정에 한 번도 대놓고 이의를 제기하지 않았소. 오랫동안 공동전선을 유지했지. 특히 언론에 대해서. 보안관이 대열에서 이탈해 이런저런 의문을 제기하기 시작했다면 어땠을지 상상해 보시오. 언론이 완전히 개같이 엉켜서 물어뜯었을 거요. 그랬다면 어떤 성과를 얻었겠소? 그 딸한테는 고통과 의혹만 남았겠지. 괴로운 시련, 그뿐이었소. 이 남자를 절대 찾을 수 없다는 걸 모두가 알았지. 죽었든 살았든 간에. 그날 밤에 무슨 빌어먹을 일이 일어났든 그건 영원히 묻히게 될 일이었소. 가끔은 날씨가 변하는 걸 느낄 때처럼, 뼛속으로 스며오는 육감이 있는 법이오."

칙소는 몸을 부르르 떨었다. 셀린은 자기와 마찬가지로, 이 남자 역시 자기가 맡은 일을 충실히, 진심으로 대한다는 걸 알았다.

"그래서 우리는 다 같이 만났소. 가브리엘라는 자기 차를 따로 몰고 왔지. 보즈먼에서 렌트한 차였을 거요. 우리는 다리에 차를 세우고 나무들이 있는 데까지 짧은 거리를 걸어갔소. 추운 11월 중순이었소. 아직은 건조한 가을이었지. 그 일이 있었던 일주일만 빼고. 눈도 별로 오지 않았고, 군데군데 땅의 흙이 드러나 있었소. 가브리엘라는 몸에 비해 너무 큰 후드 파카를 입었는데, '스미스소니언 극지 연구소 1975년 남극 원정대'라고 쓰인 패치가 달려 있었소. 아빠 옷이라고 짐작했지. 그리고 손모아장갑을 끼고 액자에 든 작은 사진을 들고 있던 기억이 나오. 그 사진이 뭐냐고 물었더니 보여줬소. 어머니와 아버지가 서로에게 팔을 두른 채 꼭 껴안고 세상에서 가장 환하게 웃고 있는 클로즈업 사진이었다오. 사진에 난간이 보였는데 배를 타고 있는 것 같았소. 머리칼이 흩날리고 있었거든. 맙소사, 정말 멋진 부부였소."

"그래서 네 분이 그 나무 밑에서 모이셨군요."

"그렇소. 그런데 커다란 파카를 입은 가브리엘라의 모습이 너무 가냘픈 거요. 그 말을 하지 않을 수가 없군. 파니와 트래버스는 둘 다 덩치가 큰 사내요. 미식축구 선수였고. 그 옆에 있으니까 가브리엘라가 꼭 어린애처럼 보였소. 가브리엘라는 말소리를 더 잘 들으려고 후드를 벗었는데, 그때 받은 인상을 지울 수가 없소. 너무 어려 보이는데다 손모아장갑을 끼고 그 사진을 꼭 껴안고 있는 모습이라니. 마음이 너무 아팠소. 진심으로. 난 감상적인 사람이 아닌데."

"그렇게 확신하지는 마세요." 셀린이 말했다.

"글쎄. 그 모습이 어쩌면 실제로 벌어진 사건과 뭔가 관련이 있었을 수도 있소. 파니는 헛기침을 하더니 마치 누가 머리에 총이라도 겨눈 것처럼 거침없이 절차를 진행했소. 온갖 세부 사항을 짚어주었지. 여기 장화, 저기 혈흔, 발자국, 카메라, 끌려간 자국, 여자애 얼굴은 쳐다보지도 않았소. 아마 쳐다보지 못했을 거요. 그러더니 재빨리 곁눈질을 하고는 입술을 깨물고 또 헛기침을 했소.

'결론은—어쩌고저쩌고해서—러몬트 씨가 곰의 첫 습격에서 살아남지 못했다는 겁니다. 우리는 이런 유의 습격에 대한 데이터가 있고 어쩌고저쩌고. 아주 짧은 몸싸움의 수준을 넘어서면 언제나 치명상을 입게 되어 있습니다. 특히 장비나 옷이, 어……' 그러더니 입을 꽉 다물어버렸소. 비트beet처럼 시뻘겋게 달아올라 있었지. 추위 때문이 아니었소. '유감입니다.' 그렇게 말했소. 가브리엘라를 도닥여주고 싶어하는 눈치였지만 그러지 않았소. 가브리엘라의 큰 눈이 반짝거렸지. 젖 먹던 힘까지 그러모으고 있다는 걸 알 수 있었소. 파니는 또 헛기침을 하고 트래버스를 보더니 '보안관님?' 하고 불렀소. 상황을 아까 말씀드렸으니, 그 장면을 그려보시오. 트래버스나 내가 나발을 불 거 같소? '저, 이런, 아가씨, 방금 그나마 남아 있던 부모님을 잃은 거 같은데, 사실 이 빌어먹을 실종에 수상쩍은 점이 열 가지는 넘습니다……' 천만에. 그럴 수는 없었소. 우리는 배짱이 없었소. 솔직히 인정하오. 살면서 가장 자랑스러운 순간은 아니지. 그 아가씨는 진실을 알 권리가 있었소. 그때도 그런 생각을 했고 그후로도 자주 생각했다오. 시간이 좀 지나면 그런 일은 어…… 잠자는 개가 되지." 그는 고개를 돌려 포치 밖으로 가래침을 뱉었다.

잠자는 개는 깨우지 않고 내버려둬야 하는 법이다. 셀린이 남자의 발치에 몸을 동그랗게 말고 있는 비글을 슬쩍 보니 까만 코에 마시멜로 조각이 들러붙어 있었다.

▲

두 사람은 말없이 숲길을 되돌아 차를 몰았다. 카운티 도로에 들어서자 피트가 말했다. "아가일 양말 얘기는 뭐야?"

"아," 셀린이 말했다. "당신 정말 그 얘기 몰라? 당신네 동문 이야기인데."

피트는 고개를 저었다.

"뭐, 아칸소 출신 남자애가 하버드에 가서 적응하려고 애쓰던 중에 어느 상류층 남자가 휘적휘적 하버드 야드를 지나가는 걸 본 거야. 아가일 무늬 양말을 신고 파이프를 피우고 있었지. '실례지만 도서관이 어디 있는지 여쭤봐도 될까요?'* 남자애는 아주 정중하게 물었어. 상류층 남자가 쓱 내려다보더니 도도하게 말했대. '젊은이, 하버드에서는 전치사로 문장을 끝맺는 법이 없다네.' '아,' 그 남자애가 풀이 죽어서 말했대. '그럼 다시 말씀드리죠. 도서관은 어디 있냐고, 이 개자식아?'"

피트가 나직하게 킬킬 웃은 그때가 그날 최고의 순간이었다. "지금 들으니 생각나네." 피트가 말했다. "아무래도 당신이 그 얘기를 해주는 게 듣고 싶었던 모양이야. 그나저나 도서관 얘기가 나왔으

* 원문은 'Can you tell me where the library's at?'이다.

니 말인데, 우리의 다음 목적지는 도서관이어야 할 것 같아."

"당신 또 내 마음을 읽었어." 셀린은 끈적거리는 두 손가락 끝을 깨끗하게 핥았다. "역사를 좀 공부하면서, 우리한테 없는 〈내셔널 지오그래픽〉을 찾아야겠어. 러몬트는 남아메리카에 여러 번 갔던 모양인데, 어쩐지 최악의 때에 맞춰 거기 갔을 거라는 직감이 들어."

# 21

레드로지로 돌아온 셀린과 피트는 조사 작업에 불을 지피려면 마시멜로만 가지고는 부족하다는 결론을 내렸다. 피트는 셀린이라면 솜사탕만 있어도 충분할 것임을 알고 있었다. 하지만 두 사람은 빌리스 크랩색Billy's Crab Shack이라는 통나무 식당 밖에 줄줄이 주차된 할리데이비슨 열네 대에 정신이 팔렸다. 이곳에서 파는 게들은 원산지에서 아주 멀리 여행을 왔겠지만, 주차된 바이크들은 마치 고향에 온 듯 아주 자연스러워 보였다. 대부분 검은색이었는데, 세 대는 완전 개조한 모델이었고 네 대는 연료 탱크에 해골이 그려져 있었다. 검은 망토를 둘러쓴 죽음의 신 둘은 풍만한 나체의 여인과 뒤엉켜 있었고, 한 해골은 총을 난사하고, 마지막 해골은 새를 관찰하는 것처럼 쌍안경을 들여다보고 있었다. 두 사람은 바이크 옆에 트럭을 세웠다.

셀린은 신이 났다. 피트는 셀린이 주시프루트 껌을 두 개나 꺼내서 포장을 뜯는 걸 보고 알았다. "있잖아, 피트." 셀린은 껌을 씹으며 말했다. "보이스카우트가 시내에 놀러왔어." 해골과 뼈를 재료로 자주 활용하며 죽음의 도상학에 흠뻑 빠진 예술가로서, 셀린은 할리데이비슨 바이크들에서 은은히 빛나는 에어브러시 아트를 향해 예술 애호가다운 비판적 시선을 보냈다. "해부학적으로 부정확해." 셀린이 말했다.

"해골 말이야, 여자 말이야?"

"둘 다. 정말 여기 게 요리가 있을까?"

"없으면 좋겠네." 피트가 담담하게 말했다.

두 사람은 차에서 내렸다. 구름이 빠르게 흘러갔고 날씨가 따뜻해지고 있었다. 한순간 해가 환하게 비쳤다. 셀린은 인도에서 잠깐 발길을 멈추고 꼬박 일 분 동안 햇빛을 만끽한 후 양문형 출입문을 밀고 들어갔다. 영화처럼 손님들이 모조리 고개를 돌리고 쳐다보는 일은 없었다. 바이커들은 각자의 일에 완전히 몰입해 있었다. 그중 여섯 명은, 평범한 체격의 사람이라면 열다섯 명은 넉넉히 앉을 만한 긴 바에 어깨를 바짝 붙인 채 앉아 있었고, 세 명은 천장에 걸린 랍스터 냄비 아래에서 다트를 던지고 있었으며, 두 명은 날씬한 바이커 아가씨 두 명과 함께 뒤쪽에서 당구를 치고 있었다. 그리고 세 명은 가죽조끼를 입은 아가씨 중 한 명을 작은 테이블에 올려놓고 주크박스에서 흘러나오는 〈Free Bird〉에 맞춰 여자가 춤추는 모습을 구경하고 있었다. 회색 머리를 포니테일로 묶은 얼굴이 초췌한 현지인 바텐더가 바 뒤에서 생맥주를 따랐고, 예쁘장한 젊은 여자가 다트 놀이를 하는 사람들에게 바구니에 담긴 피시 앤드 칩스를 서빙하고 있었다. 여자는 소매에 프릴이 달린 파란 체크무늬 짧은 원피스에 하얀 운동화를 신고 앞치마를 둘렀는데, 사자 우리에 들어간 한 마리 영양처럼 민첩하면서도 삼가는 태도로 우아하게 움직였다.

다들 고개를 홱 돌리지는 않았지만, 나이가 지긋하고 품위 있는 상류층 관광객이 정문으로 들어오자 곁눈질로 힐끔 살펴보았다. 위협도 기회도 찾지 못한 시선들은 다시 열심히 즐기던 파티로 돌아갔다. 셀린은 찰나의 순간에 머릿수를 세고 밖에 주차된 바이크 수와 대조해보았다. 남자들은 전부 수가 맞았다. 화장실에는 아무도 없었다. 이건 몸에 밴 버릇이었다. 또한 셀린은 그들이 피트와 그녀에게 파리만큼도 관심이 없다는 사실을 알았다. 좋다. 하지만. 셀린은 저 사람들 중 하나를 붙잡고 해골이 쌍안경을 들고 대체 뭘 하고 있는지 물어봐야 직성이 풀릴 것이다.

식당은 패밀리 레스토랑과 술집의 기묘한 혼종이었다. 둥근 테이블에는 붉은 체크무늬 비닐 식탁보가 덮여 있고 핫소스와 케첩이 놓여 있었다. 벽에는 낚시 그물과 랍스터 부표와 보트용 갈고리 장대가 걸려 있고 포스터스 에일과 버드와이저의 네온사인이 창문에서 반짝였다. 셀린은 코를 찡긋했다. 적어도 남학생 패거리가 모이는 지하실처럼 오래된 맥주 냄새가 나지는 않았지만 훌륭하신 바이커 중 몇 명은 이제 진짜 목욕을 좀 할 때가 되었다는 생각이 들었다.

바텐더가 테이블을 가리키며 손짓을 했다. 셀린은 다트를 던지는 사람들과 제일 가까운 테이블을 골랐다. 다행히도 대화가 불가능할 정도로 음악이 시끄럽지는 않았다. 턱수염이 난 바이커 두 명이 맥주잔을 들고 다트를 던지는 다른 형제를 지켜보고 있었다. 둘 중 하나가 다른 한 명에게 말했다. "그래, 덴버에서 J.R.의 장례식에 갔었지. 목사가 일어나더니 상위 1퍼센트 부자 이천 명 앞에서, 제기랄, 농담이 아니라 진짜로 이렇게 말했다니까. '날마다 저는 오늘 하루도 아무도 죽이지 않고 불구로 만들지도 않고 강도질도 하지 않았다는 사실에 하느님께 감사드리고 침대에서 일어납니다!'"

폭소. 셀린은 그 무리가 달고 있는 둥근 패치를 손짓으로 가리켰다—독수리가 날개를 펴고 있는 문양 아래 라틴어가 필기체로 적혀 있었다.

"도네크 모르스 논 세파라트*라고 쓰여 있어, 피트. 결혼서약하고 굉장히 비슷해. 도네크 모르스 노스 세파라베리트. 죽음이 우리

* '죽음이 올 때까지 갈라지지 않으리'라는 뜻의 라틴어로, 바이크클럽인 '침묵의 아들들(Sons of Silence)'의 모토다.

를 갈라놓을 때까지. 차라리 셈페르 피* 같은 게…… 좀 결혼 느낌이 덜 나지 않아?"

"아무래도 그 얘기는 안 꺼내는 게 좋겠어."

"칫."

두 사람은 다트판 바로 옆의 테이블에 바구니 세 개를 내려놓는 웨이트리스를 지켜보았다. 그녀는 셀린을 보고 손을 흔들었다. 턱수염이 난 바이커들이 미소를 지으며 웨이트리스에게 고맙다고 인사했다. 그녀는 도망쳤다. 하지만 붙들렸다. 최장신에 깔끔하게 면도한 얼굴, 긴 말총머리, 팔뚝을 드러내고 팔꿈치에 거미줄 문신을 한 남자가 다트를 잡고 있던 손으로 웨이트리스의 치맛자락을 붙잡았다. 번개처럼 빠른 동작에 여자가 놀라 얼어붙었다. 그녀가 치맛자락을 잡은 손길을 눈치채지 못한 척하며 남자의 당기는 힘에 맞서 한 발자국 더 내디디자 허벅지와 배에 옷이 팽팽하게 닿는 것이 셀린의 눈에 들어왔다.

"그렇게 빨리 가시면 안 되지, 아가씨. 내가 물었잖아. 살사소스 가져왔냐니까?"

젊은 여자는 빙글 돌았다. 주근깨 아래 피부가 발갛게 상기되어

* '늘 충실하라'는 뜻의 라틴어로 미국 해병대의 모토다.

있었다. "미처 못 들었어요, 죄송합니다. 테이블에 핫소스가 있습니다, 선생님."

거미줄 문신이 입이 찢어져라 웃었다. 금니 두 개가 번득였다. 그는 몸에 딱 맞는 원피스가 뒤틀린 여자의 모습을 위아래로 훑어보았다. 남자는 나비 날개를 잡듯 두 손가락으로 치맛자락 끝을 치켜들고 있었다. 여자의 다리가 이제 허벅지까지 드러났다. 셀린에게도 속옷의 꽃무늬가 다 보였다. "선생님이라니……" 그가 으르렁거렸다. "그러니까 내가 굉장히 늙기라도 한 것 같잖아. 핫소스는 살사가 아니지." 그는 손을 놓지 않았고 여자는 공황에 빠졌다. 셀린은 눈빛만 봐도 알 수 있었다. "죄송합니다. 주방에 좀 있을 것 같아요." 웨이트리스가 중얼거렸다. 셀린은 여자의 달싹거리는 입술을 읽을 수 있었다. 여자는 초조하게 골반으로 손을 가져가 뒤틀린 치마를 바로잡으려 애썼다.

피트는 아내의 숨결이 가빠지는 걸 느꼈다. 셀린은 입을 앙다물고 있었다. 혹시나 해서 어깨에 압축산소통을 메고 왔던 피트는 장비를 작동시키고 셀린에게 튜브를 건네주었다. 셀린은 짜증이 났지만, 산소가 필요할 때 늘 그러듯 눈을 이미 흡뜨고 있었다. 그녀는 마지못해 삽입관을 받아들고 귀에 걸었다. 두 번 숨을 쉬고 튜브를 빼더니 셀린이 벌떡 일어났다. 피트는 굳이 다시 앉으라고 하지 않았다. 아니, 그건 피트가 할 일이 아니었다. 그는 그냥 압축산소통의 전원을 껐다.

거미줄 문신은 이제 여자의 원피스 자락을 공처럼 말아 주먹으로 움켜쥐었고, 여자는 몸을 비틀며 풀려나려 애썼다. 거미줄 문신의 빈손이 유유하고 숙달된 동작으로 단추가 풀린 여자의 옷깃을 재빨리 공략했다. 그는 손가락 두 개를 그녀의 가슴골 사이로 뻗어 얇은 목걸이에 달린 작은 금 십자가를 잡아당겼고, 여자는 어쩔 수 없이 반 발자국 정도 넘어지듯 그쪽으로 딸려갔다. 여자는 불타는 마구간의 말처럼 겁에 질려 어쩔 줄 몰랐다.

"우리가 어디 가나? 전혀 서두를 게 없단 말이야. 양념 얘기를 해보자고. 소스 같은 거. 소스는 있겠지, 아가씨한테. 암, 있고말고. 그것도 아주 핫할 거야."

셀린은 마지막으로 심호흡을 한 번 하고 나무의자 두 개 사이로 슬쩍 들어갔다. 그리고 팔을 뻗어 거미줄 문신의 어깨를 툭툭 쳤다. 그는 놀라서 펄쩍 뛰었다. "씨발!" 여자를 잡았던 손을 놓고 양 주먹을 치켜들고 뒤로 돌아선 그는 눈앞에 아무도 보이지 않자 아래를 내려다보았다.

"씨발 이게 무슨 짓이오?" 그가 말했다. 한쪽 주먹의 손가락마다 글자가 하나씩 쓰여 있었는데, 주먹을 쥐면 커다란 파란색 글씨로 'FUCK'가 나타났다. 다른 주먹에는 'OFF'라고 쓰여 있었다.*

---

* 'Fuck off'는 '꺼져버려'라는 뜻의 비속어다.

"아주 똑똑한 생각이네요." 셀린이 말했다. "단어를 만드는 손가락이라니. 그걸 보니 문신한 페니스 농담을 들려줘야겠다는 생각이 드네."

웨이트리스는 잠시 후에야 자기가 풀려났다는 걸 깨닫고, 입을 떡 벌린 채 셀린을 보고는 재빨리 식당을 가로질러 주방으로 통하는 회전문을 밀고 사라져버렸다. 피트는 이제 사람들이 이쪽으로 고개를 돌리는 것을 보았다. 바에 앉아 있던 바이커 무리가 등받이 없는 회전의자를 빙글 돌렸다. 테이블 위에서 춤을 추던 여자가 못마땅하다는 듯 인상을 썼다. 조끼 단추를 다 풀어헤친 그녀는 속에 아무것도 입지 않았다.

남자의 험한 눈길을 피하지 않고 노려보며 셀린은 옆 테이블의 플라스틱 병을 잡고 치켜들었다. "살사." 그녀가 말했다. "아무도 못 본 것 같네요." 거미줄 문신은 한쪽 주먹을 펴고 병을 받았다. 눈을 껌벅거렸다. 대체 이 체구 작은 할머니를 어떻게 이해해야 할지 알 수 없었다. 셀린은 상대가 전사다운 분노를 끌어내려 애쓰지만 당황한 나머지 그게 잘 안 되고 있다는 걸 알아챘다. 뭐, 셀린이 분노를 터뜨리게 도와줄 수 있지.

"별로 예의바르지 못한 행동이었어요." 셀린이 말했다. "그쪽은 늘 젊은 여자의 치맛자락을 붙잡나요? 아니면 머리채를? 아, 아무래도 여자의 관심을 끄는 방법이 그거 하나밖에 없나보죠?"

남자는 입을 꾹 다물었고, 표정이 굳어졌다. 검은 눈이 불투명하게 변했다. 셔터가 철컥 닫히는 것 같네, 셀린은 생각했다. 몹시 다루기 힘든 손님이야. 뒤에서 그의 친구 한 명이 주크박스의 전원을 뽑았다.

"할머니," 그가 말했다. "좋게 말할 때 자리로 가서 앉으쇼. 내가 진짜 자비를 베푸는 거요. 크게 봐드리는 거라고." 셀린은 세 발자국 뒤로 물러섰다. 재킷 아래 갈비뼈 밑으로 글록 26 권총이 자리잡고 있었다. 저 남자에게 총을 겨눠야 한다면 남자의 팔이 닿는 범위 안에 있으면 안 된다. 그녀는 몬태나의 이상한 게 전문 요리점 실내를 둘러보았다. 바이커 중 절반은 웃고 있었다.

"그렇지," 거미줄 문신이 말했다. "물러나요. 할머니가 착하게 사셔야지." 그러더니 끔찍하게 못생긴 금니를 드러내며 씩 웃었다.

"난 그쪽이 사과해야 한다고 보는데," 셀린이 말했다. "저 아가씨한테. 나한테도 하면 좋고. 내가 여성을 대표해서 받아줄 테니까." 셀린은 허리를 꼿꼿이 폈다. 그녀는 두려운 기색이라고는 찾아볼 수 없는, 아주 진지한 눈빛으로 남자를 똑바로 응시했다. 제왕처럼 당당했다.

바의 공간이 긴장으로 팽팽해졌다. 피트는 바의 수도꼭지가 잠기고 물방울이 똑똑 금속 싱크대에 떨어지는 소리를 들었다. 이제는 땀냄새, 빨지 않은 옷의 쩐내, 맥주와 불붙인 담배 냄새가 뒤섞여 완전히 발효된 악취가 났다.

거미줄 문신은 메마른 입술을 핥았다. 반쯤 넋이 나간 표정으로 가죽 호주머니에서 뭔가를 슬며시 꺼냈다. 5인치 칼날의 접이식 나이프였다. 그는 엄지손가락으로 칼날을 펼쳤다. 전혀 서두르지 않고 숙련된 동작 하나하나를 음미했다. 셀린은 그가 몹시 위험한 인간이라는 걸 알았다.

"할머니," 그가 중얼거렸다. "죽고 싶어? 내가 도와줄 수 있는데."

구경하던 남자들의 얼굴이 돌처럼 굳었다. 웃음기도 다 사라졌다. 제대로 피를 볼 기대감 때문이거나, 삼 분 후에는 몬태나의 살인마로부터 다 같이 도망쳐야 하는 사태가 닥칠지도 모른다는 생각 때문이었다. 그런 일이 발생한다면 전략적으로 신속하게 행동할 필요가 있었다. 그들은 모두 자기네 바이크에 그려놓은 해골 머리처럼 맹렬한 집중력으로 보고 듣고 있었다.

셀린은 사내의 눈길에 꿈쩍도 하지 않았다. 그녀도 마른 입술을 핥았다. 바 안의 모든 사람이 그 동작을 보고 의미를 읽으려 했다. "젊은이," 드디어 셀린이 아주 또렷하게 말했다. "나는 이미 죽은 몸이야."

그 말이 돌풍처럼 구경꾼 무리를 덮쳤다. 그것은 사무라이의 신조였다. 외인부대의 신조였다. 그들의 신조였다. 어떤 깨달음이 엄청난 힘으로 그들을 덮쳐왔다. 그것은 확신을 갖고, 단순하게, 아무런 두려움도 없이 내뱉은 말이었다. 모든 전사는 심장에 순수한 용기에 대한 절대적 존경을 품고 있는데, 모든 바이커가 이 여자에게서 바로 그 용기를 보았다. 심지어 거미줄 문신마저 몽롱한 환각 상태에서 퍼뜩 정신을 차린 눈치였다. 이제 그 손에 들린 나이프가 자연스러워 보이지 않았다. 셀린은 그가 어떤 선택을 내려도 이상하지 않다고 판단했다.

"잠깐만." 셀린이 말했다. 높은 광대뼈가 푹 꺼지고 눈이 번들거렸다. 셀린은 의자 등받이를 붙잡고 숨을 몰아쉬었다. 아무도 움직이지 않았다. 셀린이 피트에게 고갯짓을 했다. 그는 작은 압축산소통의 전원을 켜고 삽입관을 건네주었고, 셀린은 흡입기를 코에 갖다댔다. 일 분 동안 심호흡을 하고 나서 셀린은 다시 피트에게 삽입관을 주었다.

그녀는 실내를 둘러보았다. "젊은 친구들, 내가 진심으로 충고하는데 아직 앞날이 창창할 때 한시라도 빨리 담배를 끊는 게 좋을 거예요."

터질 듯 팽팽한 타이어에서 공기가 피식 빠지는 느낌이었다. 실내에 둘러서 있던 바이커들은 참고 있던 숨을 내뱉고 털뭉치 같은 머리를 흔들며 "씨발 이게 뭐였지?"라고 말했다. 한두 명은 어색하게 웃기도 했지만 이제 아무도 재미를 볼 마음이 나지 않았다. 턱수염을 기른 늙수그레한 남자가 거미줄 문신의 어깨에 손을 얹자 그는 나이프를 접고 꿈의 잔상을 걷어내듯 머리를 홱 털었다. 피트는 누군가가 해피아워*에 맞춰 빅 팀버까지 가려면 이제 다시 달려야 한다고 말하는 소리를 들었다. V자형 하사관 패치를 단 거인 같은 사내가 계산을 했다. '침묵의 아들들'은 일렬로 서서 한 사람씩 나갔다. 주크박스는 침묵을 지켰다. 그들의 부재로 고적해진 바에서 셸린과 피트는 할리데이비슨 열네 대가 우레처럼 시동을 걸고 출발하며 내는 기침과 포효 소리를 들었다.

---

* 술집에서 술값을 할인해주는 시간대.

# 22

레드로지 공공도서관은 강이 내려다보이는 널찍한 포치가 있고 주차장을 굽어보는 황동 회색곰 조각상이 서 있는 신축 건물이었다. 젊은 히피 커플이 대놓고 대마초를 피우고 있었다. 주차장에는 낡아빠진 스바루와 총기 보관대가 장착된 픽업트럭이 고르게 세워져 있었다. 히피와 백인 노동자, 서부의 소도시 상당수가 그렇듯 기름과 물처럼 섞일 수 없는 사람들이 모여 살았다.

피트는 개인 열람석에 노트북 전원을 꽂았고 셸린은 안내 프런트의 사서에게 삼십 년 전의 〈내셔널 지오그래픽〉을 어디서 찾을 수 있을지 문의했다. 사서는 터틀넥 스웨터를 입고 터키석 귀걸이를 달고 육각형 무테 돋보기를 끼고 있었다. 반백의 긴 머리는 뒤로 넘겨 하나로 묶었다. 여자는 파란 눈을 들더니 늪지의 왜가리가 서로를 알아보듯 친근한 표정을 지었다. 아마 코네티컷에서 성장기를 보낸 모양이었다. "내가 나이를 먹을 만큼 먹어서, 어린 남자 애들이 똑같은 질문을 하던 시절을 기억하고 있답니다. 그런데 그 애들은 지질 구조판이나 동굴벽화 같은 데 전혀 관심이 없었죠."

"뭐, 저는 사실 두 가지 주제 모두에 굉장히 큰 관심이 있어요. 어떻게 아셨죠?" 셀린이 말했다. 사서가 일어나 프런트 뒤에서 나왔고—덴마크 나막신을 신고 있었다—셀린은 금세 우군이 생겼다는 걸 깨달았다. "몇 년도요?" 사서가 어깨 너머로 물었다. "사실 다섯 권이 필요해요. 1973년 3월호, 1974년 1월호, 1975년 2월호, 1977년 9월호와 10월호요."

▲

그 펼침면 사진이 거기 있었다. 다른 잡지에는 러몬트의 사진이 없었지만 1974년 1월호에 대형 특집기사가 실렸다. 아, 촬영 솜씨는 훌륭했다. 그는 아주아주 훌륭한 사진가였다. 칠레를 재방문해서 작성한 기사였는데, 이번에는 전적으로 파타고니아의 만소강 계곡에서 촬영이 이루어졌다. 가브리엘라가 말했던 바로 그 기사였다. 처음 갔을 때부터 이 장소가 러몬트에게 깊은 인상을 남긴 게 분명했다. 특유의 평평한 모자를 쓰고 말을 탄 칠레의 카우보이 와소를 찍은 사진이 더 많이 실려 있었다. 강가를 따라 자리잡은 농장들이 말이 다니는 길로 이어졌고 낮게 깔린 구름에 가려져 있었다. 야외에 피운 모닥불 앞에서 여자들이 마테차 한 잔을 나눠 마셨고, 폭풍우가 몰아치듯 시커먼 하늘을 배경으로 카우보이가 말들을 몰고 나무 한 그루 없는 산의 등마루로 올라갔다. 굉장한 사진이었다. 그리고 거기에 그가 있었다. 폴 러몬트. 그의 사진이 기고자 소개 페이지에 실려 있었다. 태양 아래 모자도 쓰지 않고 검은 티셔츠 차림으로 서 있는 그는 단단한 체구의 미남이었다. 짤막한 캡션에는 그가 지난겨울 내내 칠레에서 만소 계곡을 촬영했다고 쓰여 있었다. 거기만 간 건 아니었겠지, 셀린은 생각했다. 내 모자를 걸어도 좋아. 그해 9월 말 칠레에서 일어난 온갖 정치적 소요에 대해서는 기사에 한마디도 언급되지 않았다.

▲

셀린은 잡지를 가지고 칠레의 1973년 (남반구 기준) 겨울과 봄에 대한 조사에 착수한 피트에게 갔다. 피트는 재빨리 십여 편의 기사들을 골라 저장했다. 9월 11일 아침, 아우구스토 피노체트 장군이 산티아고의 대통령궁 라 모네다에 보병과 장갑차 부대를 보내 공격을 명령했다. 피노체트는 민주적으로 선출된 대통령 살바도르 아옌데의 사회주의 정부를 일격에 전복할 작정이었다. 그날 오후, 대통령궁 경비대는 결국 반란군에 투항했고, 예순다섯 살의 아옌데는 인디펜던스 살롱에서 사망한 채로 발견되었다. 공식적으로 아옌데는 피델 카스트로에게서 받은 AK-47 소총으로 자살했다고 발표되었다. 쿠데타 세력은 군사내각을 출범시켰고 피노체트는 곧 유일한 지도자로 올라섰으며 근대 국가 역사상 최악의 암흑기가 시작되었다. 고문과 실종과 정치적 살인으로 점철된 정권은 수만 명의 사상자를 낳았다.

미국 정부는 아옌데 정권 전복의 기초 작업부터 연루되어 있었고 2000년 국가정보위원회 보고서에 따르면 CIA는 "피노체트가 대통령직에 오르는 데 직접적인 도움을 주지는 않았으나, 일부 음모자들과 꾸준히 정보 수집 차원에서 협력했고, CIA가 쿠데타를 방관했을 뿐 아니라 1970년 이미 쿠데타를 선동하려 시도했던 것으로 보아 이를 묵인한 거나 마찬가지였다."

"묵인한 거나 마찬가지였다." 셀린은 담담하게 다시 한번 읽었다. 그리고 재빨리 나머지 기사를 훑었다. "러몬트는 봐서는 안 될 뭔가를 본 거야. 혹은 기록을 했거나. 가브리엘라에게 전화를 걸어봐." 셀린이 마침내 말했다. "내가 전화할게. 아버지가 라 모네다 대통령궁 출입증을 갖고 있었는지 알아야 해. 혹시라도 그런 얘기를 한 적이 있는지. 이런 맙소사." 셀린은 팔뚝으로 얼굴을 가리고 한참 동안 요란하게 기침을 했다. 어린이용 서가의 빈백에 앉아 있던 아이들과 부모 몇 사람이 셀린 쪽을 쳐다보았다.

"미안해." 셀린이 헐떡이며 말했다. "지금 당신이 전화 좀 걸어줄래?"

"도청은 어떻게……"

셀린은 여전히 손으로 입을 막은 채 고개를 끄덕였다. 간신히 숨을 고르고 나서야 말을 맺을 수 있었다. "가브리엘라한테 근처 커피숍에 가서 거기 있는 전화기로 다시 전화해달라고 부탁하는 게 좋겠어. 여기 도서관 번호로 전화하라고 해. 이 사람들한테 한 20달러 주지 뭐. 도청장치를 설마…… 잠깐, 그래, 그랬을 수도 있어, 음……" 셀린은 숨을 쉬려고 헉헉거리다 또 기침을 했다. "있잖아. 칠레의 단서가 이 모든 사건의 열쇠야. 러몬트는 거기 있었어. 그의 부업에 관한 소문 있잖아. 일리가 있어. 우리 젊은 친구 태너 씨 일도 설명이 되고. 와우. 와우, 피트. 이런 얘기는 꾸며내기도 힘들겠네."

피트는 미소를 지었다. 와우는 셀린이 정말로 감탄했을 때 내는 탄성이었다. 정말로 감탄한 게 틀림없었다. 피트도 그랬다. 그는 부드럽게 셀린의 등에 손을 얹고 발작이 지나갈 때까지 기다렸다. 이런 일은 익숙했다. 셀린이 다시 수월하게 호흡할 수 있게 되자 그는 등을 쓸어주면서 말했다. "전화를 걸면 괜히 감시만 심해지고 위험해질 수도 있어. 지금 가브리엘라가 우리한테 더 해줄 얘기가 뭐가 있겠어."

셀린은 숨을 쉬었다. 비틀거리면서 일어나 열람석 너머로 도서관 내부를 살펴보았다. 엄마들은 이제 다시 아이들에게 큰 소리로 책을 읽어주고 있었다. 산사람 같아 보이는 남자가 프런트에서 책을 한 권 빌리는 중이었고, 할머니 한 분이 퀼트 잡지 몇 권을 프런트로 들고 가고 있었으며, 밖에서 대마초를 피우던 히피 커플은 이제 널찍한 개방 열람실 앞의 데스크톱 컴퓨터를 차지했다. 그게 다였다.

"이해가 안 돼." 셀린이 말했다. "비밀이 없는데. 이제는, 지금은 비밀이랄 게 없잖아. 사실 진심으로 관심을 갖는 사람이나 있겠어? CIA가 남아메리카에서 한 일은 알 만한 사람은 이제 다 알잖아."

"아닐 수도 있지."

셀린은 한쪽 눈썹을 치켜세웠다. 셀린은 기민했다. 피트는 스위스 시계 장인의 솜씨로 정교하게 튜닝된 기계장치가 찰칵거리는 소리가 들리는 기분이었다. "모든 얘기가 사회주의 정권 전복을 위한 자금 지원, 쿠데타 음모 선동, 첩보를 가리키고 있어. 만약 밝혀진 것 이상의 뭔가가 있다면? 뭔가 더…… 치욕스러운 일이?"

"더 직접적일 수도 있고." 피트가 말했다. "당신은 러몬트가 연루되었을 거라고 봐?"

"그쪽으로 흘러가는 것 같긴 해. 아니면 그가 현장에 있었거나. 사진작가였잖아. 사진이 있었던 거야. 내 모자를 걸어도 좋아. 아, 피트." 셀린은 몇 번 더 공기를 들이마셨다. 흥분을 주체할 수가 없었다.

"하지만 전부 가정에 불과해." 셀린이 말했다. "여기저기서 주워들은 풍문, 우연히 맞아떨어진 타이밍. 1973년 겨울에 칠레에 있었던 미국인이 수천 명은 될 거야. 반동적인 정치 성향을 가졌던 사람이 대다수일 테고."

"물론 그렇지." 피트가 중얼거렸다. "하지만 젊은 윌리엄 태너는 현실이야. 그리고 아무래도 잠적한 것 같은데."

▲

그들은 추적 화면에서 태너를 확인했지만 깜박이는 불빛도, 어떤 신호도 없었다. 뭐. 협곡에 주차를 했거나 지하의 구조물에 숨었을 가능성도 있었다. 일시적으로 신호를 차단하는 것은 쉬웠다. 두 사람은 산책을 했다. 도서관에서 뭔가가, 아마 세제 같은 게 셀린의 호흡을 악화시켰고, 두 사람의 논의도 이 시점에서 맑은 공기를 쐴 필요가 있었다. 새로운 시각이 절실했다. 앞으로의 행동 계획이 필요했지만, 지금은 아무것도 없었다.

두 사람은 함께 걸을 때면 늘 훌륭한 자극을 받곤 했다. 집에 있을 때도 이스트강을 따라 걷다가 리버 카페를 돌아서 낡은 벽돌 향료 창고를 지나 덤보*의 자갈길을 걷곤 했다. 그리고 소담한 몽돌 해변을 지나쳐 네이비 야드까지 갔다가 돌아왔다. 이따금 워터 스트리트의 초콜릿 가게에 들러 진한 코코아를 마시기도 했다. 이런 한가로운 산책을 하다보면 사건을 새롭게 보는 시각이 열리는 때가 많았다.

---

* 뉴욕 브루클린에 속한 지역.

그래서 두 사람은 레드로지의 메인 스트리트를 천천히 걸어 젠츠 이발소, 뷰트 다이너, 페이스 박제 전문점, 벤스 스포츠 용품점을 지나 우회전해서 엘크 스트리트로 들어섰고 록강의 강둑으로 걸어갔다. 미루나무들과 오리나무들이 불타는 주황색부터 호박색, 연노란색까지 다채롭게 물들어 있었다. 하늘의 구름이 걷히고 파란색이 보이기 시작했다. 햇살이 아득한 강둑의 나무들을 바람처럼 휩쓸고 바람에서 달콤한 낙엽냄새가 났다. 셀린은 가끔 살아 있다는 게 순수한 기적이라는 생각을 하곤 했다. 이보다 더 멋진 게 뭐가 있을까?

뭐. 엄청난 수수께끼들이 있었다. 최소한 하나 정도는 풀어도 좋지 않을까?

두 사람이 대화를 나누며 한 얘기는 다음 행보의 효율성에 관한 것이었다. 이제부터는 한 발자국 한 발자국 조심스럽게 디뎌야 했다. 몇 가지 사실이 명확해지고 있었다. 1) 가브리엘라의 통화는 도청당하고 있었다. 2) 가브리엘라가 처음 전화를 걸었을 때 했던 어떤 말이 주거침입을 유발했다. 3) 아버지의 실종에 대해 가브리엘라 혼자서 연구한 파일이 도난당했다. 4) 해군 특수부대의 노련한 저격수인 윌리엄 태너라는 남자가 그들을 미행하고 있다. 열성 팬이라거나 허가를 받고 전기를 쓰려는 작가는 아닌 게 분명하다. 5) 폴 러몬트의 실종 사건에 대한 공식적인 현장 조사는 구멍이 한두 군데가 아닌데다 여러 증거가 다른 설명을 암시하는데도 알 수 없는 이유로 왜곡되어 곰의 습격으로 죽음을 맞았다는 결론으로 마무리되었다. 6) 수사 책임자인 공원 경비대 팀 파니는 평소 성격과 달리 무뚝뚝한 태도로 서둘러 결론을 내렸다. 외부 압력을 암시하는 부분이다. 7) 폴 러몬트는 1973년 겨울 〈내셔널 지오그래픽〉의 청탁을 받아 칠레에 갔다. 8) 그해 겨울이 끝날 무렵 미국이 배후에서 지원한 쿠데타가 일어났다. CIA의 협조로 쿠데타 세력은 민주적으로 선출된 정부를 전복하고 독재자를 세웠다.

"두 가지 더 생각해보자, 피트. 틀림없이 두 가지가 더 있을 거야. 딱 열 개를 맞추면 우아하지 않겠어?" 피트가 뭐라고 중얼거렸다. 그들은 천천히 걸었다.

"계속 눈에 띄는 저 새 이름이 뭐지?" 셀린이 물었다. "강둑을 따라 날아다니면서 저렇게 지저귀는 새 말이야. 예쁘다."

"물총새야."

"아주 아름다워."

그러니까, 9) 태너와 관련된 무언가. 그 남자는 굉장히 신경에 거슬린다. 아, 물론이지. 미행할 때는 말 그대로 얼굴을 드러내다시피 하다가, 상황이 역전되어 그들이 그에 대한 정보를 좇기 시작하자 잠적해버렸다. 그냥 사라져버렸다.

"마음이 불편해."

"나도 그래."

10) 이 모든 사실의 파편과 가정의 총합은, 상당한 자원과 권력의 소유자가 폴 러몬트의 부활을 원치 않는다는 것이다.

▲

두 사람은 쿠퍼의 빅 디퍼에서 아이스크림콘을 샀다. 피트는 초콜릿 콘을 샀고 셀린은 젊은 직원에게 더스티밀러 아이스크림을 만드는 비법을 가르쳐주었다. 꼭 직접 만들어 먹어보라고 강력히 추천하면서 셀린은 덧붙였다. "하지만 조심해야 해요, 중독성이 몹시 강하거든요. 말이 필요 없다니까요." 더스티밀러는 셀린과 자매들이 주말마다 피셔스의 비치클럽에서 만들어달라고 졸라댔던 아이스크림이었다. 사막의 사구에 낮게 자라는 탁한 초록색 식물의 이름을 따서 지은 이름이었다. 바부도 몹시 좋아해서 일주일에 한 번은 먹었고, 언제나 가가 몫을 따로 챙겨두곤 했다. 가가는 관심 없는 척했지만 내심 즐겼다. 커피 아이스크림에 마시멜로소스, 허시 초콜릿 시럽, 그리고 몰트파우더를 넉넉히 뿌리면 된다. 말이 필요 없다.

그들은 가게 앞의 커다란 미루나무 그늘 아래 있는 피크닉 테이블에 앉아 아이스크림을 먹었다. 날씨는 다사롭다고 느껴질 정도였다. 그래서 셀린은 가을을 사랑했다. 도저히 예측이 불가능하다는 것 말고는 아무것도 알 수 없으니까. 이제 셀린은 한껏 즐기고 있었다.

아마 비슷한 나이의 대다수 어머니와 할머니들은 변화나 갑작스러운 일탈, 턱수염을 기른 암살자의 미행을 별로 좋아하지 않으리라. 셀린은 전부 좋았다. 태너 때문에 불안한 척했지만 피트는 셀린이 스릴을 즐기고 있다는 걸 알았다. 흥분으로 기운이 솟아나고 있었다. 태너는 셀린 앞에 닥친 가장 직접적인 도전이었고 덕분에 셀린의 집중력이 더 강해졌다. 태너는 지도 밖으로 벗어나 포기하고 집으로 간 게 아니었다. 곧 내릴 비나 임박한 위험, 좋은 일의 냄새를 맡을 수 있듯 셀린은 태너의 냄새 역시 맡을 수 있었다.

"썩 괜찮아." 셀린은 몰트파우더가 뿌려진 천국 같은 맛의 아이스크림을 한 숟가락 더 듬뿍 떴다. "일 년 뒤에 여기 다시 오면 아마 메뉴에 올라 있을 거야. 그리고 저애들도 다 뚱보가 되어 있겠지."

피트는 진지했다. "당장은 우리가 확실히 일 년 후에 돌아올 수 있도록 조치를 취하는 게 우선이라고 봐. 아무래도 우리가 건드리고 있는 사건의 규모나 민감성이 가브리엘라와 실종된 아버지를 넘어서는 것 같아."

셀린은 얼굴을 찌푸렸다. 별생각 없이 지나치던 사람들은—예를 들어 강둑길을 걷고 있던 십대의 연인이라든가—셀린이 화가 났다고 생각했을지 모른다. 아주 화려한 노부인이 별 볼 일 없는 작은 마을의 아이스크림 가게에서 형편없는 서비스에 화가 치밀었나보다고. 셀린의 입술은 꾹 다물어졌고 눈은 커다랬으며 뺨은 팽팽하게 당겨져 있었다. 호흡이 힘겨웠다. 화가 난 게 아니었다. 평생 해왔듯이 한판 싸움을 앞두고 마음을 다지고 있었다. 이 사건은 대충 흘려보낼 수가 없었다. 사건을 맡았을 때 이미 잃을 게 없었다. 미미가 쓰다 남은 모르핀이 총기 금고 속에서 유혹하고 있었으니까.

이제는 가브리엘라의 안전도, 피트의 안전도 셀린이 생각해야 했다. 남편의 삶은 아직 끝에 다다르려면 한참 멀었다. 셀린은 피트가 메인주의 섬에서 보낸 어린 시절과 실종된 사람들을 찾아다닌 인생에 관한 회고록을 쓰면서 앞으로 이십 년은 더 행복하게 살 수 있다는 걸 알았다. 셀린의 마음 한구석에서는 아버지가 딸을 버릴 수밖에 없는 상황을 만들어낸 사람들에 대한 분노가 일었다. 다넷도 확실히 원인을 제공한 측면이 있었고 아버지로서 자기 파괴적인 성향을 지닌 러몬트 역시 책임이 있었다. 그러나 더 커다란 압박과 정황이 연루되어 있었다—셀린은 그렇다고 확신했다. 러몬트는 너무 깊이 발을 들여놓았고, 모두 떨치고 그곳에서 나오고 싶었다. 그럴 수 있는 유일한 길은 죽음뿐이었다.

그러나 러몬트는 죽지 않았다. 바람을 타고 실려오는 냄새로 알 수 있었다. 셀린은 그랬다. 후각이 발달한 하운드 사냥개처럼.

"우리는 그를 찾아야 해." 셀린이 말했다. "당장. 가브리엘라한테 전화를 걸고 싶어."

"태너는 어떻게 하고?"

"태너는 태너답게 행동하겠지. 그거 하나는 우리가 확신해도 좋아……"

테이블 위쪽의 가로등이 폭발했다. 공기가 희박해지며 금이 갔다—두번째 총탄이 분명했다. 총알이 강철 기둥에 세차게 부딪혀 금속성의 굉음을 냈다. 유리 파편이 비처럼 쏟아졌다. 험한 우박처럼 피크닉 테이블에 부딪혀 튕겨나갔다. 파편이 두 사람의 모자를 때리고 반짝이는 스프링클처럼 초콜릿소스에 박혔다. 셀린은 아이스크림을 한 순가락 떠먹으려던 참이었다. 그녀는 머리를 획 젖히며 순가락을 거친 원목 상판에 떨어뜨렸다. 다음 순간 마술로 소환한 것처럼 어느새 그녀의 손에는 검은 글록 권총이 들려 있었다. 나이든 할머니에게, 아니 그 누구에게도 기대하기 힘든 반응이었다. 아이스크림 가게의 열린 창가에 아이들이 쭈그리고 앉아 권총을 든 손님을 정신없이 구경했다.

"후우." 피트가 중얼거렸다. "마치 우리가 하는 말을 들은 것 같은데."

"그랬을 수도 있어. 아무래도 청소를 좀 해야 할 것 같아." 셀린의 얼굴은 굳어 있었다. "내 더스티밀러에 유릿조각이라니, 마음에 들지 않아. 정말 마음에 들지 않아."

"에휴."

"아무튼 아까보다는 안심이야. 우리를 죽이고 싶었으면 죽였을 거야."

"음, 난 잘 모르겠어. 그게 다음 수순일 수도 있잖아."

"태너는 엿이나 먹으라고 해. 태너한테 내 말이 들리면 좋겠네. 경찰이 와서 진술서를 쓰라고 하기 전에 내빼는 게 좋겠어. 인생은 확실히 너무 짧으니까."

피트는 쿵쿵거리는 심장박동을 가라앉히고 입안을 잘근잘근 씹으며 말없이 겁 없는 아내의 흉중을 파악했다. 지금까지는 어쨌든 둘 다 목숨을 부지하고 있었다. 셀린이 피트의 팔을 잡고 손에 힘을 주었다. "노인네 둘한테 정말로 해를 끼치는 데 뭐 그렇게 관심이 있겠어, 안 그래? 겁을 줘서 쫓아버리려는 전술이지."

"흐음."

"방금 떠오른 생각이 있어." 셀린이 권총을 총집에 넣으면서 말했다. "충격을 받으니까 머리가 맑아지네."

"내 경우엔 오줌보하고 더 상관이 있더라고."

"그 화가 기억해, 피트? 러몬트가 산티아고의 국립미술관에 걸려 있는 그 화가의 그림을 찍어서 칠레에 대한 대형 특집기사에 실었잖아. 기억나? 국보라고 했던 그림? 그 여자가 거기 있었어. 러몬트가 그 화가를 알았을 수도 있어. 그녀는 아마 그쪽 특권층과 주로 어울렸을 거야. 피트, 난 그 여자가 아직 살아 있는지 알고 싶어. 살아 있다면 우리가 연락을 해봐야 해. 그래, 좀 무리수일지도 모르지만 거기서 러몬트에 대한 단서를 찾아봐야겠어."

두 사람은 옷에 묻은 유릿조각을 떨어낸 후 곧장 차를 타고 쿡시티로 돌아갔다. 폴리스 식당 전화로 화가와 통화를 시도해볼 수도 있었다. 그리고 그곳에 있다는 아프리카너 난민 부부와도 얘기를 해봐야 했다.

# 23

셀린의 삶에는 피트가 아무리 생각해봐도 끝내 채울 수 없는 공백이 있었다. 셀린은 전혀 평범하다고 할 수 없는 기술, 전혀 평범하다고 볼 수 없는 위기 대처 방식을 터득하고 있었는데, 어느 시점에서 집중 훈련을 받은 게 틀림없었다. 한두 번 물어본 적도 있지만 셀린은 그때마다 무시하고 넘어갔다. 피트는 자기가 간여할 문제가 아닌 걸까 고민도 했지만 자기 문제일 수도 있다는 결론을 내렸다. 하지만 또 달리 생각하면, 아닌 것 같기도 했다. 족보학자이자 가족사학자로서 피트의 연구를 향한 열정과 엄격한 조사 방식은 타고난 겸손, 타인의 사생활에 대한 존중과 상충했다. 내면의 삶이란 그 사람이 내면에 간직해두기를 원하기 때문에 내면에 있는 거라고, 피트는 오래전에 결론을 내렸다. 타인을 존중한다는 건 그 경계를 존중한다는 것이었다. 잘 쓰인 전기는 그런 기조로 인물을 다룬다. 반면 역사는 외부로 노출된 모든 것의 기록이다. 그리고 아내는…… 글쎄. 아내의 신비는 어떤 경우에도 보존해야 하는 법이다. 아마도.

피트는 셀린이 트럭을 몰고 쿡시티로 가는 동안 이런 생각에 빠져 있었다. 충격을 받은 건 생전 처음이었고, 피트는 셀린이 그렇게 빨리 총을 뽑는 훈련을 어디서 받았을지 궁금했다. 더욱 인상적인 건, 급작스러운 포화 속에서 그토록 침착할 수 있다는 사실이었다. 아니, 침착한 것 이상이었다. 오히려 생생히 살아났다. 활력이 넘치고 단단해졌다. 셀린이 얼마나 빨리 반응했는지를, 움츠러들기는커녕 몸을 더 꼿꼿이 세운 채 주위를 훑어보고 수색하며 각도와 사정거리를 계산하는 것을 피트는 똑똑히 보았다. 또한 호흡이 더 느긋해지고 온전해지는 것도 눈여겨보았다. 피트는 이런 위기에서 셀린이 행복을 느낀다는 결론을 내릴 수밖에 없었다. 일종의 기적이었다. 여하튼.

행크는 언젠가 피트에게 셀린이 사격하는 모습을 두번째로 보았던 이야기를 들려주었다. 셀린은 선밸리에서 임종을 앞둔 미미를 돌보고 있었고, 행크는 덴버에서 이모에게 작별인사를 하러 와 있었다. 두 사람은 헤일리를 지나는 코스로 드라이브를 갔다. 산들바람이 부는 봄날 오후였고, 셀린은 강가에서 시멘트 블록으로 된 총기 판매점을 보고 행크에게 차를 세우라고 했다. 카운터의 남자는 트랙터를 모는 목장 일꾼처럼 카우보이모자에 작업복 차림이었다. 다만 모터가 아니라 발터 권총을 청소하고 있었다. 그는 헝겊 위에 부품을 늘어놓고 있었다. 아담하고 부티나는 매끈한 도시 사람이 진열된 총을 훑어보더니 곧장 카운터 아래에 있는 커다란 휴대용 총으로 다가가는 것을 보고 주인은 점점 호기심이 동하는 눈치였다.

"저것 좀 봐도 될까요?" 셀린이 손가락으로 아래쪽을 가리키며 말하자 그녀의 금팔찌가 유리판을 탁탁 두드렸다.

"이거요? 이 1911? 이건 콜트 권총입니다. 45구경. 선물하시려고요?"

셀린은 눈을 들어 그에게 어리둥절한 미소를 지어 보였다. "당연히 제가 쓸 거죠."

남자는 씩 웃었다. "이건 좀 큽니다. 제가 추천한다면…… 22구경으로 시작하시죠."

그 얘기를 하면서 행크는 남자의 목소리를 흉내냈다. 정말 웃겨서 피트마저 소리 내어 웃어버리고 말았다. "아무튼 이걸 좀 보고 싶어요." 셀린이 말했다. "한 번도 못 잡아봤거든요." 그건 아마 사실이었으리라.

남자는 어깨를 으쓱하고는 짐승의 앞발 같은 손을 뻗어 총구를 바닥으로 향하게 한 후 탄창을 빼서 카운터에 놓고 약실을 확인해 볼 수 있을 정도로만 활척을 당긴 후, 총기 매매자들의 방식대로 셀린이 내민 두 손바닥 위에 영성체처럼 총을 놓아주었다. 남자는 뒤로 물러서서 즐기는 마음으로 셀린을 지켜보았다. 그는 재미있는 구경을 기대하고 있었지만 적어도 팔짱을 끼지 않는 예의는 잊지 않았다. 셀린은 검은 반자동 권총을 들고 남자를 향해 한쪽 눈썹을 쓱 치켜세운 후, 카운터에서 탄창을 집어들어 개머리판 바닥에 밀어넣고 손바닥으로 쾅 쳐서 끼웠다. 그리고 오른손 위에 왼손을 덮어 양손으로 총을 잡았다. 살짝 구부린 오른팔에 왼손의 압력을 가하는 식이었다. 그리고 문을 바라보았다. 행크는 혀로 아픈 이를 핥듯 남자의 입이 한쪽으로 실룩거리는 것을 보았다. 모자 위로 만화의 말풍선이 둥실 뜬 것처럼 남자가 하는 생각이 눈에 훤히 읽힐 지경이었다. 허, 굉장히 자세가 좋은데. TV에서 경찰 드라마를 엄청 많이 봤나보군.

셀린은 줄자로 재면 정말로 작은 몸집이었다. 손에 든 권총이 어마어마하게 커 보였다. 셀린이 권총을 내려놓았다. "무겁네요." 셀린이 말했다.

"반동을 줄여주죠." 남자가 말했다. 셀린이 고개를 끄덕였다. 남자가 말했다. "게다가 개머리판이 너무 크네요. 저희가 손님께 맞춰 개조해드릴 수 있습니다."

"그래요?"

남자는 정말로 어리둥절한 얼굴이었다. 그리고 호기심에 불타고 있었다. 대체 이 여자는 누구지? 빌어먹을 권총을 들 힘도 없어 보이는데. 그는 작업복의 해진 소매를 만지작거리며 시계를 힐끔 보았다. "이런," 그가 말했다. "벌써 다섯시군요. 어차피 삼십 분 후에는 가게문을 닫아야 합니다. 가서 이걸 한번 쏴봅시다. 어떠세요?"

그렇게 해서 그들은 결국 다 같이 딕 루프 주니어의 브롱코를 타고 벌목용 도로를 달려 헤일리 위쪽의 작은 협곡으로 갔다. 폰데로사소나무 그늘에 덮인 좁은 골짜기였다. 흙둑에 오래된 통나무가 가로놓여 있었다. 모닥불 피우는 구덩이와 여기저기 널브러진 빈 깡통을 보니, 파티 장소로 인기가 있는 곳인 모양이었다. 딕은 깡통 네 개와 병 세 개를 주워 통나무 위에 특별히 순서를 정하지 않고 되는대로 늘어놓았다. 그리고 25피트 거리를 다시 돌아와서 총구를 아래로 들고 말했다. "왓킨스 부인? 이런 식으로 잡으시는 겁니다. 이렇게 총구를 아래로 해서 먼 곳을 겨냥하세요. 예쁜 발가락을 쏘시면 큰일납니다." 셀린은 아주 예의바르게 경청하며 고개를 끄덕였다. 남자는 씩 웃더니 활척을 당겼다. "여기 안전장치가 있습니다. 엄지로 이렇게 작동하면 됩니다. 발사 준비가 되기 전까지는 항상 잠가놔야 합니다. 기억하실 수 있겠죠?"

"꼭 기억하도록 노력하죠, 루프 씨."

"이제 권총이 노새처럼 발길질을 할 테니까 아까 하신 것처럼 오른팔을 단단히 고정하시고요." 그는 권총을 셀린에게 건네주고 한 발 물러섰다. "왼쪽 첫번째 깡통을 맞혀보세요."

셀린은 오른발을 반 발자국 뒤로 보내고 반쯤 몸을 돌려 총을 들어올리더니 양손으로 감싸쥐고 루프 씨를 향해 미소를 지었다. 그리고 총을 다시 내렸다. 입술을 굳게 다물고 심호흡을 했다. 행크는 위장이 조여드는 기분이었다. 이런 고도에서는 셀린에게 산소통이 필요하다는 걸 알고 있었다. 하지만 뭐, 셀린은 고집불통이었다.

“겁먹지 마시고요.” 딕이 말했다.

셀린은 그를 흘끔 쳐다보았다. 그 표정에서 희미하게 떠오르는 짜증을 읽은 사람은 아마 행크뿐이었으리라. “노력해보죠.” 셀린이 말했다.

그리고 셀린은 민첩하게 손을 들어 발사했다. 메아리가 끝나기도 전에 다음 총성이, 폭풍 같은 연사가 이어졌다. 두 발, 그다음에는 세 발, 다음에 한 발, 또 한 발, 음악에 맞춰 사격을 하는 것처럼 아주 짧은 간격을 두고 박자를 맞췄다. 그러자 깡통이 허공으로 날아가고 병이 깨져 유리 파편이 사방으로 날리며 통나무 위의 표적은 금세 다 사라지고 총성의 메아리만 협곡에 울려퍼졌다. 마지막 탄환은 깡통 하나를 날려 절벽에 부딪히게 만들었다. 셀린은 돌아서서 딕 루프 주니어를 보고 미소를 지었다. 남자의 표정은 정말 가관이었다. 도저히 믿을 수 없다는 그 얼굴을 그보다 더 과장하거나 캐리커처로 희화할 수는 없으리라. 충격. 완벽한 경외심. 그는 카우보이모자를 벗고 숱이 적은 머리카락을 손으로 쓸었는데 행크의 눈에는 그 손이 미미하게 떨리는 것 같았다. 남자는 침을 뱉었다.

셀린은 차가운 산 공기로 최대한 폐를 채우고 남자에게 걸어가 권총을 건네주며 말했다. "마음에 들어요. 딱 우리가 찾던 저지력* 이네요." 함박 미소. "그래요, 괜찮다면 개머리판을 맞춰서 개조해 주세요. 가능하다면 다음주에 찾으러 올게요. 신원 확인하는 데는 하루 이상 걸리지 않을 거예요."

남자는 한순간 말을 잃었다가 간신히 목소리를 찾았다. 그들은 남자의 브롱코를 타고 흙길을 따라 돌아왔고 오는 길에 남자는 왓킨스 부인이라는 호칭을 버리고 셀린이라고 부르기 시작했다.

그 얘기를 들은 피트는 물론 놀라지 않았다. 피트는 셀린이 주기적으로 디캘브 애비뉴의 사격장을 찾고 몇 년에 한 번씩 뉴햄프셔의 리설포스 사격훈련소에 가서 사격 재교육을 받는다는 걸 알고 있었다. 그러나 실전에 반응하는 건 전혀 다른 문제다. 흠. 피트는 셀린이 운전을 하면서 사이드미러를 자주 확인한다는 것 또한 놓치지 않았다.

▲

쿡시티는 북적북적했다. 메인 스트리트를 따라 픽업트럭과 녹

---

* stopping power. 총이나 무기가 목표물에 타격을 입히는 능력.

은 SUV가 줄줄이 서 있었다. 그들은 먼저 바에 갔다가 나중에 전화를 하기로 했다. 모텔에 주차를 하고 천천히 길을 건넜다. 베어투스 바에서는 블루스의 밤 행사가 가장 인기를 끌었다. 계곡 지역에서부터 리빙스턴까지 초크세터스 밴드의 인기가 대단했다. 셀린은 오늘은 바를 전전하고 있다는 생각을 하며, 아까 들렀던 술집과 지금 이곳의 분위기가 얼마나 다른지 절감했다. 베어투스는 손님으로 터져나갈 정도는 아니었지만, 바와 테이블 여기저기 흩어져 앉아 있는 손님이 적어도 스물세 명은 되어 보였다. 블루스 밴드도 트리오라고 부를 수 있을까? 그건 잘 모르겠지만, 블루스 밴드의 멤버는 세 사람이었다. 헐렁한 청바지에 세라 리 냉동식품 티셔츠를 입은 몹시 뚱뚱한 동안의 남자가 베이스를 연주했고, 어깨까지 머리를 기르고 볼품없는 턱수염이 난 깡마른 십대 소년이 리드 기타를 쳤으며, 소년의 엄마뻘로 보이는 여자가 드럼을 쳤다. 막 중년으로 들어선 여자는 비즈니스 캐주얼 스타일의 검은색 폴리에스테르 스커트와 스타킹, 아이보리색 인조 실크 블라우스 차림이었다. 블라우스에는 플라스틱 진주 단추가 달려 있었다. 곱슬머리가 목까지 내려왔다. 셀린이 훈련을 통해 보게 된 세부 사항들. 이 밴드는 셀린이 이제까지 본 밴드 중에서 가장 희한한 조합이었다.

그런데 연주가 굉장했다. 와우. 사운드의 파동과 풍부한 향에 푹 잠겨 있던 피트와 셀린은 한동안 숨을 돌리고 나서야 수면 위로 올라왔다. 풍부하다는 말로는 다 담아낼 수 없는 연주였다. 두 사람은 잠깐 문간에서 눈을 껌벅거리다가 정신을 차리고 주변을 둘러보았다. 그러자 웨이트리스인지 모르겠지만, 아무튼 한 여자가 손짓으로 두 사람을 빈 테이블로 안내했다. 아주 짧은 미니스커트에 커다란 링 귀걸이, 작업용 장화와 크롭톱 차림이었는데 적어도 예순은 되어 보였다. 그래도 뭐, 셀린은 생각했다. 아주 날씬하긴 하네.

셀린과 피트는 그나마 담배 냄새가 덜 나는 열린 창문 아래의 구석자리에 앉았다. 밴드의 남자아이가 리드 기타 파트를 한창 연주하고 있었는데, 벌써 얼마나 오래 끌었는지 가늠도 되지 않았다. 뚱뚱한 남자는 아랫입술을 깨물고 바닥을 응시하며 손에 들고 있는 베이스가 마치 혼자 살아 움직이는 듯 연주를 했다. 방금 팔뚝에 튀어올라온 거대한 천재 두꺼비처럼 살아서 꿈틀거리고 쿵쿵거리고 펄떡거리는 베이스. 드럼을 치는 엄마는—보험설계사 사무소 같은 데서 방금 퇴근한 것 같은 차림으로—동맥처럼 중심을 잡고 백 비트를 치고 있었다. 그리고 아이는…… 뭐랄까. 그 아이는 아무데도 얽매이지 않은 소리를 냈다. 그 아이만의 음악이 무대 위를 단단히 밟고 선 아이의 운동화를 뛰고 날게 했다. 기타에서 분출된 음표들이 무자비한 급류가 되어 그의 발과 정강이와 발목을 때렸고 소년은 뒤로 밀려났다. 아이는 자칫 넘어질 듯 위태로워 보였지만 불협화음과 감5도 화음의 물결이 그를 선율 위에 띄워놓았다. 비범한 연주였다. 피트는 이 서글픈 행성에서 저렇게 확신을 지니고 블루스를 쏟아내는 세 사람이 과연 또 있을까 생각했다. 몬태나주에는 놀랍게도 존재한다.

두 사람은 하마터면 이곳을 찾은 이유를 잊을 뻔했다. 두 사람은 손님이 북적이는 실내를 눈으로 훑으며 검은 턱수염을 깔끔하게 정리한 잘생긴 젊은 남자를 찾았다. 셀린은 네 사람을 찾았지만 그중에 윌리엄 태너는 없었다. 근육이 탄탄하고 육포처럼 힘줄이 불거진 웨이트리스가 마침내 주문을 받으러 왔을 때는 두 사람이 다시 일에 착수한 후였다. 라임이 든 클럽소다를 시키고 셀린이 물었다. "혹시 싯카 씨인가요?" 여자는 빈 그릇을 잔뜩 담은 쟁반을 들고 반쯤 돌아서다가 회전의 여세를 몰아 휙 뒤돌았는데 그러면서 목 한 번 삐끗하지 않았다. 아주 훌륭했다. 웨이트리스의 적갈색 눈이 경계심으로 번득이며 두 사람을 휩쓸고 지나갔다가, 더 자세히 보려고 돌아왔다—포로수용소의 환한 조명과 완벽히 똑같았다. 그 눈에 담긴 광경이 평정심을 찾게 해주지는 못한 모양이었다. 여자가 긴장으로 굳어 소스라치다시피 하며 물었기 때문이다. "질문하시는 분은 누구시죠?"

셀린은 여자에게 허리를 굽히라고 손짓한 후 커다란 링 귀걸이가 달린 귓가에 대고 말했다. "우리는 당신 때문에 온 게 아니에요. 당신과는 전혀 상관없어요. 십 분 정도 시간을 내줄 수 있어요?" 블루스의 밤이 한창인데 그런 부탁을 하다니 참으로 셀린다웠지만 다음날 아침까지 기다릴 생각은 전혀 없었다. 추격전의 열기가 뜨겁게 느껴졌고, 탐정 일을 하며 배운 것이 있다면, 탄력을 받았을 때 기세를 몰아 공격해야 한다는 것이었다. 우주는 강물이나 바다처럼 수많은 흐름으로 이루어져 있다고 셀린은 믿게 되었기 때문이다. 당신이 어딘가로 가고 싶을 때, 우주도 당신을 끌어당겨주기를 원할 때, 그때 당신은 도약한다. 특히 누군가가 뒤쫓아오고 있을 때라면 더더욱.

싯카로서는 당연한 일이었지만, 고급스러운 펠트 재킷과 조개 모양 금 귀걸이를 한 이 우아한 노부인이 지나치게 호기심을 자극했기 때문에 도저히 거절할 수가 없었다. "잠깐만요." 싯카가 말했다. 밴드는 〈Stormy Monday〉를 한창 연주하고 있었다. "주님, 수요일은 더 끔찍하고 목요일은 엉망진창이죠……" 황망해 어쩔 줄 모르는 베어투스 바의 공동 소유자는 쟁반을 바에 쾅 내려놓고 얼룩진 앞치마를 휙 벗어버렸다. 그러더니 거친 남자 넷과 어울려 맥주를 마시고 있던 금발 레게머리 여자의 등을 툭툭 두드려 앞치마를 건네주었다. 저렇게 쉬운 걸. 여자는 고개를 절레절레 저으며 일어나 피우다 만 담배를 거의 다 마신 맥주병에 버리고 앞치마를 묶었다. 싯카는 두 사람에게 고갯짓으로 신호를 하고 먼저 앞문으로 성큼성큼 걸어가 옷걸이에 걸린 파카를 움켜쥐고 밖으로 나갔다.

밤은 이제 청명했다. 하늘엔 별이 뜨고 날은 추웠다. 바에서 사람들과 담배 연기 속에 부대낀 탓인지 추위가 상쾌하고 기분좋게 느껴졌다. 마침 포치에는 아무도 없었다. 싯카는 저 끝의 난간에 엉덩이를 대고 서서 외투 속에서 팔짱을 끼고 날을 세웠다. 뺨은 축 처지고, 커다란 눈에는 마스카라가 두껍게 칠해져 있었다. "좋아요, 용건이 뭐예요?" 이번에도 싯카의 눈은 품위 있는 노부인을 위아래로 훑어보았다.

"폴 러몬트에 대해 몇 가지 질문이 있어요."

그 말에 여자의 표정이 싹 바뀌었다. 찰나의 순간. 그 눈빛 너머에서 커다란 짐승의 그림자가 숲을 휙 스치고 지나간 느낌이었다.

"누구요?"

셀린이 말했다. "누군지 알잖아요. 우리는 그 사람을 찾고 있어요. 딸 가브리엘라를 위해서. 그 아가씨도 틀림없이 기억하겠죠. 가브리엘라 말로는 아버지가 실종되기 전에 여기서 자주 술을 마셨다고 하던데, 당신과 당신 남편과 함께요. 따님이 아버지를 굉장히 그리워해요. 아버지가 곰에게 습격당해 돌아가셨다고는 전혀 믿지 않고요."

"그런데 당신들은 누구예요?" 고맙게도 씨발이라는 수식어는 생략해주었다. 셀린은 아프리카너 억양의 흔적을 들으려 귀를 쫑긋 세웠고 모음이 아주 살짝 뭉개지는 소리를 들었다. 억양은 거의 남아 있지 않았다.

"우리는 실종된 사람들을 찾아요. 독자적으로. 대체로 혈육을 재회하게 해주는 일을 하죠. 의미 있다고 생각되는 사건만 맡아서 종종 프로 보노로, 그러니까 무료로 해결해줘요. 대체로 사립탐정을 쓸 돈이 없는 사람들을 위해 일하는 거죠."

"프로 보노가 뭔지는 나도 알아요."

셀린이 고개를 끄덕였다. "가브리엘라는 대학 후배인데 동창회 잡지에서 우리가 탐정 일을 한다는 기사를 읽었어요. 그리고 내게 전화해 도움을 요청했지요. 알다시피 가브리엘라는 고아예요. 그리고 아버지가 딸을 다시는 보지 못하고 늙어 세상을 떠날지도 모른다는 생각에 지난 수년간 괴로워했죠. 손자가 있다는 것도 영영 모르실까봐 두렵다고요. 상상이 가죠, 아주 힘든 상황이라는 게."

싯카의 얼굴에 떠올랐던 의혹의 표정이 누그러졌다. 그 순간 셀린을 믿지 못할 사람은 이 세상에 아무도 없었을 것이다. 반쯤 망가진 촉수를 가진 사람이라도, 그 순간 셀린이 진실을 말하고 있다는 것 정도는 알아차릴 수 있었으리라. 피트는 독일 셰퍼드가 새끼 고양이를 핥아주는 광경을 바라보듯 은근히 뿌듯한 마음으로 지켜보았다.

"러몬트가 여기 머물던 몇 주 동안 이 술집에 자주 왔다는 걸 알고 있어요. 아주 오래전 일이라는 것도. 하지만 혹시라도 여기서 술을 마시며 무슨 얘기를 했는지 알 수 있을까 해서요. 사교적이고 가끔은 수다스러워지는 사람이었다는 얘길 들었는데."

싯카는 파카 호주머니에서 담뱃갑을 꺼내 고개를 돌리고 불을 붙인 후 포치 한구석으로 담배 연기를 불었다.

"곰 얘기를 아주 많이 했어요. 촬영하고 있던 곰들요. 사람들이 생각하는 것보다 훨씬 더 똑똑한 동물이라고, 가끔 진짜 사람처럼 보일 때도 있다고. 또 새끼를 돌보는 방식, 위협에 대처하는 방식 같은 거……" 여자는 돌아서서 연기를 후 불었다. "에드 펜스는 정말 재수없는 인간이라고 욕도 했어요. 프로파일링을 하던 그 곰 생물학자 말이에요. 틈만 나면 유명세를 얻으려고 발악한다고 했죠. 야심도 많고. 자기 TV 쇼를 따로 만들고 싶어했다나요. 자기가 제2의 데이비드 애튼버러*라고 생각했던 것 같아요. 허!" 여자는 기침을 했다. 셀린은 움찔했다. 초라한 노파에게서 동류의 소리가 들렸다. 상처 입은 허파로 맺어진 의자매.

셀린은 재빨리 피트에게 눈길을 던졌다. "다른 건요? 그후에 어디 다른 데 간다는 얘기는 하지 않았나요? 휴가라든가? 아니면 간절하게 가고 싶어하던 곳이라도?"

싯카는 담배꽁초를 떨어뜨리고 반쯤 구겨진 담뱃갑을 다시 찾아 또 한 개비에 불을 붙였다. 셀린은 싯카와 러몬트가 술집 주인과 손님 이상의 친밀한 사이였을 거라는 느낌을 강하게 받았다. 뭐, 러몬트는 카리스마라면 두말할 것 없고, 바람둥이였으니까. 싯카는 난간에 기댄 채 반쯤 몸을 돌려 도로 너머 별이 총총한 하늘을 배경으로 펼쳐진 깊은 숲과 옐로스톤과 배러넷피크를 바라보았다. "그는 화가 나면……"—저거야, 남아프리카 억양이 튀어나왔군—"가끔 얼음산에 가고 싶다고 했어요. 동화에 나오는 산이라나요. 무슨 말인지 전혀 모르겠더라고요. 거기에 호수가 있대요. 자

* 영국의 유명 박물학자이자 방송인.

기가 진정으로 사랑하는 사람의 눈 색깔을 띤 호수. 그리고 남자가 다시 자기 자신을 찾을 수 있는 통나무집이 있다고 하더군요." 고개를 돌려 셀린을 바라보는 여자의 눈이 촉촉하게 젖어 있었다. "내 눈은 갈색에 가깝잖아요, 안 그래요? 그래서 이 빌어먹을 호수가 어디 있는지는 모르지만, 갈색은 아닐 거라고 생각했죠, 그렇겠죠?" 여자는 반쯤 피우다 만 담배를 휙 던지고 억지로 미소를 띠었다. "또 궁금한 게 있으세요?"

"호수에서 새소리가 나고 그 산이 왕이었다는 얘기도 했나요?" 셀린이 물었다.

싯카는 불에 덴 듯 화들짝 움츠러들더니 재빨리 눈길을 돌렸다. "그래요, 그런 얘기를 했어요. 바로 그렇게 말했어요." 셀린은 사포로 민 널빤지로 만든 바에 앉아서 그런 얘기를 나누었을 리는 없다고 생각했다. 베갯머리에서 했으리라. 아니면 따뜻한 평원 같은 그녀의 몸 위에 엎드려서.

"나를 데려가고 싶다고 했어요. 하루만 차를 몰고 가면 된다면서. 하지만 그러지 않았어요, 그렇죠? 그거면 됐나요?" 여자가 말했다. "이제 들어가봐야겠어요."

"그래요, 고마워요." 셀린은 여자의 팔뚝을 잡았다. "고마워요." 담배를 제발 끊으라고 빌고 싶은 마음이었지만, 참기로 했다.

"천만에요. 클럽소다는 그냥 드릴게요." 여자는 마지막으로 밤 공기를 길게 들이마시고 문을 활짝 열어젖힌 후 술집 안으로 뛰어 들어갔다.

# 24

두 사람은 다시 모텔을 향해 걸어갔다. 화가 페르난다 무뇨스의 행방을 먼저 찾은 후에 시간대가 한 시간 늦은 샌프란시스코의 가브리엘라에게 전화를 하기로 했다. 아무도 두 사람에게 총을 쏘지 않았고 셀린은 총격이 더는 없을 거라는 예감이 들었다. 그건 경고였다. 부표가 쨍하고 부딪치는 굉음만큼이나 적나라한 경고.

그 부표. 라스 아르마스에서 밤마다 열린 창문의 방충망을 뚫고 소리를 울리던 부표. 바다의 성마름을 노래하던 부표. 그 가차없고 사랑스러운 타종부표를 생각하면 셀린은 즉각 가슴이 미어졌다. 향수와 비탄으로. 얼마나 많은 날을 부표가 울리는 삼종기도의 종소리를 들으며 잠이 들었던가? 마음이 찢겨 구멍이 뻥 뚫렸다는 실감을 하면서? 셀린은 아버지를 그리워한다는 게 어떤 것인지 새삼 절감했다. 누군가 어린 시절의 그녀를 위해 마법 지팡이를 휘둘러

주었다면 어땠을까? 그래서 언제까지나 다시 함께할 수 있게 되었다면?

셀린은 브리얼리 여학교 재학 시절에는 아버지를 자주 보지 못했다. 세 자매는 크리스마스 오후마다 이스트 74번가에 있는 아버지의 아파트를 찾았다. 아버지는 렉싱턴 애비뉴의 건물로 기사가 딸린 검은 세단을 보내주었고 세 자매는 각자 선물 가방을 든 채 한 줄로 뒷좌석에 탔다. 누가 하라고 해서 억지로 하는 일이 아니었다. 아버지를 만나는 크리스마스 날을 고대하면서 몇 달 전부터 아버지에게 줄 완벽한 선물을 찾아 헤맸다. 아버지는 수년에 걸쳐 딸들에게서 넥타이와 넥타이핀과 은제 골프공 마커와 캐시미어 스카프와 심지어 울 스웨터까지 서랍장이 가득찰 만큼 선물을 받았다. 딸들은 아버지가 따뜻하기를 바랐고 골프를 멋지게 치기를 바랐으며 아버지의 사랑을 바랐다. 아버지는 딸들을 사랑했다. 표현에 능하지 않았을 뿐이었다.

해리는 원칙주의자였고, 사람들은 처음 악수를 하는 순간부터 그 사실을 알았다. 그것이 그가 은행업에서 그토록 큰 성공을 거둔 이유 중 하나였다. 해리는 또한 타고난 운동선수였고 걸출한 골퍼였고 몬토크의 전설적인 낚시꾼이었다. 모든 면에서 남자들이 우러러볼 만한 남자였다. 그러나 어린 소녀들을 다루는 데는 별로 재주가 없었다. 딸들과 함께 있을 때는 어색해했고, 집으로 향하는 타운카에 딸들을 태우고 작별인사를 할 때마다 안도하는 기색이 역력했다. 그러나 딸들 역시 평범하지는 않았기에, 아버지의 어색한 태도가 깊은 사랑에서, 그리고 연약한 어린 시절 딸들을 저버린 것에 대한 깊은 수치심에서 나온다는 걸 느낄 수 있었다. 자신이 반쪽짜리—아니 반쪽에도 훨씬 못 미치는—아버지라는 사실을 용서할 수 없었기에 그는 완벽한 아버지 노릇을 하지 못한 스스로에게 벌을 주었고, 그럼으로써 의도치 않게 딸들에게도 벌을 주었다.

해리는 크리스마스에 딸들을 만났다. 그리고 생일에는 한 사람씩 따로 데리고 외출을 했다. 오후에 일을 쉬고 공원, 메트로폴리탄박물관, 서커스, 아이스 스케이트장에 데리고 갔으며 언제나 저녁에는 브로드웨이 쇼를 보고 사르디스 레스토랑에서 아주 늦은 저녁을 먹었다. 그때쯤 되면 딸들은 어김없이 테이블에서 잠이 들었다. 또 이런저런 주말에 가끔 만났고, 드물게 몬토크에 낚시를 하러 갈 때도 있었는데 셀린은 그게 그렇게 좋을 수가 없었다. 옆에서 보고 배운 시간이 짧은데도, 셀린과 보비의 던질낚시 솜씨는 썩 훌륭해졌다.

셀린은 아버지가 그리웠다. 자라나는 뼈에 아픔이 사무칠 만큼 그리워했다. 아버지가 셀린을 얼마나 사랑하는지 알았다. 확실히 알고 있었다. 평행우주에서라면 아버지가 밤마다 집에 오고, 문을 열고 들어올 때마다 두 팔로 훌쩍 셀린을 안아들 테고, 낚싯줄을 던지는 법을 공원에서 다시 가르쳐줄 테고, 피셔스에서 항해술을 가르쳐주리라는 걸 알았다—아무리 구스타브가 매력적이라 해도 해리에게 배우는 쪽이 수백만 배 더 좋았다. 그리고 이 평행우주의 삶에서는 아버지가 심지어 수학 숙제를 도와주고 은행가가 되는 법을 가르쳐주기도 했다. 셀린은 이런 일들이 현실이 되지 못하게 막아버린 상황을 저주하고 가끔은 베갯잇을 적시며 울기도 했지만, 어느 시점부터는 바부를 원망하지 않게 되었다. 뼛속 깊은 직감으로 다른 것들을 알아채듯, 셀린은 아버지 없이 자란 유년기가 바부의 탓이 아니라는 사실 역시 알았다.

셀린이 열네 살이던 어느 날, 기숙학교로 진학하기 직전에 해리는 셀린을 데리고 렉스의 모티머스 레스토랑으로 점심을 먹으러 갔다. 9월 첫 주였는데, 여전히 덥고 여름 같았지만 7월과는 달리 길어진 햇살이 향수에 물든 채 쥐엄나무와 단풍나무를 비추며 은은하게 빛났다. 셀린은 며칠 후 퍼트니에서 첫 학기를 시작하기 위해 버몬트행 버스를 탈 예정이었다. 부녀는 전면 창가 테이블에 마주보고 앉아 이따금 대화를 주고받으며 지나가는 행인들을 바라보았다. 스프링클을 잔뜩 뿌린 더스티밀러를 퍼먹는 셀린을 바라보는 해리의 눈길에 진심어린 기쁨이 담겨 있었고, 셀린은 아버지의 인정과 관심을 흠뻑 만끽했다. 해리는 눈부시게 매력적이었고, 셀린은 우아한 지배인과 젊은 웨이트리스들이 그를 의식하는 걸 느꼈다. 해리는 운동선수다운 몸가짐에 왓킨스 가문 고유의 잘생긴 턱선을 지니고 있었다. 셀린은 아버지의 턱을 물려받았다. 해리의 코는 귀족 가문의 사람들에게 흔히 보이는 강인한 매부리코였는데, 셀린은 이것 역시 물려받았다. 아이스크림을 행복하게 탐식하는 중에도 셀린은 두 사람이 누가 봐도 부녀로 보인다는 사실을 모르지 않았다. 그래서 셀린은 말할 수 없이 자랑스러웠다. 두 사람은 '저 사람은 어때?' 게임을 느긋하게 하고 있었다. 한 사람이 숟가락으로 지나가는 행인을 가리키면 1) 그 사람의 직업 2) 기혼인지 미혼인지 3) 한 가지 기벽이나 특징이나 업적을 추측하는 게임이었다. 두 사람은 수년에 걸쳐서 이 놀이를 발전시켰다. 아버지는 다른 자매와는 이 놀이를 하지 않는 것 같았고, 셀린은 그걸 아버지의 강직한 인격과 쉬운 길을 절대 가지 않으려는 성정 탓이라고 여겼다.

셀린은 초콜릿과 마시멜로가 호사스럽게 뒤섞인 녹은 아이스크림을 후루룩 떠 마시고는 숟가락으로 인도를 따라 걸어오는 여자를 가리켰다. 키가 훤칠한 여자였다—스트랩이 달린 화려하고 높은 샌들을 신고 있어서 더 커 보였다. 메트로놈처럼 리듬에 맞춰 엉덩이를 흔들며 걸었고, 나일론 아니면 실크 재질로 된 여름 원피스가 납작한 복부에 사랑스럽게 휘감겨 있었다. 예쁜 여자였다. 어깨까지 흘러내린 곱슬머리는 환상적인 적갈색이었고 커다란 입술은 관능적이었다. "저 여자요!" 셀린이 말했다. 셀린은 자기 나름대로 추측을 하고 있었다. 배우나 아니면 스타 영화배우일 거라고. "저 여자는 어때요?"

해리는 의자에서 돌아보았고 그 순간 여자도 커다란 통창 너머를 바라보았다. 두 사람의 시선이 마주쳤다. 아버지의 얼굴이 딱딱하게 굳었다. 셀린은 아버지의 그런 표정을 한 번도 본 적이 없었고—경계 태세로 들어가더니, 늑대가 먹잇감을 발견했을 때처럼 귀가 쫑긋 서고 눈빛이 날카로워졌다—공기 중에 펄떡이는 열기가 실제로 느껴지는 기분이었다. 이어 여자가 입을 O자 형태로 벌리더니 눈을 휘둥그레 떴고 발길을 돌려 정문으로 향했다. 일 초 후에 여자는 우아한 지배인을 순식간에 매료시켰고, 또 일 초 후에는 엄격하게 격식을 갖춰 입은 여직원이 그 미녀를 두 사람의 테이블로 안내했다. 셀린은 말쑥한 찌르레기가 화려한 풍금조를 안내하는 것 같다는 생각에 즐거워했다. 그러나 고개를 돌려 아버지를 보니 재미있어하는 표정이 아니었다. 셀린은 그렇게 당황해 어쩔 줄 모르는 아버지의 모습은 처음 보았다. 사냥하던 늑대는 방어 자세로 몸을 웅크렸다. 하지만 자기 자신을 통제하는 데 달인이었던 아버지는 딸 말고는 누구에게도 당황한 기색을 들키지 않았을 것이다. 의자에 반듯하게 앉은 자세, 속내를 드러내지 않는 조각 같은 표정, 청회색 눈에 살짝 떠오른 상대를 알아본 눈빛까지, 몸가짐은 흔들림이 없었으니까. 하지만 뭔가 다른 게 있었다. 여자는 지배인에게 감사 인사를 하고 호들갑스럽게 "안녕" 인사하면서 허리를 굽혀 아버지의 뺨에 키스했는데, 그녀의 풍성한 머리칼이 아버지의 얼굴을 뒤덮고 짙은 향수 냄새가 테이블 전체를 뒤덮었다. 그러더니 여자는 반가워 어쩔 줄 모르겠다는 투로 말했다. "어머, 얘가 당신 딸인가봐요. 셋 중 누구지? 바버라? 아니 보비라고 해야 하나? 정말 너무너무 예쁘네요! 저 다리가 훌쩍 길어지면 굉장한 미인이 되겠어요, 와우. 왜 전화 안 했어요, 이 덩치만 큰 바보 같으니. 뭐예요, 우리가 못 본 지 벌써…… 적어도 일주일은 됐잖아요. 쇼는 이 개월 차로 접어들었는데, 끔찍해요, 완전히 지쳐버렸거든요. 나도 따로 좀 여흥이 필요하다고요!"

아버지와 딸은 그 여자를 물끄러미 바라보았다. 두 사람의 아름다운 턱이 툭 떨어져 입을 벌린 채로. 해리가 여러 애인을 만난다는 사실 때문이 아니었다. 그 정도는 셀린도 짐작하고, 아니 절대 틀리는 법 없는 후각으로 이미 감지하고 있었다. 하지만 지금 이렇게 실제로 한 여자가 아버지의 관심을 빼앗고, 아니 심지어 당당히 요구하고 있었다. 아버지의 삶에서 셀린에게 내주었을 수도 있는 공간을 이 여자가 확실히 차지하고 있었다. 셀린은 기껏해야 몇 달에 한 번 만나는 아버지인데, 무슨 배우라는 이 여자는 고작 일주일 아버지를 만나지 못했다고 난리법석을 떨었다.

예고도 없이, 참을 수 없이 눈물이 솟아올라 뺨을 타고 흘러내리는 바람에 셀린은 실례한다고 말하고 재빨리 일어나다가 하이힐을 신고 뒤뚱거리며 걷던 여자와 부딪쳤다. 셀린은 "화장실"이라고 말하고 도망쳤다. 등뒤에 서 있는 아버지가 느껴졌다. 화장실에 다녀오겠다는 사람치고 지나치다 싶을 만큼 오랫동안 화장실에 있다가 세수를 하고 간신히 나왔을 때, 해리는 이미 계산을 마치고 모자를 든 채 문밖에 서 있었다. 그는 속내를 읽을 수 없는 가면을 다시 쓰고 있었다. 창피한 마음을, 심지어 사랑을 가릴 때도 쓰는 가면. 아버지가 걸어서 셀린을 집까지 바래다주는 사이 두 사람은 한마디도 하지 않았다. 한마디도 할 필요가 없었다는 그 사실이 바로 두 사람의 기이한 친밀함을 증명하는 것이었다는 생각이 훗날에야 들었다.

▲

셀린과 피트는 천천히 걸어서 옐로스톤로지로 돌아갔다. 느릿한 발걸음이 두 사람의 흥분한 마음과 엇박을 이루었다. 사냥에 나선 후 처음으로 두 사람 모두 제대로 냄새를 맡았다는 생각을 했다. 아주 짧은 시간 내에 그 남자를 찾아낼 수도 있겠다고. 그 남자가 살아 있다면 말이지만. 그리고 그들도 살아 있다면.

세상에 얼음산이 몇 개나 될까? 러몬트가 어린 가브리엘라에게 말해주고 노래를 불러줬던 그 산은 "저 위 캐나다 국경 근처에" 있다고 했다. 시적이지만 아마 정확한 정보일 것이다. 캐나다 국경에 얼음산이 몇 개나 될까. 일단은. 글레이셔국립공원이 좋은 출발점이었다. 어디 있든 그 산은 빙하로 덮여 있을 것이다. 러몬트가 가브리엘라에게 들려준 동화에 따르면 얼음산은 가장 뜨거운 여름에도 얼어 있다고 했으니까. 그렇다면 어디 있는 빙하일까? 국립공원 내에. 그러면 일이 쉬워진다. 하지만. 정말로 거기에 가족과 정착하고 싶었던 통나무집이 있다면 공공부지에, 특히 국립공원 내부에 있을 리는 없다. 규정에서 배제된 산림청 관할 부지라면 또 모르겠지만.

갑자기 피로감이 싹 사라졌다. 둘 다 정신이 말똥말똥했다. 피트는 트럭에서 노트북을 가지고 왔다. 그는 그것을 책상 겸 TV 스탠드 위에 설치하고 셀린이 앉을 의자를 하나 갖다놓았다. 셀린은 휴대용 산소통을 작동시켜 서늘한 공기로 부비강을 진정시키면서,

침대에 앉아 글록 권총을 청소했다. 셀린은 산소가 더 많이 들어가면 뇌기능이 활성화된다는 미신을 믿었다. $O_2$ IQ. 피트는 머릿속으로 다시 한번 생각을 정리하면서 셀린을 지켜보다가 말했다. "그건 별로 소용이 없을 것 같아. 이런 부류의 곰한테는."

셀린은 고개를 들더니 웃었다. 산소통이 작은 발전기처럼 그르렁거렸다. "사기 진작 차원이지 뭐." 셀린은 권총을 해체하지 않고 용해제를 묻힌 솔을 총신에 넣어 닦고 있었다. 지난번 발사한 뒤로 이미 청소를 한 번 했지만. 그래도. 그러면 마음이 차분해졌다.

"우리 곧 그 사냥 조끼가 필요해질까?"

"당연하지." 셀린이 말했다.

"페르난다 데 산토스 무뇨스를 찾아봐야 할까?"

"잠깐만." 셀린은 총신 청소를 끝내고 군용 총기 윤활유 두 방울을 떨어뜨린 다음 활척을 당겨 마무리했다. 셀린이 우주에서 제일 좋아하는 소리였다. 그녀가 정말로 잘하는 한 가지 일이 있다는 걸 상기시켜주었으므로. 누구나 그런 게 필요하다고 셀린은 생각했다. 그리고 플라스틱 삽입관을 귀에서 빼고 산소통의 정지 버튼을 눌렀다.

피트가 인터넷에 접속해서 칠레의 선도적 화가인 페르난다 무뇨스의 뉴욕 갤러리를 찾는 데까지 사 분이면 충분했다. 그녀는 정말로 아직 살아 있었고, 피노체트 정권을 피해 도망쳤으며, 지금은 뉴욕과 발파라이소를 오가며 살고 있었다. 애매한 시즌이라 현재는 어디 있는지 알 수가 없었다. 그들은 데이터 뱅크를 오 분 더 검색한 후 전화번호부에 등재되어 있지 않은 그녀의 집 전화번호를 찾았다—소호의 아파트와 칠레 해안의 통나무집이었다. 피트는 전화기를 아내에게 넘겨주었다. "여기서 전화를 못할 이유는 없지. 내가 웬만한 일은 다 잘하는데, 사람하고 말하는 데는 젬병이라서. 당신이 하지? 뉴욕 집으로 먼저 걸까? 거기는 열한시가 다 됐을 텐데. 너무 늦었나?"

"차라리 졸다 받는 편이 나을지도 몰라." 셀린은 전화기를 받아 다이얼을 돌렸다.

# 25

행크가 퍼트니에서 돌아오는 길에 하늘에는 묵직한 눈구름이 시커먼 암초처럼 드리워져 있었다. 양쪽으로 장벽처럼 늘어선 나무들은 잎이 거의 다 떨어져 황량했다. 행크는 하노버에 닿을 때까지만 폭풍우가 기다려주기를 바랐지만, 벨로스폴스쯤 오자 이미 바람에 휘몰아치는 스콜이 차창을 때리기 시작했다. 행크의 머릿속은 여전히 의문투성이였다. 아니, 심지어 전보다 더 알쏭달쏭해졌다. 여러 사람과 이야기를 해볼수록 가능한 경우가 줄어들기는커녕 오히려 늘어났다. 이런 식이라면 제대로 된 조사라고 할 수 없었다. 하지만, 어쩌면 밀가루가 잔뜩 묻은 앞치마 차림으로 문간에 서 있는 것만으로 행크의 마음을 앗아간 여자가 누나일지도 모른다. 셀린은 밥 밀스를 우러러보았고, 그에 대한 얘기를 여러 번 했었다. 그러니 용의선상에서 배제할 수 없었다. 사회적 규범을 생각해서 여자를 조카로 키웠는지도 모른다. 그리고 그 기분 나쁜 화

가. 어머니와 그의 애매하고 현학적인 관계는 진부함의 표본이나 다름없었다. 흠잡을 데 없는 환경이었다. 우웩. 그러나 그 어린 양치기, 헛간과 우유 공장에서 일하던 소년은—행크는 마치 직접 본 것처럼 사일러스 쿠퍼엘리스의 이미지를 짜릿하게 떠올릴 수 있었고, 수십 년을 거슬러올라가 두 사람 사이에, 깡마르고 공감 능력이 뛰어난 소녀와 수줍고 서투른 소년 사이에 흐르던 온기의 냄새를 맡을 수 있었다—어머니와 나누었을 법한 유대의 냄새를 풍겼다. 하지만. 물론 젊은 쿠퍼엘리스는 죽었다.

아무 위로도 되지 않았다, 그 어떤 사실도. 아버지 후보들이 하나도 없다가 이제는 너무 많아졌다. 행크가 그리는 혈육의 풍경 속에 아버지들이 줄줄이 행진해 들어왔고, 그중 한 사람도 선뜻 앞으로 나서지 않았다. 폭풍우가 절정에 달했을 때 행크는 하노버에 도착했고 그날 밤 메인주 블루힐의 안내 서비스에 전화해 밀스의 번호를 물었다. 행크는 리비 밀스의 결혼 전 성을 몰랐고, 정말로 로어팜에서 빵을 굽던 여자가 조카라면 밥의 형제 쪽일 가능성이 50퍼센트는 있었다. 그러니까 밀스부터 찾아보자. 교환원이 물었다. "프랭크인가요, 해리에타인가요?" 직감적으로 행크는 "프랭크"라고 대답했고 그 번호로 전화를 걸었다. "여보시오" 하고 전화를 받은 쩌렁쩌렁한 목소리는 옛 스승인 밥이라고 해도 믿을 정도였다. 그래서 혹시 밥 밀스의 형제냐고 물었다. 그러자 남자는 무뚝뚝하게 대꾸했다. "가끔 아니었으면 할 때도 있긴 하지요, 자주는 아니지만." 밥과 꼭 닮은 거친 웃음소리, 똑같은 미국 동부 연안의 억양. 그래서 행크는 불쑥 말해버렸다. "혹시 따님이 있으십니까? 리아라는 이름의?" "기껏해야 삼십일 년밖에 안 키웠소이다. 지금 전화 거신 분은 누구요?" 행크는 뭐라고 대답해야 할지 전혀 알 수가 없었다. 극도로 당황한 만큼 마음이 놓이기도 해서, 행크는 전화를 끊어버렸다. 손에 쥔 수화기를 바라보며 고개를 절레절레 젓는 메인주 노인의 표정이 눈앞에 선히 그려졌다.

두 주 후 행크는 샌드위치로 달려갔다. 공동묘지는 높은 언덕에 자리하고 있었다. 숲이 끝나면서 넓은 평원이 펼쳐졌고, 계곡 너머 초코루아산까지 전망이 탁 트여 있었다. 농부의 말대로 예쁜 묘지였지만 외로웠다. 그리고 갓 내린 분가루 같은 눈이 4인치나 덮여 있어서 추웠다. 행크는 묘석들을 따라 걸었다. 심하게 부식되고 이끼에 뒤덮여 영영 비문을 알아볼 수 없게 된 묘석이 있는 반면, 18세기 중반의 무덤인데도 간신히지만 읽을 만한 묘비명도 있었다. 몇 분 후, 그는 쿠퍼엘리스 가문의 무덤을 찾았다. 소박한 화강암 묘석 셋 중에서 제일 작은 묘석에 사일러스 헨리라는 이름이 쓰여 있었다. 1931년 12월 5일~1951년 1월 29일. 인간의 업적은 보잘것없으나, 신의 영광은 위대하도다.

열아홉 살. 그는 셀린이 2학년을 반쯤 마쳤을 무렵 세상을 떠났다. 두 사람은 계속 가깝게 지냈을까? 늙은 농부는 그 수줍은 소년이 한국에 파병된 지 두 주 만에 죽었다고 했다. 어째서 그 사실이 행크의 마음을 이렇게 아프게 할까? 비문은 생략된 단어로 더 많은 말을 하고 있었다. "사랑의 추억을 담아"라든가 "사랑하는 아들" 같은 말은 전혀 없었다. 행크는 장갑을 벗고 밤사이 내린 눈을 묘석에서 맨손으로 털고 자신마저 놀랄 일을 했다. 비탄이 그의 어깨에 손을 얹는 느낌이 들어 울었던 것이다.

한 시간 후 행크는 아주 작은 광장의 아주 작은 우체국에 들러 우체국 직원에게 쿠퍼엘리스 가문에서 아직 생존해 계신 분이 있느냐고 물었고 남자는 고개를 저었다. 그는 행크보다 나이가 그리 많아 보이지 않았다. 행크는 지금 마을에 계시는 분 중에 가장 연세가 많고 이곳에 오래 사신 분이 누군지 물었다. 도티 콜킨스, 아마 아흔몇 살쯤 되실 거라는 대답이 돌아왔다. 행크는 길을 물은 뒤 시내에서 1마일 떨어진 어두운 소나무숲 속, 아직 얼지 않은 흑수*가 흐르는 실개천 옆에 자리한 다 쓰러져가는 농장 주택 문을 두드렸다. 옆에는 아주 낡고 녹슨 통나무 트랙터가 한 대 세워져 있었다. 옛날에는 집이 흰색이고 트랙터는 노란색이었겠지만 이제 둘 다 낡아빠져 이름을 붙일 수 없는 칙칙한 색으로 변해 있었다. 다섯번째 노크에 노파가 문을 열었다. 손잡이가 구부러진 지팡이를 짚고 선 노파는 집안으로 들어오라는 말을 하지 않았다.

"쿠퍼엘리스?" 그녀는 강인하고 곤두선 목소리로 말했다. "나야 그 집안 식구를 다 알았지." 그 말투에서는 좋았다거나 나빴다거나 하는 어떤 암시도 없었다.

* black-water. 망간 함량이 높아 검은빛을 띠며 금속성의 맛이 나서 상수원으로 쓸 수 없는 물.

"혹시 친척분 중에 누가 아직……"

"살아 있느냐고?" 노파는 정말로 소리 내어 웃었다. "다들 살아 있는지에만 관심이 있지. 사실 그게 그렇게 중요하지 않을 수도 있는데 말이야." 또 그 웃음. 행크는 노파가 미쳤는지도 모른다고 생각했다—너무 오랜 세월을 살아서, 그러면서 너무 많은 일들을 보아서.

노파는 가운 호주머니에서 휴지를 한 장 꺼내 눈꼬리를 훔쳤다. "아니, 다 죽었어. 내가 아는 사람 중에는 없어. 그 남자애도 죽었지. 전쟁에서. 그리고 부모도 죽었어. 화덕 불 때문에 화재가 났다고 했어."

"그 집은요?"

"없어졌어. 다 다 다 없어졌어. 지금은 거기서 딕슨 박사가 그 예쁜 아내와 살고 있지."

"그 남자애는, 사일러스는……"

"전쟁에서 죽었어."

"그래요. 혹시 그 남자애에게…… 자식이 있었나요?"

"자식? 그애는 전쟁에서 죽었다니까. 어떻게 걔한테 자식이 있었겠어? 하나도 기억이 안 나? 그애는 반 마일 밖에 여자가 있는 걸 보면 반대 방향으로 뛰어 도망쳤을 거야. 정말 한마디도 말을 하지 않았지. 빌어먹을 한마디도."

행크는 고맙다고 인사했고 노파는 문을 쾅 닫았다.

그후로 이 년, 아직 뉴햄프셔에 머무는 동안 행크는 차를 몰고 적어도 대여섯 번은 샌드위치의 무덤을 찾았을 것이다. 사일러스를 어머니와 엮을 만한 물증은 끝내 찾지 못했지만 광활한 평원 위의 석벽을 따라 난 흙길을 걷는 게 좋았고, 왠지 모르지만 사일러스의 묘지를 찾는 게 좋았다. 행크는 그곳에 앉아 무엇이든 마음속에 떠오르는 말을 했고, 여름이면 늦은 오후 길게 드리운 햇살 속에서 제비들이 사냥하는 모습을 지켜보기도 했다.

▲

페르난다 무뇨스는 뉴욕의 집에 없었다. 혹은 전화를 받지 않았다. 발파라이소의 전화번호로 걸어봐도 받지 않기는 마찬가지였다. 이제 막다른 골목에 다다랐다. 셀린은 침대에 걸터앉았다. 좌절한 눈치가 아니었다. 그녀는 입을 꼭 다물고 뉴욕의 번호로 다시 전화를 걸었다. 이번에는 답이 돌아왔다.

졸음에 취한 목소리. "부에노?"*

"안녕하세요, 세뇨라 무뇨스? 제 이름은 셀린 왓킨스예요. 선생님과 나이가 비슷한 화가인데, 사립탐정 일을 겸하고 있어요……"

페르난다 데 산토스가 아무리 다채로운 삶을 살아왔다 해도 아마 이런 자기소개는 생전 처음 들어봤을 것이다. 셀린은 늘 위풍당당했다. 전화선을 통해 목소리만 들어도 셀린 왓킨스의 중후한 권위가 즉각 느껴졌다. 쓸데없이 시간을 낭비할 사람이 아니었다. 두 사람은 거의 십오 분에 걸쳐 대화를 나눴다. 더 빨리 이야기를 마무리지을 수도 있었겠지만 페르난다가 자꾸 스페인어를 쓰는 바람에 통화가 길어졌다. "그래요, 폴 러몬트를 기억해요. 누가 잊겠어요? 〈내셔널 지오그래픽〉에서 온 유명한 사진작가를. 훌륭한 작가였어요. 그렇지만, 그렇기는 했지만, 설령 그 정도로 걸출한 작가가 아니었다 해도…… 푸에스, 토다비아 엘 노스 우비에라 엔칸타도.** 심지어 아옌데도요."

"그러니까 러몬트가 궁에 갔었다는 말씀이세요? 대통령궁 말이에요."

"그래요. 파티에 몇 번 왔었죠. 특이한 일은 아니었어요. 저명인사들이 많이 초청되어 왔거든요. 대사관에서 당시 시내에 체류하

---

* '여보세요?'라는 뜻의 스페인어.

** '뭐, 그래도 우리는 그를 좋아했을 거예요'라는 뜻의 스페인어.

던 사람들을 모두 초대했어요."

"맙소사." 셀린이 속삭였다. 한 번 기침을 하고 마른침을 삼켰다. "죄송해요. 선생님은 쿠데타가 일어나기 전에 빠져나오셨다고요?"

"개미핥기라도 앞날을 뻔히 볼 수 있었죠. 아시다시피 저는 꽤 유명한 칠레판 대형 〈게르니카〉를 작업했어요. 프랑코를 비롯한 모든 파시스트에 대한 혐오를 표현한 작품이었죠. 제 정치 성향은 공공연히 알려져 있었어요. 그래요, 당연히 장군들한테는 별로 인기가 없었죠."

"와우." 셀린은 조용히 혼잣말로 웅얼거렸다. 그리고 세뇨라 무뇨스에게 말했다. "엄청난 도움이 되었어요. 정말 감사합니다."

▲

피트는 추격전의 열기가 고조될수록 아내의 정신이 따끈하게 데워지는 버터처럼 맑아진다는 걸 알았다. 이제는 거의 몽환에 빠진 상태 같았다. "거기 있었어," 셀린의 목소리가 허스키했다. "러몬트. 사람을 사로잡는 매력이 굉장했나봐. 우리가 상상했던 것보다도 더. 사람들을 홀려서 곧장 대통령궁으로 들어간 거야." 피트가 보기에는 이 사건이 왠지 개인적인 문제가 되어가는 느낌이었다. 사건이란 원래 어느 정도는 다 그렇다. 하지만 이번 사건은 유달리 그랬다. 처음부터 특별한 스릴로 충만했다. 그리고 과묵한 미국인 피트는 이제야 러몬트의 매력과 바람기가 해리 왓킨스에 비길 만할지도 모르겠다는 생각을 했다.

셀린은 기침을 했다. 휴지로 입가를 토닥이고 허리를 폈다. "사진이 있어, 피트. 이 모든 일의 중심에 있는 사진이. 난 알아. 이제 우리는 가브리엘라에게 전화를 걸어야 해. 모텔 사무실의 전화를 써야겠어."

▲

옐로스톤로지의 주인은 집에 있었다. 흉골까지 흘러내리는 반백의 수염을 기른 그는 과묵함에 관한 한 피트의 라이벌이 될 만했다. 셀린은 죽음의 사신이 낫을 들고 나타나도 로지 주인은 그를 무스 무늬 벽지로 도배된 방으로 안내하면서 그 앙상한 발을 쉬고 가시라고 말할 사람이라는 느낌을 받았다. 주인이 손짓으로 전화기를 가리켰다.

셀린은 이 강렬한 직감을 어서 시험해보고 싶어 조바심이 났다. 러몬트에 대해, 또 러몬트의 사고방식에 대해 그간 알게 된 바에 의하면, 그는 틀림없이 자기 인생에서 가장 중요한 사진 두 장을 같은 액자에 넣어 보관했을 것이다. 평생 살면서 목격한 가장 어두운 현실과 그의 삶에서 가장 위대한, 그러나 잃어버린 사랑을 담은 사진. 이상하고 끔찍한 논리였지만, 셀린 역시 예술 안에서 죽음과 아름다움을 짝짓는 작업을 해온 사람으로서 그것을 이해할 수 있었다. 자신의 직감에 엄청난 거액의 판돈을 걸 수도 있었다. 가브리엘라가 전화를 받았을 때 셀린은 단도직입적으로 말했다. "아버지가 당신에게 아마나의 사진들을 주었던 방식 기억하죠? 하나의 사진 뒤에 다른 사진을 넣어주셨던 것?" 셀린이 말했다. "그 페리에서 찍은 사진을 확인해봐줬으면 해요. 당신이 가장 좋아하는 사진 말이에요. 액자를 열어봐요. 그리고 오 분 후에 폴리스 식당으로 다시 전화해줘요." 셀린은 전화를 끊었다. 두 사람은 길을 건너갔다. 셀린은 발걸음을 재촉했지만 호흡은 순조로웠다. 카운터에 도착하자마자 전화가 울렸다.

"저, 저한테 있어요." 가브리엘라의 목소리가 떨렸다. "맙소사."

"잘 들어요, 가브리엘라, 시간이 별로 없어요. 시신 사진이죠."

"네."

"시신 뒤에 남자가 있죠?"

"두…… 두 사람요." 그녀는 이성의 끈을 붙잡고 있었다, 간신히. 잘하고 있어.

"한 사람은 익숙한 얼굴이죠." 셀린이 말했다.

"그래요. 아, 맙소사. 훨씬 젊어 보여요, 젊어요, 하지만. 부통……"

"말이 되네요. 다른 사람은?"

"모르겠어요. 라틴계. 군인이에요. 잠깐…… 여기 뭔가가……"

"뭔데요? 뭐예요?"

"사진 뒤에, 글이 쓰여 있어요. 아버지의 글씨예요. 잠깐만요." 가브리엘라가 천천히 글씨를 해독했다. "프란시스코 페냐 데 라 크루스, 라 모네다. 이렇게 쓰여 있어요."

"라 모네다는 대통령궁이에요. 쿠데타 당일일 거예요."

"이 사람은 누구예요?"

"몰라요, 우리가 알아내야죠. 맙소사. 알았어요. 좋아요. 이제 아들을 챙겨요. 지금 당장. 그애는……"

"여기 있어요, 여기 있어요." 가브리엘라의 목소리는 다시 심지 굳고 또렷해졌다. 두려움이 좀 배어 있었지만 흥분감도 느껴졌다. 그래야 내가 아는 가브리엘라지, 셀린은 생각했다. 과연 함께 강을 건널 만한 동행이야.

"좋아요, 짐을 싸지는 말아요. 이틀이면 끝날 일이에요, 약속할

게요. 지금 차를 타고 출발해요. 친구나 친척 집에 가면 안 돼요. 그것, 그걸 갖고 가요. 버스 정류장에 차를 세우고 시내버스를 타고 가다가 다른 노선으로 갈아타고 또 갈아타고 하는 식으로 이동해요. 그 물건은 아무 가게에나 며칠만 맡아달라고 맡겨요. 남편의 마흔 살 생일인데 장난을 쳐서 놀라게 해주려고 한다고 말해요. 그리고 돈을 넉넉하게 줘요. 교외로 가서……"

"무슨 말씀인지 알겠어요. 네."

"좋아요, 가요. 사흘 후에 나한테 전화하고요."

▲

셀린이나 피트가 시계에 내장된 스톱워치 기능을 사용할 생각을 했다면 프란시스코 페냐 데 라 크루스에 대한 정보를 찾고 동화 속의 판타지 은신처를 거의 찾다시피 할 때까지 단 칠 분이 걸렸다는 사실을 알았을 것이다. 〈뉴욕 타임스〉에 쿠데타의 혼란 속에서 재무부 장관 페냐 데 라 크루스가 실종되었다는 기사가 실려 있었다. '실종'이라는 추악한 역사에 등장한 최초의 저명인사였다. 아무튼 그는 방금 다시 발견되었다. 미국인이라면 익히 알고 있는 누군가의 조력하에 살해된 채로. 러몬트의 은신처 문제로 넘어가자면—세상에 얼음산이 몇 개나 있을까?

두 사람이 던진 질문에 국립공원 관리처의 위성 조감도 사이트가 답해주었다. 손에 꼽을 수 있는 정도였다. 산이 아닌 빙하, 산에 걸린 빙하, 그러자 국립공원 밖에서 육안으로 확인할 수 있는 건 열두어 개에 불과했고, 그중 동쪽에 위치한 것은 손으로 꼽을 정도였다. 동쪽이라야 했다. 서쪽에는 플랫헤드 국유림의 머나먼 호수와 숲들이 있었고, 대부분은 도로로 접근할 수 없었기 때문이다. 그들은 글레이셔국립공원 동쪽을 살펴보았다. 몬태나주 뱁 북부에 드문드문 검은 호수들이 흩어져 있었다. 호수의 물은 초록색이어야 했다. 아마나의 눈 색깔. 해발고도가 높은 분지의 빙하호 상당수는 파란색과 녹색을 띠고 있었지만 다 국립공원 내에 있었다. 불쌍한 싯카. 국립공원 밖에 있으면서 동쪽이라면, 헤아릴 만한 호수의 숫자가 얼마 되지 않았다. 저기, 그리고 저기, 하나는 구스Goose, 다른 하나는 덕Duck이라는 이름의 호수였다. 그 호수들의 물빛은 초록색이었다. 아니, 초록빛이 돌았다. 새소리가 나는 호수. 그래서 확대해보니 가장 높은 봉우리는? 치프Chief 산이었다. 메사*처럼 꼭대기가 평평한 잔구殘丘**로, 혼자 우뚝 솟은 험준한 산이었다. 어느 모로 보나 폴 러몬트다웠다. 게다가 캐나다 국경에 거의 인접해 있었다.

셀린은 코를 킁킁거렸다. 후각은 너무 쉽다고 말하고 있었지만 아닐 수도 있었다. 이렇게 간단하게 조각이 모두 맞춰질 리 없었다. 그러나. 싯카는 분명히 그 통나무집이 하루만 차를 몰고 가면

---

* 꼭대기는 평평하고 옆면은 경사진 지형.

** 산지가 침식을 받아 준평원이 되는 과정에서 단단한 암석으로 된 부분이 깎이지 않고 남아 형성된 산.

되는 거리에 있다고 들었다 했다. 북쪽이라면 말이 된다. 지역은 확실히 여기가 맞았다. 그리고 아직 해결되지 않은 문제가 몇 개 남아 있었다. 첫번째는 이 산 자체가 얼음은 아니라는 사실이었다. 겨울, 늦가을, 이른봄에는 눈이 덮이고 얼음산이 되지만 만년 빙하는 아니었다. 그래도. 셀린의 안테나가 붕붕거렸고 콧잔등에 주름이 잡혔고 위장이 꿈틀거렸다. 호수에서 보면 커다란 빙하가 보일 테고, 국경 근처에 치프산이 있었다. 외로운 늑대처럼 우뚝 선 산봉우리와 접경지대의 바윗더미를 보고 이곳이라는 걸 알았다. 그래서 구스호를 확대해서 자세히 보니 동쪽과 남쪽에 아주 작은 공터들과 여남은 개의 구조물이 있고 네 개의 흙길이 시골 도로에서 뻗어나와 구불구불 이어져 있었다. 덕호에도 통나무집이 몇 개 있고 도로가 세 개 더 있었다. 이게 두번째 문제였다. 이 둘 중 하나가 그 호수라면—사냥꾼을 야생 '거위' 추격전으로 내모는 것*도 대단히 러몬트다운 일이었다—여기가 바로 그곳, 그 장소라 해도 이 집 저 집 찾아다니면 하루는 걸릴 테고, 그사이에 러몬트에게 경고를 해줄 친구들이 있을지도 모른다. 최근의 역사를 살펴보면 성공적인 도망자는 지역 주민의 도움을 받는다, 한 사람도 빠짐없이. 그의 통나무집을 정확히 알고 가야 한다. 한 번에, 곧장.

"피트?" 셀린이 말했다. "어떻게 알 수 있을까? 심지어 이 카운티가 맞는지도 모르는데."

---

* 호수의 이름이 구스(거위)라는 것을 이용한 농담으로, '야생 거위 추격전'에 해당하는 영어 표현 'wild goose chase'는 막막하거나 부질없는 시도나 추구를 의미하는 관용적 표현이다. 야생 거위의 공식 한국어 명칭은 '기러기'다.

피트는 흐음, 하고 콧소리를 냈다. 이런 전술적 문제를 즐기고 있었다.

"개가 필요해." 그가 말했다.

"개라고, 피트?"

"뇌조 사냥을 어떻게 하지?"

"뇌조 사냥에 대해서는 아는 게 하나도 없어. 뇌조 사냥 해본 적 있어, 피트? 메인주에서? 노먼 록웰 그림 같은 청소년기에?"

"그럼 그럼." 피트가 말했다.

"진작 알았어야 하는데. 그래서?"

"포인터가 최고인데, 플러셔*를 쓰는 사람도 있어. 맞는 방향으로 개를 풀어놓지. 가을 내내 지켜봤기 때문에 제일 좋은 평원과 암반지대를 다 알고 있거든. 그래서 개가 먼저 출발하게 하는 거야. 말하자면 개를 화들짝 놀라게 만들어서 공터로 몰아넣는 거지. 그러면 개가 뇌조씨한테 우리를 안내해줄 거야. 새의 위치를 정확

* 포인터, 플러셔 모두 사냥개의 종류다.

히 지목해주거나 숨은 곳에서 뛰쳐나오게 만들거나."

"태너! 컹컹! 나도 비슷한 생각을 하고 있었어."

피트도 알고 있었다. 피트의 뺨 아래 근육이 팽팽해졌다. 그는 보일락 말락 하게 턱을 치켜들었다.

▲

둘 다 잠이 오지 않았다. 흥분 상태가 지속되었다. 그날 밤 숙박료를 냈지만 트럭 뒤에 어차피 집이 딸려 있으니, 짐을 싣고 모텔 사무실에서 언제나 끓고 있는 탄내나는 커피를 엄마 아빠 회색곰 머그잔에 조금 채운 다음 차를 몰았다. 출발부터 틀려먹었던 것이다. 태너는 러몬트가 어디 있는지 알고 있었다. 그동안 내내 알았다. 그 점은 명백했다. 사냥꾼 대장들이 처음부터 몰랐을 리가 없다. 어쨌든 이 사람들은 절대로 바보가 아니며, 그렇게 생각한다면 치명적인 실수를 저지르는 것이다. 러몬트가 착하게 굴면서 죽은 사람으로 있어주기만 한다면, 뭐—해로울 것도, 나쁠 것도 없다. 굳이 그를 벼랑으로 몰아서 사진 혹은 사진들을 배포할 계기를 만들어줄 이유가 없으니까. 약삭빠른 러몬트라면 충분히 그런 조치를 취해두었을 가능성이 있었다. 모든 조각이 맞아떨어져가고 있었다. 그러나 두 사람이 돌발 행동을 한다면, 피트와 셀린이 차를 몰고 곧장 러몬트의 숲으로 달려간다면, 그건 다른 얘기가 될 터였다. 유령 특전대는 그들보다 한발 먼저 그 숲으로 가서 러몬트를 어떤 식으로든 제거할 수밖에 없으리라. 그러니까. 개를 먼저 풀어 놓고, 그 개를 따라서 새를 잡으러 간다. 간단했다. 아마도.

두 사람은 달렸다. 셀린은 운전대를 잡고 피트는 자동차 전원에 꽂은 GPS 추적장치를 무릎에 놓고 앉아 있었다. 그리고 태너의 추적장치가 두 사람이 탄 트럭의 차축에 붙어 있었다. 피트는 셀린이 정신을 바짝 차리고 있다는 걸 알았다. 지난 이 년 사이 셀린이 이렇게 집중하는 모습을 본 건 처음이었다. 호흡은 깨끗하고 수월했으며, 자동차경주 선수처럼 자신만만하게 고속으로 질주했다. 보고 있으면 기적 같았다. 두 사람은 트럭을 몰고 보즈먼을 가로질러 헬레나로 가서 시립공항 주차장에 주차했다. 여기 두 사람을 추적하는 파란 깜박이가 나타났다. 뒤를 쫓아오는 사냥개가 여기 있었다. 두 사람은 태너가 곧 그들을 추월해 달려갈 거라 믿어 의심치 않았다. 그러나 만일의 경우를 대비해 교대로 잠을 자야 했다. 셀린은 오른손에 글록 권총을 들고 피트는 벤치 시트에 12구경을 놓아두었다. 타이밍이 완벽하게 맞아떨어지지 않으면 누군가가, 아마도 러몬트가 죽을 수도 있었다.

태너는 오전 다섯시 십사분에 15번 주간고속도로에서 두 사람의 차를 추월했다. 셀린이 망을 보고 있다가 코를 골며 자는 피트를 깨웠다. 피트가 차창을 내리자 새로 내린 눈이 산봉우리와 시내의 고가도로 위에 곱게 흩뿌려져 있었다. 헬레나의 잔디밭과 지붕들은 된서리로 뒤덮였다. 가까운 거리를 유지하고 싶기는 했지만 지나치게 가까이 다가가서는 안 된다. 태너를 너무 빨리 따라잡으면 그가 가던 길을 멈추고 두 사람과 맞설 수도 있다. 싸움이 벌어지면 러몬트에게 갈 길이 막힌다. 그러나 너무 뒤처지면 태너가 러몬트를 찾아가서 어떤 식으로든 제거할 시간을 벌 수도 있다. 주사위 놀이처럼 아슬아슬했다.

캠핑카 지붕을 내리고 앞좌석으로 올라가기 전에 피트가 말했다. "우리 차에 붙어 있는 태너의 추적장치 말이야. 굳이 뗄 필요는 없겠지?"

"안 그러는 편이 낫지. 태너를 압박해야 하니까."

"그래 그래." 피트가 말했다.

두 사람은 시내의 노스웨트 카페에 가서 새벽녘에 일을 하러 나온 공사 노동자와 벌목공들 사이에 끼어 달걀과 베이컨을 먹었다. 셀린은 맛있게 식사를 했고, 두 사람은 거의 말을 하지 않았다. 피트가 입술을 잘근잘근 깨물며 물었다. "우리가 그렇게 가까이 접근하면 태너가 우리를 제거할 수도 있다는 생각은 안 해봤어?"

"피트, 그건 너무 신파잖아."

"진심이야. 태너의 장기가 매복인 것 같던데."

"나도 생각은 해봤어. 특별히 위험하다는 생각은 안 들어. 전에도 말했잖아. CIA든 누구든, 굳이 위험을 무릅쓰고 늙은 사립탐정 두 명을 살해할 이유가 없어. 맙소사. 수습해야 할 일거리가 너무 많아질걸. 한번 더 우리를 겁줘서 내쫓으려고 시도는 하겠지. 그리고 러몬트를 추적할 거야."

피트는 고개를 끄덕였지만 썩 믿는 표정은 아니었다.

피트는 무릎에 추적장치를 놓았고, 두 사람은 울프강과 쇼토를 지나 북쪽으로 달렸다. 선강과 티턴강을 건너고 밥마셜윌더니스의 동쪽 측면을 따라 달렸다. 그사이 계절이 바뀌었다. 산비탈에 듬성듬성 모여 자란 사시나무들이 노랗게 물들었고 바람이 없는 아침 시간이라 낙엽이 빙글빙글 돌며 곧장 땅으로 떨어졌다. 두 사람은 차창을 반쯤 내린 채 달리며 가을의 향기를 음미했다. 블랙피트 인디언 보호구역으로 들어선 그들은 브라우닝에서 서쪽으로 돌아 컷뱅크강 상류의 남쪽 지류를 따라갔다. 글레이셔국립공원의 뾰족한 바위 봉우리들이 서쪽에서 웅장하게 나타났다. 산비탈에 하얀 눈이 군데군데 쌓여 있었다. 겨울의 첫 손길이 닿을 무렵의 특별한 풍경. 높은 돌출암반이 얼음에 뒤덮여 또렷한 윤곽선을 드러냈고, 협곡이 아로새겨져 있었으며, 허공에 걸린 빙하는 눈이 부셨다. 암초 같은 구름이 봉우리들 너머 서쪽으로 깔려 있었지만 그 위의 하늘은 렌즈처럼 맑았다. 셸린은 아주 빠르게 운전했고 두 사람은 태너보다 이십 분 늦게, 늦은 오전에 뱁에 도착했다.

몬태나주 뱁은 카페 하나, 주유소 하나, 그리고 89번 국도를 따라 늘어선 대여섯 채의 야트막한 주택이 전부였다. 두 사람은 공항을 지나쳤다. 공항이라고 해봐야 풀을 뜯는 가축으로 뒤덮인 풀밭에 불과했지만. 그리고 주류 판매점과 사륜바이크를 짐칸에 실은 픽업트럭 몇 대를 지나쳤다. 두 사람은 멈추지 않았다. 피트가 좌회전 우회전을 지시하면서 지명목록집의 지형도와 맞춰보았다. 시내를 지나자마자 태너는 동쪽의 비포장도로로 꺾었고, 그들은 오른편으로 탁한 초록색 호수를 지나쳤다. 나무들 사이로 호수가 보였다. 덕호였다. 두 사람은 멈추지 않고 달렸다. 1마일을 더 운전해 갔다. 도로가 갈라졌고, 좀더 작은 호수를 또하나 지나쳤다. 구스호. 태너는 호수 동편으로 달리다 다시 오른쪽 길로 꺾었다. 호수를 지나 곧장 달려갔다.

"미치겠군." 피트가 중얼거렸다.

이제 갈 수 있는 길은 딱 하나밖에 없었다. 2마일 거리를 달려가면 훨씬 작은 호수의 남쪽 끄트머리에 통나무집 하나가 있었다. 두 사람은 아무 말도 하지 않았다. 길이 험해지더니 사륜구동 바퀴자국투성이로 변했다. 풀밭과 잡초를 깔아뭉개고 지나간 낡은 타이어 자국밖에 없었다. 타이어 자국은 소나무와 아름드리 가문비나무들을 헤치고 이어졌다. 덤불이 무성하고 트럭 한 대가 간신히 지나갈 수 있을 정도로 비좁은, 훨씬 더 험준한 길이 북쪽으로 갈라졌고 태너는 그리로 꺾어 4분의 1마일가량 배수로를 따라가다 차를 세웠다. 좋아. 기대했던 바다. 반 마일 앞에 거대한 바윗돌 세 개가 길을 막고 있었다. 그곳에 사는 사람이 누구든 '사유지 침입

금지' 같은 팻말을 걸 필요가 없었다. 어차피 통행로가 없었으니까.

"여기서 대충 1마일 반은 더 가야 할 것 같은데." 피트가 지도를 보며 말했다. 셀린이 입술을 잘근잘근 씹었다.

"사냥 조끼를 입어야 할 때가 왔나봐. 러몬트 씨한테 총 맞아 죽고 싶지는 않잖아. 저기 있는 게 그 사람이라면." 셀린이 고갯짓으로 바윗돌들을 가리켰다. "여기 전체적인 분위기가 어째 그 사람 같네."

"사냥철은 몇 주 더 있어야 시작될 텐데. 큰 사냥감들이 나타나는 시기 말이야. 산탄총을 가지고 가야 할까?"

"당신이 가지고 가." 셀린이 말했다. "나는 고성능 소총이 아니면 마음이 편치 않더라고."

"장전을 해야 할까?"

셀린은 가끔 메인주 출신 남자와 살고 있다는 걸 실감할 때 나오는, 도저히 믿을 수 없다는 표정으로 남편을 바라보았다. 그가 단순하다는 뜻은 아니었다—아니, 뭐, 실은 단순했다. 명석하면서 동시에 단순했다.

"장전을 하지 않으면 대체 총이 무슨 소용이야, 피트? 못살아,

내가."

두 사람은 재빨리 채비를 했다. 밝은 주황색 사냥 조끼와 모자. 피트는 형광 야구 모자를 썼다. 셀린은 귀덮개가 달린 멍청한 엘머 퍼드* 모자를 쓰겠다고 고집을 부렸다. "난 멍청하고 엉성해 보일수록 더 좋아." 콤팩트 거울에 비친 자기 모습을 만족스럽게 바라보며 셀린이 말했다. 그녀는 1파인트짜리 물병을 넣은 작은 벨트형 파우치를 차고 또하나를 피트에게 건네주었지만 그는 고개를 저었다. 두 사람은 코듀라 케이스에서 각자의 총을 꺼냈다. 셀린은 레버액션을 내리고 새비지 99의 회전 탄창에 엄지손가락으로 총알을 꾹꾹 밀어넣었다. 그리고 맨 위의 총알을 다시 탄창에 넣고 약실에 하나를 더 밀어넣었다. 요즘 레버액션 소총**을 쓰는 사람은 아무도 없었지만 셀린은 이 총을 좋아했다. 그 촉감과 과거를 연상시키는 느낌이 좋았다. 셀린은 총신 뒤쪽 탱 부분에 달린 안전장치를 엄지손가락으로 당겼다. 발사 준비는 끝났다. 산탄총을 쓰며 성장한 피트는 측면에서 장전하는 윈체스터 마린의 탄창에 더블오트 벅샷 산탄을 다섯 발 장전했다. 그리고 액션을 한 번 펌핑한 후, 한번 더 엄지로 총신에 총알을 하나 더 넣고 방아쇠 보호장치의 안전 버튼을 '온On'으로 밀어놓았다. 준비 끝. 날씨가 충분히 따뜻해져서 장갑이 없어도 되었다. 두 사람은 캠핑카 문을 닫았지만 잠그지는 않았다. 그러고는 서로의 얼굴을 한 번 쳐다보았다. 위험하지만 중요

* 미국 애니메이션 〈루니 툰〉에 나오는 캐릭터로 어리숙한 사냥꾼이다.

** 방아쇠 울과 연결된 레버를 조작해 연발하는 소총.

한 일에 착수하려는 노부부만이 나눌 수 있는 표정이었다.

"당신 기분 괜찮아?" 피트가 물었다.

셀린은 양손 엄지를 치켜들어 보였다. "오늘 기분이 아주 좋아. 나중에 저기 저 타이어 옆에 있는 작은 해골을 잊지 말고 가져가라고 말 좀 해줄래? 토끼나 뭐 그런 거 같은데. 작품에 쓰고 싶어."

피트는 고개를 끄덕였고 두 사람은 천천히 오솔길을 따라 걷기 시작했다.

▲

그들은 햇빛과 그늘 아래를 번갈아 통과하며 터덜터덜 걸었다. 천천히. 드문드문 햇볕이 내리쬐는 부분은 뜨겁다시피 했고, 그늘은 추웠다. 파삭파삭 소리가 나는 오래된 솔잎을 밟으며 가다보니 더이상 입김이 나지 않았다. 걷는 기분이 좋았다. 셀린은 조준경이 달린 소총이 무겁다고 생각하면서도 꼭 들고 가겠다고 고집을 피웠다. 길은 대체로 소나무 사이로 난 동물들의 발자취에 불과했지만, 그래도 충분히 평탄했다.

십오 분쯤 걸었을 때 오른편 숲속에서 덜컹거리는 소리가 들렸다. 돌아보니 수컷 엘크 한 마리가 20피트도 떨어지지 않은 곳에서 길을 가로질러 달리고 있었다. 엄청나게 큰 보폭으로. 셋 다 소스라치게 놀랐다. 피트는 펄쩍 뛰며 물러섰고, 셀린은 옆으로 빙글 돌았으며, 공기가 새된 소리를 내며 갈라졌다. 갈라지고 부딪치는 굉음이 한꺼번에 나더니 셀린 옆의 커다란 전나무 몸통이 박살났다. 셀린은 엎드렸다. 빈손을 뻗어 피트를 갈색 잡풀과 스위트세이지 덤불 사이로 끌어당겼다. 맙소사. 둘 다 바짝 엎드렸다. 경고가 아니었다. 킬샷kill shot이었다. 죽이려고 작정한 거다. 셀린은 힘겹게 숨을 쉬었다. 가만히 있어, 셀린이 명령했다.

셀린은 한쪽 무릎을 꿇고 일어나 총을 들었고 왼쪽 팔뚝을 총에 달린 가죽끈 안에 본능적으로 밀어넣고 비틀어 팽팽하게 당겼다. 왼손으로는 체크무늬 총대를 꼭 잡고 오른손 엄지로 안전장치를 튕기며 눈을 조준경에 갖다댔다. 형체는 아주 빨리 움직였다. 최후의 한 발을 쏘기 위해 달려오고 있었다. 단 한 발로 승부를 보는 저격수였다. 셀린은 뜨고 있던 왼쪽 눈으로 그를 발견하고 몸을 빙글 돌렸다. 그는 엘머 퍼드 모자를 쓴 할머니를 과소평가했을 것이다. 하지만 실수였다. 완벽한 평정심을 유지하면서 셀린은 겅중겅중 달리는 사슴 같은 흐릿한 초록색 형체를 추적해 겨냥한 후 발사했다. 그는 쓰러졌다. 아무 생각 없이 셀린은 레버를 다시 한번 당겨 빈 구리 탄창을 흙바닥에 떨어뜨린 후 일어섰다.

“가만히 있어!” 셀린은 피트에게 명령했다. 그리고 움직였다. 그녀는 꼭 필요할 때면 아주 빠르게 움직일 수 있었다. 폐에 부담이 가기는 했지만 할 수 있었다. 어쩐지 아드레날린이 기도를 열어주는 것 같았다. 셀린은 끈에 감겨 있던 팔을 풀고 걸어갔다. 길도 없는 어두운 나무들 사이로 신속하게 이동했고 목적지까지는 얼마 걸리지 않았다. 남자는 겨우 100피트 정도 거리에 있었다. 그는 솔잎더미 위에 팔다리를 쫙 뻗은 채로 늘어져 있었다. 그의 손이 다시 소총을 잡으려고 꿈틀거렸고 오른쪽 어깨에서 꽃잎처럼 피가 번지고 있었다.

"그만!" 셀린은 날카롭게 명령했다. 단 한마디. 태너는 그만두었다. "백업 무기는 어디 있지?" 그는 고개를 저었다.

태너는 예전과 딴판이었다. 얼음 같은 회색 눈에 공포가 서려 있었다.

"백업이 없어?" 그는 고개를 젓고 셀린을 바라보았다. 궁지에 몰려 피를 흘리면서.

"나를 과소평가했군." 대답이 없었다. 그는 고개를 꿈쩍도 하지 않고 셀린을 응시했다. "큰 실수를 한 거야."

셀린은 앞으로 한 발 다가가 그를 내려다보는 자리에 섰지만, 그가 움켜쥘 수 있을 만큼 가까이 다가가지는 않았다. 소총으로 그의 배를 똑바로 조준했다. 손가락이 방아쇠에 걸려 있었다. "안전장치는 풀려 있어." 그녀가 말했다. "만약 지금 한 말이 거짓말이고 백업 무기가 있어서 그걸 잡으려고 했다가는 죽을 줄 알아." 그는 고개를 끄덕였다. 소나무숲 사이 동쪽으로 늪지대의 공터가 보였다.

완벽한 무스 서식지였다. 아마 태너 때문에 놀라서 뛰어온 엘크도 거기 있었으리라. "위성전화 어디 있어?" 그는 눈을 껌벅거렸다.

"산소통이 필요 없군요." 태너가 셀린에게서 눈을 떼지 않은 채 쿨럭거리며 말했다.

"가끔 필요할 때도 있지."

"어디에서……"

"이렇게 총 쏘는 법을 배웠느냐고? 확실히 그쪽의 뒷조사가 불완전했던 모양이네."

"젠장." 그 목소리는 버석거리는 나뭇가지를 흔드는 바람소리 같았다.

"전화는?" 셀린이 다시 물었다. 그는 턱으로 골반을 가리켰다. 그의 눈에 경계심과 공포가 어려 있었다.

"좋아." 셀린이 말했다. "먼저 이 멍청한 모자를 가지고 상처를 압박해. 그리고 내 아름다운 실크 스카프로 여기……" 셀린은 여전히 소총으로 그를 겨눈 채, 다른 손으로 날렵하게 붉은 스카프를 풀어 두 겹으로 접어서 고리 모양으로 만든 다음 태너에게 던져주었다. "팔을 그 구멍으로 넣어, 그래. 매듭을 단단히 잡아당겨서 묶어. 반 매듭으로. 그래." 그는 시키는 대로 했다.

"슬퍼라." 셀린이 말했다. "그거 아르마니 스카프인데."

태너는 경계심을 풀지 않고 셀린을 바라보았다. 그 눈은 마치 100마일에 걸쳐 펼쳐진 북극의 얼음 같았지만 그 속에서 뭔가가 꿈틀거렸다. 어떤 질문.

"아니, 자네를 끝장내지는 않을 거야. 그럴 생각이었는데. 빗나갔어, 천만다행이지. 집에 아이가 있지, 안 그래?"

그는 간신히 고개를 끄덕였다. "외동일 거야. 어린 딸이 틀림없지." 의심에 찬 끄덕임. "뭐, 그러니 집에서 기다리는 딸한테 돌아가야겠지. 우리는 아빠 없이 크는 여자애가 하나 더 생기는 걸 바라지 않아."

태너는 물끄러미 셀린을 바라보았다.

"빌?" 태너는 정신없이 눈을 깜박였다. "이제 지원팀을 부르도록 해. 저쪽에 공터가 있어. 아마 봤을 거야. 분명 자네 트럭도 거기 세워뒀겠지. 헬리콥터가 착륙할 만큼 넓더군. 헬기를 불러. 지역 민간 구급차를 부르는 것보다는 그편이 응급실로 가는 지름길일 거야. 뱁이라는 마을의 형편으로 봐서 구급차는 좀 오래 걸릴 것 같더군."

태너는 잠시 망설이더니, 고개를 한 번 끄덕였다.

"공터까지는 갈 수 있겠지, 안 그래?"

그는 고개를 끄덕였다.

"그리고 당신네 사람들한테 전해." 그는 똑바로 바라보았다. "잘 들어. 모든 일은 여기서 끝이라고 해. 러몬트는 여전히 죽은 사람이야. 칠레의 비밀에 대해서는"—태너는 눈을 껌벅였다—"그냥 이렇게 전해. 쿠데타의 비밀은 비밀로 남는다고. 하지만—이 부분을 아주 명확하게 전해야 해, 명심해—러몬트나 딸 가브리엘라나 가브리엘라의 아들이나, 나나 피트나 우리 아들 행크한테 그 어떤 위해라도 가해지면, 사진을 곧장 언론에 뿌릴 거야. 〈뉴욕 타임스〉 〈워싱턴 포스트〉 기타 등등. 이미 다 준비해놨어. 방아쇠만 당기면 끝이야. 우릴 건드리지만 않으면 사진은 아무데도 가지 않아. 모두 각자 인생을 그냥 살면 돼. 알아들었어?"

그는 고개를 끄덕였다.

"당신네들도 지금 당장 더 큰 걱정거리가 많을 거라고 생각해. 모두가 오래오래 천수를 누리기를 바라자고. 자, 이제 일어나 앉아. 난 더이상 당신이 무섭지 않으니까. 당신이 그 사진들을 배포할 빌미를 준다면 그쪽에서 당신을 알아서 처치하겠지." 셀린은 소총을 소나무에 기대놓은 후 피 흘리는 남자 옆에 무릎을 꿇고 그를 부축해 일으켜 앉혔다. 그러고는 남자의 등뒤로 가서 스카프 매듭을 풀고 쫙 펼치더니, 상처를 덮은 오렌지색 모자와 남자의 어깨를 감싸며 겨드랑이 아래로 능숙하게 몇 번 돌려 감고 아주 단단하게 꽉 묶었다. 그는 몸을 움츠리며 힘을 주었지만 비명을 지르지는 않았다. "자. 훨씬 낫네." 셀린은 벨트에서 반 쿼트짜리 생수병을 꺼냈다. "자." 그는 물병을 받았다. 셀린은 흉터가 많고 아주 단단한 손을 눈여겨보았다. 저 손으로 이 세상에 무슨 짓을 했는지 누가 알겠어. 그는 병을 기울여 단번에 물을 반쯤 마셨다. 그리고 고개를 한 번 끄덕였다.

"공터까지 부축해줄까?" 그는 고개를 저었다. 그러고는 천천히 무릎을 꿇고 앉았다. 셀린은 나무로 가서 자신의 소총을 들었다. 태너가 솔잎더미에 떨어진 자기 소총을 잡으려고 팔을 뻗었다. "어허, 안 되지, 태너." 셀린이 소총을 치켜들며 말했다. 태너는 퍼뜩 고개를 들었다. 갑자기 튀어나온 자신의 성姓 때문인지 단호한 경고 때문인지 알 수 없었다. "그건 두고 가는 게 좋겠어. 거기 그냥 둬. 옛날부터 갖고 싶었거든. M24 맞지? 308구경." 태너는 무릎을 꿇은 채로 물끄러미 셀린을 바라보았다. 곧 깨어날 악몽을 꾸고 있는 것은 아닌지 혼란스러운 표정이었다.

"지금부터는 자네가 부인이라고 부르는 사람들을 조심하도록 해." 셀린은 말했다. "어서 가봐."

셸린은 태너의 소총을 어깨에 멨다. 놀랄 만큼 가벼웠다. 케블러 소재로 된 개머리판. 사랑스러워. 그리고 그녀는 윌리엄 태너가 나무 사이로 천천히 걸어가며 위성전화를 켜서 귀에 갖다대는 모습을 바라보았다.

## 26

셀린은 다시 길로 돌아왔다. 피트는 충격을 받은 얼굴로 그늘에 서 있었다. 셀린은 남편이 노인이라고 생각해본 적이 없었다. 그저 셀린보다 몇 살 많을 뿐이었다. 언제나 투지가 넘치고 활기찬 정신을 지니고 있었고, 고등학교 운동선수이자 농장 일꾼의 성향과 기억이 신체에 새겨져 있었다. 그러나 숲에서 나오면서 셀린은 피트가 늙어 보인다는 생각을 했다. 밝은 오렌지색 모자를 쓰고 서 있는 그에게서 어쩐지 겁에 질려 몸을 사리는 느낌이 풍겼다. 뭐. 나이와 상관없이 충격을 받으면 겁에 질리는 게 당연하다. 더군다나 해군 특수부대 출신의 저격수가 쏜 총이라면. 두 사람이 무사히 살아남은 건 오로지 엘크 때문에 놀란 덕분이었다. 셀린은 생각했다. 그것 봐. 화들짝 놀라 자빠지는 것도 장점이 있다니까.

피트는 받들어총 자세로 산탄총을 들고 서서 숲에서 나오는 셀린을 보며 굉장히 깊은 생각에 잠겼다. “방금 벌어진 일이 믿기지가 않아.” 그는 셀린이 어깨에 메고 있던 M24를 내려놓는 걸 보며 말했다. 정말로 근사한 소총이었다.

“못 믿겠어?” 셀린이 숨을 고르며 말했다.

“제일 아끼는 아르마니 스카프를 붕대 대신 주다니.”

셀린이 고개를 돌렸다. 이제 피트는 늙어 보이지 않았다. 그가 웃었다.

“그걸 봤어? 보고 있었어?”

“당신 혹시 극적인 효과를 노리려고 폐기종인 척하는 거 아니야?” 피트가 말했다. “아니면 동정심을 유발하기 위해서라거나?” 피트의 표정이 평범한 언어로 표현하기 힘든 범주로 접어들었다. “그리고 내가 전혀 모르는 당신 인생의 어느 시기에 특수 훈련을 받았다는 느낌이 다시 들기 시작했어. 언젠가 알게 되겠지만.” 그렇다, 피트는 반쯤 미소를 띠었고, 또 아주 재미있어했다. 깊은 아이러니로 물든 즐거움, 그리고 또, 그래, 그 눈은 사랑과 관용으로 빛났으며 황당함과 염려마저 담고 있었다. 심지어 좀 혼란스러워 보이기도 했다. 뭐, 피트는 그냥 피트답게 굴도록 두는 수밖에.

“당신이 나를 엄호했구나. 바로 저기에서. 게다가 어찌나 은밀하게 움직였는지 훈련받은 저격수조차 알아채지 못했지. 와우." 셀린은 까치발로 서서 피트의 모자를 똑바로 고쳐 씌워주었다. "우리 폴 러몬트를 만나러 가자. 가능성이 높지는 않지만 어쩐지 계속 확신이 드네." 그녀는 흐트러진 머리칼 몇 가닥을 귀 뒤로 넘겼다. "행크의 그 근사한 모자를, 빌어먹을. 방금 줘버렸잖아. 잠깐, 내 베레모가 앞좌석에 있을 텐데." 셀린은 피트의 팔뚝을 잡은 손에 한 번 힘을 주고는 낡고 듬직한 레버액션 소총을 들었다.

▲

산길을 따라 이십오 분 더 걸어가니 공터 끄트머리에 다다랐다. 공터에는 색이 바랜 키 큰 개밀과 래빗브러시, 세이지가 무성했다. 미풍이 불어오자 풀밭에 잔물결이 일었고 다사로운 이른 오후에 산쑥 향기가 났다. 그리고 장작을 때는 연기 냄새도. 소리는 나지 않았지만 산들바람과 귀뚜라미의 펄떡거리는 맥박도 느껴졌다. 푸른 가문비나무와 로지폴소나무로 이루어진 작은 숲이 아담한 통나무집을 둘러싸 보호했고, 통나무집 뒤에는 작은 초록색 호수가 있었다. 진정으로 사랑하는 사람의 눈 색깔을 띤 초록색 호수. 호수 너머 서쪽에는 매니빙하의 바위와 얼음이 우듬지 위로 우뚝 솟아올라 있었다. 그리고 저쪽, 북서쪽에는 메사처럼 꼭대기가 판판한 치프산이 자리하고 있었다. 지평선을 장악한 채. 그쪽이 캐나다 국경이라는 것을 그들은 지도로 보아 알고 있었다. 도망자에게 좋은 장소라는 게 있다면 바로 여기였다. 몸만 건강하다면 동물이 다니는 길을 통해, 숲을 엄폐물 삼아 걸어서 몇 시간 내에 월경할 수 있으리라. 집에 사람이 있는 게 틀림없었다. 흐릿한 연기 한줄기가 지붕의 굴뚝에서 피어올랐다.

셀린은 중얼거렸다. "구스호. 새소리가 나는 호수. 하지만 그보다 한 발자국 더 나아간 거야. 교활한 인간 같으니." 피트가 고개를 끄덕였다. "즐거운 사냥 되길." 셀린이 말했다. 그리고 두 사람은 숲의 깊은 그림자 밖으로 나왔다.

▲

두 사람은 양쪽으로 갈라져서 늙은 사냥꾼처럼 탁 트인 공터를 가로질렀다. 느릿한 발걸음으로, 발목을 삐지 않게 조심하면서, 몇 걸음 걷다가 한 번씩 멈춰 서서 공기 냄새를 킁킁 맡고 엘크나 사슴을 찾아 주변을 훑어보았다. 그리고 또 걸었다. 총과 오렌지색 조끼와 누가 봐도 늙은 외모 덕에 사냥꾼이 아니라고는 상상할 수 없었다. 200야드 풀밭을 반쯤 가로질렀을 때 통나무집 문이 열리고 한 남자가 포치로 나와 커다란 군용 쌍안경으로 그들을 살펴보았다. 두 사람도 발걸음을 멈추고 남자를 지켜보았다. 셀린이 한 팔을 중대장처럼 치켜들었고 두 사람은 천천히 전진했다. 그러자 남자가 어두운 문간으로 한 발 물러서더니 소총을 들고 다시 나왔다. 이런 일련의 동작은 한 단계 한 단계 차분하게 소리 없이 진행되었다. 남자 역시 전혀 서두르는 기미 없이 조준경이 달린 소총을 치켜들어 그들을 겨냥했다. 뭐. 오늘은 총을 맞는 팔자인 모양이었다. 한 달 뒤 이 카운티에 사는 사슴과 엘크가 딱 이런 기분이겠지.

두 사람은 멈춰 서서 서로 눈길을 교환했다. 셀린이 얼굴을 찌푸리고 고개를 끄덕이자 두 사람은 한 발 더 앞으로 나아갔다. 셀린이 남자를 보고 손을 흔들었다. 나이 지긋한 사냥꾼이 성미가 고약한 지역 주민을 보고 예의바르게 인사를 하려는 듯. 총알이 날아오지 않기에 두 사람은 한 발 더 내디뎠다. 그리고 계속 걸었다. 남자는 틀림없이 두 사람을 살려둘 생각인 것 같았다. 다가오도록 내버려둘 생각인 것 같았다. 두 사람은 마침내 소리치면 들릴 정도의 거리로 들어섰다.

그리고—바로 그때, 셀린은 멀리서 탁탁거리는 헬리콥터 소리를 들었다. 그 소리는 고적하다시피 한 대기를 통해 전해지는 불연속적 압력에 가까웠다. 귓전에 쿵쿵 울리는 압력에 뒤이어 진짜 프로펠러의 북소리. 그리고 두 사람은 남자의 소총이 새로운 위협을 조준하며 머리 위 하늘로 향하는 걸 보았다. 피트와 셀린은 동시에 고개를 돌려 검은 로빈슨 헬리콥터 R66이 암반과 숲 너머로 재빨리 하강하는 광경을 보았다. 아마 여기서 2마일 떨어진 곳, 더 근거리일 수도 있었다. 헬리콥터는 시계방향으로 비스듬히 급회전해 공중에 떠 있었다. 늪지대의 수풀 바로 위에. 그 정도 거리를 두고 있는데도 이제 시끄러운 굉음이 났다. 헬기는 우듬지 바로 위에서 대기를 휘젓다가 보이지 않는 곳으로 가라앉았고 쿵쾅거리는 소리가 한 옥타브 떨어졌다. 몇 초 후 또다시 발동을 거는 엔진소리가 들려왔다. 헬리콥터는 나무 위로 떠올라 이륙하고 있었다. 윌리엄 태너의 탑승은 그리 오래 걸리지 않았다. 헬리콥터는 제일 높은 가문비나무 위로 떠오르자마자 비스듬히 기울어지더니 꼬리를 올리고 곧장 돌출암반을 향해, 아마도 헬레나 쪽으로 속도를 높이며 날아갔다. 셀린은 그랬기를 바랐다. 어디 암흑의 장소가 아니라 헬레나로 갔기를. 그 남자는 의사의 치료가 필요했다. 은빛 여우 한 마리한테 당했다고 좌천하는 일은 없기를 바랐다.

셀린과 피트는 다시 통나무집으로 향했다. 총구와 조준경이 곧장 셀린을 겨누었다. 하긴, 셀린이 태너의 308구경을 메고 있었으니까.

▲

두 사람은 계속 걸었다. 달리 어떻게 했겠는가? 30야드도 남지 않았을 때 남자가 총을 받치고 있던 왼손을 들어올렸다. 그 정도에서 멈추시오. 남자는 조준경으로 보고 있었기 때문에 얼굴이 반쯤 가려졌지만, 햇볕에 그을린 탄탄한 뺨, 턱에 난 회색 수염, 짙은 눈썹, 헝클어진 머리칼은 볼 수 있었다—연한 갈색에서 회색으로 세어가는 머리칼. 파란 옥스퍼드 셔츠는 바지 밖으로 꺼내 입었고 여기저기 기운 자국과 얼룩이 보였다. 헐렁한 카키색 바지 역시 수액과 기름으로 얼룩이 졌고 솔기와 호주머니는 해어졌다. 모자는 쓰지 않았다.

"거기까지," 남자가 외쳤다. "거기요." 낭랑하면서도 갈라지는, 울림이 큰 목소리였다. 노래를 잘 부를 것 같은—어쩌면 산악 테너[*]에 어울리는—목소리였지만, 한참 말을 하지 않은 목소리이기도 했다.

"바닥에 총을 내려놓으세요." 남자가 외쳤다.

"죄송하지만." 셀린이 이의를 제기했다.

셀린의 목소리에 남자가 움찔했다. 조준경 위로 눈을 들어 깜박이는 남자의 눈동자는 진한 갈색이었다. 적갈색도 아니고 검은색도 아닌. 커다랗고, 여전히 반짝이는 인상적인 눈. 세계를 이미지로—그 자체로 충만하고 신비로운, 그리고 끊임없이 새로이 구성되며 변화하는 이미지로—받아들이는 남자의 눈.

"사냥철은 아직 몇 주 남은 걸로 아는데요." 또 그 목소리. 갈라졌지만 여전히 매력적인 목소리다. 카리스마 넘치는 남자들한테서 자주 들을 수 있는 거친 울림. "대체 저건 뭐였죠?" 남자는 총신으로 헬리콥터가 사라진 지평선 쪽을 가리켰다.

셀린은 소총을 내려놓고 손을 탁탁 털었다. "우리는 뉴욕에서 왔어요." 그녀가 말했다. 그게 무슨 해명이라도 된다는 듯이. "얼음산의 공주님이 왕인 아버지와 살고 싶어할지도 모르는 장소를 보러."

* 비음이 강한 민요풍의 노래를 부르는 테너.

폴 러몬트는 휘청거리며 뒤로 물러섰다. 총을 내려 통나무 벽에 기대놓고는 양손으로 머리를 감싸쥐었다. 그리고 포치에 뿌리를 내린 듯 꼼짝도 않고 서 있었다.

"셀린 왓킨스라고 해요." 그녀가 외쳤다. "이쪽은 남편 피트고요. 우리는 따님인 가브리엘라한테서 직접 부탁을 받고 왔어요."

# 27

러몬트는 커피를 끓였다. 이십삼 년 만에 찾아온 손님이라 그의 우아한 사교성에는 녹이 슬었다. 그는 셀린이 거친 테이블 앞에 앉을 수 있도록 소나무 의자를 끌어왔다. 하나밖에 없는 의자라는 걸 셀린은 깨달았다. 방 하나짜리 통나무집은 깔끔했고 널빤지 마루는 비질이 잘되어 있었으며 재킷 두 개—칼하트 캔버스 집업과 고어텍스 레인코트—가 문가의 옷걸이에 걸려 있었다. 셔츠와 바지와 울 스웨터, 낡고 여기저기 기운 빛바랜 옷이 한쪽 벽 앞에 놓인 목재 달걀 상자 속에 곱게 개어져 있었다. 다른 쪽 벽에는 경첩이 달린 네 칸짜리 창 밑으로 싱글침대가 놓여 있었다. 창턱에는 책 두 권. 책등의 제목을 읽을 수 있었다. 레드 파인이 번역한 『거장의 시』, 잭 길버트의 시집 『거대한 모닥불』이었다.

셀린은 알라딘 등유 램프 두 개, 그리고 창턱에 접시를 놓고 세워둔 양초의 개수를 헤아렸다. 북서쪽 구석에는 아주 낡은 판금 장작 난로가 설치되어 있었다. 주물 프라이팬 두 개, 스테인리스 냄비 두 개가 난로 위 벽에 박은 못에 걸려 있었다. 몸체가 오렌지색인 STIHL 체인 톱이 현관문 옆 바닥에 놓여 있었다. 러몬트는 난로 손잡이를 쳐서 문을 활짝 열었다. 땔나무 조각 몇 개를 넣고 문을 닫고 빗장을 건 다음 5갤런들이 플라스틱 양동이에 담겨 있는 물을 국자로 떠서 제일 작은 주전자에 따른 후 빨간 폴저스 커피 깡통에서 가루 원두 한 스푼을 떠 넣고 난로 위에 주전자를 올려놓았다. 카우보이 커피. 러몬트는 그들을 보지 않았다. "잠깐만요." 그는 눈을 맞추지 않고 말한 후 문밖으로 나갔다. 그는 앉기에 적당한 높이의 소나무 등걸을 하나 들고 들어와 쿵 소리가 나도록 바닥에 놓았다. 그리고 다시 나가서 하나를 더 들고 왔다. "자, 앉으세요." 그는 피트에게 손짓했다.

그는 커피에 집중하면서 더는 한마디도 하지 않았다. 셀린은 그를 지켜보았다. 마음속에서, 심장 속에서 그가 살아온 평생이 끓어오르고 있었으리라. 일이 분 후에 끓어오를 커피처럼—끓어올라 넘쳐서, 딱딱한 껍질이 갈라져 터지고 그 자리로 물이 보글거리며 흘러내리리라.

커피가 끓자 러몬트는 숟가락으로 주전자를 두 번 툭툭 치고는 그릇에 담아둔 달걀 껍데기를 뿌려 넣었다. 뒤뜰에 닭장이 있는 모양이었다. 그는 전혀 서두르지 않고 가루가 가라앉을 때까지 기다렸다. 뒤쪽 벽에 철제 싱크대가 붙어 있었다. 싱크대 끝에 분홍색 디즈니월드 성이 그려진 이 빠진 커피잔이 엎어져 있었다. 어쩐지 셀린은 그걸 보고 움찔했다. 그는 그 잔을 뒤집었다. 널빤지 선반 위에는 잼 병 세 개가 놓여 있었다. 러몬트는 그중 두 개를 내렸다. 커피를 따르고 셀린에게 디즈니 월드 성 머그잔을 건넸다. "당신이 그걸로 드세요." 셀린이 말했다. "나는 잼 병으로 마실게요." 그는 고개를 끄덕였다. 같은 선반에서 설탕이 든 유리 그릇을 내렸다. 한 스푼.

그는 나뭇등걸에 앉았다. 셀린은 그를 찬찬히 살펴보았다. 팽팽한 뺨은 금욕적이었다. 소식을 하고 소박하게 살고 생각도 최소화한 게 틀림없었다. 과거의 실수를 받드는 복사服事처럼. 햇볕에 메말라 터진 입술이 설탕을 한 숟갈 듬뿍 떠 커피에 넣고 젓는 동안 약간 떨렸다. 이것이 유일한 낙이겠구나, 셀린은 짐작했다. 러몬트는 아직도 굉장한 미남이었다. 속눈썹은 길고, 약간 핏발이 서긴 했지만 눈도 초롱초롱했으며, 반백으로 세어가는 연갈색 머리칼은 옷깃에 닿을 정도로 길었고, 벌어진 옷깃 사이로 왼쪽 귀에서 쇄골까지 죽 이어지는 흉터가 보였다. 셀린은 자신이 이 남자를 별로 좋아하지 않는다는 사실을 상기했다. 유약한 남자였고, 어린 딸을 끔찍하게 저버렸다. 그것도 두 번이나. 아이들이 이를 닦을 때 쓰는 발판을 딛고 서 있는 어린 여자아이를 다시 한번 떠올렸다. 그 위에 올라서서 자기 아파트에서 혼자 요리를 해먹는 어린 여자아이를.

셀린은 몹시 뜨거운 진한 커피를 한 모금 마시고 말했다. "그래서 러몬트 씨는 어떻게 죽게 된 건가요?"

▲

러몬트는 그들에게 이야기를 해주었다. 하지만 먼저 차분한 눈길로 그들을 바라보았다. 처음에는 피트를, 그다음에 셀린을. 그리고 말했다. "헬리콥터는 날아갔지요. 그러니까 두 분이 뭔가 문제를 해결한 것 같군요."

"그래요." 셀린이 말했다. "러몬트 씨는 계속 죽은 사람으로 남을 거라고 약속했어요. 당신이 찍은 페냐 데 라 크루스의 사진도 묻혀 있을 거라고 말했죠."

러몬트는 소스라쳤다. 심하게 움찔하는 바람에 커피를 쏟았다. 그는 머그잔을 내려놓고 물끄러미 셀린을 바라보았다.

"안 그랬으면 우리가 어떻게 이렇게 다 같이 여기 앉아 있겠어요?" 셀린이 말했다. "호숫가 어디에 다 같이 매장당했겠죠."

그는 천천히 고개를 끄덕였다.

"당신은 그날 오후 대통령궁에서 시신의 사진을 찍었죠."

그는 물끄러미 바라보며 고개를 끄덕였다.

"그리고 그 시신 옆에는 미국인이, 정부 고위 간부가 있었죠. 그때도 중요한 인물이었지만 지금은 아주 높은 자리에 있는 사람. 아주아주 높은 자리."

그는 움직이지 않았다. 꼼짝도 하지 않았다. 그 철저한 움직임의 결여가 많은 이야기를 해주었다.

"우리는 잘……" 셀린은 말을 멈췄다. "아니. 우리는 오래 살았어요. 충만한 삶을 살았죠. 그래서 난 별로 신경쓰지 않아요, 사실. 하지만 가브리엘라를 생각했어요." 그가 고개를 끄덕였다. "가브리엘라의 아들도요." 또 한번 움찔. 불쌍한 남자. 그가 뭐라고 말하려 했지만 셀린이 한 손을 들었다. "그 얘기는 나중에 해줄게요. 좋아요." 셀린은 말하고 커피를 한 모금 더 마셨다. "커피가 맛있네요." 셀린은 심호흡을 했다. "살바도르 아옌데는 자살하지 않았죠, 그렇죠?" 그녀가 커피를 홀짝였다. "불쌍한 페냐 데 라 크루스도요. 보드카와 마테차를 심하게 퍼마시면서—죄송해요—CIA가 재무부 장관을 죽였다고 떠들어대는 괴짜 모험가 사진작가 따위는 별로 걱정하지 않을 거예요. 누가 그 말을 믿어주겠어요? 나라도 안 믿을 텐데. 어차피 지금은 그런 일에 그렇게 관심이 있는 사람도 없잖아요? 이미 다리 밑으로 흘러가버린 강물이죠. 슬프지만. 하지만. 사진은 다른 얘기죠. 당신이 갖고 있는 다른 사진들도 있겠지만, 정장을 입은 미국인의 사진이라면. 장관의 시신을 지켜보며 총을 들고 서 있는 미국인 고위 간부의 사진이라면, 그건 얘기가 전혀 다르죠. 세계가 휘청거릴 테고, 역사를 다시 쓰게 되겠죠. 그것도 최악의 타이밍에요. 지금 같은 시기에, 이 결정적인 시기에, 미합중국이 전 세계의 공감을 얻으며 다국적 연합을 구성하려는 지금 같은 때에 말이에요. 아주 나쁜 타이밍이죠. 그래서 내가 우리 셋이나 가브리엘라나 당신 손자나 우리 가족의 털끝이라도 건드리면 그 사진들이 자동으로 언론에 배포될 거라고 말했어요. 〈뉴욕타임스〉 〈워싱턴 포스트〉 뭐 이런 데 얘기를 했죠."

러몬트가 그녀를 빤히 바라보았다.

"옛날에 포커를 좀 쳤거든요." 셀린이 미소를 지었다. "우리가 사진 한 장을 찾았는데, 나머지 사진들이 어디 있는지는 몰라도 그건 러몬트 씨가 처리해야 할 거예요. 우리가 도와드릴게요."

▲

그렇게 그들은 커피를 마셨다. 오후가 다 지나고 어스름이 내릴 때까지. 아무도 서두르지 않았다. 러몬트가 등불을 켜고 올리브오일을 넣은 스크램블드에그를 만들었고—실제로 닭장이 있었다—그들은 엘크 육포와 함께 그것을 먹었다. 셀린이 먹어본 것 중 최고의 육포였다. 그는 커피 한 주전자를 더 끓였고 그들은 식사 후에 커피를 또 마셨다. 셀린은 가브리엘라의 삶과 이제 여덟 살이 된 그녀의 아들에 대해 아는 대로 다 말해주었다. 러몬트는 갈증으로 다 죽어가다가 이제는 찬 샘물을 너무 많이 들이켜서 다 죽어가는 남자처럼 이야기를 들었다. 말라빠져 누렇게 죽어가는 제라늄 화분에 물을 주는 것이나 다름없었다. 남자의 팔다리에 힘이 생기고 혈색이 돌아오는 광경을 실시간으로 지켜볼 수 있었다. 그는 거의 말을 하지 않았다. 무슨 말을 할 수 있겠나, 셀린은 생각했다. 그 많은 일을 겪고 난 지금. 그는 자기 나름의 선택을 했다. 힘든 선택을.

러몬트는 자기가 어떻게 죽었는지, 어떻게 곰 발자국을 연구하고 나무로 깎아 조각했는지, 그리고 폭풍우가 다가오는 밤을 골라 어떻게 자기 팔목을 베어 피를 흘렸는지 말해주었다. 완벽할 필요가 없다는 건 잘 알고 있었다. CIA는 그의 죽음을 원했고, 따라서 적어도 공식 기록상으로는 무리해서라도 사망 선고를 내리려 애쓸 테니까. 자신이 내린 더 큰 결정에 대해서는 별말을 하지 않았다. 그저 이렇게만 말했다. "가브리엘라는 자기 삶을 살아야 했어요. '그 여자'한테서 벗어나야 했지요. 상속을 받아야 했어요. 나는 그 일에서 벗어나야 했고요. 그자들과 관련된 일. 그들은 내게 사진이 있다는 걸 알았고 내 성격도 잘 알았어요. 내가 충동적이고 성마르고 그러니까 어쩌면, 어……"

"자기 파괴적이라고요?" 셀린이 친절하게 도움을 주었다.

그는 고개를 끄덕였다. "맞아요. 예를 들어, 가브리엘라의 안전을 걸고 나를 위협하려 들면 내가 다 터뜨려버릴 거라고 생각했죠. 그들이 실종된 나를 찾지 못했다면, 그건 그렇게 애써서 찾으려 하지 않았기 때문일 거예요. 다 조용해졌으니 됐다고 안심했겠죠. 그러다가 그만……"

"우리가 잿더미를 뒤지고 다니기 시작했죠. 다들 재채기를 하게 만들었고."

러몬트는 미소를 지을 뻔했다. 셀린은 이제야 깨달았다. 이 남자의 얼굴이 슬픔으로 조각되었다는 것을. 지금 그 얼굴이 하마터면 웃음을 지을 뻔했다. 저 얼굴의 근육들이 과연 웃는 법을 아직 기억하기는 할지 궁금했다.

셀린은 포크를 내려놓고 말했다. "당신은 아름다운 가족이 있었는데 다 망쳐버리고 엄청난 고통을 야기했어요." 그는 속눈썹을 파닥거리며 눈을 내리깔고 접시를 내려다보았다. "특히 따님에게요. 나쁜 선택들을 했고 유약했죠. 아마나가 세상을 떠났을 때 끔찍하게 괴로웠겠죠." 남자의 손이 자기가 아직 살아 있나 살피려는 것처럼 반사적으로 뺨을 더듬었다. "그건 이해해요. 하지만 아주, 아주 많은 사람들이 끔찍한 괴로움을 겪고 나서도 품위 있게 삶을 이어가요. 나는 가브리엘라한테 몹시 호감을 갖고 있어요. 비범한 여성이에요. 어머니를 잃고도, 폭탄처럼 사방을 난장판으로 만드는 아버지를 두고도 훌륭한 삶을 일구어냈어요. 가브리엘라는 아버지를 뵈러 여기로 오고 싶어할 거예요. 머지않아서요. 의자하고 커피잔을 하나 더 준비해두는 게 좋겠어요."

남자는 나뭇등걸에 앉은 채 몸을 돌려 그들을 등지고 작은 창문을 바라보았다. 그러더니 허리를 굽혔다. 팔꿈치를 무릎에 괴고 손에 얼굴을 묻었다. 셸린은 그저 보고 있었다. 한참 후에야 셸린이 말했다. "이제 우리를 트럭까지 바래다주겠어요? 기력이 다 떨어진데다 정말로 캄캄해지고 있네요. 길을 안내해줄 사람이 있으면 좋겠어요."

남자가 고개를 끄덕이는 모습이 보였다. "물론입니다," 그는 허스키한 목소리로 말했다. "당연하죠."

# 에필로그

셀린과 피트는 그간 정이 든 소라게 집을 떠나기 싫어서 플랫헤드호 남쪽 끝에 있는 폴슨에서 일주일 동안 캠핑을 하고 스완강을 따라 이동하기로 했다. 한 해를 통틀어 최고의 계절이었다. 밤에는 서리가 내렸고 낮에는 다사롭게 해가 났다. 사시나무와 미루나무의 노랑과 주황 단풍이 파란 하늘을 배경으로 특별한 효과를 내며 어떤 화가도 모방할 수 없는 아름다움을 창출해냈다. 두 사람은 호수와 강을 따라 오래 산책했고, 책을 읽었고, 저녁에는 방충망을 통해 흘러드는 물소리를 들으며 사이드 다이넷에서 차를 마셨다.

10월 7일, 행크가 비행기를 타고 헬레나로 왔고 두 사람은 차를 몰고 아들을 마중나갔다. 행크는 일거리를 하나 끝마치고 며칠 짬이 나서 이른 10월의 산악지대를 음미할 참이었다. 또한 집까지 가는 길에 운전을 도와줄 예정이었다. 처음에 행크는 자기가 트럭을 타고 돌아갈 테니 셀린과 피트는 비행기로 가라고 제안했다. 하지만 그들은 베니라고 이름까지 붙여준 캠핑카를 떠나기가 영 아쉬운 눈치였고, 그래서 행크는 내심 즐거웠다. 행크는 어쨌든 자신도 집을 떠나 여행을 좀 할 때가 됐다고 생각했다. 두 사람은 목요일 오전 늦게 작은 공항으로 행크를 데리러 갔고, 셀린은 결혼생활도 엉망이고 프리랜서의 특성상 장래도 불확실한 아들의 밝고 명랑한 모습을 보고 감탄했다. 행크는 덩치 크고 강인한 아이였고, 열정적으로 낚시를 하고 카누를 즐겼다. 셀린은 헐렁한 플란넬 셔츠 밑으로 행크의 몸에 살이 좀 붙었다는 걸 눈치챘다. 아마 맥주 살이겠지. 뭐 어쩌겠어.

몇 시간 후 가브리엘라가 비행기를 타고 도착했다. 일행은 외부 터미널에서 가브리엘라를 맞았다. 그곳에는 몸을 쭉 펴고 일어서서 무섭게 으르렁거리는 회색곰 조각상이 위풍당당하게 서 있었다. 러몬트를 찾고 나니, 확실히 곰이 좀 덜 무서워 보였다, 천만다행히도. 처음 만난 날처럼 머리를 뒤로 넘겨 하나로 묶고 날렵한 오리털 재킷을 입은 가브리엘라의 뺨이 발갛게 상기되어 있었다. 그들을 보자마자 가브리엘라는 환한 미소를 지었다. 셀린은 또다시 이 젊은 여자의 신선하고 절제된 에너지에 감명을 받았다. 그리고 가브리엘라와 행크는 조금 수줍게 인사를 나눈 후, 어찌나 쉽게 대화에 몰입하기 시작했는지—살짝 달떠 보이면서도 편안하게—마치 오랜 친구 같았다. 뭐, 둘 다 안정적이지 못한 일을 하는 예술가고 자기 일을 사랑하고 야외 활동에서 희열을 느끼니까. 행크가 아들에 대해 묻자 가브리엘라가 말했다. “어머, 넉은 작가가 되고 싫어해요! 타고난 이야기꾼이거든요. 우리 아이를 좀 말려줄 수 있을까요? 그동안 맡았던 온갖 끔찍한 일거리 얘기 좀 해주세요. 어머님이 다 말씀해주셨거든요."

셀린은 행크의 웃음소리가 저렇게 편안하게 들리는 건 정말 오랜만이라고 생각했다. "잘 모르겠네요." 행크가 말했다. "난 남몰래 피자 배달원이나 단편 작가가 꽤 괜찮은 직업이라고 생각하거든요. 모를 일이죠." 그러더니 행크는 예전에 브루스 윌리스가 셀린의 가방을 들어줬듯 가브리엘라의 손에서 여행가방을 슬쩍 받아 들었다. 흐음. 셀린은 살면서 놀랄 일이 끝도 없고, 이상한 일들은 좀체 줄어들지 않는다는 것을 실감했다. 세상에 인생에 대해 뭐라도 아는 사람이 하나라도 있을까?

그들은 미주리강을 따라 가볍게 산책을 하기로 했다. 하류에 바위가 쪼개진 협곡과 키 큰 풀이 우거진 적갈색 평원이 있었고 강가의 벼랑이 마지막 석양을 받아 빛났다. 그들은 넓은 흙길을 따라 천천히 걸었다. 그날 저녁은 별로 춥지 않았다. 피트와 셀린은 손을 잡고, 젊은이들이 앞서가게 했다. 황혼녘에는 다 같이 트럭을 타고 시내로 돌아가 나고야에서 스테이크를 먹었다. 아무리 대화를 나누어도 시들해지지 않았다. 가브리엘라와 행크는 연거푸 사건에 대해 캐물었다. 어떤 일들이 있었는지 궁금해했다. 하지만 셀린과 피트는 말을 아꼈다. 행크는 두 사람이 원하던 사람을 찾아낸 후, 희열이 뒤섞인 미약한 산후우울증을 앓고 있다는 걸 깨달았다. 그래서 대체로 젊은 사람들이 이야기를 했다. 사는 곳과 하는 일과 실패한 결혼에 대해. 그리고 대체로 피트와 셀린은 열심히 들으며 서로 손을 꼭 잡고 있었다.

가브리엘라는 다음날 자동차를 렌트해 글레이셔국립공원으로, 산맥 아래 통나무집으로 갈 예정이었다. 저녁을 먹는 도중에 자연스럽게 대화에 공백이 생기면—다음 코스 음식이 나온다거나, 접시를 치운다거나—가브리엘라가 테이블보나 식당 한가운데를 멍하니 바라보는 모습을 셀린은 여러 번 보았고, 그럴 때면 아버지 생각을 하면서 만남을 위해 마음의 준비를 하고 있다는 걸 알았다. 셀린으로서는 상상도 할 수 없었다. 아니 상상을 할 수는 있었지만, 가슴이 답답하게 죄어들었다. 한 번은 도저히 참을 수가 없어서 테이블 너머로 손을 뻗어 가브리엘라의 손을 어루만졌다. 가브리엘라는 화들짝 놀라며 셀린의 시선을 받았고, 두 사람은 오로지 둘만 아는 눈길을 교환했다. 바로 그때 셀린은 이 사건이 진정으로 종결되었다는 사실을 깨달았다.

그들은 트라우트크리크호텔에 인접한 방 세 개를 예약했다. 바로 앞에 주차장이 있는 1층 방이었다. 하지만 피트는 캠핑카의 천장을 올렸다. 셀린과 함께 베니에서 자겠다는 것이었다. 행크는 도저히 못 말리겠다고 생각했다. 피트와 셀린은 답답한 방에서 못 자겠다고 했다. 행크는 아담한 체구의 어머니가 잠들기 전 캠핑카에서 나와 별이 총총한 밤하늘을 바라보는 모습을 지켜보았다. 어머니는 우아한 외양을 유지하면서 이 세상을 헤쳐나가는 방법에 대해 거의 모든 걸 가르쳐주었고, 그는 그렇게 살려고 노력하다가 여러 번 헛발을 짚고 또다시 노력했다. 어머니는 상상력이 자아낸 풍경들 속에서 용기를 가르쳐주었고, 두려울 때 만사에서 기쁨을 찾는 법을 가르쳐주었다. 그러나 어머니는 그에게 아픔도 주었다. 세상 그 무엇보다 그에게 소중한 단 하나의 이야기를 끝내 해주지 않을 작정이었으니까.

세상 어딘가에 행크의 누나가 있었다. 심장에 어머니의 피와 행크 자신의 피가 섞여 뛰고 있는 누나가. 행크가 상상하는 누나는 여리고 길 잃은 것에 애착을 품고 주위 사람들을 놀라게 했다. 알쏭달쏭한 유머 감각의 소유자로, 신비스럽고 딱 맞아떨어지지 않는 것들을 보고 즐거워했다. 행크는 누나를 알고 싶었다. 크리스마스를 당연히 함께 보내고 싶었고, 뜬금없이 전화해서 "누나, 나 동생이야. 요즘 어떻게 지내?"라고 말하고 싶었다. 그러나 어머니는 철벽을 쳤다. 수십 년 동안 계속. 행크는 어머니의 고통이 얼마나 뼈저린지 느꼈고 어머니의 소망을 존중하려 애썼기에 늘 물러서 있었다. 그러나 지금 두 사람은 여기 있었다. 몬태나주의 별이 총총한 밤하늘 아래, 가브리엘라가 새로운 삶을 막 시작하려는 지금. 행크는 그 흥분감과 그녀가 그로부터 찾게 될 힘을 느낄 수 있었다.

셀린은 행크를 보고 돌아섰다. "행크! 이리 와서 같이 오리온자리를 보자꾸나. 도시에서는 별을 자주 보지 못하잖니. 이게 끔찍하게 그리울 거야. 솔직히 여생을 베니에서 보내도 좋을 것 같아."

"이런! 저는 빌려드리겠다고 한 건데요."

"저 소라 껍데기가 좀 갑갑해질까?"

"그럴걸요."

"그렇겠지."

행크는 어머니를 포옹하며 밤 인사를 건넸다. 그는 그녀를 꼭 힘주어 안으며 귓가에 속삭였다. "엄마, 나한테 누나가 있다는 걸 알고 있어요. 엄마나 다른 누구도 원망하지 않아요."

어머니는 뻣뻣하게 굳더니 숨을 내쉬었다. 포옹을 풀고 한 발 물러서더니 행크의 팔을 손으로 움켜쥐었다. "보비 언니가 너한테 얘기했구나."

행크는 고개를 끄덕였다.

"내가 그애의 머리칼 냄새를 제대로 맡아보고 작은 귀에 입술을 대고 하고 싶은 말을 해주기도 전에 그 사람들이 빼앗아갔지. 내가 꼭 약속하고 싶은 게 있었는데. 그애한테 해줄 말이 있었어." 어머니는 입을 앙다물고 코로 숨을 쉬었다.

행크는 간신히 목소리를 찾아 말했다. "이름이 이저벨이었죠, 그렇죠?"

"보비 언니가 그 말도 했니?"

행크는 고개를 끄덕였다.

"그래. 이저벨. 내가 붙여준 이름이야. 그애는 너보다 열 살 많을 거야. 아니 열 살 많아. 내가 꼭 찾을 거라고 약속하고 싶었어. 언젠가는 꼭 찾을 거야. 실은 약속을 했어. 간호사가 아기를 휙 낚아채서 문밖으로 데리고 나갈 때. 그게 내가 짊어지고 사는 마음의 짐이지."

행크는 망설였다. 눈을 감자 실개천에 흐르는 찬물의 냄새가 코끝에 느껴졌다. "계속 찾으실 건가요?"

"날마다 찾고 있단다. 절대로 그만두지 않아."

# 감사의 말

여러 소중한 친구와 가족들이 이 책의 집필에 후한 도움을 베풀어주었습니다. 첫 독자인 킴 얀에게, 정말로 고마워요. 당신의 통찰력과 유머와 문학적 감수성은 크나큰 축복입니다. 리사 존스와 헬렌 소프는 언제나 그래왔듯, 내게 없어서는 안 될 충직한 동반자입니다. 감사합니다. 그리고 도나 거슈튼, 당신의 열의와 꼼꼼한 책읽기에 감사를 드립니다. 그리고 마크 라크에게도요. 테드 스타인웨이, 네이선 피셔, 제이 하인리히, 레베카 로, 존 헬러가 이번에도 처음부터 끝까지 도움을 주었습니다. 피트 베버리지, 레슬리 헬러 매뉴얼, 캘리 프렌치, 데이비드 그린스푼도 물론이고요. 칼턴 큐스는 내게 또다시 정신이 번쩍 드는 창조적 자극을 주었습니다. 우리가 열다섯 살이었을 때부터 그가 늘 해오던 일이었지요. 제이 미드와 에디 파웰은 흥분과 지식을 나눠주었습니다. 샐리와 로버트 하디, 마거릿 키스/사걸과 JP 매뉴얼 헬러도 그렇고요. 아나 곤

살베스는 결정적인 순간에 나를 구해주었습니다. 제이슨 힉스와 제이슨 엘리엇의 전문적 지식에도 다시 한번 감사를 드립니다. 그리고 지역 전문가인 베서니 개스먼, 로라 세인즈, 러마 심스, 윌리엄 페로와 소르 아널드에게도 감사합니다. 의사이신 멀리사 브래넌과 미첼 거슈튼 선생님께도요. 나의 고마운 친구이자 사촌인 테드 맥엘히니와 닉 굿맨, 우리가 함께했다는 사실은 큰 기쁨이야.

미리엄 앤더슨과 셀린 리로이의 안목과 열정에도 깊이 감사합니다. 작품에 대한 여러분의 사랑이 내게 얼마나 큰 의미를 지니는지 모를 겁니다.

나의 에이전트 데이비드 핼펀을 향해 또 한번 축배를 듭니다. 이 책은 다른 모든 책들과 마찬가지로 당신의 예리한 조언과 열의, 편집과 전략, 격려와 유머가 없이는 세상의 빛을 볼 수 없었을 거예요. 건배.

그리고 담당 편집자 제니 잭슨에게, 그래도 이번에는 교정할 낱말이 몇 개 안 되네요. 거듭 거듭 당신의 지성과 은혜만 믿고 의지했습니다. 이루 형용하기 어려울 만큼 감사드립니다.

여러분 모두에게 감사드립니다. 이토록 벅찬 기쁨을 누릴 수 있다니 크나큰 행운입니다.

# 다친 마음을 봉합하는 가장 의외의 사립탐정

장르문학은 규칙이 정해진 놀이터지만 울타리 안에서 이야기가 뛰노는 한 규칙의 위반마저 놀이의 재미로 전환된다. 모든 게임이 그러하듯 게임의 틀과 규칙은 빤하지만 개별의 승부는 언제나 새로운 예측불허의 드라마다. 플레이어에 따라 거친 몸싸움이 벌어지기도 하고 펜싱처럼 우아하게 거리를 둔 찌르기가 오가기도 하며 때로는 치열한 언어와 논리의 전쟁이 펼쳐지기도 한다. 게임을 촬영하는 조명과 렌즈와 필터를 조정하면 정서적 분위기가 완전히 달라질 때도 있다. 배경과 인물과 문체가 무한대이므로 놀이터와 게임의 규칙은 건재해도 서사의 색채는 프리즘을 통과한 햇살처럼 무한한 색채로 부서진다. 이렇게 대중 서사의 장르는 다채로운 빛살의 힘을 빌려 허물을 탈피하며 거듭 부활한다. 어중간하고 따분한 놀이가 이어지다 간혹 등장하는 걸출한 선수와 명승부가 게임에 영생을 부여한다. 『셀린』은 유구한 탐정소설 장르의 프리즘을 통과해 우리 눈에 닿은 한줄기 새로운 빛살이다. 게임의 규칙을 숙지하고 영특하게 비트는 흥미진진한 플레이어다.

물론 서사의 중심에는 셀린이라는 캐릭터가 있다. 매력적인 탐정 캐릭터는 장르의 반석이자 들보이고 훌륭한 탐정소설은 무엇보다 훌륭한 인물 탐구인 법이다. 낱낱의 추리와 이야기 타래에 대한 기억은 흐릿해질지언정 카이저수염에 포마드를 바른 에르퀼 푸아로의 강박증, 흔들의자에서 뜨개질을 하는 미스 마플, 해골을 앞에 놓고 거실에서 바이올린을 켜는 셜록, 호인의 외양 뒤에 면도날처럼 서슬 퍼런 지성을 숨긴 브라운 신부의 잔상은 쉽게 사라지지 않는다.

전염병으로 종말을 맞은 세상을 살아가는 한 조종사의 생존기를 그린 『도그스타』로 유명한 작가 피터 헬러가 친어머니를 모델로 해서 창조한 유니크한 '할머니 탐정' 셀린 역시 그리 쉽게 잊힐 캐릭터는 아니다. 독특하기로 치면 괴짜들이 많은 탐정 캐릭터 중에서도 둘째가라면 서러울 정도로.

셀린은 폐기종 환자이고 육십대 후반의 노부인이다. 과묵하고 속 깊은 남편과 행복한 결혼생활을 누리고 있으며 작가인 아들의 사생활에 가끔 오지랖을 부린다. 미국의 순혈 특권계급으로 설치와 공예미술 작업을 하며, 명품 핸드백에 독일제 권총 글록을 넣어 다니고 망원경이 없으면 오페라글라스를 쓴다. 무려 96퍼센트에 달하는 수임 사건 해결률은 FBI의 기록을 훌쩍 상회하고, 그녀는 어디서 배웠는지 알 수 없는 눈부신 사격 실력을 자랑하기도 한다. 말하자면 노년이고 여성일 뿐 아니라 고독도 궁핍도 모르는 부유하고 풍족한 삶. 사립탐정을 묘사할 때 쉽게 떠올리기 힘든 의외의 설정이다. 일상생활을 영위하는 능력이 결핍된 것도 아니고, 인간의 두뇌뿐 아니라 심장을 읽는 능력도 뛰어나니 (여러 유명한 사립탐정들처럼) 천재성의 대가로 인간관계를 희생하지도 않는다. 고독을 갑옷처럼 두르고 다니는 외로운 늑대 타입과는 천만 광년의 거리가 있고 추레하고 어두운 뒷골목을 배회한 전력도 없다. 심각한 외상의 후유증이나 영구적 장애도 없다. 죽음의 메커니즘이나 난자당한 사체에 매혹되지도 않는다. 범죄심리학이나 해부학 자체에 흥미가 있는 것도 아니다. 따라서 미궁에 빠진 살인 사건을 해결하거나 변태적인 연쇄살인범의 정체를 밝혀내는 모험은 사양한다. 심지어 아예 범죄자를 쫓는 일 자체에 관심이 없다. 다만 광활한 미국 땅을 종횡무진 누비며 이제는 성인이 된 자녀들에게 오래전 잃어버린 아버지와 어머니를 찾아주고 여러 이유로 헤어져 만나지 못한 그리운 혈육들이 상봉할 수 있도록 도우며 살아갈 뿐이다. 사람을 찾는 일, 이것이 흥신소에 가까운 셸린의 사립탐정 일의 전부다.

이쯤 되면 자연스럽게 의문부호가 떠오른다. 그럼 도대체 왜 셸린은 이 일에 이토록 헌신적으로 매달리는 걸까? 문득문득 솟구치는 "대체 왜?"라는 이 물음은 실제로도 비전형적인 미스터리의 한 축을 담당하고 이야기를 힘차게 밀고 나간다. 그리고 펼쳐지는 이야기 속에서 셸린은 외양을 배반하기 시작한다. 셸린은 탐정의 전형을 벗어나면서도 전형적인 탐정의 요건을 모두 갖추었음을 차례차례 입증한다. 인간의 심리와 행동을 관찰하고 의미를 읽어내는 천재적 통찰력, 상대의 허를 찌르는 공격술, 소형 권총과 장총을 가리지 않는 능란한 사격 솜씨, 폐기종 환자라는 신체적 약점, 정의감과 철통같은 윤리 의식. 사건의 수수께끼가 풀려가며 서서히 밝혀지는 셀린의 과거는 이야기가 풀어나가는 또하나의 퍼즐이다. 셀린의 캐릭터 자체가 소설의 미스터리다.

셀린만큼이나 셀린을 둘러싼 사람들과 셀린의 세상도 매혹적이다. 그리고 한없이 낯설다. 피셔스섬에서 개인 레슨으로 요트 항해법을 배우고 버몬트의 사립학교에서 당번을 정해 소젖을 짜고 유럽에 유학을 가서 공작의 청혼을 받는 삶이라니. 우리에게는 외계의 이야기만큼이나 까마득하게 느껴지는 이질적인 인생이다. 그러나 셀린이 속한 이 세계는 작가인 피터 헬러가 태어나 자란 세계이고 지금 이 순간에도 우리 세계의 반대편에 엄연히 존재한다.

우리는 익히 잘 아는 세계를 확인받고 싶어 책을 읽을 때도 있지만 전혀 모르는 낯선 세계로 뛰어들고 싶은 마음에 책을 집어들기도 한다. 이 소설은 분명히 존재하지만 우리가 쉽게 엿보기 어려운 세계의 굳게 닫힌 문을 살짝 열어준다. 세상 다른 어떤 곳도 아닌, 오로지 미국에만 존재하는 인간 군상이 담담하고 건조하면서도 힘찬 피터 헬러의 필력에 힘입어 눈앞에 잡힐 듯 생생하게 살아 움직인다. 오로지 그 세계에 속한 사람의 통찰로만 포착할 수 있는 디테일이 이룩한 성취다. 이를테면 이혼한 셀린의 어머니 바부와 전쟁 영웅이자 해군 제독인 그녀의 연인이 맞닥뜨리는 냉정한 소외에 대한 묘사는 시리게 현실적이다. 소리 없이 사람을 말려죽일 수 있는 "NOCD(안타깝지만 우리 계층은 아니잖니Not Our Class, Dear)"의 위력은 피셔스섬과 미국 동부의 목가적인 자연과 어우러져 더욱 무참하다. 이 소설에서 미국이라는 나라에 여전히 공고하게 자리잡은 신분제와 비정한 품격의 위계질서는 대중 서사의 액

세서리도 아니고 무조건적 선망의 대상도 아니지만 덮어놓고 배척해야 할 사회악도 아니다. 그저 물마루 하얗게 부서지는 빅서의 단애나 곰이 활보하는 옐로스톤국립공원의 광막한 대자연처럼, 오래전부터 존재했고 앞으로도 존재할 사실일 뿐이다. 피터 헬러는 일말의 환상도 없이 자연과 사회의 움직임을 '현상'으로 관찰하는데 이 건조하고 금욕적인 시선은 대단히 인상적이다.

그리고 이 세계에서 헬러의 인물들이 태어난다. 헬러의 인물들은 자연과 사회가 어우러져 만들어낸 독특한 생태계의 산물이다. 와이오밍의 황막한 숲이 아니라 무성한 활엽수림에서 심리적 안정을 찾는 셀린과 행크의 핏속에는 (버몬트주의) 퍼트니가 흐른다. 과묵하고 속 깊은 피트는 미국 동부의 강직하고 검소한 청교도적 사회와 메인주의 자연이 창조한 "메인주 토박이"다. 폴 러몬트가 〈내셔널 지오그래픽〉의 모험 사진작가라는 한마디로 설명된다면 JP모건의 파리 지부 지점장이었던 셀린의 아버지 역시 유럽과 미국 동부의 생태계가 창조한 지극히 특수한 인간형이다. 이처럼 자연과 사회는 불가분의 관계로 엮여 일종의 운명이 되고, 한없이 미국적인 헬러의 자연주의적 세계는 인간에게 아름답고 찬란한 순간들도 선사하지만, 그들을 이해할 수 없는 불행의 나락으로 밀어 떨어뜨리기도 한다. 예컨대 인간과 자연과 사회와 역사가 공모해 폴 러몬트를 가브리엘라로부터 앗아갔듯이 말이다.

『셀린』의 세계에서 인간은 사회라는 인공적 생태계 속에서도 야생의 자연에서 생존하듯 투쟁해야 살아남을 수 있다. 이 삶이라는 사투의 와중에 인간의 품격을 지켜내는 것이 바로 영웅의 조건이다. 9·11 참사를 육안으로 목도하고 사랑하는 언니 동생과 사별하고 이제 노년에 들어서는 셀린은 이 사투를 여전히 우아하게 치르고 있는 생존자다. 영화배우 베티 데이비스의 말대로 "노년은 겁쟁이를 위한 것이 아니"기에.

기상천외한 범죄도 없고 유혈과 난자도 없으며 까무러칠 반전의 기법도 쓰지 않는 『셀린』의 묘한 매력은 결국 "우아하게 슬픔을 품고 다니는" 사람들의 영광스러운 상처 자국에서 나온다. 화려한 삶에도 쓸쓸한 그늘은 존재하며 끝나지 않을 것 같은 청춘에도 어김없이 황혼은 찾아오며 상실과 슬픔은 사람을 가리지 않는다는 진리가 소설의 저변에 안개처럼 깔려 있다. 가을 해질녘의 갑작스러운 한기처럼 서늘한 이 애상은 장르의 전형을 뒤틀고 타파하는 동시에 말쑥하게 재조직하고, 대중적 서사의 긴장과 탄력을 유지하는 한편으로 희귀한 여성적 오라를 석양빛처럼 드리워 작품 전체를 부드러운 감상으로 물들인다. 인간의 조건인 상실과 슬픔을 시인하되 삭막한 고독의 허무를 확인하지 않고 유대와 치유의 희망을 모색하면서.

그런 점에서, 셀린이 셜록이라면 그녀의 곁에서 왓슨 역할을 맡고 있는 사랑스러운 피트의 캐릭터는 슬픔이 깔린 이야기에서 삶의 위로를 주는 듬직한 버팀목이다. 면박을 받으면서도 꿋꿋이 셀린의 음식에 몰래 브로콜리를 섞고 충직하게 셀린이 버린 야채를 주워먹는 피트의 한결같고 무덤덤한 존재 자체가 셀린뿐 아니라 독자에게도 얼마나 위로가 되는지.

부모인 셀린과 피트의 삶을 관조하며 기록하는 행크의 캐릭터에 자신의 모습을 투영한 피터 헬러는 전업 작가로 소설을 쓰기 전에 벌목꾼이자 아마추어 조종사, 강 탐사 가이드로 모험을 즐기며 〈내셔널 지오그래픽 어드벤처〉와 〈아웃도어〉에 투고하는 자유기고가 생활을 오래했다. 셀린과 피트가 캠핑카로 미국 대륙을 누비며 자연의 침묵과 하나로 어우러지는 대목들, 소설에서 가장 빛나는 부분들에 그 경험의 현장성이 녹아들어 별처럼 총총 박혀 있다.

번역하는 동안 오랜만에 순연한 이야기의 재미에 몸을 실었고, 캐릭터들과 사랑에 빠졌으며, 훌쩍 다른 세상으로 이동해 셀린과 함께 황막한 와이오밍의 앙상한 가을 숲에 피로감을 느끼고 탄내 섞인 옐로스톤국립공원의 밤공기를 마시며 하늘과 별빛의 질감에 경탄할 수 있었다. 『셀린』은 좋은 장르소설이고 좋은 장르소설은 그저 좋은 소설이다.

김선형

옮긴이 **김선형**
서울대학교 영어영문학과를 졸업하고 동 대학원에서 르네상스 영시 연구로 박사학위를 받았다. 2010년 유영번역상을 수상했다. 옮긴 책으로 『이노센트』 『벤자민 버튼의 시간은 거꾸로 간다』 『프랑켄슈타인』 『시녀 이야기』 『미 비포 유』 『수치』 『도롱뇽과의 전쟁』 『캐주얼 베이컨시』 『은하수를 여행하는 히치하이커를 위한 안내서』 등이 있다.

문학동네 세계문학
셀린

초판 인쇄 2019년 3월 20일 | 초판 발행 2019년 3월 29일

지은이 피터 헬러 | 옮긴이 김선형 | 펴낸이 염현숙

기획 이현자 | 책임편집 이봄이랑 | 편집 윤정민 류현영 오동규
디자인 윤종윤 이원경 | 저작권 한문숙 김지영
마케팅 정민호 정진아 함유지 김혜연 박지영 김수현 | 홍보 김희숙 김상만 이천희
제작 강신은 김동욱 임현식 | 제작처 한영문화사

펴낸곳 (주)문학동네
출판등록 1993년 10월 22일 제406-2003-000045호
주소 10881 경기도 파주시 회동길 210
전자우편 editor@munhak.com | 대표전화 031) 955-8888 | 팩스 031) 955-8855
문의전화 031) 955-8862(마케팅) 031) 955-1929(편집)
문학동네카페 http://cafe.naver.com/mhdn | 트위터 @munhakdongne
북클럽문학동네 http://bookclubmunhak.com

ISBN 978-89-546-5481-4 03840

www.munhak.com